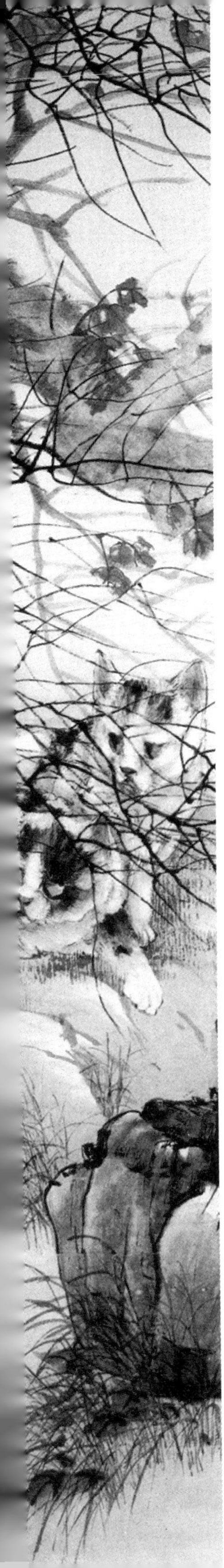

中国近代文学论集

孙静 著

北京大学出版社

图书在版编目(CIP)数据

中国近代文学论集/孙静著. —北京:北京大学出版社,2012.1
(博雅文学论丛)

ISBN 978-7-301-19925-1

Ⅰ. ①中… Ⅱ. ①孙… Ⅲ. ①中国文学:近代文学-文学研究-文集
Ⅳ. ①I206.5-53

中国版本图书馆 CIP 数据核字(2011)第 260395 号

书　　　名:中国近代文学论集
著作责任者:孙　静　著
责 任 编 辑:艾　英
标 准 书 号:ISBN 978-7-301-19925-1/I·2422
出 版 发 行:北京大学出版社
地　　　址:北京市海淀区成府路 205 号　100871
网　　　址:http://www.pup.cn　　电子邮箱:pkuwsz@yahoo.com.cn
电　　　话:邮购部 62752015　发行部 62750672　出版部 62754962
　　　　　　编辑部 62756467
印　刷　者:北京大学印刷厂
经　销　者:新华书店
　　　　　　650mm×980mm　16 开本　19.25 印张　308 千字
　　　　　　2012 年 1 月第 1 版　2012 年 1 月第 1 次印刷
定　　　价:35.00 元

《近代文学论集》目录

序

1982年秋，我上大四，学完基础课，可以自由选课了。在众多科目中，我选了孙静先生的《陶渊明研究》。还在大二，学习游国恩等先生所纂《中国文学史》魏晋南北朝部分时，我就钦仰被誉为“古今隐逸诗人之宗”的陶渊明。而这一编的主要执笔者，就是孙先生。《陶渊明研究》的上课地点，在未名湖畔绿荫掩映的第一教学楼。上课时，先生神情从容，音调纾缓。陶氏那不肯为五斗米折腰的高蹈者形象，那土地平旷、屋舍俨然的桃花源世界，那包蕴着理想生活境界和人生哲理的田园诗境，在黄叶飘洒的秋天、白雪纷飞的冬日，伴随着先生的音容，融入了我的灵魂，也影响了我后来的人生选择。

大学毕业后，在求学之路上，我屡遇挫折，先生总是给我激励与提携。1994年，先生参与编纂中国历史文化研究丛书时，知道我酷爱《红楼梦》，命我将研读心得写出，收入丛书。以往，我的写作多属短章。而今要结撰一部研究著作，我甚感吃力，几欲半途而废。先生鼓励我树起信心，耐心为我解惑，帮我清理脉络，明确论点。初稿写毕，根据先生教诲，我又重写一过。评审阶段，有红学家不认可我的总体观点。先生则以为，学贵创新，只要持之有故，新见解就有存在理由，学术有争鸣才会有发展。正是在先生手把手教练和关爱下，我的第一篇略具模样的习作才得以顺利问世。

1997年秋，我有幸成为先生的博士研究生。读书期间，先生无数次的教导，炯乎如夜行忽济以火，使我蓦然有悟。先生首先为我指明了学问方向。入大学后，我的学业喜好一直游移不定，前后凡数变。游骑无归的迷茫，长时间攫住了我，使我惶恐。读博伊始，先生说：你年龄不小了，不能再漫无边际地读书，以后就集中在清代、近代方面好了。这一时段有价值的文献多，生荒地不少，很有可为；如能尽快选定专题，展开研讨，定会有所收获。

先生这番教诲,彻底结束了我长期漫游式的读书生活。一叶失舵的扁舟,从此有了航向和目的地。此后,图书馆成了我的家园。我沉浸在线装书页逸出的墨香中,围绕清代、近代,打基础,觅专题,希图学有专长。

先生要求我加强基本功训练。我本科读的是文学专业,文献学基础不足。先生以为,研究古代、近代文学,文献底子不好不行。研究近代文学,尤其不可望见"近代"二字,就掉以轻心。大量近代文学史料其实仍然相当地"古"。如果文献功力不够,不懂训诂,不熟悉古代名物典章制度,许多作品将无法透彻理解。先生不仅命我在目录版本、文字训诂等方面用功,还建议我选修孙钦善先生开设的《清代考据学》课程。通过这门课,我熟悉了清代的重要文献和学术史发展线索,也学得了考据的基本方法。这对我后来影响很大。

为了使我写出一篇合格的学位论文,先生呕心沥血。先生极为强调证据,强调有一分证据说一分话。我虽然勉力按照先生的要求去做,但在写作中,脱开证据而架空议论之事也时有发生。先生审阅时,遇到这样的段落,或命我删去,或要我补充论证。先生极为强调对材料进行高度概括抽象,对研究结果作恰当表达。在这方面,有时我已尽力,却仍不能到位。先生除点拨外,有的地方还亲自动手修改。在我写作最紧张的那学期,先生在香港教书正忙,且承担着繁重的行政事务。但我每写完一节呈上,先生总是很快就批改发下,命我继续加工。有时一节文字,要经数个回合,才最终定稿。先生多少个周末和节假日,就是在批改我那些稚拙的文字中度过的。那段时间,单是先生指导我写作的信件,就有四十余份之多。

先生的客厅,是我最留恋的地方。在那里,我常常与先生促膝对坐,汇报我的读书心得,聆听先生教导。有时,面对纷繁的材料,我隐约感觉有新东西存在。但那新东西却像一缕轻烟,似有若无,瞻之在前,忽焉在后,我欲伸手把捉,却往往扑空。在此关节处,先生总能数语破的,使我顿时豁然开朗。多少次,我步出那间静穆的客厅,已是很晚。极目远眺,唯有一轮明月,悬于高天。踏着婆娑树影,我的内心犹如月光朗照的青空,无障翳,广阔,敞亮。

数十年中,先生把主要心力用在研讨中国文学史方面,著述丰赡,对高等学校的文学史教学贡献极大。从学生时代起,先生先后参与撰写过红皮

《中国文学史》、黄皮《中国文学史》、游国恩等先生主编的《中国文学史》、袁行霈先生主编的《中国文学史》(任《近代文学》部分主编);曾受聘为中央电视大学中国文学史主讲教师,编著《中国文学》教材。先生与周先慎教授合撰的《简明中国文学史》在体例上别辟蹊径,对文学发展脉络的论述简明清晰,对重点作家作品的分析具体深入。上述著作发行量大,读者面广,影响至为深远。在文学史研究中,先生对魏晋文学用力甚深。在《陶渊明的心灵世界和艺术天地》一书及相关论文中,先生以为,陶渊明的田园诗篇重在表意示志、抒写胸中之妙,而非单纯纪事写实。诗人藉田园生活之景,绘理想生活境界之图。此论深得陶氏性情之真和陶诗奥蕴。先生堪称诗人的异代知己了。

先生是中国近代文学研究领域的主要开拓者之一。自50年代末始,先生作为课题组组长,先后组织纂成《近代诗选》、《人境庐集外诗辑》。80年代,先生受聘为中国大百科全书《中国文学卷·近代文学》分支副主编,协助主编季镇淮教授设计条目,订定释文,并自撰文字数十篇。上述著作有力地推动了中国近代文学研究。

收入这部《中国近代文学论集》中的论文,是先生在中国近代文学研究领域的主要创获。这些论文既有宏观阐述,也有个案研究。就宏观阐述而论,《论近代文学》、《〈近代文学编〉要旨阐释》对中国近代文学的产生背景、特质、分期和主要成就、局限,进行了全面、深入阐发。先生主张以社会性质的变化作为文学分期的依据,认为中国从明代中叶起,已开始步上近代化行程,已在酝酿与发展着某些近代意识;鸦片战争以后至五四新文化运动,西方国家的入侵和西学东渐结束了中国独立发展的道路,为这一行程带来了新特点。这一时期可视为中国近代化行程的第二阶段。这一论断较好地解决了作为历史分期的“近代”概念与作为标志社会性质变化的“近代化”概念之间的矛盾,也为理解鸦片战争前后诗人如龚自珍等所表现出的近代意识,提供了理据。对鸦片战争以后文学的分期,先生扬弃了将资产阶级改良派和革命派截然两分的做法,以为二者虽政治思想有异,文化思想则属同一范畴,将其合为一期,更贴近两派文学错综并存、交互影响的实际。关于近代文学的总体特征,先生以为其轴心是变;其内容是爱国、民主、变革和纳新。这些论断可谓高屋建瓴。

在个案研究方面，先生对生活于鸦片战争前后的重要作家龚自珍、魏源、张维屏和潘德舆进行了富有原创性的探讨。这四位诗人均有操守，有才华，有激情，有抱负。在大局岌岌可危、举国犹沉酣太平之时，他们不胜忧危，矢志拯危济时，企盼天假风雷，一展宏图，再新天地。虽然其高怀远志最终成空，但他们以充满时代气息的诗文创作，为中国近代文学写下了光辉的开篇，对近代文学的发展影响至巨。先生深具卓识，在历史和文学的转捩点上，把四位诗人作为一个互相联系的整体，对其思想和诗文穷探冥索，发前人未发之覆，为近代文学史学科奉献出一批有价值的成果。

龚自珍是中国近代文学史上一座高峰。先生研龚运思最深，也最具独创性。《暮夜沉沉中的“怪魁”》揭示了龚自珍指斥专制、批判庸俗、呼唤人才、呼号变革的思想风貌，阐发了其诗文所独有的识深力悍、恣纵横霸的艺术特色。《龚自珍的历史哲学》通过对《壬癸之际胎观》这组深奥艰涩文章的解读，对龚自珍的历史哲学作了深入挖掘。先生以为，龚自珍是从人类的文化创造着眼，以名实论为基础，从立名、认知的角度，看待社会的发展变化，从而导出人类自身创造世界论、人本体论和强调主体意识的心力论。《论龚自珍的“尊史”思想》鲜明提出龚自珍的尊史主要是尊史官的观点，总结了龚氏的尊史理论体系，阐述了其树立尊史旗帜的现实意蕴。《略论龚自珍的文学思想及其时代意义》将龚自珍的文学思想概括为重意、尊情、崇格、主创四个方面。上述论断精谨独创，是龚自珍研究领域的重要收获。此外，先生所撰《龚自珍文集著述编辑刊刻源流》、《吴煦刻〈定庵续集〉文稿来源小议》、《龚自珍文集与年谱序跋补辑》和《龚自珍诗文评补辑》对有关龚自珍的文献作了详明考辨、细致梳理和补辑，为研龚提供了重要资料。

如果说龚自珍的思想主要是对明代中叶以后进步思潮的继承与发展，那么魏源的思想则体现了鸦片战争后划时代的新变。先生的《何不借风雷，一壮天地颜》阐明了魏源肯定西方科技和政治制度、主张师夷长技和发展近代工业的思想，揭示了其政治诗的丰富现实内蕴。魏源自言“十诗九山水”。先生的《宇宙灵秘，山水真面》指出，魏源的山水诗数量之多，创作自觉性之高，描写范围之广，均为前人所少见。这些描摹山水真面之作常常渗透着诗人的思想、性格、际遇和艺术趣味，风神峻健，天骨开张。

岭南作家张维屏的思想引人注目。其继承传统唯物倾向的思想与龚自珍相近,其包容纳新的心态与魏源相通。学界对其文学创作论述较多,对其思想则关注甚少。先生所撰《张维屏思想析论》对张维屏思想的独特性作了有力论证。先生以为,张维屏充分吸收了中国文化传统中富有唯物倾向的思想精华。这使他在观察分析问题时宏通客观、深切事理,也使他在西学东渐年代能够与时并进,勇于接受新事物,从而与庸腐守旧之士判然有别。这项研究为深刻理解张诗内涵奠定了根基,也展现了转型期文士思想变化轨迹之一斑。

潘德舆是鸦片战争前夕的重要诗论家,其诗歌主张体现了转折时期特有的复杂性、矛盾性。《潘德舆诗论体系的意义》对潘德舆以理学为宗、以性情为本、以教化为用、以经世为终极目标的"性情论"作了深入剖析。先生以为,潘德舆的诗论带有浓厚的保守倾向,打上了由旧时代向新时期转移的明显烙印。《从潘德舆的〈说诗牙慧〉稿本到〈养一斋诗话〉》通过稽考,呈现了诗人二十余年间诗论发展的历程。潘德舆的诗作真挚深刻,独具风神,但为其诗论声名所掩,向为学者所忽略。先生的《悲剧时代与志士情怀》既揭示了潘诗批判政治腐败、同情民生疾苦、鼓吹气节、张扬士气的底蕴,也阐明了其以质实为宗、不追逐文采的特质。

龚、魏、张、潘的思想境界不同,成就高低有别,但他们均怀抱济世之志,均曾做过挽狂澜于既倒的努力。其思想的参差不一和各自内在的矛盾性,正是那个转折时代的写照。先生的耕耘,为我们展示了特定历史时期的客观真实,展示了中国近代文学开端阶段文坛的主流风貌。

先生治学,向以求实为本。"实"指事物的实际。西贤每以为,"实"非客观存在,只存于人的头脑中,存于史家的叙述中。对此,先生绝不苟同。先生以为,"实"乃客观存在,学者只要孜孜以求,就能接近事物的本真面目;研究历史,若不探求历史实际,虽话语万千,终不免空中楼阁。惟古今年代远隔,欲求其实,舍文献莫由,故先生治学,重文献,重证据。厘清实际之后,先生在进行分析按断时,也严格遵循实事求是原则,不着意抬高,也不着意压低,尤不强古人以就己说。

先生治学,默好深湛之思。其立论或道人所未道,或纠正相沿之误说,或对现有研究有所推进,无一非长期潜研所得。剿袭雷同、浅尝辄止、率尔操觚之事,在先生著述中是不存在的。先生治学,也深具现实关怀。在中国近代文学史上，先生对鸦片战争前后的文坛给予高度关注，其每篇专论无不蕴蓄着感时忧国的深沉情感。先生治学，注重历史研究与文学研究的结合。先生以为，文学史，是文学，也是历史。因此，在研究作家及其作品时，先生绝不孤立地看问题，总是将研究对象放在纷纭复杂的历史进程中加以阐释。先生治学，也擅长在文学史发展脉络中讨论具体问题。这一切，与求实精神一起，使先生的学术呈现出一种凝重简洁、素朴本色的风格。

先生平生志趣，惟在读书。先生高中只读过两周，因偶然机遇，跳级进入大学，但亦只读一年，即因革命需要，被分配参加工作。1955年，先生毅然放弃县团级职务，考入北京大学，并更名曰“静”，希冀从此能够与书卷相伴。数十年来，境况无论顺逆，先生始终未曾忘情于读书。先生襟怀萧旷，超然淡泊，闲静少言，不喜缠绵人事，惟愿埋首书斋，以读书写作为乐。论性情品格，与渊明最契。静谧的书斋，就是先生的浔阳田园。

自1982年从先生游，至今已历三十春秋。回首往事，对于先生的陶铸裁成，我的感激殊非言辞所能表达。而今欣逢先生八十华诞，谨辑此集，以寿先生。先生命我为序，我不胜惶悚。现恭记三十年师门之诲谕，并略述瞻读先生著述之一得，心香一瓣，敬献先生。

受业王达敏谨序

2011年12月20日

论近代文学

从1840年鸦片战争开始，到1919年“五四”新文化运动兴起为止，一般称为“近代文学”。这不是一个随意的命名，它确实具有一个历史阶段的价值。由于西方资本主义开辟世界市场的进军，已经到达中国本土，引起了历史形势的巨变。“七万里戎来集此，五千年史未闻诸。”[①]中国从此结束了独自发展的道路，被纳入西方资本主义主导的世界经济体系之中。比西方几乎落后一个历史阶段的中国，在腐朽的清王朝统治下，完全处于被动挨打的局面，逐渐沦为帝国主义宰割下的半封建、半殖民地社会。这一历史变局给中国社会带来的变化是前所未有的。

在这一阶段里，一方面，中国社会的性质和结构开始发生变化，逐渐形成新的经济成分和阶级成分，并在后期出现了资产阶级的政治斗争；另一方面，西方资产阶级文化以日益强劲的势头涌入中国，形成对固有的传统文化观念强有力的冲击。这两方面的变动，都广泛地牵动社会上各个阶层，尤其是敏感的知识层。封建专制政体要过渡到民主共和政体；人们的身份要从君主的臣仆转化为国家的公民；在传统的生活方式、文化习尚中要接受许多新事物与新观念。虽然这一变化过程是缓慢的、不平衡的，但在思想领域中掀起的震荡却是巨大的。

“西学东渐”，是本时期文化上最突出的特点，近代文学就是在这一特殊情势下发展的。这一深刻的文化背景，催生着重大的新变，从作家身份、文学观念、文学内容、文体形态直到文学载体、接受对象，无不渐次发生了巨变，显示出与此前封建时代文学明显不同的特色，成为中国文学发展历史中

① 黄遵宪《和钟西耘庶常德祥津门感怀诗》8首其八，钱仲联《人境庐诗草笺注》卷二第169页，上海：上海古籍出版社1981年版。下引黄氏文字均出此本，仅简注作者、书名、篇名、页码。

一个重要阶段。虽然，近代文学没有完成新文学的革命，但是它是由旧文学走向新文学的重要过渡，是新文学革命不可或缺的准备，继之而来的就是“五四”新文化运动。大体说来，近代文学可以1894年中日战争为界，分为前后两期。前期变异尚小，后期则变异突出，向现代新文学过渡的痕迹日益明显。下面即就近代文学的一些重要问题与现象进行简要阐释。

一、西学东渐的狂飙

进入19世纪，在西方资本主义蓬勃发展的世界格局中，中国要摆脱被宰割的局面，屹立于世界民族之林，就必须改变落后的封建生产关系，学习西方先进的生产方式与政治制度。为挽救国家和民族的危机，中国近代先进分子无不走上从西学中寻求治国药方的道路，“求新声于异邦”①。同时，西方资本主义为把中国变为它的附庸，改善经济掠夺的环境，也需要传播西学，为其开辟更为畅顺的道路。因此，“欧风美雨”成为不可阻挡的历史风云，西学东渐成为这一时期中国社会中的突出现象。

中国与近代西方的接触并非从本时期开始。明代中叶，随着葡萄牙人进入澳门与中国开展贸易，一批耶稣会教士相继来到中国，就已带来西方的宗教和一些天文、地理方面的科学知识。不过，那时还基本上是正常的文化交流，对西方文化某些成分的吸收，和中国历史上吸收其他外来文化一样，只是成为传统文化的补充，并不构成对传统文化和封建制度的威胁。到了本时期，情势不同了，不但伴随列强的入侵，西学来势加更猛，而且采纳西学与变革图强、抗敌救国直接相关，成为先进人物的自觉行动，迅速形成一股强有力的潮流。鸦片战争前夕，林则徐为了抗英搜集西方资料编辑《四洲志》，已开主动研究西方的风气，改变了被动接受的态势。紧接其后，魏源编纂《海国图志》，系统介绍西方国家情况，提出“师夷长技”②的方针，发出了主动向西方学习的呼声。此后，大体经历了如梁启超所说的层层深入的三个阶段：第一期是从器物上感觉不足，想学到外国的船坚炮利；第二期开始从制度上感觉不足，发动了

① 鲁迅《坟·摩罗诗力说》，《鲁迅全集》第1册第15页，北京：人民文学出版社1981年版。
② 魏源《海国图志叙》，《魏源集》上册第207页，北京：中华书局1976年版。

“变法维新”运动;第三期进一步从文化根本上感觉不足,体悟到不可能以旧心理运用新制度,要求全人格的觉醒。伴随这一历程,对西学内容的引进也逐步提高层次,由自然科学进到人文科学。梁启超说,第一期“最可纪念的,是制造局里头译出几部科学书”,而第二期“最有价值的出品,要推严复翻译的几部书,算是把十九世纪主要思潮的一部分介绍进来”①,这就是把进化论、天赋人权、自由民主等比较重要的资产阶级思想学说引进了中国。这些都必然引起对传统文化的重新审视,形成思想领域的革命。

随着西学东渐的逐步深入,西学逐渐渗透到制度、政策层面,引发了一些重要变革,产生一系列新事物。通西学的人才,不是旧的教育体制所能培养的,推动了教育体制的变革②,陆续办起新式学堂。从同治元年(1862)京师举办同文馆到光绪二十一年(1895)天津建立中西学堂,洋务派创办各类新式学堂22所。这些学堂的学习内容主要是外语和自然科学,兼及政法,完全不同于读经书、习八股的旧式书塾。至于较早就已出现的西方传教士在中国开办的教会学校,更全是西方近代学校的模式。戊戌以后,新式学堂日益增多,光绪三十一年(1905)清政府下令废科举,兴学堂,全面改变了教育体制。唐才常描写当时年轻学子“浡然向新”的风气说:“少年子弟之根器稍异、见闻略广者,则不甘心死于时文章句,相与联翩接轸于东西学堂。甚至腹地各省,有触禁网,甘党名,违父兄师保,而毅然出洋就学者。”③

对西学的需求,刺激了留学事业的发展。清政府于同治十一年(1872)开始派遣留学生赴美学习,以后又陆续派遣一些青年学生赴欧。到光绪十七年(1891),先后派出的留学生近二百名。20世纪初,更出现留日狂潮,光绪三十二年(1906)留日学生已达万人。留学生在国外,不仅掌握了外语、自然科学、社会科学以及军事知识,而且亲眼看到资本主义国家的发展,更

---

① 均见梁启超《五十年中国进化概论》,《饮冰室合集》第5册《文集》39第39—47页,北京:中华书局1989年版。下引梁氏文章均出此本,仅注篇名、书名、册数、页码。

② 较早出使西方的郭嵩焘就曾指出西方武事之强、制造之精,“其源皆在学校”(《日记》第3卷)。洋务派领袖李鸿章也批评当时以“章句弓马”取文武之士,“施于洋务,隔膜太甚”,提出“稍变成法,于洋务开用人之途”(《筹议海防折》,中国史学会主编《洋务运动》第1册第53—54页,上海:上海人民出版社1961年版)。

③ 唐才常《砭旧危言》,《唐才常集》第190页,北京:中华书局1980年版。

深切地领会到资本主义文明和资产阶级文化。其中不少人回国后在社会变革和思想启蒙等事业中发挥了重要的作用。严复便是留学英国,后来成为翻译传播西方人文学说的先锋。随着与各国的交往,中国也开始派遣驻外使臣及随行人员①,他们也都直接受到西方文明的洗礼。

西学的主要载体是书籍,传播与吸收西学的主要渠道是翻译,因而,翻译事业有了迅速的发展。京师同文馆、江南制造局的译书馆,都曾翻译西书。江南制造局从同治七年(1868)到光绪六年(1880)的十多年中,译出西书一百多种,主要是科技类。此外,西方传教士和教会也先后翻译出版了一些哲学宗教、政治法律、历史地理方面的图书。这些译著对启蒙培养一代新派人物起了重要作用。梁启超曾谈到康有为购读"江南制造局及西教会所译出各书"后,"于其学力中,别开一境界"。②

近代技术的输入带来文化传媒的进步,制版、印刷采用先进技术,大大提高了出版效率。徐念慈《丁未年小说界发行书目调查表》统计,仅丁未(1907)一年中出版的翻译与创作小说,就有121部,这在过去是难以想象的。具有快速、广泛、高效之称的新型传媒工具——报刊也日益发达起来。19世纪60年代以前,数量尚少,70年代到世纪末发展迅速,此期间先后出版报刊近150种③。辛亥革命后,发展势头更猛,戈公振说:"'人民有言论著作刊行之自由'既载诸临时约法中,一时报纸,风起云涌,蔚为大观","当时统计全国达五百家"。④ 其中报纸二百五十余家,杂志二百余家。尤其值得注意的是文艺性报刊的涌现。开始是报刊零星刊载一些文艺性作品,到19世纪、20世纪之交则出现许多专门的文艺性报刊,仅19世纪初的十余年间,以小说命名的报刊就近30种。文艺报刊开辟了文艺作品发表的园地,刺激了创作的繁荣。

西学东渐,为近代文学的发展创造了新的文化环境。

---

① 同治六年(1867)清政府首次派志刚、孙家谷赴有约各国为办理交涉事务大臣。光绪二年(1876)派郭嵩焘为首任驻英公使,光绪四年(1878)兼驻法大使。此后陆续派遣驻外使节。

② 《康南海先生传》,《饮冰室合集》第1册《文集》6第61—62页。

③ 梁启超《新旧各报存佚表》收录同治十一年(1872)至光绪二十八年(1902)存佚报刊,计144种。见《清议报》第100册"报界一斑"栏,台湾:成文出版社影印本第12册第6489—6498页,1967年版。

④ 《中国报学史》第5章第147—149页,石家庄:中国新闻出版社1985年版。

二、作家的新旧分野与作家主体的转型

近代文学中一个值得注意的现象，是作家新旧的分野和作家主体的变化与转型，以及由此所带来的某些特点和局限。近代是新与旧的过渡时期，充满“新学”与“旧学”的撞击，所谓“新学”乃是与中国传统学术截然不同的“西学”。处于这种特定的文化环境中，近代作家的新旧分野也比较分明，呈现出新旧错综并峙的复杂状况。

所谓作家新旧的分野主要体现在作家的思想倾向上。相当一部分作家仍然基本笼罩在传统思想影响之下，但是“新学”浪潮的鼓荡，毕竟促成一部分人觉醒，承接近代进步思想，成为时代的弄潮儿，以富有时代气息的创作打破传统文坛的沉闷，从旧作家群中分立出来。他们往往不是以作家而是以思想家、政治家的身份活动于近代历史舞台上，但却以内容新颖的创作，为文坛带来新气息、新风貌，甚至领一时风骚。如鸦片战争前后的龚自珍、魏源，戊戌变法时期的康有为、梁启超，资产阶级革命时期的秋瑾、柳亚子等。他们先后相续，形成近代进步作家的链条。

但是作家思想上的分野落实到文学流派上，情况又复杂得多。近代处于中国长期封建社会的末期，承接光辉灿烂的古代文学之后，近代文坛上仍然存在许多学古、拟古的文学流派，如散文领域的桐城派，诗歌领域的宋诗派、同光体、汉魏六朝派，小说戏曲领域的侠义、狭邪小说和传奇杂剧旧曲的作者等。一般说来，属于这些流派的作家，文艺思想比较陈旧，文学创作承袭多于创造，思想倾向也大体较为保守。但也不能一概而论。文学体式、风格上的崇古往往是受审美趣味支配的一种艺术宗尚，不能与政治、思想分野完全等同起来，二者之间常有参差。近代诗评家陈衍将魏源归为宋诗派[①]，然而魏源却是近代思想的先行者。同是同光体的作家，有的属于洋务派，有的属于维新派，同光体代表作家之一的陈三立就曾参预湖南早期的维新活动。资产阶级革命派文学团体南社，高倡唐音，但其中也有坚持同光体的作

---

① 陈衍言：“道咸以来，何子贞绍基、祁春圃寯藻、魏默深源……诸老，始喜言宋诗。”见《石遗室诗话》卷一第1页，台湾：商务印书馆1961年版。

者，还曾闹出了将拥护同光体的社员驱逐出社的事件[①]。大约正是由于这种性质和特点，流派的归属并不影响人们之间的交谊。如鸦片战争前后思想先进的龚自珍、魏源、林则徐等与桐城派的姚莹、宋诗派的何绍基、宗尚唐风的张际亮和张维屏以及不以一格自束的汤鹏等都有亲密交往，甚至在文学与著述方面相互切磋。这也许是艺术上的一种包容胸怀吧。

在新的文化环境里，近代作家踏上了主体转型的历程。中国过去的士大夫，除了熟悉传统文化和以纲常名教为根本的封建制度外，几乎不知天下还有什么其他的学说与制度。每当人们举起经世济时的旗帜时，无非是从传统的文化遗产、往古的盛世楷模中寻找武器，"托古改制"，求变革于往古。在近代历史的开端上，还很少接触过西方文化特别是西方社会学说的龚自珍，仍不脱这种色彩。他不满当时封建专制统治的压制与束缚，以"医国手"进行改革斗争，仍自言"药方只贩古时丹"[②]。魏源在鸦片战争之前，变革思想也是来自传统文化[③]。但面对新的局势，龚自珍、魏源都有冲破正统学术牢笼的表现，他们转向以"通经致用"为宗旨的经今文学，打破经学局限于治经的格局，而用之于议政，所谓"喜以经术做政论"[④]。如果说这仍不出传统学术的范畴，那么处于鸦片战争之前的龚自珍继承发扬明中叶以来张扬个性的思潮，表现出追求个性自由的倾向，却与后来大量传入的西学有精神相应之处。而经历了鸦片战争的魏源进一步放眼世界，发出"师夷长技"的呼喊，则已明显表现出欲求新声于异邦的倾向了。

---

① 南社的诗歌宗尚并不统一，马君武是"唐宋元明都不管"（《寄南社同人》），高旭是"自抱文周屈宋思"（《钝根未与元夕南社雅集，以诗见寄，步其韵以答之》），姚锡钧、朱玺等则赞赏以宋诗为宗的同光体，但主流则是唐音。南社的建立与发展在辛亥革命前后，同光体的主要作家大都站在民主革命的对立面，南社领袖人物柳亚子提倡"唐音"，声言"思振唐音，以斥伧楚"（《胡寄尘诗序》），有其政治上的因素。后来南社中围绕同光体发生激烈争论，朱玺发展到对柳亚子进行人身攻击，柳乃以南社主任名义将其开除出社。

② 龚自珍《己亥杂诗》第 44 首，《龚自珍全集》第 513 页，上海：上海人民出版社 1975 年版。下引龚氏文字均出此本，仅简注篇名、书名、页码。

③ 鸦片战争之前，魏源已有鲜明的变革思想。他认为"气化无一息不变"，"势则日变而不可复"（《默觚下・治篇五》），政事应"因时制变"（《道光丙戌海运记》），"其道一出于因"（《筹漕篇上》），反对"执古以绳今"（《默觚下・治篇五》）的泥古不化。这种变革思想主要是来自《易经》的变化思想，古代朴素唯物论中的重"势"观念，《老子》的主"因"与法家的因时制宜、厚今薄古。

④ 《清代学术概论》第 22 节，《饮冰室合集》第 8 册《专集》34 第 56 页。

龚、魏之后的洋务运动时期，人们只采西方先进科学技术以为"富强之术"，似乎还没有意识到两种文化的冲突。冯桂芬所谓"以中国之伦常名教为原本，辅以诸国富强之术"[①]，"有待于夷者，独船坚炮利一事耳"[②]。人们从体与用、道与器、本与末、礼与艺的关系来看待中学与西学的关系，中学为体，西学为用，"用"变"体"不变，西方的科技似乎仍可作为传统文化的补充。虽然如此，也还是有了不同于顽固守旧士大夫的地方，即认同西方科学技术的先进。而到了资产阶级登上政治舞台，社会的变革由器物层面进入政治制度层面，触及"体"的时候，便有了质的飞跃。梁启超说，甲午以前几十年中，言西法者，"不过称其船坚炮利、制造精奇"，"无人知有学者，更无人知有政者"。所谓"学"与"政"，也就是西方资产阶级的社会学说及其政治体制。甲午战败以后，"朝野乃知旧法之不足恃"，"纷纷言新法"。[③] 所谓"新法"就是以资产阶级思想为核心的政治体系，这就进入与封建纲纪、传统文化发生冲突的态势了。在悠久历史中形成的以儒家思想为核心的传统文化，过去虽然也曾不断发生变化，甚至产生过激烈的学派之争，但其神圣的权威性，作为社会指导思想的崇高地位，却从未发生动摇。现在面对比它前进一个历史阶段的西方文化，却成为被重新审视的对象了。梁启超描写这种情景说，过去学者好像生活于暗室之中，不知室外还有什么，现在忽然开了一个洞穴，所见都是前所未见的东西，"于是对外求索之欲日炽，对内厌弃之情日烈"，"于是以其极幼稚之'西学'智识"，"向于正统派公然举叛旗矣"。[④] 人们在中学与西学的对比中，对各自的短长看得越来越清晰，传统文化的神圣光环也就渐渐失色，独尊的地位从根本上动摇了。[⑤] 从西

---

① 冯桂芬《校邠庐抗议·采西学议》，郑振铎《晚清文选》第 105—106 页，上海：上海书店 1987 年影印版。

② 冯桂芬《校邠庐抗议·制洋器议》，郑振铎《晚清文选》第 107 页，上海：上海书店 1987 年影印版。

③ 均见《戊戌政变记》，《饮冰室合集》第 6 册《专集》1 第 22 页。

④ 《清代学术概论》第 20 节，《饮冰室合集》第 8 册《专集》34 第 52 页。

⑤ 严复在《论世变之亟》中说："中国最重三纲，而西人首明平等；中国亲亲，而西人尚贤；中国以孝治天下，而西人以公治天下；中国尊主，而西人隆民；……其于为学也，中国夸多识，而西人尊新知。其于灾祸也，中国委天数，而西人恃人力。""若斯之伦，举有与中国之理相抗，以并存于两间，吾实未敢遽分其优绌也。"（王栻主编《严复集》第 1 册第 3 页，北京：中华书局 1986 年版）

方引进资本主义政治体制与资产阶级意识形态的要求越来越自觉，声势规模也越来越浩大，过去从来是“用夏变夷”，现在却不免要“用夷变夏”①，不再求变革于往古，托古改制，而是要求新声于异邦，采洋改制了。

在这一历史流程中，知识分子的知识结构开始发生前所未有的变化。新式学堂的创立、译书的发达、出使与留学的发展，都在促进这一知识转型过程。如果说以龚自珍、魏源为代表的近代第一代作家还基本未脱传统的士大夫类型，那么，以康有为、梁启超、黄遵宪为代表的近代第二代作家，便已是新旧学的混合型了。他们旧学根柢仍然很深，也还在传统文化中汲取其有长久生命力的成分，康有为发扬经今文学公羊义，著《新学伪经考》、《孔子改制考》，为维新变法制造理论根据，就是最明显的表现。不过，这些发挥已不是用以健全封建制度，而是要向资本主义制度靠拢。梁启超自言他们这些东西实质是“借经术以文饰其政论，颇失‘为经学而治经学’之本意。故其业不昌，而转成为欧西思想输入之导引”②。又说：“舍西学而言中学者，其中学必为无用；舍中学而言西学者，其西学必为无本。无用无本，皆不足以治天下。”③虽然还把中学视为本，然而不与西学结合便成无用。社会的实际运作，都在“用”的流程中。这实际等于说，不讲西学，不与西学结合，已不能适应社会需要，传统文化必须吸收融汇新的东西，才能为社会变革服务。所以西学的新知已在实际上引导着他们的行动，不同于传统的士大夫了。到了以柳亚子、秋瑾等为代表的近代第三代作家，不少已经是洋学堂或留学生出身④，具有现代气息的知识分子了。另外，由于近代报刊和出

① 洋务派李鸿章提出稍变以“章句弓马”选取文武的办法，以适应培养洋务人才的需要，通政使于凌辰便加以严厉指责，认为李所主张变革的东西，都是“古圣先贤所谓用夏变夷者”，而李鸿章则“直欲不用夷变夏不止”（《光绪元年二月二十七日通政使于凌辰奏折》，中国史学会主编《洋务运动》第一册第 121 页，上海：上海人民出版社 1961 年版）。

② 《清代学术概论》第 2 节，《饮冰室合集》第 8 册《专集》34 第 5 页。

③ 《西学书目表后序》，《饮冰室合集》第 1 册《文集》1 第 129 页。

④ 柳亚子为资产阶级革命派文学团体南社领袖人物，光绪二十九年（1903）入上海爱国学社学习。后三年受聘入资产阶级革命党创办的江苏健行公学任教。革命派作家秋瑾于光绪三十年（1904）赴日本留学，入青山实践女校学习。两年后归国，与易本羲等在上海创办中国公学，后曾为绍兴大通学校督办。另一革命派著名小说家和诗人苏曼殊，父亲是旅日华侨，光绪二十四年（1898）入日本横滨大同学校学习，光绪二十七年（1901）入东京早稻田大学高等预科，后转入振武学校。都是或曾就读新学堂，或曾留学国外。

版事业的发达、稿酬制度的出现，促使文学作品商品化，因而逐渐出现半专业化的作家，主要是小说家和小说翻译家，如林纾、李伯元、吴趼人等①。文字生涯成为生活资料的重要来源之一，他们便成为过去未曾有过的新型作家群体。这是近代文学内容日益出新的一个极为重要的因素。

近代进步作家在转型变化过程中，与政治的紧密结合，使他们成为近代文学的主干，为近代文学开了新生面，但也不可避免地具有某些历史局限。他们往往属于不同的政治分野，而近代历史脚步急遽，文化思想更迭迅疾，几乎每经一二十年，就有一个思想层次的转换，还不到古人所说的"一世"即三十年。因此一时站在潮头的人物，往往不久便被历史无情地抛到潮尾。在近代短短八十多年的历程中，先后经历了封建统治阶级内部改革派与腐朽统治者的对立、洋务派与守旧派的对立、资产阶级与封建顽固派的对立、资产阶级本身拥清立宪的改良派与反清共和的革命派的对立。这就使得各时期的进步作家，各领风骚一时，还没有走完自己艺术生命的青春期，便已被时代抛到后面。他们的创作往往前后期有别。后期作品的意义呈现复杂状态，政治上虽然已经落伍，但在艺术与社会的领域中仍然发挥着某些有益的作用。如资产阶级改良派丰硕的艺术果实，包括诗歌、散文、小说作品，大部分产生于变法运动失败、革命派产生以后，作品所追逐的政治理想已处于历史任务的对立面，但它们的文化思想属于资产阶级的范畴，仍发挥着启蒙作用，其作品的艺术形式也给革命派作家以启发。

近代中国所面临的危急形势，使反帝反封建、救亡图存成为压倒一切的任务，它是各种进步行动的基本动力，也是左右进步文学的根本力量。近代进步作家往往是站在思想政治斗争第一线的思想家、政治家。对于他们来说，与其说是要创作文学作品，还不如说是急于要把文学用为社会变革的工具。传统的"文以载道"的文学思想，略加改变后高度地发扬起来。进步文学总是和爱国反帝、变革图强的政治斗争紧密结合，几乎没有一点可以冷静安闲地思索自己、发展自己的空间，这不能不给艺术上的锤炼、创造带来不

① 林纾曾任教京师大学堂，后来专以创作和翻译小说为生。多数人则身为报刊及书局编辑，同时撰写和翻译小说。如著名谴责小说作家李伯元曾办《指南报》、《游戏报》、《世界繁华报》，主编《绣像小说》，同时发表自己的作品。

良影响。像龚自珍、黄遵宪那样思想与艺术都达到很高水平的作家,寥寥可数。进步作家大多是以他们已经掌握的艺术手段急切地为其追求的政治目标服务,再没有过去文人那种琢磨艺术的余裕了。相反,真正能够安恬地埋头于艺术创造的作家,往往是离现实斗争较远而属于守旧文学流派中的人物。鸦片战争时期宋诗派的代表作家郑珍,就是一个典型的例子。他对古代诗歌艺术颇有开拓,然而他的诗歌甚至连鸦片战争这样重大的历史事件也几乎没有反映。

三 文学观念与作品形态的变化

近代以前,我国文学主要是在民族形式的范围内演进。近代,随着西学东渐,西方文学作品逐渐被翻译过来,开始进入中国作家的视野。外国文学作品的翻译比科技西书为晚,从鸦片战争到中日甲午战争的半个世纪中,寥寥可数,对文坛影响不大。但是,到了戊戌前后,情况发生了显著的变化。维新派很重视西方文艺作品在思想启蒙方面的价值,有力地推动了翻译作品的兴盛。光绪二十三年(1897)《国闻报》发表的《本馆附印说部缘起》,同年出版的康有为《日本书目志》的识语,次年《清议报》第一册发表的《译印政治小说序》,都强调小说在宣传上的无可比拟的作用,并大力鼓吹翻译外国小说,认为小说"入人之深","出于经史上"①,"美、英、德、法、奥、意、日本各国政界之日进","政治小说为功最高"②,提出小说是今日急务。光绪二十四年(1898)《清议报》刊出梁启超所译日本政治小说《佳人奇遇》,次年,林纾所译法国言情小说《巴黎茶花女遗事》出版。此后译本渐多,20世纪头十年则有风起云涌之势。光绪三十二年至三十四年(1906—1908),每年出版的翻译小说都在百种上下。

翻译文学的启示,促进了文学观念的变化。小说的地位空前提高。我国虽然从明清以来已有重视小说、戏曲等通俗文学的言论,但把诗词文看做

---

① 严复、夏曾佑《国闻报馆附印说部缘起》,舒芜等编选《近代文论选》上册第200页,北京:人民文学出版社1999年版。

② 《译印政治小说序》,《饮冰室合集》第1册《文集》3第34页。

文学正统的观念并没有根本动摇。维新派从西方国家的历史中看到小说在思想启蒙和社会变革中的作用，把小说从社会文学结构的边缘推到中心地位，以"小说为文学之最上乘"。与此相应，他们提出改良小说和小说界革命的口号，使小说创作更加自觉地为政治服务。梁启超说："今日欲改良群治，必自小说界革命始；欲新民，必自新小说始。"[①]王无生说："今日诚欲救国，不可不自小说始，不可不自改良小说始。"[②]西方文学中比较流行的悲剧观念也被吸收进来，王国维的《红楼梦评论》即以悲剧观念对《红楼梦》作出新的诠释，高扬悲剧文学作品的价值。蒋观云也强调"使剧界而果有陶成英雄之力，则必在悲剧"[③]。

翻译文学还带来一些新的文学类型，尤其是在小说方面。如陆续介绍进来的描写科学推理破案的侦探小说、建立在男女平权基础上的言情小说、以表现政治内容为主体的政治小说、与政治小说密切相关的社会理想小说、发挥科学幻想的科学小说等。[④] 在翻译小说的启示下，19 世纪末、20 世纪初，中国也陆续出现此类小说，如梁启超《新中国未来记》、陆士谔《新中国》等政治小说与社会理想小说，李涵秋《雌蝶梦》、吕侠《中国女侦探》等侦探小说，荒江钓叟《月球殖民地》、徐念慈《新法螺先生谈》等科幻小说。中国最早的话剧也是以意大利歌剧《茶花女》的译本为底本改编而演出的。

翻译文学同时带来了一些新的文学表现技法。中国传统小说的叙事模式大体是以第三人称全能视角讲故事，情节发展是顺时性的，人物刻画以言语行动为主，少有环境与心理描写。翻译文学则输入许多不同的描写手段，诸如第一人称的限制性叙事、逆时性的倒叙、人物肖像的具体刻画、环境与

---

① 均见《论小说与群治之关系》，《饮冰室合集》第 2 册《文集》10 第 7 页、第 10 页。

② 王无生《论小说与改良社会之关系》，舒芜等编选《近代文论选》上册第 224 页，北京：人民文学出版社 1999 年版。

③ 蒋观云《中国之演剧界》，阿英编《晚清文学丛钞·小说戏曲研究卷》第 50 页，北京：中华书局 1960 年版。

④ 以较早的译本说，侦探小说有光绪二十二年（1896）张坤德译英国的《歇洛克呵尔唔斯笔记》。周桂笙说："吾国刑律讼狱，大异泰西各国，侦探之说，实未尝梦见。"（《歇洛克复生侦探案·弁言》，《新民丛报》第 55 号，1904）言情小说有光绪二十五年（1899）林纾译《巴黎茶花女遗事》，影响极大，严复诗曰："可怜一卷茶花女，断尽支那荡子肠！"（《甲辰出都呈同里诸公》）政治小说有光绪二十四年（1898）梁启超译《佳人奇遇》。社会理想小说有光绪二十年（1894）李提摩太译《百年一觉》。科学小说有光绪二十六年（1900）薛绍徽译《八十日环游记》。

心理的细腻描写等，为中国小说的表现艺术提供了借鉴，并不同程度地为中国作家所吸取。近代著名小说《二十年目睹之怪现状》的叙事人称、《孽海花》的艺术描写、《九命奇冤》的倒叙结构等，都反映出翻译文学的启导作用。

不过，文学与思想不同。对西学的吸收差不多可以直接拿来，对外国文学的学习与借鉴则复杂得多。文学形式具有民族性，它与民族文化发展的历史、民族文学传统的特点、民族审美心理的趋向紧密关联在一起。所以，近代文学的性质主要决定于内容的近代性，而不是以文学作品形式“西化”的程度为标志。西方文学作品翻译的初期阶段，原著常常被译者改动，以适应中国读者的阅读习惯，如梁启超《十五小豪杰》的翻译尽量向中国的章回体靠拢，海天独啸子《空中飞艇》的翻译尽量向中国的传记体靠拢①，都说明民族形式的顽强力量。在后来的发展中，严肃文艺形式上有了很大的变化，而接近广大民众的通俗文艺形式则变化不大也不快，同样表明了这一点。

四、文化下移与文体革命

我国的春秋战国之际有一次文化下移，即从贵族的世袭官学下移到下层实际执事的士。近代由于资产阶级旧民主主义革命兴起，需要向广泛的民众进行思想文化启蒙，必然要打破封建时代士农工商四民的格局，冲破只有士才掌握文化的鸿沟，使文化向更广大的范围内普及。这一过程伴随资产阶级登上政治舞台达到了高潮。梁启超大呼“改良群治”、“新民”②，严复也说“今日要政，统于三端：一曰鼓民力，二曰开民智，三曰新民德”③，于是以向广大民众普及文化为轴心强调文体通俗化的主张日益高涨，有力地促进了文学语言由文言向白话转化的伟大历史行程。

---

① 梁启超所译《十五小豪杰》的按语自称译文“纯以中国说部体段代之”，又因“登录报中，每次一回，故割裂回数，约倍原译。然按之中国说部体制，觉割裂停逗处，似更优于原文也”（《新民丛报》第2号）。海天独啸子译《空中飞艇》，在书前弁言中说：“凡删者删之，益者益之，窜易者窜易之，务使合于我国民之思想习惯，大致则仍其旧。至其体例，因日本小说，与我国大异，今勉以传记体代之。”（《空中飞艇》，明权社1903年版）

② 《论小说与群治之关系》，《饮冰室合集》第2册《文集》10第10页。

③ 《原强》修订稿，王栻主编《严复集》第1册第27页，北京：中华书局1986年版。

在我国诗、词、文、赋的雅文学传统中，长久以来“语”与“文”是脱离的。以唐宋古文与宋人语录相对照，就可以感受到二者之间的距离。雅文学观念排斥以口语为文，语录不被视为文，桐城派古文家还明确提出不可以语录入古文。至于俗文学，诸如宋元话本、明清长短篇小说以及说唱文学等，一直在市民社会中发展，作者也不被视为文人。直至产生于近代的小说《儿女英雄传》、《三侠五义》等，情况仍然如此。所以所谓近代文学语言的变革，主要是在文章领域即过去被视为“雅文学”领域里发生的变革。这个变革本身不是近代文学性质的标志，古语文学也可以反映近代性内容；也不是西学送来的体式，文言与白话都是中国自己的民族语言形式；它是中国自身文学语言形式的一次历史性的革命。

近代文体改革是伴随资产阶级文化思想启蒙运动而逐渐展开的。思想启蒙任务没有被提到日程上来的时候，近代的作家也没有表现出自觉要求变革的意向。近代文学的开山龚自珍，曾经提出文学语言不必避俗语，但那主要还是服务于“万事之波澜，文章天然好”①的原则，重点在强调自由抒写，达到天然的境界，仍然属于古典美学中追求表现自然的范畴，与提倡广大民众能接受和欣赏的通俗化的文学不可同日而语。所以，龚自珍的诗歌还是古体，文章也还是文言，但这并不妨碍他表现反对束缚、张扬个性的属于近代性质的内容。

到了资产阶级改良派黄遵宪，便不同了。如果说他在同治七年（1868）写《杂感》诗，提出“我手写吾口，古岂能拘牵”②的提炼流俗语入诗的主张，还与龚自珍相近的话，那么，他在光绪十三年（1887）所撰的《日本国志》中提出言、文合一的主张，便不是这一层次所能框范的了。他说：“语言与文字离，则通文者少；语言与文字合，则通文者多。”他期望文章能够接近通行的口语，“明白畅晓，务期达意”，“适用于今，通行于俗”，使得“天下之农、工、商贾、妇女、幼稚皆能通文字之用”③。这显然是从日本明治维新的历史经验中，认识到近代性质的社会变革对民众进行思想启蒙的迫切性，才将眼

① 《自春徂秋，偶有所触，拉杂书之，漫不诠次，得十五首》其十二，《龚自珍全集》第487页。

② 黄遵宪《杂感》5首其二，钱仲联《人境庐诗草笺注》卷一第42页。

③ 《日本国志》卷33《学术志二 · 文学》第15页，上海：上海图书集成印书局1898年版。

光转向语文改革的问题上来，树立起改革文学语言和文体的鲜明观念。正因为主要动力出于宣传新思想，所以文体改革的范围也基本局限于文章领域。资产阶级改良派领袖人物之一的梁启超说："国恶乎强？民智，斯国强矣。民恶乎智？尽天下人而读书、而识字，斯民智矣。"①裘廷梁说："愚天下之具，莫文言若；智天下之具，莫白话若。"②文体改革以改良民智为轴心，面向社会的近代传媒报刊在这方面起了带头作用，它较早地冲破了士大夫雅文学的观念，迈出了通俗化的步伐。陈荣衮曾发表题为《论报章宜改用浅说》的文章，呼吁报章文字的通俗化，要求"作报论者"，以"浅说""输入文明"，并明确提出："大抵今日变法，以开民智为先，开民智，莫如改革文言。不改文言，则四万九千九百分之人，日居于黑暗世界之中，是谓陆沉；若改文言，则四万九千九百分之人，日嬉游于琉璃世界中，是谓不夜。"③报章文字的通俗化，形成了不同于传统古文的报章文体，这是文体语言的一大变化。梁启超说："自报章兴，吾国之文体，为之一变，汪洋恣肆，畅所欲言，所谓宗派家法，无复问者。"④在向白话文过渡的过程中，报章文体起了重要的中介作用。⑤

适应资产阶级思想启蒙的需要，在19、20世纪之交，陆续出现白话报

① 《沈氏音书序》，《饮冰室合集》第1册《文集》2第1页。

② 裘廷梁《论白话为维新之本》，舒芜等编选《近代文论选》上册第180页，北京：人民文学出版社1999年版。

③ 陈荣衮《论报章宜改用浅说》，见陈荣衮（子褒）《教育遗议》第28—29页，见沈云龙主编《近代中国史料丛刻》第91辑第905册，台北：文海出版社有限公司1973年版。

④ 《中国各报存佚表》，梁启超、冯镜如编辑《清议报》第100号"报界一斑"栏，台湾：成文出版社影印本第12册第6489—6498页，1967年版。

⑤ 近代报章文体可以溯源到冯桂芬与王韬等。冯桂芬反对桐城派古文，自言"独不信义法之说"，主张"称心而言"（《复庄卫生书》），他的《校邠庐抗议》（1861）是比较晓畅明白的短篇政论文集，对报刊政论文字有先导作用。王韬也反对有家法师承、门户蹊径的桐城古文，批评其矫揉拘泥，"蕴蓄以为高，臬栝以为贵，纡徐以为妍，短简寂寥以为洁"（《弢园尺牍续钞·自序》，《弢园著述初编》，清光绪己丑［1889］铅印本）。他于同治十三年（1874）在香港创办《循环日报》，发表在该报上的自撰之政论文，不拘格式，畅所欲言，文字只求辞达，可以说首开报章文体风气。稍后郑观应自言其文章"随手笔录，不暇修琢词句"（《盛世危言增订新编·凡例》），王韬评其文章说："其词畅而不繁，其意显而不晦；据事胪陈直而无隐，同条共贯切而不浮。"（《〈易言〉序》）郑氏曾明确主张"新闻者，浅近之文"（《盛世危言·日报（上）》），他的不少文章发表于报刊上，体现了报章文体的特点。

刊,而且发展的势头颇猛,蔡乐苏曾著《清末民初的一百七十余种白话报刊》一文,可见数量之多。但是在一个相当长的时期内,对文字通俗变革的鼓吹,都是从政治宣传的角度来认识的,并没有考虑白话本身的美学价值,这也是文体改革基本囿于散文领域的根本原因。在韵文范围内,只有为了进行通俗教育而撰写的歌词,因与散文变革的目的相同,有明显的通俗化表现。[①] 在传统的诗歌领域则基本还是旧体式。提倡言、文合一的黄遵宪的诗歌仍完全是文言旧体,而且用典甚多,其诗歌美学观并没有发生根本的变化。提倡“诗界革命”的梁启超,也还是高举“以旧风格含新意境”[②]的旗帜,明确主张旧瓶装新酒,显然还在传统诗歌审美趣味的左右之下。资产阶级革命文学团体南社的诗歌,表现了民主革命的新思想,但体式格调仍与旧体无异。可是,在与思想启蒙关系密切的散文领域,梁启超则带头创造了更适宜自由表现新思想与更适应广大读者接受的“新文体”,“平易畅达,时杂以俚语、韵语及外国语法,纵笔所至不检束”[③],实际上是报章文体的进一步发展。

在由文言向白话转化这一历史性变革中,梁启超从文学进化的观点论证其必然性,是一个明显的进步。他说:“文学之进化有一大关键,即由古语之文学变为俗语之文学是也。各国文学史之开展,靡不循此轨道。”[④]虽然看到文学语言和文体的变革是一种必然趋势,但由于传统审美观念、审美习惯的作用,其创作实践仍然呈现出艰难复杂的状态。为了向民众进行思想启蒙,很强调文学语言的通俗,但涉及文学的美学价值时,又不免踌躇起来。梁启超将文章分为“觉世之文”与“传世之文”,提出不同的要求:“传世之文,或务渊懿古茂,或务沉博绝丽,或务瑰奇奥诡,无之不可。觉世之文,则辞达而已矣。当以条理细备,词笔锐达为上,不必求工也。”[⑤]“传世之文”

---

① 如黄遵宪所作《军歌》24 章、《幼稚园上学歌》、《小学校学生相和歌》19 章等。又曾志忞曾编《教育唱歌集》,卷首《告诗人》也号召诗人创作歌辞“以最浅之文字,存以深意,发为文章,与其文也宁俗,与其曲也宁直,与其填砌也宁自然,与其高古也宁流利”(均见《饮冰室诗话》,《饮冰室合集》第 5 册《文集》45 上第 48—51 及第 62—64 页)。

② 《饮冰室诗话》,《饮冰室合集》第 5 册《文集》45 上第 41 页。

③ 《清代学术概论》第 25 节,《饮冰室合集》第 8 册《专集》34 第 62 页。

④ 《小说丛话》,《新小说》第 7 号(1903 年),日本横滨:新小说社发行。

⑤ 《湖南时务学堂学约》,《饮冰室合集》第 1 册《文集》2 第 27 页。

追求美学价值,“觉世之文”则不追求美学价值,清楚地反映了这种思想状态。不少人难以摆脱对古雅美的恋旧情结,抱着古语文学不肯放①,甚至思想很新而文体却极其守旧。严复是传播西方资产阶级主要思潮最为得力的人物之一,他的政论文《救亡决论》、《原强》等,笔锋之尖锐,思想之激进,都无愧是近代性质内容的佳作,但他却是坚持古文最力的一员。翻译了大量西方小说的林纾,更是顽固地坚守古文壁垒。对白话从美学的意义上加以肯定,是到“五四”新文化运动时期的事了。新文化运动的斗士钱玄同说:“用今语达今人的情感,最为自然;不比那用古语的,无论做得怎样好,终不免有雕琢硬砌的毛病。”②另一斗士刘半农呼号要“打破此崇拜旧时文体之迷信,使文学的形式上速放一异彩”③,美学观已经有了明显的变化,文体变革的范围扩展到一切方面,白话诗也诞生了。但近代散文文学语言的通俗化以及继踵兴起的白话文运动,毕竟对文言有所冲击,也为人们接受白话做了一些心理准备,为“五四”白话文体革命创造了一定的条件。

五　近代文学流程

近代文学的开端处于清代的后期,直接清中叶文学,文学形式仍然是承袭传统的。近代文学的结束期,则在1919年“五四”运动之前,随后的“五四”新文化运动,取得了文学革命的成功。这一成功,有两个明显的标志:一是完成了从文言到白话的转化,一是主动接收西方的美学思想及其文学表现技巧,使中国文学的面貌有了显著的改变,新式的诗歌、散文、小说、戏剧都产生了一些典范的作品。这两方面的变化都是具有划时代意义的。从此,中国文学可以毫无愧色地称为“新文学”了。近代文学恰恰横亘在由旧

---

① 蔡元培说:“民元前十年左右,白话文也颇流行……但那时候作白话文的缘故,是专为通俗易解,可以普及常识,并非取文言而代之。主张以白话代文言,而高揭文学革命的旗帜,这是从《新青年》时代开始的。”(《〈中国新文学大系〉总序》,《中国新文学大系》第1集卷首第8页,香港:文学研究社1972年版)比较清楚地反映了那时对白话的基本观念与态度。

② 钱玄同《尝试集序》,《钱玄同文集》第1卷第8页,北京:中国人民大学出版社1999年版。

③ 刘半农《我之文学改良观》,《中国新文学大系》第1集卷首第95页,香港:文学研究社1972年版。

文学到新文学之间，这种历史地位决定它必然成为从旧文学到新文学的过渡。近代文学发展的历程，也确实显示出这种艰难曲折的过渡转化的轨迹。文学语言由文言向白话转化，文学观念与文学表现形式接受西方的某些影响，在近代都已开始，并为“新文学”的诞生创造了有利条件。但这两个方面都只是近代文学极有价值的贡献，也是其发展中不可忽视的重要变异，而并非近代文学性质的标志。文学语言的转化，是近代社会变革推动的文化下移所促成的一个重要结果，白话文学在通俗文学中早已存在，近代不过是再扩展到雅文学的散文领域而已。文学创作中体现某些西方文学观念与文学表现技巧，则是中西两种文化交流、撞击中，中国文学民族形式在形态上发生的一定的变化。文学的民族形式不等于旧文学，任何民族的文学都不可能完全抛弃民族形式。内容是决定文学性质的根本因素。近代历史是资产阶级旧民主主义革命的历史，反帝反封建是其根本任务，反帝反封建的内容才是近代文学性质的根本标志。

近代文学与政治关系密切，文学风貌的变化与社会变革基本同步。近代文学发展的流程，依社会变革的阶段，大体可以中日甲午战争（1894）为界，分为前后两期。前期，鸦片战争前后，西学的输入还刚刚开始，几乎谈不上什么影响；洋务运动时期，主要集中在西方的科学技术上，也谈不上深层次的思想影响，对传统的思想、文化、制度的信仰，还没有产生根本性的动摇。所以，文学的总体面貌变化不够显著，紧承乾嘉以来的文学风气，沿着惯性向前推衍的力量还相当大，雅文学领域活动着各种带有拟古、复古色彩的文学流派就是明证。通俗文学领域，小说在题材上有所转换，而思想境界则不高。传统的戏曲已步入尾声，地方戏特别是京剧勃起，成为直到今天仍然活跃在舞台上代表中国戏剧特色的“国剧”。但是西方资本主义的入侵，清王朝的腐败无能，刺激经世思潮发展，文学与现实的关系趋于紧密，主要反映在较为敏感的诗文词领域中。帝国主义的侵略危及国家与民族的生存，成为人们关注的焦点，反帝爱国思想得到最突出的表现。此外，则只有个别作家反映出带有新时期色彩的内容，如龚自珍表现出反封建束缚、张扬个性的新思想，魏源也表现出开放的心态，“西藏之教能寝朔漠兵，和卓之教能息天山争，广谷大川自风气，岂能八表之外皆六经？”[①]对于太平天国，几乎所有作家无一例外站在反对的立场上，文学与现实关系的密切并没有促成有价值作品的产生。随后，不少人陷入所谓“同治中兴”的迷梦中，少有新颖的表现。倒是湘乡派的个别作家因出使西方而写下一些反映外国情况的作品，带给文坛一些新的气息。

后期明显不同了，一连串对外战争的失败，洋务运动的破产，“同治中兴”迷梦的粉碎，刺激已登上政治舞台的资产阶级，从托古改制一跃而为采洋改制，自觉地求新声于异邦，西学输入不仅达到高潮，而且进入较深层次，大量引进资产阶级哲学、社会学说。进化论的物竞天择思想、民权论的天赋人权思想以及民主、自由、平等等一整套资产阶级观念都涌了进来，深刻地影响着人们的世界观以及政治、国家等观念，士大夫知识分子开始进入了转型期，政治上也开始了维新变法与民主革命的政体变革。向民众进行思想启蒙的意识成为进步知识分子的共识，各种文化传播工具和文化设施几乎都被运用来为这一目标服务，因此各种文学革命口号都被提出来并付之于实践，整个社会思想风气和文学面貌都发生了具有历史转折性的变化。这一时期，虽然旧的文学形态与守旧的文学流派并没有销声匿迹，但新的文学风气与充满新思想的文学作品已成为文坛的主导潮流。一向不登大雅之堂的小说，因其向民众启蒙最为得力，被推为文学的最上乘，占据了中心地位，在诗界革命、文界革命、小说界革命、戏剧革命的口号下，新小说、新传奇杂剧、新文体散文、谴责小说、接受西方影响而产生的小说新品种等，成为文坛的主流。新式话剧也诞生了，就连旧的地方戏京剧也有了时装新剧的种类。而伴随散文的通俗化运动，白话文也开始被自觉采用，并形成相当大的声势。改良派的康有为、梁启超等，革命派的秋瑾、柳亚子等，小说家李伯元、吴趼人、苏曼殊等成为这一时期的代表作家。文学各个方面都呈现出向新的文学时期过渡的征兆，预示着一个新时期的到来。近代文学走完了它的

---

① 魏源《观物吟》10 首其七，《魏源集》下册第 747—748 页，北京：中华书局 1976 年版。又魏源《偶然吟十八首呈婺源董小槎先生为和师感兴诗而作》其八云：“四远所愿观，圣有乘桴想；所悲异语言，笔舌均悦惘……若能决此藩，万国同一吭。朝发旸谷舟，暮宿大秦港。学问同献酬，风俗同抵掌。……绕地一周还，谈天八纮放……直将周孔书，不囿禹州讲。”（《魏源集》下册第 580 页）也突出地反映了这种心态。

历程，完成了它的使命，迎来了“五四”文学革命，旧文学时代结束了，中国的新文学时代开始了。

（原载袁行霈主编《中国文学史》第四卷，为该书第九编“近代文学”绪论，略有修订。）

《近代文学编》要旨阐释[①]

——近代文学的地位、分期、本质、形式与内容变化诸问题

一、近代文学在中国文学史中的地位、意义

“近代文学”在这部《中国文学史》中，所占分量不大，这是由中国文学发展的实际状况决定的。从中国文学史总体上看，近代文学这一段，称得上是一、二流的作家、作品不很多，历史也较短，篇幅小一些是适当的。但是篇幅小，不等于不重要。相反，由于它所处的特定历史时段，决定了它是从古代旧文学到现代新文学的过渡。不了解近代文学，就不能深切了解从旧文学到新文学的演变历史。

二、关于“近代文学”是近古期文学发展的第二阶段问题

这部《文学史》中，含蕴一种文学史的新的分期意见，即三期七段说。将明中叶以后的文学，划为第三期，号为“近古期”文学，这是从社会的性质已开始走上近代化历程着眼的。近古期文学又分为两个阶段：从明中叶到鸦片战争为第一阶段，鸦片战争以后到“五四”运动文学革命兴起为第二阶段。这一分期，解决了过去独立划分“近代文学”时段的一个大矛盾，就是关于作为历史分期的“近代”的概念和标志社会性质变化的“近代化”（也称为“现代化”）概念的矛盾。

---

① 袁行霈主编《中国文学史》四卷本第四卷第九编为“近代文学”，本人为此编主编，本文是对此编的阐释，涉及近代文学地位、分期、本质、形式内容变化诸问题。

过去所称的“近代文学”，其中“近代”的含义实际是历史分期的概念，历史界称这一段为“近代史”，文学史界遂称这一时期文学为“近代文学”，意即近代历史时期的文学。至于“近代化”，则是标志社会性质变化的概念。它是指开始突破中世纪的规范，向资本主义现代化方向发展。由于中国近代已进入资产阶级旧民主主义革命的范畴，本时期必然含有“近代化”的意义。但把“近代化”作为近代文学分期的标志，就引起一个问题，即我国的近代化历程的开端，实不始于鸦片战争，而应当上溯到明代中后期。因为从明中叶以后已经开始出现资本主义萌芽，社会意识方面也有比较明显的反映。卒于鸦片战争后一年的龚自珍的思想中，已经表现出明显的反封建专制的倾向和不少与后来的资产阶级主张息息相通的思想，也证明了这一点。鸦片战争一声炮响，并不能立即引起社会的变化，也不能立即将西学送进来，他的思想，只能产自本土，即承袭明中后期以来张扬个性、具有反封建倾向的新思潮。

新的分期，则把这一矛盾较好地解决了。就是说，我国近代化的历史行程始于明中叶，鸦片战争爆发使这一行程具有了新的形势和特点，即结束了我国自身独立发展的道路，变为在西方列强入侵的条件下进行，道路更为艰难，形态更为复杂，因此形成具有鲜明特色的第二个阶段。

三、近代社会与近代文学的轴心问题

近代社会与近代文学围绕旋转的轴心，就是“变”。社会在变，文学也在变。社会的变是结束了封建君主专制制度，建立起民国；文学的变则是结束了旧文学，过渡到经由“五四”文学革命而诞生的现代新文学。近代文学横亘于旧文学与新文学之间，它不能不呈现为过渡的状态，转型的状态。“过渡”与“转型”都意味着“变”。抓住了这个核心，从“变”的角度观察近代社会与近代文学，就能得其环中，把握住近代社会与近代文学的本质。

近代文学的“变”有几点值得注意：第一，它是伴随近代社会的“变”、伴随西学东渐与社会意识形态的“变”而逐步发生逐步深化的。因而要注意从近代文学变化的深层根源上理解近代文学的变化。第二，近代文学的变化，既表现在内容方面，也表现在形式方面。要注意从内容与形式两个层面上来考察与掌握其变化，二者的变化有其相关联的一面，也有其不平衡的一面，注意这种复杂性。第三，无论是内容方面还是形式方面的变化，都是不平衡的，在不同文学体裁领域内，变化的程度差别很大，诗、文、小说、戏曲并非同步的，要具体地分别地对待。第四，形式层面的变化，在不同的文学体裁领域内，变化的特征也不尽相同，有的突破了旧体式，有的仍然局囿在旧体式中有新变，也要有分别的认识。

四、近代文学的分期问题

过去一般是采取三分法，即分为启蒙时期（或称早期改良主义时期）、资产阶级改良主义时期和资产阶级民主革命时期。这种三分法将资产阶级改良派与革命派截然划分为两个时期，是值得商榷的。资产阶级改良派与革命派，虽然在兴起的时间上略有先后，但较长时间是并行的；其政治思想差异性较大，文化思想则同属于资产阶级范畴，共性大于差异性。改良派的政治思想虽然在戊戌变法失败后即已过时，但其文化思想，此后仍然发挥着不可忽视的启蒙作用。文学上二者交互影响，共同促进文学变革的过程，实不宜将二者截然划分为两个时期、两个历史阶段。

本书的“近代文学”采用了二分法，即大致以1894年中日甲午战争为界，分为前后两期。改良派与革命派同属近代后期。这样的划分更能体现近代文学发展的实际及其阶段性的特征。前期，社会性质的变化不甚明显，西学的传播也有很大局限性，基本囿于器物与自然科学层面。文学中表现的新思想、新内容也比较少，突出的只是爱国主义。后期不同了，西方资产阶级成熟的意识形态即其政治社会学说，以狂飙般的势头大量输入中国，思想文化领域发生巨大的变化。梁启超曾说：“海禁既开，译事萌蘖。游学欧美者，亦以百数。然无分毫影响于学界。惟侯官严几道（复）译赫胥黎《天演论》、斯密亚丹《原富》等书，大苏润思想界。十年来思想之丕变，严氏大有力焉。”这一段话，将近代前后二期，西学传入及其影响之情况，表述得十分清楚。其标志则为严译诸书。严氏《天演论》译稿完成于1895年，1898年正式出版，此前此后变化极为明显。所以梁氏在这篇文章中又说：“戊戌、庚子以还，日本江户，为懋迁新思想之一孔道，逾海负笈，月以百计。学生阛阓塾，译本如鲫鱼，言论惊老宿，声势慑政府。自今以往，思想界之革命，沛乎莫之能御矣。”①与此种形势相应，文学面貌也发生了具有历史转折性的变化。新的文学风气与充满新思想的文学作品，成为文坛的主导潮流。文学各个方面都呈现出一种向新的文学时期过渡的征兆，预示着一个新时期的到来。

五、近代文学的新内容

近代文学在内容方面的变化最大。近代文学的新内容主要表现为爱国、民主、变革、纳新几种突出的思想。

第一，近代中国一直处于帝国主义的疯狂侵略下，救亡图存成为中华民族最迫切的任务，爱国成为最广泛的统一战线，也成为近代文学最普遍最突出的内容。近代爱国思想与民族国家的概念相结合，既不同于历史上与“忠君”相结合的爱君国思想，也不同于历史上讲“夷夏之防”的那种以种族思想为核心的爱国主义。

第二，当列强已进入资本主义时代，近代中国要想争存于世界，就必须发展资本主义，因此变革封建政体成为与爱国紧密结合的任务。宣扬民主、反对封建专制成为近代文学又一中心内容。从启蒙思想家龚自珍的批判专制束缚，到资产阶级改良派争君民共治，直到革命派争民主共和，贯串的就是这种精神。资产阶级所讲的民主与封建时代所出现的民主因素不同，它已完全是政治领域的现代意义的民主主义。

第三，近代社会的每一步前进都与变革的精神密不可分。呼号与歌咏变革成为又一重要内容。在近代历史开端上，龚自珍就尖锐地警告统治者：“与其赠来者以劲改革，孰若自改革？”②在资产阶级登上政治舞台后，康有为更疾呼：“能变则全，不变则亡；全变则强，小变仍亡。”③这种变革思想的

---

① 梁启超《论中国学术思想变迁之大势》，《饮冰室合集》第1册《文集》7第104页。北京：中华书局1989年版。下引梁氏文字均出此本，仅注篇名、书名、册数、页码。

② 龚自珍《乙丙之际箸议第七》，《龚自珍全集》第6页，上海：上海人民出版社1975年版。

③ 康有为《上清帝第六书》(应诏统筹全局折)，舒芜、陈迩冬、王利器编注《康有为诗文选》第56页，北京：人民文学出版社1990年版。

顶峰是宣传民主革命思想主张。柳亚子的《放歌》说“上言专制酷，罗网重重强。人权既蹂躏，天演终沦亡……《民约》创鸿著，大义君民昌，胚胎革命军，一扫秕与糠”①即其典型表现。

第四，近代文学又一突出新内容是纳新，是歌咏开放的心态，歌咏新思想新事物。这也是一种历史的必然，要进步，要富强，就必须学习世界上先进的东西。所以它成为近代先进人物的普遍素质。站在近代历史开端上的魏源提出“师夷长技以制夷”②，倡言“远客之中有明礼义，上通天象，下察地理，旁彻物情，贯串古今者”，就是“瀛寰之奇士，域外之良友”③。他在《偶然吟》中说：“四远所愿观，圣有乘桴想；所悲异语言，笔舌均怳惘……若能决此藩，万国同一吭。朝发旸谷舟，暮宿大秦港。学问同献酬，风俗同抵掌。……绕地一周还，谈天八纮放……直将周孔书，不囿禹州讲。”④梦想着世界性的交流，是这种思想与心态最典型最突出的表现。这种开放的心态为后来一系列先进人物所继承与发扬，也贯串在进步文学作品中。

在近代诗文中，歌咏新思想、新事物是引人入胜的内容。如黄遵宪的《今别离》写有了现代化交通通讯工具和关于地球新知识条件下离别的新况味，他的《以莲菊桃杂供一瓶作歌》一诗，“半取佛理，又参以西人植物学、化学、生理学诸说”⑤，将新学理融入诗意内涵，藉以表现同种一家等人生理想和事物变化转换之理，都是显例。他的大量反映海外风物民俗的诗作，写到日本的樱花、伦敦的大雾、巴黎的铁塔等，“吟到中华以外天”⑥，都为亘古以来中国文学所未有。正是这样，黄遵宪敢于说：“风雅不亡由善作，光丰

---

① 柳亚子《放歌》，中国革命博物馆编《磨剑室诗词集》上册《诗文集》卷一第17—18页，上海：上海人民出版社1985年版。

② 魏源《海国图志叙》，《魏源集》上册第207页，北京：中华书局1976年版。

③ 魏源《西洋人玛吉士地理备考叙》，《海国图志》第76卷第19页，清咸丰二年（1852）刊百卷本。

④ 魏源《偶然吟十八首呈婺源董小槎先生，为和师感兴诗而作》其八，《魏源集》下册第580页，北京：中华书局1976年版。

⑤ 《饮冰室诗话》，《饮冰室合集》第5册《文集》45上第25页。

⑥ 黄遵宪《奉命为美国三富兰西士果总领事留别日本诸君子》5首其三，钱仲联《人境庐诗草笺注》上册卷四第340页，上海：上海古籍出版社1981年版。下引黄氏文字均出此版本，仅简注作者、篇名、书名、页码。

之后益矜奇"[1];康有为敢于说:"新世瑰奇异境生,更搜欧亚造新声","意境几于无李杜,目中何处着元明"[2]! 这样的气魄与豪言,并非妄自说大话,而有实际创作为基础。

六、近代文学形式层面的问题

近代文学形式层面的问题,涉及古今新变的问题,也涉及民族形式与西化的问题。

第一,关于古今新变的问题。近代文学的转型,从形式层面上说,还包括两个方面:一是语言范畴的转化,即文学语言的通俗化,由文言走向白话;一是体式范畴的转化,即旧体式格调的突破,由旧体式迈向新体式。从这些方面观察,应该说变化不大,近代文学的主要部分、在较长的历史时段里,可以说基本是处于旧瓶装新酒的状态。

比如近代词,完全是保持旧形式、旧格调。诗歌也无大变化。资产阶级改良派提出的诗界革命,无论是较早的"寻扯新名词以自表异"[3]的"新诗",还是后来提出的"第一要新意境,第二要新语句,而又须以古人之风格入之"[4]的纲领,在形式层面上最高只达到吸收新词语入诗的范围,没有明确提出语言通俗化问题,也没有触及旧休式问题。

由于近代文学是转型期的文学,人们在形式层面对它的期望值也比较高。往往因为形式层面变化有限,而怀疑到其近代文学的性质,则是不妥当的。形式问题,不能是判断近代文学性质的主要依据,更不能视为近代文学性质的标志。近代文学的性质,主要还是取决于近代性的内容,旧瓶可以装新酒。形式自然也是一个重要方面,但不宜以形式之旧,否定内容之新。

第二,西化与民族形式问题。近代文学的内容之新,有些是帝国主义入

---

① 黄遵宪《酬曾重伯编修》2 首其二,钱仲联《人境庐诗草笺注》中册卷八第 762 页。

② 康有为《与菽园论诗……》3 首其二,舒芜、陈迩冬、王利器编注《康有为诗文选》第 264 页,北京:人民文学出版社 1990 年版。

③ 《饮冰室诗话》,《饮冰室合集》第 5 册《文集》45 上第 40 页。

④ 《夏威夷游记》,《饮冰室合集》第 7 册《专集》22 第 189 页。

侵的形势所促成,更多则是由西学东渐的影响而产生,许多新思想、新事物都是由此而来。而在近代稍后时期,某些文学体裁领域还受到西方文学的影响而产生一定程度的变化。如小说,随着西方小说被译介到中国来,受其启示和影响,产生了一些文学的新品种,如侦探小说、新式言情小说、政治小说和社会理想小说、科学小说等。另外,有些小说吸收西方小说的技法,在表现形态上也发生一定的变化,诸如第一人称的限制性叙事、逆时性的倒叙、人物肖像的具体刻画、环境与心理描写的加强等。这些变化无疑都代表了近代文学出新的一个侧面。

但是“西化”不应该是文学变革的目标,“西化”和程度也不是衡量近代文学性质的标志。现代化的文学也不能说是“全盘西化”的文学。文学与思想不同。对西方的思想、西学的内容差不多可以直接拿来,文学因为属于艺术形象创造的范畴,具有民族形式,对外国文学只能是学习与借鉴,将其有价值的东西吸收过来并融入民族形式之中,在民族形式中求变化,求出新。说得绝对一点,无论如何无法超越民族的语言,虽然也可以有一些欧化的句法,那还是有限的。因此,不能完全以西化的程度判断文学的新旧,还是要将内容与形式结合起来观察。那些旧形式变化不大的小说,不一定不反映近代文学的性质。要注意这个西化与民族形式的问题及二者的辩证关系。

七、近代文体改革问题

从旧文学到新文学的过渡,很重要的一个方面是由文言变为白话。“五四”新文学革命很重要的成就就是树立起白话文学在文坛的正宗地位,从而开辟了中国文学的新时代。因此在近代文学中,文学语言的变革,文学语言向通俗化方向的发展,是一个重要问题。

在我国古代文学中,语言形式是一个复杂问题。在雅文学即诗、词、文、赋这些领域内,一直是“语”与“文”分离的,以文言为文学表达的工具。而古代的俗文学,在市民社会中发展,始终是语、文接近的。直到近代,也还是如此。对于俗文学领域来说,文学的变革,是在内容方面和表现方式、表现技法方面,语言则不是一个问题。资产阶级改良派在启蒙运动中,推崇小说的价值，就是因为它的语言易为广大群众理解，普及率最高，而所提倡的小说界革命，则是要革新小说内容而不强调革新语言。

所以近代文体语言的变革，不是一个全称概念，不是指所有的文学领域，主要是指“雅文学”领域。“五四”文学革命白话文的胜利，也是指在这个领域中的胜利。而从近代文体语言的变革实际来看，诗、词领域变化甚微。引人瞩目的是散文领域在通俗化方面取得的成就。这种变革的实质是中国自身文体语言形式的一次历史性的革命变革，它不是近代文学性质的标志，古语文学也可以表现近代性内容；也不是“西化”的结果，文言与白话都是中国自己的民族语言形式。

近代文体语言的变革决定性的因素是思想启蒙运动促成的。所以它开端于报章文体。而到资产阶级改良派登上政治舞台，达到高潮。梁启超的新文体就是适应这种需要而诞生的。以“新民”“开民智”为根本动力，文章领域又由新文体而发展到提倡白话文。裘廷梁说：“愚天下之具，莫文言若”，“智天下之具，莫白话若”。[①] 改良民智必须改革文体。适应资产阶级思想启蒙的需要，在19、20世纪之交，陆续出现白话报刊，而且发展的势头颇为猛烈。

这种文体的改革植根于近代社会之国民地位的日益升高，植根于国民意识的形成，植根于文化普及，必须改革脱离民众的文言。从历史上看，我国有两次大的文化下移运动。一次是在春秋时期，从贵族的世袭官学下移到下层实际执事的士。再一次就是在近代，由于资产阶级旧民主主义革命的逐步兴起，需要广泛的民众思想文化启蒙，必然要打破封建时代士农工商四民的格局，冲破只有士才掌握文化的鸿沟，使文化向更广大的范围内普及。这一势头一直发展到“五四”文学革命。那时，胡适提出的口号还是“国语的文学，文学的国语”[②]。文学要走向广大的社会。

---

① 裘廷梁《论白话为维新之本》，舒芜等编选《近代文论选》上册第180页，北京：人民文学出版社1999年版。

② 胡适《建设的文学革命论》，《中国新文学大系》第一册《建设理论集》第155—156页，香港：文学研究社1972年版。

八、近代文学的不平衡性

近代社会发展的不平衡,是中国历史上罕见的。地域的发展程度不平衡,进步与保守思想不平衡,知识界的觉醒与广大民众的不开化不平衡,因此文学不平衡,各种文体领域成就高低不同是很自然的。

一般说来,属于近代先进人物行列的知识人,大都以诗、文为武器,进行变革或革命的斗争,所以诗、文领域变化最明显,反映近代内容最充分。从龚自珍到黄遵宪到柳亚子,构成一条分明地随历史潮流不断前进的系列。

其次,应该说是小说方面。近代前期的小说,变化很有限。小说的创作主体还基本是封建的士子或民间艺人,他们面对的又是明清小说成就的高峰,很难超越。近代小说概括些讲,可以说基本是笼罩在《红楼梦》、《水浒传》、《儒林外史》之下。在近代前期,很少有什么突破,而由于创作主体的思想境界不高,小说在思想上还有向传统旧思想回归的趋向。世情小说由《红楼》写到青楼,其价值仅在于转换题材,反映了世情的一个新领域,但思想境界远远追不上《红楼》。侠义小说由《水浒》转向到侠义与公案的结合,虽然仍可为市民写心,但总体上归属于清官观念之下,其反抗性、斗争性也远逊于《水浒》。

到了后期,由于创作主体的变化,出现了值得重视的新气象。反映官场的小说,虽然仍在《儒林外史》的笼罩下,是由儒林转笔到官场,其讽刺艺术也远不及《儒林》,但其对官场暴露的彻底、嘲弄的辛辣、抨击的猛烈,如果不是在民主思想已经高扬的时代,是很难想象的。这批谴责小说中的《孽海花》,由于作者受西方文化、文学的影响较深,不仅写到国外的生活,其表现形态与表现技法也有明显的变化。而晚清时期出现的那些宣扬维新与革命的小说,虽然艺术上不成熟,但在探索和推动新小说的出现上,其历史功绩是不可抹杀的。所以,近代小说也是值得注重的一个领域。

相对来说,就表现近代新内容来看,词与戏曲较诗、文、小说为差。词中所反映出的时代声音较微弱。戏曲最突出的现象是传统戏曲杂剧、传奇的衰落和今日被称为"国剧"的地方剧——京剧的崛起。但以表演历史故事居多，和时代生活的呼应较微弱。后期，话剧的萌芽，戏剧改革口号的提出及其活动，具有为文学革命铺垫的意义。

（此篇为1999年《中国文学史》教材学习班上关于“近代文学”的报告纲要，后曾刊载于《高等教育通讯》。）

暮夜沉沉中的“怪魁”

——龚自珍评传

一、庸腐衰败社会中的“怪魁”

龚自珍，字璱人，又名巩祚，号定庵、羽琌山民。浙江仁和（今杭州市）人。清乾隆五十七年（1792）生，嘉庆十六年（1811）20岁，到了成人的年龄。道光二十一年（1841）逝世，鸦片战争已经爆发一年。他是生于乾隆末，成长于嘉庆朝，活动于嘉庆后期与道光前、中期的人物。他生活的这个时代，既是有清一代的历史转折期，也是中国历史的重要转折期，西方资本主义的侵略铁蹄开始踏上了中国的大地。

龚自珍一生的经历比较单纯。嘉庆二十四年（1819）即28岁以前，主要是学习与参加科名考试。学习的内容颇为广泛，包括时代学术主潮的汉学、正在崛起中的今文经学即公羊学，还有词章学以及八股科考文字等。这一时期，他在科名上步履维艰，小有进展，即嘉庆二十三年（1818）考取了举人，不过已是27岁将近“而立”之年了。

中举以后，他连续两年参加进士考试，都名落孙山。嘉庆二十五年（1820）29岁时做了内阁中书，开始步入仕途。从这时起，直到道光十九年（1839）48岁因“忤其长官”①而辞官南归，大体上经历了二十年的仕宦生涯。这二十年中，他先后做过国史馆校对官、宗人府主事、玉牒馆纂修官、礼部主客司主事等职，虽然都是在中央朝廷供职，却始终不脱卑微小京官的地

---

① 汤鹏《赠朱丹木太守》诗自注，孙文光、王世芸编《龚自珍研究资料集》第36页，合肥：黄山书社1984年版。以下凡引自此书者皆出此本，仅简注作者、篇名、书名、页码。

位。他才华横溢,志怀远大,但现实给予他的实在太吝啬了,十分不称。

在这一时期里,他于道光三年(1823)与贝镛、江沅校佛经,开始比较深入地接触佛学。道光九年(1829)38岁时,经过五次落第的磨难,终于考取了进士,不过已是人过中年。更为不幸的是,由于书法不合要求,由进士可以获得的好处,诸如进翰林院、入值军机处、放考差等,他一项也没有得到。对此他只能在《干禄新书自序》中发发牢骚、自我解嘲而已。

龚氏辞官南归后两年,即因暴病骤逝,带着他的满腔遗恨离开了人间。

龚自珍生活的时代,清王朝已经度过康熙、乾隆盛世,由盛转衰。官僚庸腐,政事不修,水旱频仍,民不聊生,阶级矛盾尖锐。从嘉庆元年(1796)白莲教起义,到嘉庆九年(1804)蔡牵起事,到嘉庆十八年(1813)天理教起义,武装反抗连绵不断。黄爵滋在道光十五年(1835)的一封奏折中,列举各地"盗匪"名目之后,沉痛地指出:由于"无业以管其心智材力而使之得食",虽禁而无效,"禁之不从,必且取而诛之,则又安可胜诛! ……此地方官治之所以穷术也"[①]。可见清王朝统治的穷途末路光景。内忧日深,外患亦日亟。西方资本主义开拓世界市场的进军,已经到达中国本土。从嘉庆以来,他们以鸦片贩毒为先行的侵略日益猖獗,导致白银大量外流,银贵钱贱,清王朝的财政危机加剧,民众赋税负担也因此激增,更加激化了矛盾。而侵略者的态度也愈来愈骄横,咄咄逼人。黄爵滋道光十五年(1835)的奏折中指出:"近来夷人互市既久,渐有玩法藐禁之处,往往好生事端。……夷船擅入内地,辄敢放炮相拒。"[②]"山雨欲来风满楼",来自几万里外的强敌正在酝酿更大的侵略阴谋。

龚自珍对自己生活的时代形势有清醒的认识。他在嘉庆二十五年(1820)所写的《西域置行省议》中指出:"自京师始,概乎四方,大抵富户变贫户,贫户变饿者。四民之首,奔走下贱。各省大局岌岌乎皆不可以支日月,奚暇问年岁!"[③]勾画出清王朝大厦将倾的危局。同年写下的《东南罢番

---

① 黄爵滋《敬陈六事疏》,黄大受辑《黄少司寇奏疏》第40页,台北:文海出版社1976年版。下引自此书资料皆出此本,仅简注作者、篇名、书名、页码。

② 黄爵滋《敬陈六事疏》,黄大受辑《黄少司寇奏疏》第42页。

③ 龚自珍《西域置行省议》,《龚自珍全集》第106页,上海:上海人民出版社1975年版。以下凡引龚氏文字皆出此本,仅简注篇名、书名、页码。

舶议》，还在鸦片战争爆发前二十年已经敏感到并思考西方国家的侵略问题。道光三年(1823)所写的《阮尚书年谱第一序》更深刻地指出："奥东互市，有大西洋。近惟英夷，实乃巨诈。拒之则叩关，狎之则蠹国。"①他把内忧、外患夹击之下的清王朝统治风雨飘摇的形势，形象地概括为"日之将夕"②。更令他痛心疾首的是面对日趋衰败没落的形势，士大夫阶层却是"万马齐喑"③，处于麻木不仁状态，没有生气。贪赃枉法的腐败分子自不必说，一般士子也大多沿着历史的惯性，沉湎在所谓乾嘉盛世的迷梦中："秋气不惊堂内燕，夕阳还恋路旁鸦"④，苟且因循，毫无觉醒。而在清王朝屡兴文字狱的高压摧残下，士子也大多习惯于俯首帖耳，甘心做安分保禄的庸人："避席畏闻文字狱，著书都为稻粱谋"⑤，没有思想，没有激情，没有声音。

作为时代的先识先觉者，龚自珍一心要冲破沉闷的局面，发出先行者的呼声。他不仅深察现状，而且不避危害，为国家的命运而呼号。他指斥封建专制的弊端，批判庸俗，呼唤人才，呼唤变革，呼唤风雷，发出了时代的最强音，因而被时人视为"狂"、"怪"。嘉庆二十二年(1817)，龚自珍26岁时，将自己的一册诗文呈送知名学者王芑孙，集名《VERB亭文》。王氏阅后不满意他以"至不祥"的"泣"字名集，并警告他"诗中伤时之语，骂坐之言，涉目皆是"以及"上关朝廷，下及冠盖，口不择言，动与世迕"的行为，会弄得一无立足之地，期望他"循循为庸言之谨，抑其志于东方尚同之学"，"养德养身养福"，"排金门，上玉堂，和其声以鸣国家之盛"，这等于是让他收敛起锋芒，去做龚氏极力斥责的"乡愿"。王氏针对龚氏"乡愿"的说法尖锐地质问道："足下病一世乐为乡愿，夫乡愿不可为，怪魁亦不可为也。乡愿犹足以自存，怪魁将何所自处?"⑥"乡愿"可以有立足之地，"怪魁"却绝不会为社会所容。

---

① 《阮尚书年谱第一序》，《龚自珍全集》第229页。

② 《尊隐》，《龚自珍全集》第87页。

③ 《己亥杂诗》第125首，《龚自珍全集》第521页。

④ 《逆旅题壁，次周伯恬原韵》，《龚自珍全集》第449页。

⑤ 《咏史》，《龚自珍全集》第471页。

⑥ 以上均见《王芑孙覆龚自珍书》，载张祖廉《定庵先生年谱外纪》，见《龚自珍全集》第648页。

王氏主张“士亦修身慎言,远罪寡过而已”①,这代表了清政府高压下所造成的一代士子的主流心态。龚自珍痛斥“乡愿”,正是要扭转这种士风,扫荡置身局外、随俗浮沉、是非不问、明哲保身的庸腐气,将士人引导到关怀国家社会命运上来。王氏的劝告虽是找错了对象,但他提出的“怪魁”品题,倒是道出了龚氏的本色。龚自珍正是挺立于庸腐世俗习气之上的“怪魁”,喊出了时代的最强音,成为当代的先觉者和近代历史转折时期杰出的思想家、文学家。

二、学术多方,经世为亟

龚自珍出生于一个具有深厚文化传统的官僚士子家庭。过继祖父龚敬身,本生祖父龚禔身,都有科名,做过中朝和地方的官吏。龚敬身曾批校过《汉书》。父亲龚丽正,嘉庆年间进士,曾在礼部与军机处任职,后为徽州知府、江南苏松太兵备道署江苏按察使,已是掌管一省司法的地方大员。他是著名小学家《说文解字注》作者段玉裁的女婿,段玉裁与他的老师戴震及王念孙、王引之父子,都是汉学重镇,人称“戴段二王”。翁婿的关系给了龚丽正在汉学方面发展的方便条件,他从早年起就以段为师,一生除为官之外,在汉学考据方面颇有成就,著有《国语注补》、《三礼图考》、《两汉书质疑》、《楚辞名物考》等。

龚自珍始婚的妻子又是段玉裁的孙女,虽然结婚一年多段氏即故去,但这层亲缘关系仍然显示了龚家与段家非同寻常的亲密。龚氏父亲与外祖父的学术道路与造诣,对龚氏的学术兴趣有相当的影响。再加上当时汉学如日中天,受学界风气鼓荡,龚自珍从早年起就在汉学上起步。仅据《己亥杂诗》中龚氏自注所言,他 8 岁开始注意搜集科名掌故,12 岁从外祖父段玉裁受许慎《说文》部目,14 岁开始考索古今官制,16 岁读《四库全书总目》,从事目录学,还着手搜罗《四库》未收书,17 岁开始搜集金石文字,从事金石学,21 岁充武英殿校录,接触校雠学。可见他从幼年到成年在汉学路上攀登的轨迹。他也陆续有一些汉学研究成果,如《说文段注札记》、《金坛方言

① 《王芑孙覆龚自珍书》,载张祖廉《定庵先生年谱外纪》,见《龚自珍全集》第 648 页。

小记》、《羽琌山金石墨本记》、《汉官损益》、《镜苑》、《瓦韵》、《泉文记》、《春秋左氏传服杜补义》、《汉书》随笔以及一些金石文字的释文等。虽然说不上是著名的汉学家,但也有相当的造诣。

龚自珍虽然受汉学影响较大,但受颠危时局的刺激,思想重心却不在此。嘉庆十九年(1814),亦即天理教起义后一年,龚自珍23岁,写出《明良论》4篇,露出他密切关注现实、积极干预现实的本相。梁启超说:"龚、魏之时,清政既渐陵夷衰微矣,举国方沉酣太平,而彼辈若不胜其忧危,恒相与指天画地,规天下大计。考证之学,本非其所好也;而因众所共习,则亦能之,能之而颇欲用以别辟国土;故虽言经学,而其精神与正统派之为经学而治经学者,则既有以异。自珍、源皆好作经济谈,而最注意边事。"[①]是说得很中肯的。

正统的汉学家,问"学"而不问"治",认为考据之外都不算学问,只在故纸堆中搞发现、发明,离社会现实较远。龚自珍不同,他认为"学"从"治"出,"学"与"治"不可分割,"一代之治即一代之学",一代君主与大臣治理天下,"天下不可以口耳喻也,载之文字,谓之法,即谓之书,谓之礼",后世奉为经典的《书》和《礼》,不过是形诸文字的当时的治法而已。"士"与"师儒"拥有学识,也不过是对当世治"法"有所了解:"民之识立法之意者,谓之士。士能推阐本朝之法意以相诫语者,谓之师儒。"所以"是道也,是学也,是治也,则一而已矣"。"治"、"道"、"学"是三位一体的。他尖锐地批评"学"、"治"分离,认为其将使知识层成为无用的群体:"重于其君,君所以使民者则不知也;重于其民,民所以事君者则不知也。生不荷耰锄,长不习吏事,故书雅记,十窥三四,昭代功德,瞠目未睹,上不与君处,下不与民处。由是士则别有士之渊薮者,儒则别有儒之林囿者。"因而"王治不下究,民隐不上达,国有养士之赀,士无报国之日"。他提出士子"必以诵本朝之法,读本朝之书为率"[②],将了解当代放在首位。这里清楚地表现了龚氏对纯学术的微词,对知识层脱离现实的倾向的非议,以及建树关注现实、参预现实的新士风的努力。所以龚自珍一生都不肯埋头于故纸堆中,在议时论政和汉学

① 《清代学术概论》第69页,北京:东方出版社1996年版。

② 以上均见《乙丙之际箸议第六》,《龚自珍全集》第4—5页。

学术二者之中，总是将议时论政放在首位。他曾有志写定群经，却迟迟未能动手，是因为“有事天地东西南北之学，未暇也”①。所谓“天地东西南北之学”，就是他所撰著的《西域置行省议》、《东南罢番舶议》一类紧密关切现实政事措置的议论以及边域地理的研究著述，后者又是与巩固边防问题密切联系在一起的。他的人生追求，首要的不是做一个学者，而是做一个解决社会国家危机的战士。

正是这样，龚自珍在28岁的中年，不囿于汉学圈子，开始从刘逢禄受今文经学。今文经学是西汉的经学传统，其治经的基本精神是通经致用，与现实社会联系较紧密，所谓“治一经得一经之益”②。龚自珍有一些今文经学的著述，如《春秋决事比》、《五经大义终始论》等，就经学造诣说，称不上是今文经学家，但恢复与发扬通经致用精神，别辟一种经学天地则是无疑的。如《五经大义终始论》，将五经串通起来，寻求其中的义理，是采用今文经学治经精神和路数写成的一篇文字。此文深遭陈澧斥责，陈认为从孔子起到汉代大儒无不是各经分治，“从无极五经之义以著论者”，指责龚“无学问”，“狂妄”。③ 以陈澧的传统经学立场，自然不会理解龚自珍。龚自珍并非经学家的死治经学，而是以治经载运其社会政治观念，本篇里就表现了他关于社会、历史、政治的许多重要思想，这也是他常用的“六经注我”的文法。表面好像在治经，实际着眼在治世，不只解经，更要用经，张扬经世致用的新思潮，也可以说是以经术为政论、治论。正是这样，他成为新时期经世思潮的重要开启人。梁启超曾深刻地指出：“今文经学之健者，必推龚、魏”，“后之治今文学者，喜以经术作政论，则龚、魏之遗风也”。④

说起龚自珍与公羊学的渊源，也许不始于从刘逢禄受学。清阮元《公羊注疏校勘记》校何休《公羊解诂序》唐徐彦《疏》中“何氏本者作墨守以距敌长义以强义”一语曰：“浦镗云：‘者’疑‘著’之误，当在‘敌’之下。龚丽正云：何氏不闻著《长义》，此言距敌《长义》，言与贾逵《长义》相距敌也。

---

① 《古史钩沉论三》，《龚自珍全集》第25页。

② 皮锡瑞《经学历史》第85页，台北：艺文印书馆1966年增注版。

③ 《定庵初集》所载陈澧评语，转录自张公量辑《记原刻本定庵初集（续）》，其文见天津《益世报》1935年10月17日。

④ 《清代学术概论》第69页，北京：东方出版社1996年版。

按：如龚说则当读‘著作《墨守》以距敌《长义》’为句，下‘以强义’三字似衍。”[①]说明龚父曾治何休《公羊解诂》。龚丽正是汉学家，汉学家治公羊文献并不奇怪，乾嘉今文经学的起步，就是由以汉学方法治今文经学文献开端的。父亲如此，龚很可能对公羊学早有所闻。

三、清深横霸之声讨檄文

“少年揽辔澄清意”[②]，从早年起，龚自珍就立志济世。但他一生前为布衣，后为卑微的京官，不可能通过政治实践方式对现实有所影响，只能以文墨为武器，干预现实，影响社会。他以无畏的斗士风格，伴随现实形势的发展，写出不少犀利的文字，开一代散文新风。嘉庆十九年（1814），即天理教起义之次年，他受社会危机震撼，写下《明良论》4 篇，批评大臣的贪黩颟顸、专制统治的苛细束缚，接触到现实的一些重要问题，时年 23 岁。大约就在此时，写出了《尊隐》一文，深刻揭示出当朝统治者已面临为新兴力量所代替的危局。嘉庆二十一年（1816）前后，作者二十四五岁时，又在上海写出《乙丙之际箸议》一组文章，今见序号至 25，流传下来有 11 篇，矛头直指专制统治的弊端。此外，还有《平均篇》，提出解决贫富悬殊的挽救社会危机方案。入仕以后，嘉庆二十五年（1820）29 岁时写下《西域置行省议》与《东南罢番帕议》，分别致意于西北边防与从东南海上来的西方侵略。道光二至三年（1822—1823），他纵览古今，深沉思考历史社会问题，写下《壬癸之际胎观》9 篇，系统地表现了他的进步的历史哲学思想。道光五年（1825，34 岁），又开始着手写《古史钩沉论》，历时七年最后写定，今存 4 篇，是对文化、政制以及一些重要历史经验更为深刻的总结与阐发。道光九年（1829，38 岁）会试的《对策》，从施政、用人、治水、治边等各方面提出兴革意见。同年的《上大学士书》，道光十二年（1832，41 岁）的手陈当世急务 8 条，道光十八年（1838，47 岁）的《在礼曹日与堂上官论事书》，都涉及朝廷政体所宜兴

---

① 阮元《公羊注疏校勘记》，《十三经注疏》下册第 2194 页，北京：中华书局 1980 年版。以下凡引此书者皆出此本，仅简注书名、册数、页码。

② 《己亥杂诗》第 107 首，《龚自珍全集》第 519 页。

革之事。道光十八年,林则徐赴广东禁烟,他又写下《送钦差大臣侯官林公序》,向林则徐详细谏言禁烟御敌的基本策略,特别是提醒林则徐准备武装抗敌,尤为有见。龚自珍的文章揭露现实统治的腐朽,批判专制主义统治的恶果,倡言变革,呼唤人才,宣扬个性解放,反映了顺应历史潮流的新思潮,在近代历史行程中发生了深远的影响。

龚自珍的文章对当时官僚的贪鄙庸腐给予了无情的揭露:“政要之官,知车马、服饰、言词捷给而已”,“清暇之官,知作书法、赓诗而已”,很少“耻已存者”,“官益久,则气愈偷;望愈崇,则谄愈固;地益近,则媚亦益工”,三公六卿重臣,只知讨皇帝老子欢心,不敢揭疮疤,议大事,绝无“古者大臣巍然岸然师傅自处之风”。[①] 那些循资而进的老官僚,更是“因阅历而审顾,因审顾而退葸,因退葸而尸玩,仕久而恋其籍,年高而顾其子孙,傫然终日,不肯自请去”[②],贪禄恋栈,居其位而不为其事、任其责。作者慨叹“臣节之盛,扫地尽矣”[③]!

龚自珍敏锐地认识到当时已是衰世,而统治者顽固不思变革,只想以专制主义淫威稳定统治,千方百计扼杀人才,既毁灭了社会的生机,也堵死了变革图存的道路,使整个社会在庸腐中一步步向衰亡的深渊沉沦下去。龚自珍散文的特出之处,就在于紧紧围绕这一时代的重大的中心主题,展开了全面的剖析、揭露、批判,发出了强有力的呼号,有似划过当时沉闷文坛的一颗彗星,令人震撼、警觉。

《乙丙之际箸议第九》以深邃的洞察力揭露出当时社会已是“衰世”的本质:“衰世者,文类治世,名类治世,声音笑貌类治世。”大乱未至,表面看来一切似与“治世”不异,实际早已变质。龚自珍以略带夸张的笔墨突出揭示出“衰世”的根本征象就是无才,不仅上没有“才相”、“才史”、“才将”、“才士”,下没有“才民”、“才工”、“才商”,就连“才偷”、“才驵”、“才盗”也没有,“非但鲜君子也,抑小人甚鲜”。在这样的社会里,一旦“才士与才民出,则百不才督之缚之,以至于戮之”,“文亦戮之,名亦戮之,声音笑貌亦戮

① 以上均见《明良论二》,《龚自珍全集》第 31—32 页。
② 《明良论三》,《龚自珍全集》第 33 页。
③ 《明良论二》,《龚自珍全集》第 31 页。

之”，“徒戮其心，戮其能忧心、能愤心、能思虑心、能作为心、能有廉耻心、能无渣滓心”，可以说，不把他们变成麻木不仁、浑浑噩噩、奴性十足的庸人不止。但是“才士”、“才民”是否都甘心俯首就戮呢？不然：“才者自度将见戮，则蚤夜号以求治，求治而不得，悖悍者则蚤夜号以求乱。夫悖且悍，且睊然眮然以思世之一便已……乱亦竟不远矣。”①所谓“求治”就是变革现状，达不到目的，就会“求乱”，走向反叛，要改造社会使之适于自己的生存与发展，这也就离天下大乱不远了。这里展示出社会发展的一种必然。龚自珍文章的力度之一，就是常有这些亮点，使人看到朦胧的前景，令人振奋鼓舞，而使腐朽的势力气馁，惘然若失。

龚自珍这种高瞻远瞩的历史预见，在《尊隐》一文中得到更加奇诡瑰丽的表现。文章出以寓言形式，描写在“日之将夕”之世，统治者专纳庸碌之辈，变本加厉地排斥人才：“古先册书，圣智心肝，人功精英，百工魁杰所成，如京师，京师弗受也，非但不受，又裂而磔之。丑类窳呰，诈伪不材，是辇是任，是以为生资，则百宝咸怨，怨则反其野矣。”结果“京师之气泄”，京师与山中的力量对比发生急遽的变化，“京师贫”而“四山实矣”，“京师贱”而“山中之民有自公侯者矣”，“京师如鼠壤”而“山中之壁垒坚矣”，终于京师长夜不明，而“山中之民，有大音声起，天地为之钟鼓，神人为之波涛矣”，这就到了山中之民取代京师而改朝换代的时候。作者满怀热情讴歌“山中之民”：“百媚夫，不如一猖夫也；百酣民，不如一瘁民也；百瘁民，不如一之民也。”因为他们“能大其生”，是“横天地之隐”②，即能在历史纵横的坐标上占有一定的时间和空间的力量。

龚自珍给统治者开出的药方，就是变革图存。在《乙丙之际箸议第七》（亦名《劝豫》）一文中，他正告统治者：“无八百年不夷之天下，天下有万亿年不夷之道。然而十年而夷，五十年而夷，则以拘一祖之法，惮千夫之议，听其自陊，以俟踵兴者之改图尔。”国祚不长，大都是由于拘守祖宗成法，惧怕人们批评，给继起者创造了崛起的机会，本身则走上自趋灭亡的道路。作者指出：“一祖之法无不敝，千夫之议无不靡，与其赠来者以劲改革，孰若自改

① 以上均见《乙丙之际箸议第九》，《龚自珍全集》第6—7页。

② 以上均见《尊隐》，《龚自珍全集》第88—89页。

革?”不“自改革”,一定要被“来者”“劲改革”,为什么不走主动变革振兴之路呢?他在这篇文章里提出“豫师来姓”的主张,能够“豫师来姓”而“自改革”,就能走上“穷则变,变则通,通则久”①的道路。“豫师来姓”,实质就是顺应历史的前进的要求实行变革,这里同样蕴藏着深刻的历史发展规律。

统治者高度专制统治造成的死气沉沉的政治局面,是不能振作的一个重要根源,龚自珍的散文围绕这一中心展开了多方面的批判。《古史钩沉论一》大胆地指斥统治者“去人之廉,以快号令,去人之耻,以嵩高其身;一人为刚,万夫为柔”,而“积百年之力,以震荡摧锄天下之廉耻”的结果,人们都“席虎视之余荫”,再想“责有气于臣”就晚了,没有人敢对政治进行批评和建白,所以“其胤孙乃不可长”。② 有力地揭露了专制淫威、摧锄士气所造成的恶果。

《明良论二》抨击专制统治者将大臣视为奴仆,只能养成臣子的奴性。“顾盼指使”、“响籍叱咄”的态度,只能召来“徒隶”、“厮役”之人为臣;“遇大臣如遇犬马”,大臣就会“犬马自为”;“如遇官徒”,大臣也就会“官徒自为”。文章颂扬唐、宋盛时,大臣讲官,常常被赐坐、赐茶,君臣从容于便殿,“讲论古道,儒硕兴起”,批评当世“朝见长跪、夕见长跪之余,无此事矣。不知此制何为而辍,而殿陛之仪,渐相悬以相绝也?”③这实际是要以古代带有贵族民主色彩的政治,修正专制统治的专断,为朝廷大臣争议政权。

清代高度君主集权,政事运作一依于“例”,熟悉“例”的是“吏”,成为皇上的看家狗和权力重心,官反为其挟制,无法有所作为。《明良论四》揭露这一情况说:“天下无巨细,一束之于不可破之‘例’,则虽以总督之尊,而实不能以行一谋、专一事。”对这种“约束”“羁縻”的现状,作者用一个生动的比喻揭露说:“人有疥癣之疾,则终日抑搔之,其疮痏,则日夜抚摩之,犹惧未艾,手欲勿动不可得,而乃卧之以独木,缚之以长绳,俾四肢不可以屈伸,则虽甚痒且甚痛,而亦冥心息虑以置之耳。何也?无所措术故也。”专制主义淫威,使大臣不敢任事,苛细的束缚,又使大臣无法任事。作者大胆

① 以上均见《乙丙之际箸议第七》,《龚自珍全集》第5—6页。

② 以上均见《古史钩沉论一》,《龚自珍全集》第20页。

③ 以上均见《明良论二》,《龚自珍全集》第31页。

地提出去掉“一切琐屑牵制之术”,“勿以苛细绳其身”,让大臣发挥他们治世的才智,“行政道而惟吾意所欲为”①,这实际是为地方大吏争行政权,与《明良论二》为朝廷大臣争议政权一样,具有修正专制主义统治弊端的民主性色彩与内涵。《乙丙之际塾议三》指出执“例”督政的“吏”,已经形成一个特殊阶层,“析四民而五,附九流而十,挟百执事而颠倒下上”。作者愤慨地抨击道:“谁为之而壹至此极哉!”②答案是不言自明的。

在《京师乐籍说》里,作者进一步揭露了统治者以愚民政策维护专制统治的阴险用心。由于“士”是“四民之聪明喜论议者”,如果“身心闲暇,饱暖无为,则留心古今而好论议。留心古今而好论议,则于祖宗之立法,人主之举动措置,一代之所以为号令者,俱大不便”,于是设“乐籍”摧残其此种能力。用“乐籍”中那些“姿质端丽,桀黠辨慧者”,迷恋士人,“使之耗其资财”、“日力”、“壮年之雄材伟略”、“才华”于温柔乡中,则“无谋人国之心”,“不知古今”,也不会有“思乱之志”,其“议论图度,上指天下画地之态”也会收起来了,也不会作“论议军国臧否政事之文章”了。“如此则民听壹,国事便”。清代无乐籍,而且朝廷禁止官僚狎妓,“乐籍”事与清代无关;即使唐宋设乐籍,其最初用心也未必在消磨士子的壮怀与言论。本篇实不过是借题发挥,以有趣的笔墨深刻揭露、尖锐讥刺专制主义统治者高压不许议政的本质。这一段文字,笔墨酣畅,铺排有力。作者于文章末段说:“如是则唐、宋、明岂无豪杰论国是,掣肘国是,而自取戮者乎?曰:有之。人主之术,或售或不售,人主有苦心奇术,足以牢笼千百中材,而不尽售于一二豪杰,此亦霸者之恨也。吁!”③专制统治者即使再工于心计,只能使中材入彀,“豪杰”终不会屈志授首,他们必会使统治者穷于应付之术,这不啻给统治者兜头浇一盆冷水。龚文富有霸气,这也是表现之一。

封建制度的专制压迫,反映在文化与人性层面上,就是对人的个性的压制,对人的独立性的否定。龚自珍以其强有力的声音,发出个性解放的呼号。他的《病梅馆记》是一篇个性解放的宣言。文章以病梅为喻。文人画

① 以上均见《明良论四》,《龚自珍全集》第34—35页。

② 以上均见《乙丙之际塾议三》,《龚自珍全集》第3页。

③ 以上均见《京师乐籍说》,《龚自珍全集》第117—118页。

士们以梅之“曲”、“欹”、“疏”为美，于是“明告鬻梅者，斫其正，养其旁条；删其密，夭其稚枝；锄其直，遏其生气，以求重价：而江、浙之梅皆病”。“文人画士”之癖，不过是一种隐喻，实指束缚自然、扼杀生机的一切力量。作者大声斥责“文人画士之祸之烈”，明正声言，他“甘受诟厉，辟病梅之馆”，买来病梅，“誓疗之、纵之、顺之，毁其盆，悉埋于地，解其棕缚；以五年为期，必复之全之”①。表现了作者维持事物自然生机、追求个性解放的坚强信念与实践。

龚自珍的时代，正当桐城派文盛行时期，桐城派承认文章别有能事，也写出了一些具有一定魅力的文章，但它树立的程朱理学的道统和韩欧古文的文统，讲“义法”，倡“雅洁”，也给散文以极大束缚。龚自珍的散文观则与之针锋相对，它没有任何框框，“必欲达其意”②，反对“效韩媲柳，以笔代口”③，以为“文章虽小道，达可矣，立其诚可矣”④。他致力于重新打开文章反映现实、自由发抒见解的道路。

龚自珍“慕古人之能创”⑤，更多地发扬了先秦散文富有创造性的优良传统，不拘形式而自说自家话。他有真知灼见、高情远识，治经、治史有经识与史识，观世论政也有非凡的政识，故其散文思想深刻，常能言人所未言。谭献谓其文“树义”“高”⑥，李慈铭称赞其文“往往警绝似子”⑦。他不仅站得高，看得远，胸有古今，气吞寰宇，而且论事有胆，常能言人所不敢言，故其文议论纵恣，语言泼辣，大气磅礴，有极强的震撼力。龚自珍自雄自信，对人对事都居高临下，指点无忌，故文多霸气。他自言“文章酸辣早”⑧，他的业师宋璠赞其文“行间酸辣”⑨，李慈铭也说他“文笔横霸”⑩，总之犀利剽悍，

---

① 以上均见《病梅馆记》，《龚自珍全集》第 186 页。
② 《江南生橐笔集序》，《龚自珍全集》第 205 页。
③ 《绩溪胡户部文集序》，《龚自珍全集》第 207 页。
④ 《识某大令集尾》，《龚自珍全集》第 241 页。
⑤ 《定庵八箴 · 文体箴》，《龚自珍全集》第 418 页。
⑥ 谭献《复堂日记》卷一第 22 页，光绪十三年（1887）刊本。
⑦ 李慈铭《越缦堂日记》第 10 册总第 5676 页，台北：文海出版社 1963 年版。
⑧ 《因忆两首》其一，《龚自珍全集》第 445 页。
⑨ 《因忆两首》其一夹注，《龚自珍全集》第 445 页。
⑩ 《越缦堂日记》第 10 册总第 5676 页，台北：文海出版社 1963 年版。

为古人文章所罕见。其艺术风格奇诡瑰玮，文章构思既较奇特，语言表述又往往出脱恒常用法，深义诡辞，故奇兀不凡。梁启超称其文辞“俶诡连犿”①，林昌彝说他“古文词奇崛渊雅，不可一世”②，都能道出这种特色。如《尊隐》、《乙丙之际塾议三》、《乙丙之际箸议第九》、《京师乐籍说》等都是代表性的篇章。

四、欲为平易近人诗，下笔清深不自持

龚自珍从早年即开始作诗，26 岁时曾编成诗一册，王芑孙说“诗中伤时之语，骂坐之言，涉目皆是”③，可见这些诗作的战斗性。他自己也曾说：“文侯端冕听高歌，少作精严故不磨。”④可惜这些作品都已失传。龚自珍今存诗六百余首，主要是 30 岁以后的《破戒草》、《破戒草之余》与《己亥杂诗》，另外《集外未刻诗》中还保留他少量 28 岁和 29 岁的作品，及此后的个别篇章。

在诗歌领域，龚自珍也是开一代诗坛新风的作家。他提倡“尊史”，以现实批判者的当代史官自居，他的诗就是他审视现实、指点江山的结晶。他在《乙丙之际塾议第十七》中说：“诗人之指，有瞽献曲之义。”⑤瞽献曲即以诗为讽谏，也就是以诗为批评社会的工具。他的《杂诗，己卯自春徂夏在京师作，得十有四首》其八说：“偶赋山川行路难，浮名十载避诗坛。贵人相讯劳相护，莫作人间清议看。”⑥其实他的诗正是人间论政的“清议”。所以，他的诗与散文一样，富有时代精神，富有社会的历史的政治的内容，富有战斗性，诗文常常可以互作注脚。他的诗走出了单纯地模山范水或抒写个人功名蹉迭的狭隘情怀范围，围绕现实的社会政治发抒其深沉的感慨和纵恣的

---

① 梁启超《清代学术概论》第 67 页，北京：东方出版社 1996 年版。

② 林昌彝《射鹰楼诗话》卷十第 1 页，清咸丰元年(1851)福州刊本。

③ 《王芑孙覆龚自珍书》，载张祖廉《定庵先生年谱外纪》，见《龚自珍全集》第 648 页。

④ 《己亥杂诗》第 65 首，《龚自珍全集》第 515 页。

⑤ 《乙丙之际塾议第十七》，《龚自珍全集》第 9 页。

⑥ 《杂诗，己卯自春徂夏在京师作，得十有四首》其八，《龚自珍全集》第 442 页。

訾议，所谓“欲为平易近人诗，下笔清深不自持”①，此中的“清深”二字，就是深入到社会政治内容中去。他的诗是一个思想家、政论家、历史家的诗，充分反映了时代精神。

龚自珍在诗中较早地揭露了王朝统治的衰亡气象。《杂诗，己卯自春徂夏在京师作，得十有四首》其十二道：

楼阁参差未上灯，菰芦深处有人行。凭君且莫登高望，忽忽中原暮霭生。②

大地一片暮霭沉沉，与《尊隐》一文所说的“日之将夕”一样，揭示出现实统治形势的真相，具有巨大的艺术概括力。

造成社会衰败的原因是复杂的，龚自珍的诗歌广泛涉及一些重要方面，诸如统治集团的庸腐、政事的窳败、科举制度的毁坏人才以及士风的庸俗等等，无不呈现在诗人抉奸摘伏的笔下。《己亥杂诗》第 123 首说：

不论盐铁不筹河，独倚东南涕泪多。国赋三升民一斗，屠牛那不胜栽禾？③

统治者不去用心解决理财大政，只知用苛捐杂税盘剥民众，连最富裕的东南地区的农民也面临破产了。《馎饦谣》以童谣的形式反映出当时严重的通货膨胀：“父老一青钱，馎饦如月圆，儿童两青钱，馎饦大如钱。”④

《伪鼎行》以伪鼎为比兴揭露执政大臣的贪黩庸碌。它“无有头目”，“徒取云雷傅汝败漆朽壤将以盗膻腥”，“内有饕餮之馋腹，外假浑沌自晦逃天刑”⑤，内似饕餮，贪得无厌，外却如浑沌，不辨是非，形象地揭出了庸腐大官僚的贪黩颟顸本质。此诗运用讽刺笔墨，构思新颖，取譬贴切，刻画生动，嘲讥辛辣。《咏史》一诗更加集中和广阔地揭露出腐朽现状：“牢盆狎客操全算，团扇才人踞上游。避席畏闻文字狱，著书都为稻粱谋。”⑥“牢盆”，煮

---

① 《杂诗，己卯自春徂夏在京师作，得十有四首》其十四，《龚自珍全集》第 442 页。
② 《杂诗，己卯自春徂夏在京师作，得十有四首》其十二，《龚自珍全集》第 442 页。
③ 《己亥杂诗》第 123 首，《龚自珍全集》第 521 页。
④ 《馎饦谣》，《龚自珍全集》第 462—463 页。
⑤ 《伪鼎行》，《龚自珍全集》第 490—491 页。
⑥ 《咏史》，《龚自珍全集》第 471 页。

盐器具，借指盐政；“狎客”指靠逢迎得宠的幕客；“团扇才人”指贵游子弟。这里展现出一幅全景：在地方，谄媚的幕客操纵实际政务；在中央，皇帝左右的亲贵垄断高官要职；官僚士子受文字狱的震慑，忌讳逆旨致祸，不敢建白言事，埋头学术，以保官位俸禄，一片庸腐沉闷的气象。

诗人面对万马齐喑的局面，企盼着可以带来振作的风雷的来临，渴望着可以为社会带来生气、实行变革的人才，写下了《己亥杂诗》第 125 首：

> 九州生气恃风雷，万马齐喑究可哀。我劝天公重抖擞，不拘一格降人才。[①]

这首诗，触及时代的核心主题，充满浪漫主义的追求与期望，有如登高极远，振臂一呼，富有极大的震撼力。

龚自珍对国家民族有高度的担当感：“四海变秋气，一室难为春。宗周若蠢蠢，嫠纬烧为尘。所以慷慨士，不得不悲辛！看花忆黄河，对月思西秦。”[②]他把个人的命运与国家的命运紧紧联系在一起，没有国，便没有民，“看花”“对月”也无心恋景，而是萦心国事，“黄河”指河政，“西秦”指巩固西北边防。但是他为国事思索、呼号的结果，不仅不为统治者所留意，还常常招来打击。《释言四首之一》说：“木有文章曾是病，虫多言语不能天。”[③]用《庄子·人间世》篇的“文木以其能，苦其生”、《庄子·庚桑楚》篇的“唯虫能虫，唯虫能天”来发牢骚，言多才多言，关心国家，议论政事，空惹祸端。所以他“悔著新书近十年”。汉代贾谊著《新书》58 篇，议论汉初政事。龚氏所谓“近十年”指从嘉庆末进入官场到写诗时。此期间他写有《东南罢番舶议》、《西域置行省议》、《与人论青海事书》等政事建白文字。他在诗中表示要“努力”“守默守雌”，以免执政者睡不安稳，实是反讥之语。《十月廿夜，大风不寐，起而书怀》更明确地点出贵人的飞语中伤：“西山风伯骄不仁，虓如醉虎驰如轮；排关绝塞忽大至，一夕炭价高千缗。……贵人一夕下飞语，绝似风伯骄无垠。”诗人深知陷入此种境地的原因：“侧身天地本孤绝，矧乃气悍心肝淳！欹斜谑浪震四坐，即此难免群公瞋。”身在官场，没有

---

① 《己亥杂诗》第 125 首，《龚自珍全集》第 521 页。
② 《自春徂秋，偶有所触，拉杂书之，漫不诠次，得十五首》其二，《龚自珍全集》第 485 页。
③ 《释言四首之一》，《龚自珍全集》第 482 页。

援手，又心淳不容污秽，气悍不能隐忍，仪容不讲礼法，说话不忌贵势，自然为“群公”所不容。诗末也表示：“纵有噫气自填咽，敢学大块舒轮囷。”①其实他既不能做到“守默守雌”，也做不到不学“大块舒轮囷”，言不断地发，祸不断地来，直到晚年还是因忤长官而辞官，其后也仍然与庸腐的现实处于尖锐对立与斗争之中。

诗人满怀济时壮志，却不得伸展，上则庸碌腐朽，下则浑浑噩噩，改革现实无望，理想追求渺茫，极度的压抑与孤独感常常激起他心海的狂潮，酿造出激情澎湃、更富力度的抒情诗篇。《夜坐》其一曰：

> 春夜伤心坐画屏，不如放眼入青冥。一山突起丘陵妒，万籁无言帝坐灵。塞上似腾奇女气，江东久陨少微星。平生不蓄湘纍问，唤出姮娥诗与听。②

一山高挺众丘之上，却只惹来群丘的妒忌。《乙丙之际箸议第九》说：“当彼其世也，而才士与才民出，则百不才督之缚之，以至于戮之。”③是这句诗的最好注脚。“帝座”为天文星座名，乃天市垣中玉皇大帝外座，这里喻指皇帝周围的亲贵重臣，他们以权势压制言论，造成“万籁无言”的局面。“塞上”句言有奇才从边域地方涌现的迹象，可与《尊隐》“山中之民”相印证，“江东”句意谓一向产才的东南地区也不再产才了。少微星一名处士星，这里借指人才。屈原曾做《天问》，对神话传说、自然现象、历史故实提出一百七十多个问题。末两句说“不蓄湘累问”，只把心声诉给嫦娥，表现了诗人对令人无可作为的现实极度绝望与愤慨的情绪。《秋心三首》其二说“天问有灵难置对，阴符无效勿虚陈”④，表现了同样的思想感情。

龚氏在现实中的遭遇，使他有一种落花心绪。《己亥杂诗》第 3 首曰：

> 罡风力大簸春魂，虎豹沈沈卧九阍。终是落花心绪好，平生默感玉皇恩。⑤

---

① 以上均见《十月廿夜，大风不寐，起而书怀》，《龚自珍全集》第 463 页。

② 《夜坐》其一，《龚自珍全集》第 467 页。

③ 《乙丙之际箸议第九》，《龚自珍全集》第 6 页。

④ 《秋心三首》其二，《龚自珍全集》第 479 页。

⑤ 《己亥杂诗》第 3 首，《龚自珍全集》第 509 页。

在虎豹守阍的朝廷里，没有诗人的位置，他只能成为被罡风簸荡下来的落花。他的《减兰》词，是为十年前留存的京师悯忠寺海棠花瓣而写的，词曰："人天无据，被侬留得香魂住。如梦如烟，枝上花开又十年。十年千里，风痕雨点斓斑里。莫怪怜他，身世依然是落花。"①不过，这种落花，不是已失去生气而自然枯萎凋谢的花瓣，而是在充满生机和艳丽色彩的青春时节被狂风簸落的。因此，它从哪儿零落，哪儿便失去春光，它聚落到哪里，哪里便凝聚成瑰丽的世界。大约正是这样一种感情，使他写出了《西郊落花歌》，纵情地讴歌起落花来："如钱唐潮夜澎湃，如昆阳战晨披靡，如八万四千天女洗脸罢，齐向此地倾胭脂。"诗人把落花说成是"奇龙怪凤"，隐喻人才："奇龙怪凤爱漂泊，琴高之鲤何反欲上天为？玉皇宫中空若洗，三十六界无一青蛾眉。"②奇龙怪凤都已从天宫里漂泊下来，玉皇宫中已经空空如也，琴高干什么还要骑鲤上天？这落花实有"山中之民"的影子，其汹涌澎湃的情势也确是"猿鹤犹堪张一军"③的，难怪作者要对它倾注如此激昂的热情。

龚自珍在无力改变现状的极度抑郁之下，也常寻求某种解脱，表面看来似乎消沉，而其内质实含激愤之思。《能令公少年行》是这类诗歌的代表。诗中写出各种遣情的行为都没有效果，"征文考献"的汉学考据，"饮酒结客"的谈辩交游，"逃禅""皈宗"的习学佛学，都不能消除"幽情丽想"。所以诗人决定投袂而去："拂衣行矣如奔虹，太湖西去青青峰。"他在太湖那里开辟了一个文雅的隐士天地："一楼初上一阁逢，玉箫金琯东山东。"这里"十年不见王与公，亦不见九州名流一刺通。其南邻北舍谁与相过从？佝偻丈人石户农，嵚崎楚客，窈窕吴侬，敲门借书者钓翁，探碑学拓者溪僮。"大家或在一起搜罗、赏玩、竞比文物，"卖剑买琴，斗瓦输铜"；或者畅论古今，"高谈俊辩皆沉雄"；或者在优美的大自然中吟诗弹琴："左抽豪，右按谱，高吟角与宫。"④在这热烈讴歌的情绪里，不难觉察到对庸腐现实的鄙薄之意。这首诗突出表现了诗人歌行体的风格与成就。

---

① 《减兰》，《龚自珍全集》第563页。

② 以上均见《西郊落花歌》，《龚自珍全集》第488—489页。

③ 《己亥杂诗》第241首言"少年《尊隐》有高文，猿鹤犹堪张一军"，《龚自珍全集》第532页。

④ 以上均见《能令公少年行》，《龚自珍全集》第452—453页。

但是诗人的种种解脱,往往都是失败的,那酝酿在胸中的风暴,常常体现为亟思一逞的任侠情绪。《自春徂秋,偶有所触,拉杂书之,漫不诠次,得十五首》其五曰:

朝从屠沽游,夕拉驺卒饮。此意不可道,有若茹大鲠。传闻智勇人,伤心自鞭影。蹉跎复蹉跎,黄金满虚牝。匣中龙剑光,一鸣四壁静;夜夜辄一鸣,负汝汝难忍。出门何茫茫,天心牖其逞。既窥豫让桥,复瞰轵深井。长跪奠一卮,风雪扑人冷。①

诗中以祭奠古侠士豫让、聂政表现了诗人每欲横霸一试的心期。诗人《尊任》一文曰:“任也者,侠之先声也。古亦谓之任侠。侠起先秦间,任则三代有之。侠尚意气,恩怨太明,儒者或不肯为,任则周公与曾子之道也。”②按曾子曾曰:“士不可以不弘毅,任重而道远。”③龚自珍在实践上实际是把勇于任责与义侠思逞结合起来了,表现了他的既承担又亟思一逞的心声。《己亥杂诗》129首曰“陶潜诗喜说荆轲,想见停云发浩歌。吟到恩仇心事涌,江湖侠骨恐无多”④,《梦中作四截句》其三曰“恩仇恩仇日苦短,鲁戈如麻天不管”⑤,几乎是迫不及待地想一快恩仇。

龚自珍的个性解放思想在诗歌中体现为对童心与真情的歌咏,以此与封建礼法的束缚及封建世俗虚伪倾轧的世风相对抗。《歌哭》诗曰:

阅历名场万态更,原非感慨为苍生。西邻吊罢东邻贺,歌哭前贤较有情。⑥

当世都是虚伪的应酬,只有前贤始有歌哭的真情。《午梦初觉,怅然诗成》曰:

不似怀人不似禅,梦回清泪一潸然。瓶花帖妥炉香定,觅我童心廿

---

① 《自春徂秋,偶有所触,拉杂书之,漫不诠次,得十五首》其五,《龚自珍全集》第486页。
② 《尊任》,《龚自珍全集》第86页。
③ 《论语·泰伯》,《十三经注疏》下册第2487页。
④ 《己亥杂诗》第129首,《龚自珍全集》第521页。
⑤ 《梦中作四截句》其三,《龚自珍全集》第496页。
⑥ 《歌哭》,《龚自珍全集》第464页。

六年。[①]

他在梦中寻觅“童心”。《梦中作四截句》其二曰：

黄金华发两飘萧，六九童心尚未消。叱起海红帘底月，四厢花影怒於潮。[②]

黄金用尽，青春已逝，只有童心未泯。掀起门帘，只见一片月光之下，花海如潮。这景象就是浓郁的童心的形象写照。

龚自珍是政治诗人，他的诗是进行社会批判，连自我抒情也常常是现实政治激发的感情。所以他的诗先天地与自然的关系比较疏远，与社会的关系密切，不可能走那种情景交融的路子，诗中很少出现供人玩赏的优美的风景情境，更少陶醉于自然风光之中，更多的是议论、指斥、批判，所以基本倾向是以议论为诗，诗笔近于散文化，诗句中的词语组合大都是正常的语序，诗句间的推移也大半时序性很强，同时也常在诗语中使用虚词。然而龚诗艺术造诣很高，这就在于他虽在诗中著议，却能超越议论化、散文化的弊端，把议论表现得符合于诗的特质。龚自珍具有诗人的气质，很善于体会诗所以为诗的趣旨。他对陈沆《刘贞女行》一诗加批语说：“破坏文体之作，此本朝江西派，胡为效之！”[③]“本朝江西派”即宋诗派，他对以文为诗破坏诗之体制是很有警觉的。他对陈沆《送唐竟海太史归省》一诗的批语更明确提出“诗自有气体”，以“语录”入诗，则会“伤格”，提倡效古人的“赅括”。[④] 所谓“赅括”就是指诗语的锤炼和意象的酿造。诗人的《题王子梅盗诗图》诗说：“菁英贵酝酿，芜蔓宜抉剔。叶剪孤花明，云净宝月出。清词勿须多，好句亦须割。剥蕉层层空，结穗字字实。”[⑤]必须去掉一切长语浮词，达到“叶剪孤花明，云净宝月出”的境界，在极少的文字中形象地表现出丰富的内涵，这也就是艺术表现的意象化。所以龚诗虽以发议为基调，诗中现量的自然

① 《午梦初觉，怅然诗成》，《龚自珍全集》第466页。

② 《梦中作四截句》其二，《龚自珍全集》第496页。

③ 陈沆撰，龚自珍、魏源批《龚自珍魏源手批简学斋诗》第41页，上海：上海图书馆1961影印本。

④ 同上第20页。

⑤ 《题王子梅盗诗图》，《龚自珍全集》第505页。

风物不多，但意象却是丰富的。他创造了许多使人难以忘怀的意象，既富于鲜明的具象性，又具有深厚的意蕴，经过意象的巧妙组合，既有诗歌独有的艺术形象的魅力，又能生发出震撼人心的力量。

龚诗的意象主要是采取比兴、象征的手法构成，用以构成比兴、象征的材料，或为自然风物、或为具体物象、或为人事故实，不可以一端论，但都借以寓存隐喻的意义。如《夜坐》其一言："一山突起丘陵妒，万籁无言帝座灵。"这里表面上是自然风物，一座高山和一片丛错的丘陵相对，夜幕中沉寂的大地和孤光闪烁的星空相对，但这并非诗人关注的重心，诗人着意表现的是社会现实问题，不过是借此物象以为隐喻而已。人们被带入的诗歌境界也不是欣赏诗中的物象，而是感受其背后所抉发的社会本质，是社会对贤才的挤压，是专制统治下死气沉沉的局面。作者这种深邃的认识与感慨不是以理念的形态直接表述出来，而是通过物象的形式层面传达给读者，读者也是通过形象的体验而获得诗中的意蕴，所以，诗虽是抉发社会本质现象，却不失诗的美学意味。龚氏诗中这类意象很多，诸如"剑"、"箫"、"春"、"秋"、"星"、"月"、"落花"等，无不形象鲜明而富艺术魅力。

龚自珍是一个个性突出的作家，即具有"怪魁"的"横霸"之气，是古典作家中少见的。在中国传统文人中，龚自珍在本质上与李白相近，他们都是较少受封建等级礼法约束的人物。不过二人的风神，则有较大差异。李白飘逸，龚氏横霸。龚自珍志怀远大，为人自负，行为放恣，语无忌惮，激情冲动，义侠思逞，锋芒毕露，被视为"狂"。柴萼《梵天庐丛录》载一事曰："定庵在京时，与友人谈诗赋，忽一友曰，某次覆试，题为《正大光明殿赋》，不知以何为韵。同人默然。定庵忽曰：'吾知之，是以长林丰草、禽兽居之为韵。'闻者舌挢不能下。"[①]对正大光明殿，而言长林丰草、禽兽居之，等于是骂清朝统治者是不懂文化的野人。此事虽不可定其必有，然而龚确有类似的言论。他的《乙丙之际塾议第二十五》云："居廊庙而不讲揖让，不如卧穹庐；衣文绣而不闻德音，不如服囊鞬；居民上，正颜色，而患不尊严，不如闭宫庭；有清庐闲馆而不进元儒，不如辟牧薮。"[②]这话的意思很清楚，清王朝如果不

① 孙文光、王世芸编《龚自珍研究资料集》第198页。

② 《乙丙之际塾议第二十五》，《龚自珍全集》第12页。

能揖让贤才，不对大臣施以德音，不尊重朝臣，不崇用谋略满腹的大儒，就不如回去重过游牧生活。这是何等令人吃惊的言论！无怪姚莹要说他“言多奇僻，世颇訾之”[①]了。

诗人的个性气质与思想特色，使其诗歌与散文一样有一种凌厉横霸之气。他自己也常以“剑锋”、“电光”形容他的诗作，如《戒诗五章》其三说：“行年二十九，电光岂遽收？”[②]《己亥杂诗》第7首说：“廉锷非关上帝才，百年淬厉电光开。”[③]所以其诗歌意象往往奇崛瑰伟，锋芒逼人，遒劲有力，自具一种美学风貌。如《梦得“东海潮来月怒明”之句，醒，足成一诗》曰：“西池酒罢龙骄语，东海潮来月怒明。”[④]龙则骄语，月则怒明；使事物分外具有一种力度。《梦中作四截句》其二：“叱起海红帘底月，四厢花影怒于潮。”帘曰叱起，月光下那四厢花影竟是“怒如潮”，何等的强悍峻挺！《张诗舲前辈游西山归索赠》曰：“畿辅千山互长雄，太行一臂怒趋东。”[⑤]那起伏绵延的太行山脉，迤逦东伸，不仅是横伸一臂，还是怒奔东方，飞动劲健。它如《能令公少年行》中“拂衣行矣如奔虹”[⑥]的“奔虹”形象，《西郊落花歌》中“如钱塘潮夜澎湃，如昆阳战晨披靡”[⑦]的落花形象，《十月廿夜，大风不寐，起而书怀》中“虓如醉虎驰如轮”[⑧]的暴风形象，无不是把习见的景物，通过独具个性的笔墨，表现得凌厉非凡，使人有“不可逼视之概”[⑨]。李慈铭说他的诗“亦以霸才行之”[⑩]，十分中肯。林昌彝说龚：“诗亦奇境独辟，如千金骏马，

---

① 姚莹《汤海秋传》，《中复堂全集·东溟文后集》卷十一总第900页，台北：文海出版社1974年版。

② 《戒诗五章》其三，《龚自珍全集》第452页。

③ 《己亥杂诗》第七首，《龚自珍全集》第509页。

④ 《梦得“东海潮来月怒明”之句，醒，足成一诗》，《龚自珍全集》第440页。

⑤ 《张诗舲前辈游西山归索赠》，《龚自珍全集》第502页。

⑥ 《能令公少年行》，《龚自珍全集》第452页。

⑦ 《西郊落花歌》，《龚自珍全集》第488页。

⑧ 《十月廿夜，大风不寐，起而书怀》，《龚自珍全集》第463页。

⑨ 程秉钊评龚之《明良论》语，见《精刊龚定庵全集·定庵文拾遗》第1页，国学扶轮社清宣统元年(1909)刊本。

⑩ 李慈铭《越缦堂日记》第10册总第5676页，台北：文海出版社1920年石印版。

不受绁绁。”[①]徐世昌说:“定庵博通群籍,余事为诗。天骥蹑云,终殊凡马。”[②]都说出了龚诗笔墨放恣而有奇特的境界。何绍基曰:“其诗为近代别开生面。”[③]讲出了龚在近代诗史上的地位。总之,龚诗瑰奇超凡,自成一家,而意象、气质的横霸则为龚诗所独具之风神。

龚诗在形式与格调上无所拘牵,主张自然,以适于达意为准。“万事之波澜,文章天然好”[④],其诗不拘形式,异常多样化,《跋破戒草》曰:“自周迄近代之体皆用之,自杂三四言至杂七八言皆用之。”[⑤]他认为僵化的形式会扼杀生机。其《削成箴》曰:“方何必皆中圭,圆何必皆中璧,斜何必皆中弦,直何必皆中墨。有无形之形受形敝,有无名之名受名阙。……皆名其名,皆形其形,是谓好削成,大命以倾。”[⑥]反对把充满生气的东西装进某种固定的框子。所以他写诗是“物之至也无方,而与之为无方”[⑦],不以固定的格式为准。尽管他写得最多的是五、七言体诗和七言的律诗、绝句,其他体式也无所不有。他的诗一般也不大受格律的束缚,自由运用。他自言“从来才大人,面貌不专壹”[⑧],不求一格。

龚自珍的诗,对近代诗人影响十分深远。如黄遵宪、康有为、柳亚子等大家以及南社的众多诗人无不受到他的熏染。许多诗人甚至集龚诗之句以表达自己的思想感情。他的进步的思想,勇于批判的精神,慷慨愤激的情绪,奇异丰富的想象,打破形式束缚的创造,浪漫主义的精神与艺术表现方法等,都对近代特别是晚清诗人产生了深刻的影响。

---

① 林昌彝《射鹰楼诗话》卷十第1页,清咸丰元年(1851)福州刊本。

② 徐世昌辑《晚晴簃诗汇》卷一三五《诗话》第3册第565页,北京:中国书店1988年据1928年退耕堂雕板缩印本。

③ 林昌彝《射鹰楼诗话》卷十第1页引,清咸丰元年(1851)福州刊本。

④ 《自春徂秋,偶有所触,拉杂书之,漫不诠次,得十五首》其十二,《龚自珍全集》第487页。

⑤ 《跋破戒草》,《龚自珍全集》第243页。

⑥ 《定庵八箴·削成箴》,《龚自珍全集》第417页。

⑦ 《己亥杂诗》程金凤女士跋语,《龚自珍全集》第538页。

⑧ 《题王子梅盗诗图》,《龚自珍全集》第505页。

五、尊心力,尊理性,尊真情

马克思与恩格斯在《神圣家族》中说:“德国的破坏性的批判,在以费尔巴哈为代表对现实的人进行考察以前,力图用自我意识的原则来铲除一切确定的和现存的东西。”[①]也就是说在唯物地观察人之前,进步性往往表现在以自我意识的强调来对抗现实秩序的束缚。处于社会转折时期的龚自珍,要从传统观念体系的束缚中杀出新路,反映符合时代前进的新思潮,也必须锻造其“自我意识”以与现实的旧秩序、旧意识形态相对待,并成为涤旧扬新的思想基础与武器。

龚自珍对“自我意识”的强调,突出地表现在他的尊“心力”。在必须弃旧谋新的时代里,特别显示出“心力”的价值。没有坚强的毅力、坚定的原则、坚决的斗争的精神,就不能冲破旧传统的束缚,开风气,酿风雷,闯新路。龚自珍大肆鼓吹“心力”。《壬癸之际胎观第四》说:“心无力者,谓之庸人。报大仇,医大病,解大难,谋大事,学大道,皆以心之力。”要解大难,谋大事,学大道,都要凭“心之力”,否则只能俯伏在旧思想、旧传统、旧制度的束缚中,做“心无力”的“庸人”。这里所谓的“心之力”,就是对“自我意识”的执持,它具有挣脱陈旧枷锁,独立不羁、岿然不倾的品格:“哲人之心,孤而足恃。”它虽孤立无援,但足以自立,不可动摇。它的力量大于司命之鬼,能以裁决人世间的不平:“司命之鬼,或哲或惛,人鬼之所不平,卒平于哲人之心”[②],司命之鬼也有“哲”有“惛”,未必能解决人鬼之所不平,但终可以“平于哲人之心”。这“哲人之心”成为“物之不平者”所依恃的对象,成为开拓新生之路不可或缺的力量。

重“心力”,故龚自珍重视士大夫应具有是非之主见。《上大学士书》说,有人必有“胸肝”、“耳目”,必有“上下百年之见闻”与“考订异同之事”,“则或胸以为是,胸以为非。有是非,则必有感慨激奋。感慨激奋而居上

① 马克思、恩格斯《神圣家族》,《马克思恩格斯全集》第 2 卷第 48 页,北京:人民出版社 1957 年版。

② 《壬癸之际胎观第四》,《龚自珍全集》第 15—16 页。

位，有其力，则所是者依，所非者去；感慨激奋而居下位，无其力，则探吾之是非，而昌昌大言之”。[①] 要具有独立思考的精神和鲜明的是非观念，并以此积极干预社会生活：有其位，则有其力，就要付诸实践，是者依从，非者铲除；无其位，没有实践的凭藉，也要昌言不止，大声疾呼。总之，或见之于行，或声之以言，总要显示出“自我”的存在与力量，显示出对现实的干预与评判的力度。他自称自己“心史纵横自一家”[②]，批评那种一无己见、随时俯仰的大臣缺少肝肠：“委蛇貌托养元气，所惜内少肝与肠。”[③]少肝肠者即所谓“心无力”之庸人。

重“心力”，故其“尊史”特别强调尊崇其“心”：“史之尊，非其职语言、司谤誉之谓，尊其心也。”这里所谓史官之“心”，即史官之“自我意识”。那是史官通过洞察现实、把握社会“本真”而获得的理性认识。故“史”要做到“心之尊”必须“善入”和“善出”。所谓“善入”，即深察社会实际，对社会情况“如其言家事”，了如指掌；所谓“善出”，就是能高立于社会实际之上，高瞻远瞩，有“高情至论”[④]，远见卓识。总之，从深察社会中把握“理”，并以所获得的“理性”指点现实。

重“心力”，故其“尊宾”也强调“进中礼，退中道，长子孙中儒，学中史”的“宾”的原则。也就是说，宾是“异姓之魁杰寿耇”，它不预一姓皇家私事，不享受一姓皇家私惠，所以也不是一姓皇家的奴才，不为一姓皇家私雠牺牲。其事君主一定要“识其大掌故，主其记载，不吝其情……不自卑所闻，不自易所守，不自反所学”。“所闻”、“所守”、“所学”即“宾”之“自我意识”。如果身为宾，而放弃原则，奴颜婢膝，则为君子所不齿：“若夫其姓宾也，其籍外臣也，其进非世及也，其地非闺闼燕私也；而仆妾色以求容，而俳优狗马行以求禄，小者丧其仪，次者丧其学，大者丧其祖，徒乐厕于仆妾、俳优、狗马之伦，孤根之君子，必无取焉。”[⑤]

龚自珍的重“心力”并非一种空洞或抽象的精神力量，而是有充实的内

① 《上大学士书》，《龚自珍全集》第 319 页。

② 《逆旅题壁次周伯恬原韵》，《龚自珍全集》第 449 页。

③ 《饮少宰王定九丈鼎宅，少宰命赋诗》，《龚自珍全集》第 499 页。

④ 均见《尊史》，《龚自珍全集》第 80—81 页。

⑤ 《古史钩沉论四》，《龚自珍全集》第 27—29 页。

涵，它以理性与真情为其两大支柱。所以，可以说重心力即重理性，重真情。此“理性”与“真情”都具有摆脱旧束缚、推进新思潮的品格。

龚自珍所提倡的“理性”，主要是深察历史和现实社会而获得的史理，即历史社会发展之因果必然，此即所谓“探本真以奉君”①之社会“本真”，即社会实际发展之理，为龚氏“心力”重要支柱之一。《乙丙之际箸议第九》说：“是故智者受三千年史氏之书，则能以良史之忧忧天下。……履霜之屩，寒于坚冰；未雨之鸟，戚于飘摇；将萎之华，惨于槁木。”②熟知史理，就能见微知著，察往明来，明于治乱，具有历史预见，并以此为根本审视和指点现实社会。龚自珍用史理从愚昧迷信的“天道”与僵死教条的“圣道”中解放出来，高立于当世之中。

传统的观念，在社会指导思想上，一是尊“天”，信仰所谓“天人感应”的迷信政治哲学，认为天是社会的主宰者，它以天象的变化示警人世。把日蚀说成是凶灾示警即其中之一，甚至以孔子所修的《春秋》记载日蚀为理据。龚氏则予以尖锐的驳斥，指出《春秋》之记日蚀，不过是储历，非言凶灾：“诚可步也，非凶灾，诚凶灾也，不可以步”，天象变化既然可步可算、可科学测定，则非凶灾示警。社会的问题无关于天象的变化，其解决全在深入社会，了解并正视实际存在的问题，即掌握社会“本真”。龚自珍用探求社会“本真”代替了此种愚昧的哲学。

传统的观念，又一社会指导思想是尊“经”，而且是把经义转化为神圣不可侵犯的僵死的教条。经书中原本包含的鲜活的处理现实问题的智慧，变成了束人手脚的绳索。龚自珍并不否定经，但他把经还原为史。《古史钩沉论二》说：“经者，周史之宗子也。”即经书乃周代史官主干的记述。所以《经》并非什么神圣的东西，无非是古代史官记录当时社会生活的历史。龚在《对策》中说：“三代则诹经，汉以后则诹史，当世之务则诹势。”③很显然是把经看做是三代之史的。他主张“出乎史，入乎道”④，通过为“史”把握大“道”，从而用史理之理性代替了僵死的教条。

---

① 《乙丙之际箸议第十七》，《龚自珍全集》第 8—9 页。

② 《乙丙之际箸议第九》，《龚自珍全集》第 7 页。

③ 《对策》，《龚自珍全集》第 114 页。

④ 《尊史》，《龚自珍全集》第 81 页。

龚自珍说:“探世变也,圣之至也。”①能够掌握社会变化之理,就是圣明的极致、理性的高峰。龚自珍用史理这一新理性,冲破了迷信的“天道”与僵化的“圣道”,把理性建立在丰富的历史知识和社会经验的坚实基础上,成为他“心力”所恃的重要内涵之一。

龚自珍“心力”的另一重要支柱,是礼赞童心,提倡尊情。宋以来,即中国封建社会后期,封建意识形态的核心内容是理学。理学以虚拟的方式把封建纲常礼教神圣化,称之为“天理”,同时将人的许多正当的人性要求斥为“人欲”,置于非理的地位,提出“存天理,灭人欲”②。以“理”制“情”,戴震指斥为以理杀人③,是一针见血的批判。压制人的正当的感情欲求的结果,是把人们驱向矫情虚伪,社会真的变成了如李贽所说的“假人之渊薮”④。因此,是尊情,走个性解放的道路,还是矫情,做封建法规的奴仆,是封建社会后期在意识形态领域的重要冲突。在这一方面,龚自珍与一切先进人物一样,倡导尊情。

作者在《宥情》一文中设甲乙丙丁戊五人,摆出了各种关于情的看法,也包括佛家,在相互批驳中辨析。作者最后摆出为“情”所袭的症状和呈现的境界,声言不管东方的儒家、西方的佛家以及甲乙丙丁戊对此采取什么态度,作者本人则是取宽宥的态度:“姑自宥也……作《宥情》。”⑤龚自珍并未就此止步,从“宥”又走到“尊”。《长短言自序》曰:“情之为物也,亦尝有意乎锄之矣;锄之不能,而反宥之;宥之不已,而反尊之。”由锄而宥,由宥而尊。他的长短句就是尊情的产物,所以自言其词“殆尊情者耶”!⑥

---

① 《乙丙之际箸议第九》,《龚自珍全集》第7页。

② 如朱熹言:“圣贤千言万语,只是教人明天理,灭人欲。”见黎靖德编《朱子语类》第1册第207页,北京:中华书局1986年版。

③ 《孟子字义疏证》卷上理第15条言:“理欲之分,人人能言之。……尊者以理责卑,长者以理责幼,贵者以理责贱,虽失谓之顺;卑者,幼者,贱者以理争之,虽得谓之逆。于是……上以理责其下,而在下之罪,人人不胜指数。人死于法,犹有怜之者,死于理,其谁怜之!”见《戴震集》第275页,上海:上海古籍出版社1980年版。又焦循《读书三十二赞·孟子字义疏证》曾概括戴震《疏证》抉发理学本质言:“各持一理,道乃不广。以理杀人,与圣学两。”见焦循《雕菰集》卷六第85页,王云五主编《丛书集成初编》第2192册,1936年版。

④ 李贽《童心说》,见《焚书》卷三第99页,北京:中华书局1975年版。

⑤ 《宥情》,《龚自珍全集》第89—90页。

⑥ 《长短言自序》,《龚自珍全集》第232页。

重情倾向是晚明以来进步思潮的重要内容之一。但龚氏之前，无论明代汤显祖提倡的“生者可以死，死可以生”[①]的至情，还是清代袁枚提倡的“必不可解之情”[②]，虽然都有同“理”对抗的反封建的意义，但其所谓的情，大体是以男女之情和个人生活情怀的形态出现，没有政治的社会的色彩。龚自珍就不同了，他把“情”的内涵拓展到现实政治领域。他给江沅的信中说：“别离以来，各自苦辛，榜其居曰‘积思之门’，颜其寝曰‘寡欢之府’，铭其凭曰‘多愤之木’。”“积思”、“寡欢”、“多愤”，概括了他处于现实社会中的基本感情状态。信中又说：“顾韬语言，简文字，省中年之心力，外境迭至，如风吹水，万态皆有，皆成文章，水何容拒之哉！”[③]他无法抑制其情不发，因为心如水，外境似风，不断激起心海波澜。这充分说明他的感情都是由社会现实所激发。《又忏心一首》说“经济文章磨白昼，幽光狂慧复中宵。来何汹涌须挥剑，去尚缠绵可付箫”[④]，他的“怒若潮”的感情狂涛是经济文章的思考与幽光狂慧的观照所激发出来的。龚自珍在他的时代，将重情与尊情提到一个新的历史高度。

“童心”与“尊情”一脉相通。“童心”是尊尚一种纯真的境界，没有被封建纲常伦理污染和扭曲的淳美的性灵。龚自珍在他的诗词创作中，多有礼赞。《己亥杂诗》第 170 首曰：“少年哀乐过于人，歌泣无端字字真。既壮周旋杂痴黠，童心来复梦中身。”[⑤]少年时感情触事而发，歌哭皆真，到了壮年，在社会中周旋，不能不有时装呆卖傻，所谓“痴”，有时玩弄聪明狡狯，所谓“黠”，纯洁的童心只有在梦中来回味了。诗人对童心的赞美，继承与发扬了明代李贽《童心说》的传统，表现了对封建社会异化的抗争。童心与尊情二者在张扬个性上统一起来，反映了反对封建虚伪礼法束缚的个性解放要求。

---

① 汤显祖《牡丹亭记题辞》，徐朔方笺校《汤显祖全集》第 2 册诗文卷三十三第 1153 页，北京：北京古籍出版社 1999 版。

② 袁枚《答蕺园论诗书》，王英志主编《袁枚全集・小仓山房（续）文集》第 2 册卷三十第 527 页，南京：江苏古籍出版社 1993 年版。

③ 《与江居士笺》，《龚自珍全集》第 345 页。

④ 《又忏心一首》，《龚自珍全集》第 445 页。

⑤ 《己亥杂诗》第 170 首，《龚自珍全集》第 526 页。

龚自珍以高扬“心力”，突出“自我意识”，与旧意识、旧传统相对抗，体现了时代思潮，成为新时代的先锋与号角，在当时的社会上卓然独立，不愧为开风气的人物，也无怪要被时人谥为“怪魁”了。

（此文原为1999年应浙江师范大学古文献研究所、浙江古籍出版社之邀，为《浙江历代著名文史哲学家评传》撰写，因经费问题，出版被搁置。）

龚自珍的历史哲学

——《壬癸之际胎观》臆探

一

《壬癸之际胎观》1至9篇是龚自珍的一组重要论文。“壬”指道光二年(1822)壬午,“癸”指道光三年(1823)癸未,题目已经大体表明了写作的时间。这组文章在道光三年(1823)龚氏生前的自刻本《定庵初集》中曾列其目,题为《壬癸之际心书》①,文虽未刻,其数亦为9篇,无疑那时已经写成。这组文章的刊刻问世,已在龚氏身后,最早见于吴煦同治七年(1868)的刻本《定庵续集》,题目中“心书”二字改为“胎观”。题目有了改动,也难保内容没有某些修订,但是改动与否和修改了什么,已经无从查考了。《孟子·告子上》曰:“心之官则思。”②原名“心书”可能是指所写为抽象思考的内容,以区别于龚氏其他论政、谈经等一类论述具体问题的文字。后更名“胎观”,“胎”有初始、始生之意,可能是指这是一组追索事物之原的文章。广东人民出版社《龚自珍诗文选注》解释“胎观”为“孕育在心里的初步看法”③,意思是不成熟的思考,亦可备一解。

侯外庐《中国早期启蒙思想史》在分析龚自珍思想时,曾论及这组文章。他说:“乙丙之际的论文(按指龚之《乙丙之际箸议》一组文章)为‘东

---

① 见清道光三年(1823)龚氏自刻本《定庵初集》卷首目录。

② 《孟子注疏》卷十一下《告子章句上》,阮元校刻《十三经注疏》下册第2753页,北京:中华书局1980年版。下引《十三经》内容皆出此本,仅简注书名、册数、页码。

③ 龚自珍诗文注释组《龚自珍诗文选注》第110页,广州:广东人民出版社1975年版。

西南北之学'，'壬癸之际胎观'九篇，则为'天地……之学'。"①指出这组文章的哲学性质。这大体不错，里面相当的部分属于哲学范畴的内容，但也不全是谈哲学问题，还有对中国的历史、古代的政统等的总结，表明作者的政治观、人生观即处世哲学以及曲折地表现作者理想和政治主张不能实现的悲愤与感慨。侯先生又在括注中申明说：龚自珍"在三十一、二岁时期（按：即道光二年与三年）颇有一番自敛，似乎退而追求一个世界观，这些关于自然的哲学，却尽是瑰玮的辞句，看不出有多大的价值来"。说这组文章是龚氏退而追求一个世界观的产物，很中肯，或者也可以说是从更深更高的层次上来思考与探讨一些问题；说这组文章多为"瑰玮的辞句"，也是事实，其文辞文法表现均较特别；但说"看不出有多大的价值来"，则是值得商榷的。另外，说这组文章主要是表现"关于自然的哲学"观念，也似不如说主要是表现历史哲学思想更为切合实际。它是紧紧围绕人类社会历史问题来提出问题和发挥议论的。

龚自珍一生似乎都不大注意探索自然哲学，他对宇宙本体、万物本原的思考可以说微乎其微，似乎从未有意识地想去探索和说明这些问题。只是在辨析某些问题时偶尔体现出一些属于自然哲学范畴的观念。如自汉代以来流行一种天人感应、上天示警的迷信政治哲学，将一些天象的变化诸如日蚀等，说成是天"出灾害"、"怪异""以谴告"人世。龚氏则认为人能步历造仪以观测天象，就不是凶灾示警："诚可步也，非凶灾，诚凶灾也，不可以步。"②这说明他认为"天"不是有意识的人世的主宰者，而是一个不依人的意识与作为而转移的客观存在，有其自身的运行规律，它在运行当中所产生的各种现象是自然的现象，并非是向人间示警。龚氏在《说月晷》一文中说他自己曾制造月晷图，请罗士琳评论，并向罗氏学"浑天之术，两仪之形，求七政之行之所在"③，同样表现了他把天视为自然的天的思想。从这里可以看出龚氏对客观世界具有朴素的唯物的观念。但龚氏没有就此生发下去，没有进一步扩展到对宇宙与万物的本体的思索与阐述，类似的情况还有，但

① 侯外庐《中国早期启蒙思想史》第651页，北京：人民出版社1956年版。

② 均见龚自珍《乙丙之际箸议第十七》，《龚自珍全集》第9页，上海：上海人民出版社，1975年版。以下本文所引龚氏文字皆出此本，仅简注作者、篇名、页码。

③ 《说月晷》，《龚自珍全集》第132页。

大都不外是如此略触其绪而已。

龚氏一生着力发挥的是历史哲学,大体可以说他是从社会批判开始,进而探索人类社会和人类历史的发展变化规律,再进而思考人与人类的本质问题,差不多是到这里为止。他的主要着眼点始终是在人和人类社会、人类历史方面,基本属于历史哲学范畴。以《壬癸之际胎观》这组文章来说,《第五》讲到万物之数括于三,近于否定之否定律,《第七》讲到事物皆有对,相对待而存在,近于矛盾律,二者虽然也属于自然哲学范畴,但都在辩证法层面,前者讲事物的运动规律,后者讲事物存在的形态,都没有回答宇宙万物的本体问题。所以它们都可以运用来观察和阐释历史现象,而龚氏大致也是在思考历史范畴问题的意义上来谈论它们的,基本可以归纳到历史哲学思想范畴之内。龚氏的历史哲学思想基本是从人类的文化创造着眼,以名实论为基础,从立名、认知的角度看人类社会的创造与发展,从而导出人类自身创造世界论,再进而推导出人本体论,并发展到强调人心之心力论。这一思维模式及其推衍出的结果,对比那种天地神圣创世论来说,无疑更富有唯物的色彩,但对历史科学来说,又不能不陷入唯心的泥淖。这是在马克思历史唯物主义产生以前,古人在所难免地普遍存在的历史局限。

王飙同志的《近代人的觉醒与精神解放的启蒙者——论龚自珍思想的近代意义》(论纲)一文,曾对《壬癸之际胎观》这组文章的一些重要内容作出深邃的思考与探索,提出许多精辟的见解,揭示出一些重要的本质的内涵。如说龚自珍提出了"带有人本主义色彩的'我造天地论'"和"心力论",其"思想的核心,是人的觉醒和精神解放"。又如说龚氏在天人关系方面,提出了与传统完全不同的思想:"世界创造者和主宰者,不是'天',不是'道',不是'太极',不是圣人,是'人'自身!是众人自身!是'我'!在中国思想史上,这是一个以往从未有人提出过的、崭新的命题。"又如说"'我造天地'亦即人类创造世界,但主要是说人类社会以及一切文明都是人类自己创造的,不是天的赐予,也不是圣人创造。正因为人是'人自造'的,所以人的本性也不是'天命之性',而是本身所固有的('我性')","人类全部文化('书'即文字、'数'、'历'、'方位'、'医'、'谱牒世系'乃至宗法伦理)

都是‘民我性’本身发展的要求和产物”①。这些重要结论我大体都是赞同的，不过王文主要是论证龚氏思想的“近代意义”，我则想从别一个侧面，即龚氏的历史哲学思想方面作一些阐述，侧重点不同，自然也会有一些差异，作为一种探讨，提出来讨论。

二

《壬癸之际胎观》这组文章提出的重要的问题之一，就是人类世界是谁创造的，是人类自身，还是超越人类社会以外的力量？究竟谁是人类世界的主宰？龚自珍的回答是：“天地，人所造。”②不是天地造人，倒是反过来，人造天地。这话是什么意思呢？是否是说天地都是人造出来的呢？如果是这样，那真是把人的力量夸张到极点了，整个宇宙、万物都是人制造出来的了。我想龚氏并非是这样的意思。

龚氏这里所谓的“天地”，不是指自然存在的天地，不是指人类赖以生存的那个可以“步”、可以“察”的天地，而是指纳入人类世界即人类生活中的天地，即被人类所认知、阐释的天地。这是龚氏从人类社会文化创造的角度来思考问题的结果。

自从人类产生以来，宇宙便有了两个世界：一个是自然的世界，一个是人类的世界。人类的世界当然也是自然世界的一部分，但它又与自然世界相对待，既统一，又对立。这是因为人类与其他动物不同，是一个有精神意识和创造能力的群体。人类世界虽然是处于自然世界之中，但它又是人类自身有意识的创造的结果，体现为人类的历史发展实质上也就是文化的创造与积累，包括物质文化的积累与精神文化的积累。对于人类来说，所有自然存在的客观世界，都是与人类相对待并可以被人类认知、理解和加以种种诠释的世界。这是其他动物所不具备的。这种认知包括科学的和不科学的，也包括诸如哲学的、宗教的、艺术的、自然科学的种种不同形态的认知。

---

① 王飙《近代人的觉醒与精神解放的启蒙者——论龚自珍思想的近代意义》(论纲)，见熊向东、周榕芳、王继权选编《首届中国近代文学国际学术研讨会论文集》第35—38页，南昌：百花洲文艺出版社1994年版。

② 《壬癸之际胎观第一》，《龚自珍全集》第12页。

就人所认知、理解并赋予各种名称、提出各种观念甚至创造出各种相应的制度与法规的这个人类的世界来说，它是人类通过理智和意识不断分辨、认识和建造的结果。这样一来，一方面有一个客观的自然存在的天地，另一方面又有一个经过人们主观认知的天地，即经由人们的意识所建造起来的人类的天地。天原为自然之天，地亦为自然之地，但它进入人类文化范围，才名之为天，名之为地，成为人类文化创造中的天地。这个天地对人类社会而言是真实存在的，并在社会生活中起着实际的作用。这个天地是人们自己所创造的。我想，龚自珍说"天地，人所造"时，是在这个意义上讲的。

从人类文化创造的角度观察问题，可以从"名"、"实"两大范畴来理解。如果说"实"是自然存在的世界，那么"名"便呈现为人类文化创造的世界。人类文化创造的世界在一定意义上可以说就体现为一个"名"的体系的世界。人类用它的意识认知与诠释事物，并以"名"来表示。立"名"就标志着认知，标志着自然的世界已进入人类的文化范畴，也就意谓被人们创造出来成为人类世界的组成部分。这种思维模式贯串于龚氏这组文章之中。下文说："有众人已，有日月；有日月已，有旦昼。日月旦昼，人所造，众人自造，非圣人所造。"①有了社会群体，才去认知日月旦昼，纪时纪岁，于是有了日月旦昼岁时的分别与创造，不是人们创造了作为自然事物的日与月、旦与昼，而是人们认知了它们，用以纪岁纪时，从而成为人类生活中的事物，这就是人造日月旦昼的意思。下文又说："乃造名字，名字之始，各以其人之声。声为天而天名立，声为地而地名立，声为人而人名立。"人们对认知的事物，立名以为标志。命名的方法，则是以人之声，声为何，即何名立。《壬癸之际胎观第三》说："帝有法，王有法，霸有法，皆异天。"②统不同，天亦不同，这里的"天"显然只是各统之天，而非自然之天。《壬癸之际胎观第八》说："万物不自名，名之而如其自名。"③物不自名，凡物之名，皆人所造。人类对各种事物立名的结果，便创造出一个"名"的世界，代表着人们认知中的世界而存在于人类社会生活中了。这个"名"的世界未必与"实"的世界一一相

① 《壬癸之际胎观第一》，《龚自珍全集》第 13 页。
② 《壬癸之际胎观第三》，《龚自珍全集》第 15 页。
③ 《壬癸之际胎观第八》，《龚自珍全集》第 19 页。

符，但它也确确实实是一种存在，并且在常识上很容易把它视为是人类所创造的世界。广东人民出版社的选注本释本篇的“造”字说：“创造，也可引申为认知。”①说得有些含糊模棱，到底是创造之义？还是认知之义？还是认知意义上的创造？不很清楚。要么人类造出天地来，要么人类在意识领域中建造了一个认知的天地，是人们所认知、理解的天地，而不是自然存在的天地，二者的关系可以相合，也可以不相合。总之，不完全是一回事，也不可混而为一。

《壬癸之际胎观第一》说：“我光造日月，我力造山川，我变造毛羽肖翘，我理造文字言语，我气造天地，我天地又造人，我分别造伦纪。”②把这里所说的“造”字理解为认知范畴的事，对于这段话虽然还不能完全地透彻地明晓，但比较容易理解一些了。他说“我光造日月”，当是说人有识别光的能力，所以有对日月一类能带来光明的事物的认知与分别。“我力造山川”，当是说人类有识别力的能力，所以能认知和分别坚山猛水那些能体现出力度的一类事物；“我变造毛羽肖翘”，显然是说人类的变化即从动物中脱化出来，才有对毛羽肖翘即禽兽昆虫的认知与分别。下文说“有裸人已，有毛人，有羽人，有角人，有肖翘人。毛人、羽人、角人、肖翘人也者，人自所造，非圣造，非天地造”，很清楚，其意是说有了人，才有对与人不同的毛、羽、角、肖翘等的分别，是人类自身区分的结果，因而是人类所造；“我理造文字言语”，意思更为清楚，是说人类有思想，所以创造了文字语言；“我气造天地，我天地又造人”，这是最难捉摸的两句了，也许可以把“气”理解为生命，“气”本是生命存亡的象征，如果是这样，那么这两句当是说：人类有生命能够认知、诠释天地，而所认知、诠释的天地又反转来给人类以影响；“我分别造伦纪”，意思很明白，由于人群有各种各样的关系，诸如宗族的、姻亲的、地域的、政治的关系，所以造出了人伦纪纲。总之，这一段话的本质含义，就是人类社会的一切都是出于人类自身的创造。

这样的说法是唯物的呢，还是唯心的呢？很难一言为断。就其言人类以其理智本性去认知世界并创造世界来说，是符合事物的实际的，不能说他

---

① 龚自珍诗文注释组《龚自珍诗文选注》第111页，广州：广东人民出版社1975年版。

② 《壬癸之际胎观第一》，《龚自珍全集》第12—13页。

不唯物;但如果不分别认知的世界、人类文化创造中的世界与自然的世界、客观实际存在的世界,把二者混同为一,那就不符合实际,也就不是唯物的了。如果我们先抛开唯物、唯心的分辨,而辩证地了解其言论的实质所指,那么龚自珍是要强调人类自身创造了人类的世界,这一点是十分清楚的。可以说,对人类自身力量的肯定,这是龚氏历史哲学中最重要也是很光辉的一点。

三

人类自身创造了人类世界,那么人类创造力的根源与动力在哪里呢?龚氏合乎逻辑地将根源归结为人自身的本质,所谓"民我性"①;将推动力归结为社会生活发展的需要,所谓"后政"②,所谓"既有世已,于是乎有世法"③。

人类对客观事物的认知、创立"名"的世界、进行文化的创造与积累,这种认知与创造的能力是出自人的本性。龚氏说:"民我性不齐,是智愚、强弱、美丑之始。"智愚等的分别,并非上天生人命性的结果,而是人性本身"性不齐"的结果。"民我性能记,立强记之法,是书之始。"人类为了保存记忆,发明文字,立强记之法,是以人有记忆的本性为基础的。

创造根源出于人之本性,推动人们进行各种创造的动力则是社会生活的需要,所谓"既有世已,于是乎有世法"。有了人类社会之后,适应社会生活的需要,于是陆续创造出各种各样的事物,包括制度法规、道德伦理等等。龚氏说:"算之大者,曰测日月星;曰测地。日月星地既可测,则立之分限,以纪人之居世者,名之曰岁。曰春夏秋冬,是历之始。"人类需要计数人类居世之时间,按季节进行生产等活动,于是观测日月星辰的运行以纪岁月,创造了"岁",并分别春夏秋冬,创造了历法。"民我性能类,故以书书其所生,又书所生之生,是之谓姓,是谱牒世系之始。一人生二子,则有长幼,则

① 《壬癸之际胎观第二》,《龚自珍全集》第 14 页。
② 《壬癸之际胎观第一》,《龚自珍全集》第 13 页。
③ 《壬癸之际胎观第二》,《龚自珍全集》第 14 页。

宗之始。”人之有姓，有谱牒世系，有宗法，是由于人类繁衍中存在宗族家庭等关系而被创造出来。“佃有公、侯、伯，有土之君始。”有了佃民，有了管理佃民的各等次人物，才产生立于其上的最高管理者、拥有一方土地的国君。“民我性不齐，夫以倮人食毛羽人，及男女不相部，名之为恶矣；其不然者，名为善矣，是名善恶之始。”[①]人们的道德规范诸如善恶之类，也是随着社会生活发展中的价值判断而被逐渐创造确定下来的。

综上所述，其中贯串一个思想，即社会上被创造出来的一切，也就是一切文化创造，都起于人类群体社会发展的需要，并根源于人类本性所具的特质。这种认识，也可以从《五经大义终始论》中得到印证。该篇中论“圣人之道”说：“始乎饮食，中乎制作，终乎闻性与天道。民事终，天事始。”人类社会始于物质生活，故“始乎饮食”，随着社会的发展，适应社会的需要，进行各种“制作”，包括典章制度、道德伦理等，最后明性与天道，走向高层次的认识。至于“天事”即祭礼之类，那是“民事”即现实生活具备之后才产生的，“民事终，天事始”。祭祀之类起于有了人事之后：“礼者，祭礼也。民饮食，则生其情矣，情则生其文矣。”“故曰：观百礼之聚，观人情之始也，故祭继饮食。”祭祀是人情感恩报德思想所产生的礼文仪节。社会管理人物即诸官之产生，也是适应社会的需要而逐步设置起来的：“其在于《诗》：‘既景乃冈’，以测知北极之高下，又曰：‘夹其皇涧，溯其过涧’，以顺水性，则司空之始也。此其与百姓虑安者也。若其与百姓虑不安者，所以安安也；曰饮食之多寡，祭之数，少不后长，支不后宗，筋力者暴羸，于是乎折萑析木而挞之，则司寇之始也。”[②]这种认识是唯物的，当然还只是人类学层面上的理解。

人的本性不是哪一个人或哪一些人才有，而是只要是人就具有。所以龚氏在说“天地，人所造”时，又特别点出“众人自造，非圣人所造”，其意即出于人类本性，并非哪一两个圣明的人所独有的东西。龚氏这种认识与他受王学左派心学的“人皆可以为尧舜”[③]和佛学天台宗性具论的众生皆具佛性的思想影响或许有一定关系。

---

① 以上均见《壬癸之际胎观第二》，《龚自珍全集》第 14 页。

② 以上均见《五经大义终始论》，《龚自珍全集》第 41—43 页。

③ 《孟子注疏》卷十二上《告子章句下》，阮元校刻《十三经注疏》下册第 2755 页。

这样的理论自然会导致一个结论,即人本体论。人类社会的一切都是“人自所造,非圣造,非天所造”,是人类自己创造了人类社会的一切。这样,人类的主宰自然也是人类自身。所以龚氏说:“众人之宰,非道非极,自名曰我。”①这里的“我”,是人类抽象的代称。人类用自己的创造发展自己,其主宰就是人类自身,而不是别的什么东西。既不是所谓“道”,如董仲舒所说:“道之大原出于天,天不变,道亦不变。”②也不是所谓“极”,如《易·系辞上》所说:“《易》有太极,是生两仪。”③人类的世界不是由一个抽象的本体生出来的,而是人类依其本性所创造出来的。所以除了人类本身之外,没有另外的主宰。这自然是一个很有价值的命题。

人为社会的本体,创造力出于人的本性,实际就是人的理性,这必然导致对“心力”的强调。《壬癸之际胎观第四》曰:“心无力者,谓之庸人。报大仇,医大病,解大难,谋大事,学大道,皆以心之力。”心之力,也就是理性与意志之力。“司命之鬼,或哲或惛,人鬼之所不平,卒平于哲人之心。”命所不能解决的不平,能在哲人之心得到平衡。“哲人之心,孤而足恃,故物之不平者恃之。”④哲人之心虽孤立,但足以依恃,所以物之不平者皆恃之。这种“心力”的强调无疑具有思想与个性解放的倾向。

四

人是社会的本体,那么人又是怎样来的呢?如果人不是天或神创造出来的,又是怎样产生的呢?龚氏不可能有生物进化的知识,他无力对这个问题予以科学回答,似乎也没有想要作出明确的回答,他说:“众人也者,骈化而群生,无独始者。”⑤“骈化”即并生之意,与“无独始者”相对应。“群生”即是说人是群体动物。广东的选注本解释此句说:“两人配偶而生殖繁育

---

① 《壬癸之际胎观第一》,《龚自珍全集》第 13 页。

② 董仲舒《对策》,见《汉书》第 8 册第 2518—2519 页,北京:中华书局标点本 1962 年版。

③ 《周易正义·系辞上》,《十三经注疏》上册第 82 页。

④ 《壬癸之际胎观第四》,《龚自珍全集》第 15—16 页。

⑤ 《壬癸之际胎观第一》,《龚自珍全集》第 13 页。

出众人。"[①]可备一说。龚氏主要意思是要说人类初始乃并化群生，不是先有了一个独始者，诸如伏羲、女娲以及什么上帝之类，然后再造出人类。他的着力点在"无独始者"，至于这人类到底是怎么来的，便不再去深究。这里再一次证明，龚氏的思想关注点，从来不在探究万物的起源与本体，而是从有了人类以后开始，他思考的是人类的问题，把人类社会作为思考问题的起点。

龚氏在这组文章中表述了他对人类历史发展过程的看法。在初始阶段，人类是与其他动物处于无分别的浑沌状态之中："其匹也，杂不部居。""杂"就是杂处，"不部居"即无分别地相处。到了人从动物界分化出来以后，能对周围的世界加以分辨了，才与其他动物禽兽昆虫之类分离开来："裸人之不与毛、角者匹，其后政，非始政。""后政"就是后起之事。

人从动物中分化出来，形成人类社会，便开始产生社会组织，它的基本流程是由小而大，由下而上。"后政也者，先小而后大。五人主为政，十人主为政，十十人主为政，百十人主为政，人总至，至于万，为其大政。"人类有了社会，也开始创造各种所需的事物。如为明晓岁时，指导生产，安排作息，便去观察认知日月昏昼，而创造了历法："有众人已，有日月；有日月已，有旦昼。日月旦昼，人所造，众人自造，非圣人所造。"人们认知各种事物，并赋以名目："乃造名字，名字之始，各以其人之声。声为天而天名立，声为地而地名立，声为人而人名立。"[②]社会事物便这样创造出来，人类文化便这样日渐积累起来。

天人之际是中国哲学中的一个重要问题。荀子讲天人相分："大天而思之，孰与物畜而制之；从天而颂之，孰与制天命而用之！"[③]是把天视为自然之物的。传统的思想中则以尊天为主，把天视为有意志的天，以天命为绝对权威。董仲舒的天人感应说，是其典型的代表，也是统治中国社会最久远的天人观。龚自珍则大体已经认识到传统所谓的"天"，本质上不过是人的创造，是各种社会思想体系的反射，人们将它悬拟为天。《壬癸之际胎观第

---

① 龚自珍诗文注释组《龚自珍诗文选注》第111页，广州：广东人民出版社1975年版。

② 以上均见《壬癸之际胎观第一》，《龚自珍全集》第13页。

③ 《荀子·天论》，王先谦《荀子集解》下册第317页，北京：中华书局1988年版。

八》说:“有天,有上天,文王、箕子、周公、仲尼,其未生也,在上天。其死也,在上天。其生也,教凡民必称天,天故为群言极。”[①]立“天”实质是为群言立“极”,立一最高标准。所以“有天,有上天”,天上又可再立天,这显然不是自然之天。文王等都必称天为治,这天只是人世所认知的天,是“群言极”,换句话说,不过是一种统系思想的代名词而已。

这种“天”是怎样产生的呢?龚氏用人类历史的发展过程加以说明。不过龚氏对此采用类似寓言的表现形式,不免蒙上一层神异的色彩,须从其象征的意义上了解。“人之初,天下通,人上通,旦上天,夕上天,天与人,旦有语,夕有语。”开始时,社会还浑然一体,从后来人天分化的关系来说,那时则是人天合一的,不存在任何距离,没有不能够及时交流的东西。所有的人同奉一天,即同守一种原则,共同努力维持社会并推动社会的发展。这种人天合一的关系实际象征众人与主政者的密切无间的关系。后来,社会组织变大了,则不能不有中间传语之人,这就是官之产生:“万人之大政,欲有语于人,则有传语之民,传语之人,后名为官。或以龙纪官,隶天之龙为首,不咸之水龙次焉,咸水之龙次焉,隶畜之龙次焉。或以云纪官,隶上天之云为首,隶天之云次焉,隶名山大川之云又次焉。或以鸟纪官,隶天之鸟为首,隶畜之鸟次焉。龙、鸟、云,天所部,非人所部。”[②]这是说不但有了官,而且官是有等次的。其等次以与主政者即天之远近为差。以龙、云、鸟纪官,是运用历史文献上记载的传说材料以成文。《左传》昭公十七年载郯子语说“黄帝氏以云纪,故为云师而云名”,“太皞氏以龙纪,故为龙师而龙名”,“少皞挚之立也,凤鸟适至,故纪于鸟,为鸟师而鸟名”。[③] 龚之立说即本于此。有了传语之官,人群就开始有了分化,开始有了人、天的分别,龙、鸟、云都是“天所部,非人所部”。实际就是社会分而为在上的社会组织者与在下的被支配的民众。

但人、天有了分别,还不等于隔绝不通。后来发生了一个大变化,也可以说是质的变化,这就是绝地天通。“后政不道,使一人绝天不通民,使一

① 《壬癸之际胎观第八》,《龚自珍全集》第19页。

② 以上均见《壬癸之际胎观第一》,《龚自珍全集》第13页。

③ 《春秋左传正义》昭公十七年,《十三经注疏》下册第2083页。

人绝民不通天，天不降之，上天不降之，上天所天，又不降之。诸龙去，诸鸟不至，诸云不见，则不能以纪。”[①]“纪”文集正文作“绝”，但“一本作‘纪’”。从文意看，以作“纪”为是。后政不道，使一人绝地天通后，天不下降了，天所部之龙、鸟、云也都不来了，上下全不通情通气了。绝地天通，也是运用文献记载的传说资料以成文。《尚书·吕刑》：“乃命重黎，绝地天通，罔有降格。”伪孔《传》曰：“重即羲，黎即和。尧命羲、和世掌天地四时之官，使人神不扰，各得其序，是谓绝地天通。言天神无有降地，地祇不至于天，明不相干。”[②]又《国语·楚语》载：“昭王问于观射父曰：‘周书所谓重黎实使天地不通者，何也？若无然，民将能登天乎？’对曰：‘非此之谓也。古者民神不杂……及少昊氏之衰也，九黎乱德，民神杂糅，不可方物。夫人作享，家为巫史……民神同位，祸灾荐臻，莫尽其气。颛顼受之，乃命南正重司天以属神，命火正黎司地以属民，使复旧常，无相侵渎，是谓绝地天通。”[③]龚文即本此。这里的表述方式，不只是寓言式，还有点神话式了。绝地天通，本意就是使人神不扰，人神不杂，人天分离。龚氏这里运用这一说法表明社会发展阶段中的一个大变化，就是从这个时候开始，与众人相共的“天”不再存在了。那个历史阶段一去不复返了。

后来变化的结果如何呢？“比其久也，乃有大圣人出，天降之，龙乃以部至，鸟以部至，云以部至，民昂首见之者，天之藉也。”这里所说的“大圣人”大致是指专制制度的君主。这时“天”又下降了，龙、鸟、云也皆以部至，但民所能见者，已不是原来那个“天”本身，而只是“天之藉”了，是“大圣人”出来以后所产生的现象，已是被改造过的“天”，人们观念中就只有这个“天”了。“众人以为天，大政之主必敬天，名日月星为神，名山川为祇，名天之人亦曰神。天神，人也；地祇，人也；人鬼，人也。非人形，则非人也。”[④]这个被改造过的“天”，不免带有神圣的光环，连带也出现了天神、地祇、人鬼，有了一个带有宗教氛围的神圣世界，一个人们包括众人与大政之主不能不向之顶礼膜拜的世界，这也就是产生了天、道、极、圣主宰人类的世界的时

① 《壬癸之际胎观第一》，《龚自珍全集》第 13 页。
② 《尚书正义·吕刑》及《疏》，《十三经注疏》上册第 248 页。
③ 《楚语下》，见《国语》下册第 559—562 页，上海：上海古籍出版社 1978 年版。
④ 《壬癸之际胎观第一》，《龚自珍全集》第 13 页。

代。但就其本质来说，并无神圣可言，天神也好，地祇也好，人鬼也好，都是人的投影、人的创造，不过不是人形，就不说是人了。龚氏这里揭开了那个原始的人、天合一的世界被破坏后，由后政中发展出来的这个人、天分离的世界真实面目。那个发生本质变化的时期，大致相当于君主专制制度产生的时期。

五

"天故为群言极"①，这个"天"实质不过是各家或各种学说体系的最高概括和代表。所以"天"也就是"统"，不同的道统、治统、政统的体现。"统"不一，"天"亦不一。

龚自珍总结了中国"有天下者"、"有大国者"也就是各种有土之君的统治，提出治统问题："夫始变古者，颛顼也。有帝统，有王统，有霸统。"龚氏的古史观念认为，颛顼以前是一个历史阶段，以后又是一个历史阶段。以前大约是原始的古代生活时期，以后则进入了帝统的时期，依其所行政治之不同，可以分别为帝统、王统和霸统。我国古代有三皇五帝的传说，颛顼相传是黄帝之孙，为五帝之一。关于五帝虽有不同的说法，《史记·五帝本纪》据《世本》、《大戴礼》以黄帝、颛顼、帝喾、唐尧、虞舜为五帝，而孔安国《尚书序》、皇甫谧《帝王世纪》等则以伏羲、神农、黄帝为三皇，少昊、颛顼、高辛、唐尧、虞舜为五帝，但不论哪一种说法，颛顼皆在五帝之中。故龚氏曰："帝统之盛，颛顼、伊耆、姚"，即颛顼、尧、舜。伊耆，北齐熊安生、南朝梁皇侃注《礼·郊特牲》，皆以伊耆为神农，但《帝王世纪》诸书则谓帝尧姓伊祈，以伊耆氏为帝尧，龚氏这里当是取《帝王世纪》之说，指尧。虞舜居姚墟，以姚为姓，所以姚乃指舜；"王统之盛，姒、子、姬"，即夏、商、周三代，夏为姒姓，殷为子姓，周为姬姓；"霸统之盛，共工、嬴、刘、博尔吉吉特氏"，即共工氏、秦、汉、蒙古。秦为嬴姓，汉为刘姓，蒙古为博尔吉吉特氏。

龚氏认为帝、王、霸三统，不在有国者土地之广狭，而在于其所行之治法。"非帝、王之法，地万里，位百叶，统犹为霸。"君主所行不是帝统、王统

① 《壬癸之际胎观第八》，《龚自珍全集》第19页。

之法,即使地拥万里,位传百世,仍为霸统。"帝有法,王有法,霸有法,皆异天,皆不相师,不相訾,不相消息。"三统各有其法,也就是各有其治统体系,各有其不同的政治原则,所以也就各"异天"。文中进一步阐述说:"王统以儒墨进天下之言;霸统以法家进天下之言;霸之末失,以杂家进天下之言。"①王统、霸统各有其学说以为本。这里没有说到帝统的学说所本,是因为从传留的文献资料看,实无帝统家数之记载。儒、墨学说最早,已是周代的王统时期。龚氏实以清的统治亦为霸统,但系本朝,不敢明目张胆地指揭。

帝、王、霸三统论,是龚氏的一个重要历史观,也是他的重要的政治观。他把高度集权的那种君与臣、君与民相隔悬远的政治视为霸统,但他还提不出代替这种政治体制的新体制,总是想借古代略具贵族民主的政治也就是帝统与王统来修补霸统,去其弊端。这种思想在龚氏之文章中是有鲜明体现的。如《明良论二》中引郭隗说燕王之语曰:"帝者与师处,王者与友处,伯者与臣处,亡者与役处。"尊崇帝统之君以臣为师,王统之君以臣为友。"伯者"即"霸者"则以臣属视臣,亡国之君则以奴仆视臣。又引贾谊之语曰:"主上之遇大臣如遇犬马,彼将犬马自为也。如遇官徒,彼将官徒自为也。"反对君主将大臣视为奴隶。他赞扬这方面做得较好的时期:"坐而论道,谓之三公。唐、宋盛时,大臣讲官,不辍赐坐、赐茶之举,从容乎便殿之下,因得讲论古道,儒硕兴起。及其季也,朝见长跪、夕见长跪之余,无此事矣。不知此制何为而辍,而殿陛之仪,渐相悬以相绝也?"②提倡古代以师、友待大臣之作风,反对殿陛之仪相隔悬绝、以古代君臣间相对民主反极端专制的态度十分清楚。其三统论之实质实在于此。

龚氏虽认识到这一点,但无力改变的现实使他陷入困境。三统互不相干,尤其帝统、王统与霸统更是水火不相容:"以霸法劝帝、王家,则诛。以帝、王法劝霸家,则诛。"持不合时统之学说以干时主,则只能招来杀身之祸,这里寓含有作者面对霸统的残酷现实的牢骚与悲哀。

龚氏说:"能知王霸之异天者曰大人。进退王霸之统者曰大人。大人

---

① 《壬癸之际胎观第三》,《龚自珍全集》第15页。
② 均见《明良论二》,《龚自珍全集》第31页。

之聪明神武而不杀,总其文辞者曰圣人。”龚氏提出他的理想人物:大人与圣人。大人相当于明于三统,而又敢于正言以进王统而退霸统的大臣,圣人则是大人中又能著书立说以为后世立法的聪明神武之人物。“圣人者,不王不霸,而又异天”,圣人又自有一“天”。“天异以制作,以制作自为统”①,“天”之不同,从制作上体现出来,也就是从体现治统的典章制度、政策法规等方面表现出来。有了制作也就自立了统,所谓创制垂统。龚氏或许是以大人与圣人自期,他要另创一“天”,另行制作,另立一统。这“不王不霸”之“统”,性质如何,难以确说,只可说是龚氏理想之所期了。

六

《壬癸之际胎观第五》说:“万物之数括于三:初异中,中异终,终不异初。一匏三变,一枣三变,一枣核亦三变。”“哀乐爱憎相承,人之反也;寒暑昼夜相承,天之反也。万物一而立,再而反,三而如初。”龚氏在这里提出了事物的发展变化规律,如前所说,他更主要是把它用于对历史发展规律的认识与理解。这一认识近于所谓否定之否定律,但这究竟是一种螺旋式上升的理论,还是一种循环论,很难简单地加以论定。

与这一基本认识相应,他提出以“逆”治世的原则。文中说:“天用顺教,圣人用逆教。逆犹往也,顺犹来也。生民,顺也;报本始,逆也。冬夏,顺也。冬不益之冰,为之裘,夏不益之火,为之葛,逆也。乱,顺也;治乱,逆也。庖牺氏之《易》,逆数也;礼逆而情肃,乐逆而声灵。”②除弊救危、改革现实需用“逆教”。“逆”也就是“复”。社会已发展到“中”,“中”已异初,而出现许多弊端,要去掉这些弊端,应再入于“终”,因为“终”不异“初”,也就是“复”,能够恢复原来无弊的状态。魏源为龚氏文集所作的序中说:“夫忽然得之者,地不能囿,天不能嬗,父兄师友不能佑;其道常主于逆。小者逆谣俗、逆风土,大者逆运会,所逆愈甚,则所复愈大,大则复于古,古则复于本。

---

① 均见《壬癸之际胎观第三》,《龚自珍全集》第15页。
② 均见《壬癸之际胎观第五》,《龚自珍全集》第16—17页。

若君之学，谓能复于本乎？所不敢知，要其复于古也决矣。”[①]魏氏似乎也认识到了龚氏的这一基本点。

值得注意的是龚自珍提出：“乱，顺也；治乱，逆也。”顺是来，是发展，发展就有乱，而欲治乱，就得逆，以失去的某些好的东西拯救它。这看起来很像是复古和倒退，实际上不这么简单。龚氏是主张变革的，《乙丙之际箸议第七》说：“一祖之法无不敝，千夫之议无不靡，与其赠来者以劲改革，孰若自改革？抑思我祖所以兴，岂非革前代之败耶？前代所以兴，又非革前代之败耶？……奋之，奋之！将败，则豫师来姓，又将败，则豫师来姓。《易》曰：‘穷则变，变则通，通则久。’”[②]以“逆”治之的结果，不是倒退，而是社会得到了继续发展。这里存在一个形式上的认识而与实际所得及所期的矛盾。这是龚氏的历史局限所决定的。龚氏所处的那个时代还提不出新的社会制度理想，他只能从古代的治法中寻找解决现实问题的出路，在思维形式上往往是以古代某些原则来改革现实的弊端，如以战国时代士之民主救专制主义之弊，以古代大臣师傅自处之风救大臣奴隶自处的卑污风气等。连他自己也说：“何敢自矜医国手？药方只贩古时丹。”[③]实际所达到的却是以复古为革新。

七

《壬癸之际胎观第七》说：“域中之言，名实其大端。”域中之言对域外之言而言，域外指佛教，域内指儒家。儒家为名教社会，以名器为本，以“名”为治，凡事皆有名有说，有名有说则事立，无名无说则事不立。故文中又说“万物不自立”，以说而立，然而“有说十之一，无说十之九；无说十之一，始有说卒无说十之九”，无理者居多。

何谓有说，何谓无说？“女子十五，避男子于闉牏，恧也；女子七岁，避男子于路，非恧也。恧之，谓之有说。非恧而恧之，谓之卒无说。”有了伦理

---

① 魏源《定庵文录序》，《魏源集》上册第238—239页，北京：中华书局1976年版。

② 《乙丙之际箸议第七》，《龚自珍全集》第6页。

③ 《己亥杂诗》第44首，《龚自珍全集》第513页。

规范和识觉,故恧,是有说。本不恧而说恧,则无说,没道理。恧与不恧相对立,事物往往正反两名相对立,“万物名相对者,势相待,分相职,意相注,神相耗,影相藏”。不然则相对之名不成,万事亦不立。“势不相待,分不相职,意不相注,神不相耗,影不相藏,将相对之名不成,万事皆不立。”所以“万事不自立,相倚而已矣;相倚也,故有势。万理不自立,相譬而已矣;相譬也,故有辨”。正因为这种相对的存在,便产生了混乱。“相倚相譬也,故有烦惑狂乱,有烦惑狂乱也,故有圣智。”这就是圣智者的价值,圣智是不烦惑狂乱者,也是正烦惑狂乱者,唯圣为能正名。

“大人之听众人也,耳击之也,曰:皆然;目击之也,曰:无所否。何谓无所否?众人之名亦与名,众人之守亦与守,众人之争亦与争。”圣智从众人,则无异同。“麟凤能游肖翘之族,而与蠛蠓辨,或觌为细也,或觌为巨也,或觌为神怪也,同则是,异则是;同同则是,异异则是,是则是,非则是;乖则是,合则是。”圣人不从众人,则不免陷于“是非苟相形,雷同共訾毁”的境地了,人各执一是。这不免使圣智陷于悲哀,故圣智者非乐。知不如不知。“有所蔽,故有所乐;多所蔽,故多所乐。”不知不识,无思无虑,最乐。“盛德有福者,忧患避弗及,智慧废弗用,名之曰顽;顽以完其初,死必上跻矣。”盛德有福之人,忧患不及于身,智慧置而不用,可称为顽;顽则不失其初,死必上升于天。“盛德无福者,忧患入之,智慧出之,名之曰劳;劳以不完其初,死必旁落矣。”盛德无福之人,忧患所加,大用其智慧,可以称为劳。劳则不能保其初始者,死亦旁落。“神矣夫!父母物之民,智慧之所出,忧患之所入,入亦无算数,出亦无算数,入亦无比例,出亦无比例。虽则用智,惨然而哀;虽则用慧,惨然而哀;或则抱忧而食患,不忍用智慧焉而哀;或则介忧而胄患,不忍用智慧焉而哀。其生也,名曰哀民,字曰难测。其死也,名曰最上,字曰无上。”或被忧患困扰,或超越忧患,都只能纠缠于悲哀之中。“智慧之积,无上者之体;哀惨之积,无上者之用。”[①]智慧为体,哀惨其用。有智慧,用智慧,则必致哀惨。作者不能不哀叹:“神矣夫!父母物之民。”这真是独醒者最深沉的感慨。

《壬癸之际胎观第九》还论到“群言之名”与“圣人所名”之分别、儒家

① 均见《壬癸之际胎观第七》,《龚自珍全集》第18—19页。

与佛学在明德与修性上的不同原则，实际是谈教统问题，这些也都属于人类社会中的一些重要问题。其篇末曰："生亦多矣，大人恃者此生；身亦多矣，大人恃者此身。"大人所可拥有者，亦不外此生与此身。"恃焉尔，欲其留也；留焉尔，欲其有为也"，存生存身，目的为了有为。此即《尊隐》篇所谓君子"大其生"之意。"有为焉尔；不欲以更多也。是之谓大人之志。"①有为，不必更多，如果无为，即使更多，亦毫无意义。尽管处于困境，尽管悲伤与悲愤，龚氏最终还是归结到有为于世的积极结论。

（原载北京大学传统文化研究中心编《汉学研究国际会议论文集·文化的馈赠》语言文学卷，北京：北京大学出版社2000年版。）

① 均见《壬癸之际胎观第九》，《龚自珍全集》第20页。

论龚自珍的“尊史”思想

在龚自珍的文章中，“史”有三种含义：或指历史，或指史书，或指史官。《乙丙之际箸议第九》曰：“吾闻深于《春秋》者，其论史也，曰：书契以降，世有三等。”[①]“论史”的“史”即指历史。《对策》曰：“不研乎经，不知经术之为本源也；不讨乎史，不知史事之为鉴也。”[②]“讨乎史”的“史”与“经”并列，显指史书。《古史钩沉论二》曰：“周之世官，大者史。”[③]既言“世官”，“大者史”的“史”自指史官。“史”之史官之义早出，历史之义、史书之义皆由史官之义推衍引申而成。史书为史官所纂录，因其所为之人称其所为之事，遂称史书为“史”。史书所录，时过境迁，皆成历史，因其所书称其所指，遂亦称历史为“史”。故《说文》曰：“史，记事者也。”[④]仍是就其早出之义训解。《礼记·玉藻》云“动则左史书之，言则右史书之”[⑤]，亦是说“史”为记述之官。“左”“右”之目，不过区别其记事、记言之分职而已。龚自珍的“尊史”是尊尚史官。既尊尚史官，自然也会看重史书和历史，但主要着眼点却不在后者。

为了阐述“尊史”主张，龚自珍写有直接以“尊史”名篇的论文《尊史》与《尊史三》。他的另一组专论《古史钩沉论》，也主要是对史氏之书、史氏之职、史氏之价值、史氏与统治者之关系等的索隐钩沉，与“尊史”的主张有

---

① 龚自珍《乙丙之际箸议第九》，《龚自珍全集》第6页，上海：上海人民出版社1975年版。下引龚自珍诗文均出此本，仅简注篇名、书名、页码。

② 《对策》，《龚自珍全集》第114页。

③ 《古史钩沉论二》，《龚自珍全集》第21页。

④ 许慎《说文解字》第116页，上海：上海古籍出版社1988年版。

⑤ 《礼记正义》卷二十九，阮元校刻《十三经注疏》下册第1473—1474页，北京：中华书局1980年版。下引《十三经》内容皆出此本，仅简注书名、册数、页码。

密切关系。龚氏自言"年三十四,著《古史钩沉论》七千言,于周以前家法,有意宣究之矣"①,可谓夫子自道。所谓"周以前家法",即周代以前的"文献之宗"的统系源流。龚氏后来曾在《己亥杂诗》中慨叹"姬周史统太销沉"②,可以说《古史钩沉论》就是对销沉的史统的究宣。《古史钩沉论》共4篇,其二又题《尊史二》,王佩铮先生疑其与《尊史》、《尊史三》原为一组,颇为有见。其四又题《宾宾》,提出一代王朝应当以宾之礼待宾,"宾宾而尊显之",实即尊"宾"。"宾"指与一朝皇家不同宗姓的"异姓之卿",即"异姓之圣智魁杰寿耇"、"异姓之闻人"。他们对一朝皇家来说,属于"宾籍"。但"异姓之闻人,则史材也",所以"宾"也是"史",尊"宾"也还是尊"史"。此外,龚氏的"尊史"思想还散见于《乙丙之际箸议》等其他文章中。"尊史"无疑是龚氏重要思想之一。

龚自珍文章,篇题即冠以"尊"字的,《尊史》是其一,此外还有《尊命》、《尊任》、《尊隐》。他又写有《宥情》,并在《长短言自序》中说"情之为物也,亦尝有意乎锄之矣;锄之不能,而反宥之;宥之不已,而反尊之",自称其为长短句"殆尊情者"。③ 虽未尝以"尊情"名篇,"尊情"之意甚显,亦应视为一尊。在这五尊思想中,尊情、尊隐、尊史意义尤为重大。如果说"尊情"是鼓吹个性解放思想,"尊隐"是憧憬未来的社会改革力量,那么"尊史"就是提倡正视现实、尊重理性、开展以理性为轴心的社会批判精神。这些都是在历史转折时期具有启蒙意义的进步思想,与龚氏社会变革思想密切相关。要深入了解龚自珍,不可不探究其"尊史"思想。

一

从"尊史"的角度看,龚自珍《古史钩沉论二》即《尊史二》是一篇重要文字。在这篇专论里,龚氏通过对古代史官作用及其发展的统系源流的钩沉索隐,突出揭示了史官的价值,可以说是其"尊史"主张的理论基础。

---

① 《张南山国朝诗征序》,《龚自珍全集》第206页。
② 《己亥杂诗》第57首,《龚自珍全集》第514页。
③ 以上均见《长短言自序》,《龚自珍全集》第232页。

龚自珍首先以周代史官为对象，着重阐发了史官在国家政治社会生活中的特出的地位与作用。他说："周之世官，大者史。史之外无有语言焉；史之外无有文字焉；史之外无人伦品目焉。史存而周存，史亡而周亡。"①就是说，周代的史官集中地掌握了周王朝语言交通之事、文字记载之事、人事褒贬与是非判断之事。有史官的存在，才有有周一代创制的存在，没有史官则有周一代的创制必然湮灭无存。龚氏的这种论断并非臆说，完全符合《周礼》等古文献有关史职的记载，是有其文献的历史根据的。

《周礼》一书记述周代分官设职，其六官中除《冬官考工记》外，余五官即《天官冢宰》、《地官司徒》、《春官宗伯》、《夏官司马》、《秋官司寇》属下数百种官职中，大都配有"史"。郑玄《注》谓："史，掌书者。"贾公彦《疏》云："史，主造文书"，"掌官书以赞治"。② 说明"史"垄断了国家事务中的文书之事，并执持文书以佐助施治即"赞治"。史官的这种作用，在《周礼·春官宗伯》所载大史、小史、内史、外史等的职事中，表现得更为明显。他们的职事，归纳起来，大致有六个方面：第一，造作文书，即将王命、法令等形诸文字。内史职言"掌书王命"，外史职言"掌书外令"③，皆是。第二，主掌记述。如外史"掌四方之志"，小史"掌邦国之志"，贾《疏》云："志者，记也。诸侯国内所有记录之事，皆掌之。"④第三，汇藏文书档案。大史职言"凡邦国都鄙及万民之有约剂者，藏焉，以贰六官"，郑《注》云："六官，六卿之官"；"约剂，要盟之载词及券书也"；"贰，犹副也，藏法与约剂之书，以为六官之副"。也就是说，国家的法令，邦国都鄙要盟的载词，万民的券书，总之，一切文书档案，"六官各有一通，此大史亦副写一通"⑤，存藏在手。第四，管理历史文献。外史职言"掌三皇五帝之书"，即收贮往古相传的典籍。第五，

---

① 《古史钩沉论二》，《龚自珍全集》第 21 页。本节中引用龚氏此篇文字甚多，为避烦琐，以下不再一一标注，均见《龚自珍全集》第 21—25 页。出自龚氏他篇者则另行注明。

② 郑玄注、贾公彦疏，均见《周礼注疏》卷一《天官冢宰第一》"史十有二人"句下，《十三经注疏》上册第 640 页。

③ 《周礼注疏》卷二十六春官宗伯属下"内史""外史"职，《十三经注疏》上册第 820 页。

④ 《周礼注疏》卷二十六春官宗伯属下"外史""小史"职，分见《十三经注疏》上册第 820、818 页。

⑤ 《周礼注疏》卷二十六春官宗伯属下"大史"职及郑《注》、贾《疏》，《十三经注疏》上册第 817 页。

职掌文字小学。外史职言“掌达书名于四方”，郑《注》即云：“或曰：古曰名，今曰字。使四方知书之文字，得能读之。”[①]第六，考察施治状况。如国家最高政务长官大宰“掌建邦之六典以佐王治邦国”，“以八法治官府”，“以八则治都鄙”[②]，具体主持政务的实施；大史则与之相应“掌建邦之六典以逆邦国之治，掌法（按即大宰职之‘八法’）以逆官府之治，掌则（按即大宰职之‘八则’）以逆都鄙之治”。何谓“逆”？郑《注》云：“为王迎受其治。”贾《疏》云：“大史迎其治，职文书。”[③]即迎受其施治之实迹而职掌文书，勾稽考察。也就是说，大宰掌六典、八法、八则佐王治理邦国官府都鄙，大史则相应掌此三者，职掌文书，为王勾考其施治得失。又如内史“执国法及国令之贰，以考政事，以逆会计”，贾《疏》云：“勾考其政事及会计，以知其得失善恶而诛赏也”[④]，也是执国法、国令的副本，查考其施政情况。综上所述，可见古代史官深入现实社会之中，并在国家管理方面扮演着重要角色。它不仅垄断了全社会文化层面的事情，而且稽考施治情形，给予毁誉批评。龚氏说“史之外无有语言焉；史之外无有文字焉；史之外无人伦品目焉”，是并不过分的。

龚自珍指出，史官的这种特出的作用，是由史官的性质决定的。一代王朝分官治事，史官具有不同的特点。它不是直接掌管政事的职事官，却与实际施治的百官无不有密切的联系：“史于百官，莫不有联事。”“联事”一词，亦出《周礼》，贾《疏》谓“联事通职”[⑤]，本指职事官之间联合处理某些问题，龚自珍借来指代史与百官无不有共事的关系。不过这种共事与职事官之间的共事不同，它并不直接参预百官对实际政事的处理，只是居于职事官之侧，总掌文书与勾考之事。一方面将施治的条教号令、法规制度形诸文字，并予以副藏；一方面又依据条教法规勾考施治情况，辨别得失，褒贬是非，记述情实，总结经验教训。表面上看，它出离于实际政事之外，实际上以旁观

① 《周礼注疏》卷二十六春官宗伯属下“外史”职及郑《注》，《十三经注疏》上册第820页。

② 以上均见《周礼注疏》卷一天官冢宰属下“大宰”职，《十三经注疏》上册第645—646页。

③ 以上均见《周礼注疏》卷二十六春官宗伯属下“大史”职及郑《注》、贾《疏》，《十三经注疏》上册第817页。

④ 《周礼注疏》卷二十六春官宗伯属下“内史”职及贾《疏》，《十三经注疏》上册第820页。

⑤ 见《周礼·天官·小宰职》（“以官府之六联，合邦治。一曰祭祀之联事，二曰宾客之联事……”）及贾《疏》，《十三经注疏》上册第653页。

者清的有利地位，最清醒地识察社会现状，并集中掌握一切书面文化资料。

史官既然参预创制并总揽一代文献典籍，最熟悉一代典章制度，自然关系到一代创业垂统的存灭。故龚有“史存而周存，史亡而周亡”的论断。他还借孔子的言论进一步阐发说：对于夏代，孔子感叹“文献杞不足征”，就是“伤夏史之亡”；对于殷代，孔子感叹“文献宋不足征”，就是“伤殷史之亡”；周代平王东迁，孔子说“天子失官”，就是“伤周史之亡”。孔子所谓“文献”，“文”指文籍，“献”指熟悉遗闻旧事的长者。史官是其中的重要部分。文献不足，一代的创制便不可详知，甚者则完全不能在历史上留下影像。所以“灭人之国，必先去其史；隳人之枋，败人之纲纪，必先去其史；绝人之材，湮塞人之教，必先去其史；夷人之祖宗，必先去其史”。消灭一代史官，扫除一代文献，就可以泯灭一代的纲纪、教化、传统，断绝其人材，使王族忘其祖宗，彻底灭亡其国家。可见史官在一代创业垂统中的地位与价值。史官一方面集中掌握了当代与前代的书面文化资料，一方面深入现实社会之中，明察其施治的成败得失，这种特殊的地位与职能，很自然地使它成为社会上最有文化并深察事理的智者。所以龚自珍说：“周之初，始为是官者，佚是也。周公、召公、太公，既劳周室，改质家跻于文家，置太史。史于百官，莫不有联事，三宅之事，佚贰之，谓之四圣。盖微夫上圣睿美，其孰任治是官也？”周初最早任史官的是佚。史佚虽非三事大夫之类的重臣，但与三事大夫都有联事，掌其文书，考其治迹，以贰其治，故与之并称为“圣”。如果不是圣智美材，是不可能胜任此职的。我们可以把龚氏的这种观点称为“史官圣智论”，是他“尊史”主张的重要理论基石之一。

由于史官集中掌握了社会文化层面的事情，一代典章文献无不出于其手，藏于其府，龚自珍在文中进一步提出，古代一切学术文化无不源出史官，他详细论列了我国时代较早的文献与学术文化，即经书、子书，无不出于史。

龚自珍具体指明诸经与史官的关系说：《易》乃“卜筮之史”；《书》乃“记言之史”；《春秋》乃“记动之史”；《诗》之《风》乃“史所采于民，而编之竹帛，付之司乐者”，《雅》、《颂》则是“史所采于士大夫”；《礼》乃“一代之律令，史职藏之故府，而时以诏王者”；作为《经》之附庸的“小学”，乃是“外史达之四方，瞽史谕之宾客之所为”。龚氏还特别指出，《礼》与《乐》虽分别为宗伯、司乐所掌，但是“礼不可以口舌存”，“乐不可以口耳存”，仍是得之于史，而非得之宗伯、司乐。可见全部经书，究其原始，或属史官职事，或为史官采编，或经史官录存，或由史官职藏，其初无不出自史官。

诸子百家属于学说流派，似与史官相远。但是龚自珍广采文献资料，索本探原，从诸家称道之祖与诸家学说宗旨所本两个方面，论证诸子亦无不出于史。

从诸家称道之祖看，其所祖或者是史官，或者出于史官职藏的文籍。前者如道家言称辛甲、老聃，墨家言称尹佚。辛甲、尹佚是史官，老聃亦为柱下史。后者如农家、杂家、阴阳家以及兵、术数、方技等，言皆称神农、黄帝，而“神农、黄帝之书，又周史所职藏，所谓三皇五帝之书者是也”。

从诸家学说宗旨所本来看，则无不各承古代史官职事之一端。龚自珍一一论列道：“老于祸福，熟于成败，絜万事之盈虚，窥至人之无竞，名曰任照之史，宜为道家祖。综于天时，明于大政，考夏时之等，以定民天，名曰任天之史，宜为农家祖。左执绳墨，右执规矩，笃信谦守，以待弹射，不使王枋弛，不使诸侯骄上，名曰任约剂之史，宜为法家祖。博观群言，既迹其所终始，又迹其所出入，不蒙一物之讥，不受诸侯蹈舐，使王政不清，庶物奸生，名曰任名之史，宜为名家祖。胪引群术，爱古聚道，谦让不敢删定，整齐以待能者，名曰任文之史，宜为杂家祖。窥于道之大原，识于吉凶之端，明王事之贵因，一呼一吸，因事纳谏，比物假事，不辞矫诬之刑，史之任讳恶者，于材最为下也，宜为阴阳家祖。近文章，妙语言，割荣以任简，养怒以积辨，名曰任喻之史，宜为纵横家祖。抱大禹之训，矫周文之偏，守而不战，俭而不夺人，名曰任本之史，宜为墨家祖。五庙以观怪，地天以观通，六合之际，无所不储，谓之任教之史，宜为小说家祖。刘向云：道家及术数家出于史，不云余家出于史。此知五纬、二十八宿异度，而不知其皆系于天也；知江河异味，而不知皆丽于地也。”

综合五经、诸子与史官的渊源关系，龚自珍以封建宗法关系为喻，总结说：“五经者，周史之大宗也”，“诸子也者，周史之支孽小宗也”。经、子之源，同在同代史官，分别只是如宗法之有大宗、小宗而已。

清人傅山提出五经乃“一代之王制”①，章学诚承此，言“六经皆先王之

---

① 傅山《杂记一》，见《霜红龛集》下册第999页，太原：山西人民出版社1985年影印清宣统三年(1911)刊本。

政典”，进而提出“六经皆史”①。有人认为龚自珍的“尊史”即承章氏之说，把它扩衍到了诸子，即不只言六经皆史，而且言诸子亦史。实际章、龚二氏之说，虽有相通之处，重心所指，则显有不同。章氏“六经皆史”的命题，虽然不能说毫不包含经书与史官的关系，但直接的着眼点却是经书本身的性质，因其均为“先王之政典”，所以说它本质上都属于史书。龚氏的经书为“周史之大宗”，其着眼点则在经书的创制，因为经书都与古代史官职事相关，因而说它无不出于史官之手。正是这样，龚氏在《古史钩沉论四》即《宾宾》中说：“孔子述六经，则本之史。”下文紧接着说：“史也，献也，逸民也，皆于周为宾也。”②可证“本之史”的“史”是指史官，而非史书。由于六经内容都属于古代史官之职掌，所以说孔子编定六经本之史官。可见，章氏的视角在书，在六经的性质；龚氏的视角在人，在六经的创制。龚氏要说明的，不是经书本身的性质，而是经书与史官的关系，是要指明史官在诸经的创制、存藏与流传中的作用。如果将章、龚二氏的命题予以清晰的表述，则章氏为“六经皆史论”，龚氏为“六经皆出史官论”。

对于子书来说，也是如此。章学诚也曾谈到诸子的源流，认为“诸子之为书”，“必有得于道体之一端”。但他明确指出：“所谓一端者，无非六艺之所该，故推之而皆得其本。”显然是说诸子学说皆源出六经。他还具体缕述道：“《老子》说本阴阳，《庄》、《列》寓言假象，《易》教也；邹衍侈言天地，关尹推衍五行，《书》教也；管、商法制，义存政典，《礼》教也；申、韩刑名，旨归赏罚，《春秋》教也；其他杨、墨、尹文之言，苏、张、孙、吴之术，辨其源委，挹其旨趣，九流之所分部，《七录》之所叙论，皆于物曲人官，得其一致，而不自知为六典之遗也。”③这些论述中所含的命题十分明显，仍是“诸子源出六经论”。龚氏的诸子为“周史之小宗”与此异趣，是说诸子学说宗旨都本于古代史官的职事，是其某一方面职事的发挥与推衍，其中所含的命题，乃是“诸子源出史官论”。龚氏所言，既非诸子与六经的关系，也非子书本身的性质，而是诸子学说与古代史官的渊源，重点是在指出史官对诸子的本原意

---

① 章学诚《易教上》，叶瑛《文史通义校注》上册第 1 页，北京：中华书局 1985 年版。

② 《古史钩沉论四》，《龚自珍全集》第 28 页。

③ 均见章学诚《文史通义 · 诗教上》，叶瑛《文史通义校注》上册第 60 页，北京：中华书局 1985 年版。

义。分清章、龚二氏之说的这种差别，才能了解龚氏意见的本质，才能看出龚氏虽受章氏之说的影响，却系别有侧重的创论。

龚自珍关于六经、诸子皆源出史官的论述，充分揭示了古代史官在学术文化发展中的作用，可以称之为“学术文化源出史官论”，是龚氏“尊史”主张的又一理论基石。

自汉以后，儒家学说的创始人孔子逐渐被神化，孔子其人被尊为圣人，孔氏学说也被尊为圣道。孔子当年针对现世所发的那些活生生的言论，被变成永恒不变的先验的僵死的教条。但在龚自珍看来，孔子之所以为“圣”，并不在于他创造了什么放之四海而皆准的圣道，而是因为他接续了史统，成为史官统系濒临断绝时中继的枢纽。

龚自珍认为，周代平王东迁，“天子失官”，“周之史亡”，史官没能尽到自己的职责。文献佚失，事无载记，史统面临断裂的危险。他具体梳理这段历史，以文献的存佚、记事阙备为标准，详细评论了史官的功罪，指出史官有大罪四，小罪四，大功三，小功三。如论史之大罪四云：“帝魁以前，书莫备焉，郯之君知之，楚之左史知之，周史不能存之，故传者不雅驯，而雅驯者不传，谓之大罪一。正考父得商之名颂十二于周，百年之间亡其七，太师亡其声弦焉，太史又亡其简编焉，谓之大罪二。周之《雅》、《颂》，义逸而荒，人逸而名亡，瞽所献，燕享所歌，大抵断章，作者之初指不在，瞀儒序诗，以断章为初指，以讽谏为本义，以歌者为作者，史不能宣而明，谓之大罪三。有黄帝历，有颛顼历，有夏历，有商历，有周历，有鲁历，有列国历，七者，周天子不能同，列国赴告，各步其功，告朔怠终，乃乱而弗从；周享国久，八百余祀，历敝不改，是以失礼，是失官之大者，谓之大罪四。”所谓罪，就是使文献佚失，记事不备。又如论史之大功三云：“帝魁以降，百篇权舆，孔子削之，十倍是储，虽颇阙不具，资粮有余，史之大功一。孔子与左丘明乘以如周，获百二十国之书，夫而后《春秋》作也，史之大功二。冠昏之杀，丧祭之等，大夫士之曲仪，咸以为数；夫舍数而言义，吾未之信也，故十七篇之完，亦危而完者也，史之大功三。”所谓功，就是尽可能地保存了文献，留下了历史的真实。

龚自珍指出，史官的这种“功罪之际”，就是史统的“存亡之会”、“绝续之交”。当时的状况是“史有其官而亡其人，有其籍而亡其统”。孔子恰生此时，“不后周、不先周”，乃是“存亡续绝，俾枢纽也”。孔子充当了“其人”，宣明了“其统”，故而“史统替夷，孔统修也”。“孔统”不是什么圣统，而是直承“史统”。“孔统”与“史统”实为一，相因为用，所谓“史无孔，虽美何待？孔无史，虽圣曷庸”？如果没有孔子这个存亡续绝的枢纽人物，史统再好也得不到继承与发扬，反过来，如果没有史统的凭藉，孔子即使聪明圣智，也无法发挥其作用。龚氏充分肯定、热烈赞扬了孔子在史统中继上的作用。正是这样，他尖锐地批评了孔子以后不能很好地发扬光大史统的言行，指出七十子之徒“不以孔子之所凭藉者凭藉”，是“失其器”；“三尺童子，瞀儒小生。称为儒者流则喜，称为群流则愠”，是“失其情”；“号为治经则道尊，号为学史则道诎”，是“失其名”；至于“知孔氏之圣，而不知周公、史佚之圣”，更是“失其祖”了。因为孔子之圣在于继承“史统”，而“史统”并非孔子所开创，应当远溯到周公、史佚。

龚自珍关于“孔统”的本质、“孔统”与“史统”关系的论述，可以称之为“孔统继史统论”。它不仅剥去了孔子圣道的光环，恢复了孔子在“史统”中的本来面目，而且把史官提到了与圣媲美的高度，藉孔子的崇高地位进一步为史官张目，成为他“尊史”主张的又一理论基石。

从上述分析中可以看到，龚自珍在《古史钩沉论二》这篇专论中，通过对周以前史官的作用及其统系源流的勾稽阐发，对于古代史官提出了系统的认识，这就是“史官圣智论”、“学术文化源出史官论”、“孔统继史统论”，充分揭示了古代史官在国家社会生活及学术文化发展中的特出的地位、作用与价值，为其“尊史”主张提供了理论基础与历史根据。不过有两点是应予说明的。

第一，龚氏关于古代史官的论述，虽然都有文献根据，也抓住了古代史官的本质，但也只能说言皆有据，大体不错，却不能说完全科学。且不说关于诸子与古史职事的关系，多属事理分析，缺乏实证，甚至不免存在某种以后溯古的理想化成分；即使有文献根据的立论，所据之文献上的记载，也不全都可信，明显的如言农家、杂家、阴阳家等言称神农、黄帝，不过是诸家改造神话传说，托古以自重，很难据以证明其中有真实的传承统系。至于《周礼》，也是晚周编成之书，并非周代分官设职的实录，其中含有汇编者的整齐划一与理想化的成分。龚氏生当乾嘉汉学蓬勃发展的时期，本人又有相当的汉学考据学根柢，不能说对这些完全处于盲目状态。他在《乙丙之际箸议第十七》中就曾明确说过:“汉臣采雅记古仪官书造《周礼》,又颇增益《左氏传》。”[1]说明他对文献资料是有辨识的自觉的。龚氏在这里如此运用文献资料建构其说,显然是采取了他在发表大议论时常常使用的六经注我、非我注六经的文法,这是与求古之真不相合的。不过,龚氏本意本不在探索关于古代史官的完整的科学认识,只不过想抓住主要方面,阐明古代史官的价值,以便有力地张起“尊史”的旗帜,细节的参差无伤大体,也就不必计较了。

第二,龚氏关于史官作用的论述,只适用于古代史官,即周以前的史官。其立论的主要依据,也是《周礼》等文献所载的周代的史职。秦汉以后,情况发生了明显的变化。随着中央集权体制的建立,社会生活的复杂,设官分职的科学,文化事业的发达,史官的职事日趋单纯化。许多原来由“史”所主之事,或改隶他官,或更改了名号,史官的职事范围大大缩小了。一般说来,地方的文书档案已不设“史”掌管,各级职事官施治情况的“勾考”也不再归属史官。史官的任务大体只限于记述朝廷大事、纂修国史以及汇存交付史馆的文书档案。清代尤其如此。据《清史稿·职官志》所载,记录皇帝的言动,由起居注馆负责;朝廷的各种“撰著记载”[2],统由翰林院职掌;至于勾考之事,则归属监察机构,如左都御史“掌察核官常,参维纲纪”,十五道监察御史“掌弹举官邪,敷陈治道”,六科给事中“掌言职,传达纶音,勘鞫官府公事”[3];而国史馆的任务,却仅仅是“掌修国史”[4]。在这样的现状面前,提出“尊史”,是要改变现行官制恢复古代史职吗?龚自珍显然并无这样的要求。那么,他提出“尊史”的意旨究竟何在呢?这正是我们应该进一步探讨的问题。

---

① 《乙丙之际箸议第十七》,《龚自珍全集》第9页。

② 《清史稿》第12册《职官志二》“翰林院”条载“侍读学士以下掌撰著记载”,见卷一一五第3310页,北京:中华书局标点本1976年版。

③ 以上分见《清史稿》第12册《职官志二》“都察院”条,卷一一五第3302、3306页,北京:中华书局标点本1976年版。

④ 《清史稿》第12册《职官志二》“翰林院”条载“国史馆总裁,掌修国史”,见卷一一五第3312页,北京:中华书局标点本1976年版。

二

龚自珍处于近代历史转折时期。封建专制主义制度已经没落，日益暴露出它的腐朽性，清王朝的统治也已度过了康乾盛世，到了“日之将夕”[①]的境地。处于这种时代氛围中的龚自珍，以他深邃的思想和敏锐的观察力，深切地感受到社会已经到了必须变革的前夜。他在《乙丙之际箸议第七》中尖锐地指出，或者是统治者“自改革”，寻找到新的出路；或者是由“来者”予以“劲改革”，取而代之；总之不能按照老样子继续下去了。他劝告统治者“豫师来姓”，主动变革，走上《易》所云“穷则变，变则通，通则久”[②]的道路。龚氏即以改革者自任。他一生写下不少关切现实的文章，所谓“经济文章磨白昼，幽光狂慧复中宵”[③]，呼号变革与具体拟议变革是其中心主题。他需要呼唤适应变革的时代精神，“史”成为他注目的对象之一。他的“尊史”就是试图通过发扬古代史官的某些本质精神输载和宣扬其适应变革现实需要的思想观念。这种观念大体可以归结为重现实、重智者、重理性。这是“尊史”的现实意义，也是龚氏“尊史”的根本意旨所在。

“尊史”就是提倡重现实。所谓重现实，首先就是以唯物的态度对待现实，把社会看做是社会本身，社会问题产自社会之中，解决社会问题的答案只能从社会中寻找，不存在什么超越社会的支配力量。这种具有朴素唯物倾向的社会观是进行社会变革的重要思想前提。我国古代的史官文化正含蕴这种观念与精神，它专注于现实社会的情事，对超现实的事物或力量不甚深究，或者敬而远之。儒学的祖师孔子“不语怪力乱神”[④]，又说“务民之义，敬鬼神而远之，可谓知矣”[⑤]。季路问他“事鬼神”和“死”的事，他回答说：“未能事人，焉能事鬼？”“未知生，焉知死？”[⑥]把“事人”看得重于“事鬼”，把

---

① 《尊隐》，《龚自珍全集》第 87 页。

② 以上均见《乙丙之际箸议第七》，《龚自珍全集》第 5—6 页。

③ 《又忏心一首》，《龚自珍全集》第 445 页。

④ 《论语注疏》卷七《述而》，《十三经注疏》下册第 2483 页。

⑤ 《论语注疏》卷六《雍也》，《十三经注疏》下册第 2479 页。

⑥ 《论语注疏》卷十一《先进》，《十三经注疏》下册第 2499 页。

“知生”看得重于“知死”。甚至认为深入把握典章制度的因革规律,可以预知未来的变化,所谓“殷因于夏礼,所损益可知也;周因于殷礼,所损益可知也;其或继周者,虽百世可知也”[①]。这是我国史官文化精神的集中体现,也是我国古代史官的重要精神之一。龚自珍依据文献资料勾画出的古代史官面貌,清楚地证明了这一点。其基本特质就是深入社会之中,正视社会现实,以其深察现实的智慧和“司谤誉”[②]即“人伦品目”的作为,发现和推动社会问题的解决,保持社会不停地向前运转。“尊史”的意义之一就是藉“史”来高扬这种精神。

龚自珍的社会观很明显是继承与发展了我国史官文化的社会观。他认为人类社会的主宰是人类自身,不是什么超越人类社会之上的力量:“众人之宰,非道非极,自名曰我。”主宰人类的不是“道”、“极”之类的先验物,而是“我”,即人类自身。人类社会中的一切,都是基于人类特性,适应社会生活的需要,由人类自身逐步创造出来的:“我理造文字言语”,“我分别造伦纪”[③]。人类具有意识理性,所以创造了语言文字;人群有基于宗族、社会种种关系而生的分别,于是创造了伦常纲纪。总之,“既有世已,于是乎有世法”[④],有了社会,才陆续创造出适应社会需要的事物、法规等等。人类社会组织也是随着人类群体由小到大的发展,自下而上逐步建立起来的:“先小而后大。五人主为政,十人主为政……人总至,至于万,为其大政。”[⑤]相对于“民事”而言的“天事”,即人类那些报天敬祖的祭祀,也是在“民事”的基础上产生的:“民饮食,则生其情矣,情则生其文矣。”人们得以饮食生存发展,则思饮食之源,思报使已得以饮食者之恩,由情生文,于是有了对天、对父母、对圣人之祭,是“民事终”才“天事始”[⑥]的。“民事”在前,“天事”在后,社会生活是一切的基础。人类社会的一切既然是人类自身创造的,那么,当社会的典章制度已不适应社会发展的时候,自然应该由人类自身通过

---

① 《论语注疏》卷二《为政》,《十三经注疏》下册第 2463 页。

② 《尊史》,《龚自珍全集》第 80 页。

③ 以上均见《壬癸之际胎观第一》,《龚自珍全集》第 12—13 页。

④ 均见《壬癸之际胎观第二》,《龚自珍全集》第 14 页。

⑤ 均见《壬癸之际胎观第一》《龚自珍全集》第 13 页。

⑥ 均见《五经大义终始论》,《龚自珍全集》第 41 页。

除弊救偏的变革来解决。这与我国古代史官所奉行的精神是一脉相通的。

龚自珍很重视捍卫这种史官文化精神。汉代大儒董仲舒提出一套与此种精神相背，宣扬阴阳灾异、上天示警的天人感应的迷信政治哲学，并将之归本于《春秋》。其著名的《对策》说："臣谨案《春秋》中，视前世已行之事，以亲(视)天人相与之际，甚可畏也。国家将有失道之败，而天乃先出灾害以谴告之。不知自省，又出怪异以警惧之。尚不知变，而伤败乃至。"[①]龚自珍针锋相对地提出，这一套并非《春秋》之义，"不得阑入孔氏家法"。他说："孔氏上承《尧典》，下因鲁史，修《春秋》，大书日食三十又六事，储万世之历，不言凶灾。"孔子上承《尚书·尧典》言"历象日月星辰"[②]的传统，下依春秋时代鲁国纪实的史记，修纂《春秋》一书，大书日食三十六次，不过是"储万世之历"，如实记载历法，并没有说日食是凶灾。谁言"日食为凶灾"呢？是"《小雅》之诗人"，"七十子后学者"，"汉之群臣博士"。他们"言君后象日月"，见日月为食，乃"哗咎时君，时君或自责，诏求直言，免三公，三公自免"。龚氏指出，这种东西"大都君臣借天象傅古义以交相儆"，不过是君臣傅会古义，借助天象以互相儆诫而已，并非存在什么天人感应。而且用这种虚诞的衍说去儆诫人君，也起不了什么作用："人主不学无艺能，虽借言以愚其君无所用；人主好学多艺能，必有能自察天文、步历造仪者矣。将诘其臣曰：诚可步也，非凶灾，诚凶灾也，不可以步。借者何以对？将大作诬与谤。"天不示警而言示警是为"诬"；天象变异本与政治无关，而言政弊之象，是为"谤"。龚氏指出太史就应"察天文，刻章蔀，储历，编年月，书日"，如实记载历法史事。大臣也应是"探本真以奉君，过言有诛，矧旁饰畫言"[③]！作为大臣，只应探求社会的"本真"辅佐君主治理天下国家，不正确地判断尚要受到责罚，何况粉饰那些虚诞无证之说！龚氏守持史官文化精神的态度是坚定的。

在马克思主义没有产生之前，特别是中国社会还基本处于封建主义历史阶段上的时候，人们不可能从经济基础上去科学地认识社会，总体上不能

---

① 董仲舒《对策》，见《汉书》第8册第2498页，北京：中华书局标点本1975年版。

② 《尚书·尧典》，《十三经注疏》上册第119页。

③ 以上均见《乙丙之际箸议第十七》，《龚自珍全集》第8—9页。

不局囿于历史唯心主义的范畴中。我国史官文化中所蕴涵的具有朴素唯物倾向的社会观也不例外。但是能够把社会看做是社会本身问题,吸引人们到社会本身中去寻找社会矛盾的根源,这在近代历史转折时期,无疑是为激扬社会变革新思潮奠定基础,开拓道路。通过“尊史”发扬这种观念,倡导这种精神,价值正在这里。

在龚自珍的时代,提倡重视现实还有另一层意义。由于清王朝统治者存在民族疑忌心理,实行严酷的思想文化禁锢政策,以大兴文字狱的残酷刑罚杀戮压制思想言论,驱使人们远离现实,尤其是对政治问题,避之唯恐不远。其结果之一,是大臣的缄默保身,无所建白,所谓“建大猷,白大事”,“绝无人也”[①]。龚氏在《古史钩沉论一》中说,霸天下之氏,“未尝不仇天下之士,去人之廉,以快号令,去人之耻,以嵩高其身;一人为刚,万夫为柔”,“大都积百年之力,以震荡摧锄天下之廉耻;既殄、既獮、既夷,顾乃席虎视之余荫,一旦责有气于臣,不亦暮乎”[②]!可以说是对清王朝的这种作为及其结果的真实描绘。另一方面则是促使学术走向纯学术,以征文考献为核心的汉学考据学蓬勃发展,学者埋头故纸堆,成为“学隐”。因此,整个社会死气沉沉,士大夫“尽奄然而无有生气”[③]。龚氏《咏史》诗说:“避席畏闻文字狱,著书都为稻粱谋。”[④]《己亥杂诗》第125首说:“九州生气恃风雷,万马齐喑究可哀。”[⑤]都是对这种形势的深沉感慨。用史官直面现实和学、治合一的精神,唤回关注现实的热情与勇气,从学、治分离的道路上摆脱出来,实为一大现实课题。

龚自珍在《乙丙之际著议第六》中,深刻地论述了学与治的关系,力反学、治的分离。他指出所谓“学”,溯其本源,无不是从国家社会治理实践中来:“自周而上,一代之治,即一代之学”,“一代之学,皆一代王者开之”。他具体阐发说:“有天下,更正朔,与天下相见,谓之王。佐王者,谓之宰。天下不可以口耳喻也,载之文字,谓之法,即谓之书,谓之礼,其事谓之史。职

① 《明良论三》,《龚自珍全集》第34页。
② 《古史钩沉论一》,《龚自珍全集》第20页。
③ 《明良论三》,《龚自珍全集》第34页。
④ 《咏史》,《龚自珍全集》第471页。
⑤ 《己亥杂诗》第125首,《龚自珍全集》第521页。

以其法载之文字而宣之士民者，谓之太史，谓之卿大夫。”王与宰治理天下，诏令法规不能靠口头传谕，将它形诸文字，就是“法”，也就是《书》和《礼》。完成其事叫做“史”。所以，以其法载之文字的叫太史，以其法宣之士民的叫卿大夫。“学”不是什么别的东西，不过是形诸文字的治法而已。三代典籍，《书》也好，《礼》也好，其本质不过如此。所谓拥有知识的“士”与“师儒”，其与庶民的区别，也只是在于对“法”的了解的程度：“民之识立法之意者，谓之士。士能推阐本朝之法意以相诫语者，谓之师儒。”能识当代立法的根据与道理的就是“士”，不仅如此，还能阐发法意而进行教诫的就是“师儒”。龚氏总结说：“王、若宰、若大夫、若民相与以有成者，谓之治，谓之道。若士、若师儒法则先王、先冢宰之书以相讲究者，谓之学。师儒所谓学有载之文者，亦谓之书。是道也，是学也，是治也，则一而已矣。”[①]君、臣、民相与结成社会，安定发展，就是“治”；其中蕴涵的致治之理就是“道”；士或师儒参照先王、先冢宰之书以相讲求就是“学”。先王、先冢宰之书，实质又不外是先代之“治”。所以，道、学、治是三位一体的，不可以将它们割裂，更不可以将它们发展为互不相关的东西。

基于上述的认识，龚自珍认为周以上“一代之治即一代之学”是最理想的时代。到了春秋战国，学术分化，“源一而流百”，诸家“各守所闻，各欲措之当世之君民”，已是“师儒之替”、“政教之末失”。不过由于他们毕竟还都“出于其本朝之先王”，如儒家为司徒之官之后，道家为史官之后，墨家为清庙之官之后等，也还能有用于时，“处则为占毕弦诵，而出则为条教号令”，国家也“甚赖有士”。可是到了后来，学、治完全分离，知识层也就成为无用于时的群体了。他们“重于其君，君所以使民者则不知也；重于其民，民所以事君者则不知也。生不荷耰锄，长不习吏事，故书雅记，十窥三四，昭代功德，瞠目未睹，上不与君处，下不与民处。由是士则别有士之渊薮者，儒则别有儒之林囿者”，因而“王治不下究，民隐不上达，国有养士之赀，士无报国之日”。[②] 龚氏在这里情不自禁地流露了对纯学术的微词、对知识层脱离现实的倾向的非议。

---

① 均见《乙丙之际箸议第六》，《龚自珍全集》第4页。

② 同上书，第4—5页。

古史氏是深入社会之中的,也是学、治合一的。在“史官”与“学隐”二者之间,龚自珍无疑倾心于前者。他在《古史钩沉论二》中说,如果在周末,“有一介故老”,“悯周之将亡也,与典籍之将失守也,搜三十王之右史,拾不传之名氏,补诗书之隙罅”,便会“逸于后之剔钟彝以求之者”。龚氏衷心向往地说:“自珍于大道不敢承,抑万一幸而生其世,则愿为其人欤! 愿为其人为欤!”[①]以“史”自任之情,溢于言表。龚氏在当时的汉学考据学上也有相当的造诣,经学、史学、小学、金石学、舆地学等都有涉猎和成就。但他对汉学所持的基本态度,是发扬其“实事求是”精神,通过恢复古文献的本来面目,弄清古代的典章制度,从中探求致治之理,并非为考据而考据。他在《陈硕甫所著书序》中说:“使黄帝正名,而不以致上世之理,孔子之正名,而终不能以兴礼而齐刑,则六艺为无用。”主张“始以六书九数之术,及条礼家曲节碎文”,而“遂以通于治天下”。[②] 同时,他把议时论政放在学术研究之先。在《古史钩沉论三》中,他回答朋友为什么“不写定《易》、《书》、《诗》、《春秋》”的质问时说:“有事天地东西南北之学,未暇也。”[③]所谓“天地东西南北之学”,就是他所撰著的《西域置行省议》、《东南罢番舶议》一类紧密关切现实政事措置的议论。他是把时事置于经学之上的。龚氏在变革的志怀得不到伸展时,也往往以汉学的琐事排遣抑郁苦闷。《己亥杂诗》第73首是为完成《镜苑》、《瓦韵》、《汉官拾遗》、《泉文记》各一卷而写。诗云:“奇气一纵不可阖,此是借琐耗奇法。奇则耗矣琐未休,眼前胪列成五岳。”[④]不难从中嗅到自我调侃之味和“借琐耗奇”的无可奈何之情。心志所系,实在“奇气一纵”方面。他的“尊史”实有想借古史氏唤回那种直面现实与学、治合一的精神的意向。

“尊史”又是提倡重智者。社会问题既然在社会本身,“学”与“道”既然无不蕴涵在治理天下国家的实践中,史官自然最容易成为把握社会“本真”的智者,所以龚氏在《尊史》中说:“出乎史,入乎道。欲知大道,必先为史。”要知大道,就要做史官,“出乎史”才能“入乎道”。龚氏以老子为例说:

---

① 《古史钩沉论二》,《龚自珍全集》第24—25页。

② 《陈硕甫所著书序》,《龚自珍全集》第195—196页。

③ 《古史钩沉论三》,《龚自珍全集》第25页。

④ 《己亥杂诗》第73首,《龚自珍全集》第516页。

"古有柱下史老聃,卒为道家大宗。"①老子为柱下史,故能成为把握大道的道家之祖。不仅如此,所谓智慧也往往与史氏之书分不开。《乙丙之际箸议第九》说:"是故智者受三千年史氏之书,则能以良史之忧忧天下","履霜之屩,寒于坚冰;未雨之鸟,戚于飘摇"。接受三千年史氏之书,就可以具备"良史"之智慧,能够见微知著,预测未来。"探世变也,圣之至也"②,能够了解社会变化的因果关系,就是最聪智的人物。史官就是智者,"尊史"就是重智者。

龚自珍重智者,在当时是有深刻的历史内涵的。面对危机四伏,"穷"而当"变"的时代,龚自珍认为能够肩负起变革前进的重担的,就是那些善察事变、明晓如何除弊革新的智者和人才。他在《上大学士书》中说:"自珍少读历代史书及国朝掌故,自古及今,法无不改,势无不积,事例无不变迁,风气无不移易,所恃者,人才必不绝于世而已。"③从古到今,法规事例无不变迁,所依恃的就是人才不断,能够不断除旧布新,革弊趋利,保持社会向前运转。正是这样,龚氏在《乙丙之际箸议第九》中鲜明地指出人才是社会盛衰的标志:"书契以降,世有三等。三等之世,皆观其才。才之差,治世为一等,乱世为一等,衰世别为一等。"而衰世的主要表现就是整个社会从上到下无才:"左无才相,右无才史,阃无才将,庠序无才士,陇无才民,廛无才工,衢无才商,抑巷无才偷,市无才驵,薮泽无才盗,则非但尠君子也,抑小人甚尠。"也正因为如此,为了解救当时的危机,龚氏在《己亥杂诗》第125首中疾呼:"我劝天公重抖擞,不拘一格降人材。"④

龚自珍认为,人才、智者关系着社会国家的治乱兴衰,自古以来的明君无不重视人才。《五经大义终始论》曰:"古者明天子之在位也,必遍知天下良士之数;既知其数,又知其名;既知其名,又知其所在。盖士之任师儒者,令闻之枢也;令闻,飨帝之具也。其在《记》曰:'三代之王也,必先其令闻'。"⑤三代之王都首重令闻良士。《乙丙之际箸议第九》也说:"三代神

① 《尊史》,《龚自珍全集》第81页。
② 均见《乙丙之际箸议第九》,《龚自珍全集》第6—7页。
③ 《上大学士书》,《龚自珍全集》第319页。
④ 《己亥杂诗》第125首,《龚自珍全集》第521页。
⑤ 《五经大义终始论》,《龚自珍全集》第43页。

圣,不忍薄谲士勇夫,而厚豢驽羸。”①龚氏强调重视“宾”、“师”,实质也还是重视人才。《五经大义终始论》引《尚书·洪范》八政曰:“七曰宾,八曰师。宾师得而彝伦序。”何谓“彝伦序”?文曰:“无政之曰阙,政不中之曰不序,阙且不序,中国必有不安者矣!”②序与不序,实为治、乱之分野。龚氏《古史钩沉论四》言何以应尊宾曰:“夫五行不再当令,一姓不再产圣。兴王圣智矣,其开国同姓魁杰寿耇,易尽也。宾也者,异姓之圣智魁杰寿耇也。”“宾”是一代王朝的魁杰寿耇的重要补充。由于他们了解前古之礼乐道艺,对新朝尤其具有特殊的意义:“礼乐三而迁,文质再而复,百工之官,不待易世而修明。微夫储而抱之者乎,则弊何以救?废何以修?穷何以革?《易》曰:‘穷则变,变则通,通则久’,恃前古之礼乐道艺在也。”没有掌握前代礼乐道艺的“宾”,就不知如何救弊修废革穷,还怎么能推动社会前进呢?所以“宾也者,三代共尊之而不遗也”③。

龚自珍认为这种深察世变的智者是一股不可遏抑的力量。《乙丙之际箸议第九》言衰世一旦有“才士与才民出,则百不才督之缚之,以至于戮之”,要“戮其能忧心,能愤心,能思虑心,能作为心,能有廉耻心,能无渣滓心”,使他们成为浑浑噩噩、对时事冥心息虑的不才之庸人。然而“才者自度将见戮,则蚤夜号以求治,求治而不得,悖悍者则蚤夜号以求乱”,“以思世之一便已”④。他们不但不会束手就戮,反而顽强地要求变革现实。在《京师乐籍说》里,龚氏巧妙地通过议论乐籍的设立,生动地揭露统治者戕害人才的用心及其徒劳无益。统治者因为士爱“留心古今而好论议”,“于祖宗之立法,人主之举动措置,一代之所以为号令者,俱大不便”,于是想通过设立乐籍,利用“资质端丽,桀黠辨慧”的女子来“箝塞天下之游士”。“使之耗其资财”,谋身尚且来不及,就“无谋人国之心矣”;“使之耗其日力”,无暇读书观史,也就“不知古今矣”;使之缠绵床笫,耗其“雄材伟略”,也就没有“思乱之志”、“议论图度”之态了;使之为奁体词赋、游戏不急之言,“耗其才华”,也就不能作“论议军国臧否政事之文章”了。但是如此是否就真的

---

① 《乙丙之际箸议第九》,《龚自珍全集》第6—7页。
② 《五经大义终始论》,《龚自珍全集》第44页。
③ 均见《古史钩沉论四》,《龚自珍全集》第27—28页。
④ 均见《乙丙之际箸议第九》,《龚自珍全集》第6—7页。

“无豪杰论国是，掣肘国是”了呢？作者的回答是否定的：“人主之术，或售或不售，人主有苦心奇术，足以牢笼千百中材，而不尽售于一二豪杰，此亦霸者之恨也。”①社会的先觉者是不会尽入彀中的。

龚自珍进一步指出，如果统治者对这种人才、智者一味排斥，使之离心，就会导致国势的衰微；严重的，则促使其转化为对抗力量，从而失国。《五经大义终始论》曰：“夫名士去国而王名微，王名微而王道薄”，“其衰也，贤人散于外”，“其大衰也，豪杰出，阴聘天下之名士，而王运去矣”②，名士就由助改革的力量转化为对社会实行“劲改革”的力量。龚氏《尊隐》一文可以说就是这一思想最深刻最形象的表现。文中描写社会初时、盛时、衰时三种情景，其重要标志就是这种人物的向背。初时，“百宝万货，人功精英，不翼而飞，府于京师”，山林“但有鄙夫，皂隶所家”；盛时，“百宝万货，奔命涌塞，喘车牛如京师”，山林“但有窒士，天命不犹，与草木死”；到了衰时，情形完全逆转。这时，君子不只“不生王家，不生其元妃、嫔嫱之家”，“从山川来”者，也“止于郊”。因为“古先册书，圣智心肝，人功精英，百工魁杰所成，如京师，京师弗受也，非但不受，又裂而磔之”。京师里只是“丑类窳呰，诈伪不材，是辇是任，是以为生资”，因而“百宝咸怨，怨则反其野矣”。于是“京师之气泄”而“府于野”，“京师贫”而“四山实”，“京师贱”而“山中之民，有自公侯者矣”，“如是则豪杰轻量京师”而“山中之势重矣”。终于“山中之民，有大音声起，天地为之钟鼓，神人为之波涛”③，将起而取代腐朽的现实统治了。龚氏《己亥杂诗》第241首说：“少年《尊隐》有高文，猿鹤犹堪张一军。”④显然是以猿鹤指“山中之民”。龚氏《与人笺五》描绘当时人才不生的情况说：“将日月之光久于照而少休欤？将山川之气久于施而少浮欤？遂乃缚草为形，实之腐肉，教之拜起，以充满于朝市。风且起，一旦荒忽飞扬，化而为沙泥。子列子有言：君子化猿化鹤，小人化虫化沙。等化乎，然而猿鹤似贤矣。”⑤引言不见于《列子》。《艺文类聚》卷九十引《抱朴子》曰：

① 均见《京师乐籍说》，《龚自珍全集》第118页。

② 《五经大义终始论》，《龚自珍全集》第43—44页。

③ 《尊隐》，《龚自珍全集》第87—88页。

④ 《己亥杂诗》第241首，《龚自珍全集》第532页。

⑤ 《与人笺五》，《龚自珍全集》第339页。

“周穆王南征，一军尽化，君子为猿为鹤，小人化虫化沙。”①当即文中所据之说法。可见“山中之民”就是与庸人相对待的君子，也就是龚氏文章中常常说到的“才者”、“豪杰”、“圣智魁杰”、“智者”、“良史”一类人物，即对现实有清醒认识的先觉者。“猿鹤犹堪张一军”，正说明他们是可以对现实实行“劲改革”的力量。在这里，我们看到龚氏的“尊史”又是与“尊隐”一脉相通的。

被历史推到社会前沿，成为时代号筒的人才、智者，实质上代表着历史运动的内在要求。统治者或者吸收其说，变革除弊而前进；或者拒斥其说，守旧不化而衰亡。我国近代历史行程中的戊戌变法、辛亥革命，都反复证明了这一点。龚自珍自然还不可能有这样自觉的认识，但作为时代的先驱者，他的朦胧感受是不错的。龚氏通过“尊史”而尊智者的深刻历史意义也正在这里。他高张这面旗帜，既是警告统治者应重视智者，也是给智者以巨大的精神支持力量。

“尊史”又是提倡理性。“史”的本质就是善于把握社会之“本真”、现实发展中因果推移之必然。龚自珍把这称为史者之“心”。因此他在《尊史》中特别提出尊“心”：“史之尊，非其职语言、司谤誉之谓，尊其心也。”史官之尊贵，并不在于职掌语言交通、文字记述和是非褒贬之事，而在于自尊其心。这“心”并非凭空而生，而是从洞察现实，把握社会“本真”和因果必然，从而获取理性得来，所以龚氏指出，史官要做到自尊其心，必须做到“善入”“善出”。所谓“善入”，就是“天下山川形势，人心风气，土所宜，姓所贵，皆知之；国之祖宗之令，下逮吏胥之所□守，皆知之。其于言礼、言兵、言政、言狱、言掌故、言文体、言人贤否，如其言家事，可谓入矣”。必须对社会的一切了如指掌，如数家珍，才算是做到了“善入”。所谓“善出”，就是“天下山川形势，人心风气，土所宜，姓所贵，国之祖宗之令，下逮吏胥之所守，皆有联事焉，皆非所专官。其于言礼、言兵、言政、言狱、言掌故、言文体、言人贤否，如优人在堂下，号咷舞歌，哀乐万千，堂上观者，肃然踞坐，眄睐而指点焉，可谓出矣”。史官之深入现实，与职事官不同，它与职事官皆有“联事”

① 《艺文类聚》第19册卷九十第7页引《抱朴子》，北京：北京图书馆出版社《中华再造善本》2004年版。

而“皆非所专官”,明其情而不职其事,所以应该做到统观全局,高瞻远瞩,如坐堂上观堂下演出,顾盼指点,胸有成竹,这样才是做到了“出”。“不善入”则“非实录”,是“垣外之耳”,自然无法指点堂内之优,所以“史之言,必有馀窾”,只能说些不切实际的梦话。“不善出”则“必无高情至论”,只见堂下“优人哀乐万千,手口沸羹”,眼花缭乱,哪里还能“自言其哀乐”?所以“史之言,必有余喘”,说不出应付自如的中肯的意见。可见尊心的关键,就是从善入善出中获取符合社会实际的认识和理性。所以龚氏说,尊心的归宿“又有所大出入”,这就是“出乎史,入乎道”。总之,把握道,把握社会发展中因果关系必然的链条,把握理性,是至高无上的。龚氏指出,史官做到善入善出,“毋窾毋喘,自尊其心”,才能真正达到官尊言尊人尊:“心尊则其官尊矣,心尊则其言尊矣。官尊言尊,则其人亦尊矣。”①史官之尊的核心,在于自尊其心,掌握理性,坚持理性。

处于近代历史转折时期,要批判旧的,呼唤新的,没有别的武器,只有使用与历史脉搏合拍的理性审视一切,才能突破陈腐的传统的束缚,迈开未来的步伐。所以龚自珍特别强调理性的独立思考、理性的主见、理性的是非观。他的《上大学士书》说:“夫有人必有胸肝,有胸肝则必有耳目,有耳目则必有上下百年之见闻,有见闻则必有考订同异之事,有考订同异之事,则或胸以为是,胸以为非,有是非,则必有感慨激奋。感慨激奋而居上位,有其力,则所是者依,所非者去;感慨激奋而居下位,无其力,则探吾之是非,而昌昌大言之。”②提倡有独立思考的主见并抱持它积极干预社会生活,有其位则付诸实践,无其位也要昌言不止。他自称“心史纵横自一家”③,批评那种一无已见、随时俯仰的大臣“委蛇貌托养元气,所惜内少肝与肠”④。

龚自珍也坚定地维护理性的尊严。他在《古史钩沉论四》即《宾宾》中特别强调了“宾”守道不移的品格。他们“北面事人主,而不任叱咄奔走,捍难御侮,而不死私雠”,即不做一姓皇家的奴仆,不为一姓皇家的私利卖命。他们是为治理天下国家贡献才智,所以“进中礼,退中道,长子孙中儒,学中

---

① 均见《尊史》,《龚自珍全集》第80—81页。

② 《上大学士书》,《龚自珍全集》第319页。

③ 《逆旅题壁,次周伯恬原韵》,《龚自珍全集》第449页。

④ 《饮少宰王定九丈鼎宅,少宰命赋诗》,《龚自珍全集》第499页。

史”。他们对于皇家“谏而不行则去”,“识其大掌故,主其记载”,也“不吝其情”。总之“不自卑所闻,不自易所守,不自反所学,以荣其国家,以华其祖宗,以教训其王公大人,下亦以崇高其身”。如果相反,“仆妾色以求容,而俳优狗马行以求禄,小者丧其仪,次者丧其学,大者丧其祖,徒乐厕于仆妾、俳优、狗马之伦”,则是“孤根之君子”[①]所不取的。正是基于这种守持理性原则的坚定性,他鲜明地提出“心力说”。《壬癸之际胎观第四》说:“心无力者,谓之庸人。报大仇,医大病,解大难,谋大事,学大道,皆以心之力。”“心之力”就是理性独立精神,具有岿然不倾的品格,“哲人之心,孤而足恃”,足以裁决人世间的一切问题:“司命之鬼,或哲或惛,人鬼之所不平,卒平于哲人之心”,所以成为“物之不平者”[②]所依恃的对象。龚自珍在这里把理性推到了更高的地位上。

马克思、恩格斯在《神圣家族》中说:“德国的破坏性批判,在以费尔巴哈为代表对现实的人进行考察以前,力图用自我意识原则来铲除一切确定的和现存的东西。”[③]龚自珍提倡理性,就属于这个“自我意识原则”。不过他承袭我国史官文化精神,把它与深察社会因果之必然联系在一起,更多唯物的色彩。龚自珍提倡理性原则,维护理性的尊严,坚持理性的批判精神,与他在《宥情》、《长短言自序》中鼓吹尊情,在《病梅馆记》中鼓吹个性解放,又是一脉相通的,不过这里升华到理性的原则高度而已。

龚自珍举起“尊史”的旗帜,既非一般地显扬古史氏的价值,也不是要重新恢复古代史职,而是通过发扬古史氏某些本质精神,提倡和鼓吹适应变革现实需要的思想,即重现实、重智者、重理性。这些也正是近代带有启蒙色彩的先行者具有进步意义的基本思想倾向,集中地体现了龚氏“尊史”的现实意义。

(原载《国学研究》第一卷,北京:北京大学出版社 1993 年版。)

---

① 以上均见《古史钩沉论四》,《龚自珍全集》第 27—29 页。

② 以上均见《壬癸之际胎观第四》,《龚自珍全集》第 15—16 页。

③ 马克思、恩格斯《神圣家族》,《马克思恩格斯全集》第 2 卷第 48 页,北京:人民出版社 1957 年版。

略论龚自珍的文学思想及其时代意义

龚自珍不是文学批评家,又"口绝论文"[①],所以文学思想缺乏集中的表述。但是他的某些文章提出过一些重要的文学观念,他的诗文创作本身也体现着他的文学思想,把二者结合起来考察,仍然可以看出他的主要文学主张。这些主张反映了我国近代历史转折时期文学的新思潮,在近代文学批评史上占有重要的地位。

龚自珍生于乾隆五十七年(1792),卒于道光二十一年(1841),即鸦片战争爆发后一年,主要活动在嘉庆中后期和道光前期。这正是清王朝内外危机不断加深的年代。从内部来说,康乾盛世已经过去,趋于衰落。嘉庆一朝,为白莲教、天理教等起义所贯串;从外部来说,英国资本主义以鸦片走私为先行的侵略急遽扩大,鸦片入口量与年俱增,白银大量外流。侵略者也日益猖獗,"玩法藐禁","好生事端",舰船"擅入内地",甚至敢于"放炮相拒"。[②] 对这种严重的内外形势,龚自珍都有敏锐的感受。他在嘉庆末年指出:"自京师始,概乎四方,大抵富户变贫户,贫户变饿者","各省大局岌岌乎皆不可以支月日,奚暇问年岁"![③] 道光三年又指出:"粤东互市,有大西洋。近惟英夷,实乃巨诈。拒之则叩关,狎之则蠹国。"[④]

嘉庆年间是乾嘉汉学考据盛行时期,龚自珍又是汉学大师段玉裁的外孙,所以自幼起便深受汉学的熏陶。但是内忧日深、外患日亟的现实,使他

① 龚自珍《绩溪胡户部文集序》,《龚自珍全集》第 207 页,上海:上海人民出版社 1975 年版。下引龚氏诗文均出此本,仅简注篇名、书名、页码。

② 黄爵滋道光十五年(1835)奏折《敬陈六事疏》,见黄大受辑《黄少司寇奏疏》第 42 页,台北:文海出版社 1976 年版。

③ 《西域置行省议》,《龚自珍全集》第 106 页。

④ 《阮尚书年谱第一序》,《龚自珍全集》第 229 页。

不能安于古代名物制度的考订,从青年时代起就密切关心时局,热衷于探讨危机的根源,并勇敢地走上议政的道路。他在二十多岁时写下的《明良论》、《乙丙之际箸议》及《尊隐》等政论文、杂文,不仅深刻地揭露了清王朝政治的腐败,触及封建专制主义制度的弊端,并且大胆地宣告腐朽统治的末日,寄希望于新的社会改造力量。这成为他一生坚持的方向。所以从本质方面说,龚自珍是作为近代历史转折时期的启蒙思想家、社会批判家出现于文坛的,他的文学思想是思想家、议政家而兼文学家的文学思想。

龚自珍的文学思想,大体可以归纳为重意、尊情、崇格、主创四个方面。这些概念,如果孤立地抽象地看,都是前人提出过和谈论过的;但是,结合作者的思想和创作实践来具体考察和认识,就会发现,它们都含有丰富的时代内涵和深刻的现实意义。

一

在当时的文坛风气中,龚自珍突出强调"意"是文的核心。重意成为他的重要文学主张之一。在《江南生橐笔集序》中,他赞扬江南生某佐幕时所拟的奏稿"必欲达其意而后已",其"意"都是"平生蓄于中心,时时露于文采者"①,也就是平时观察分析现实而积蓄胸中的识见。文必须有心中所欲言,而言心中所欲言。龚自珍认为这是文章的一条基本法则。在《绩溪胡户部文集序》中,他引古人为证说:"古之民莫或强之言也,忽然而自言。或言情焉,或言悟焉,或言事焉,言之质弗同,既毕所欲言而去矣。"②古人的文章,尽管有抒情、说理、叙事的不同,但都是心中有"所欲言"的自然流露,而以"毕所欲言"为本旨。

离开了上述原则,胸中本无所蓄而强为之言,或成为中无情实的无病呻吟,或成为剽窃模拟的优孟衣冠,都是走入了邪路。龚自珍对这类情况给予了尖锐的批判。他在《述思古子议》中,揭露科举考试使本无所欲言的人强为不知所云之言云:"言也者,不得已而有者也。如其胸中本无所欲言,其

---

① 《江南生橐笔集序》,《龚自珍全集》第205页。

② 《绩溪胡户部文集序》,《龚自珍全集》第207页。

才武又未能达于言，强之使言，茫茫然不知将为何等言；不得已，则又使之姑效他人之言，效他人之种种言，实不知其所以言。于是剽窃脱误，摹拟颠倒，如醉如寐以言，言毕矣，不知我为何等言。”①在《识某大令集尾》中，他指斥某大令一生都“言无邮（指不由衷出），竟效优施之言”，并借别人之口，尖锐地质问说：“孔子之听讼，无情者不得尽其辞，今子之情何如？”②这里所谓的“情”，指情实，即真实的情事；没有情实，就没有发言权。

龚自珍所谓的“意”，虽表现为作家主观范围的东西，但并非无源之水、无本之木。它是由现实矛盾所激发，深深植根于现实之中。他在给江沅的信中说到自己本想“弢语言，简文字，省中年之心力”，但是“外境迭至，如风吹水，万态皆有，皆成文章，水何容拒之哉”！③ 这一段关于他自己作品产生情况的描述，以及其中所用风水成文的比喻，生动地说明了作者的“意”与客观现实的深刻关系。在《上大学士书》中，对此也有清楚的表述。龚自珍说“有人必有胸肝”，有胸肝则必然对客观事物产生是非观念，“有是非，则必有感慨激愤”，于是就要发为言论文章：“探吾之是非，而昌昌大言之。”④“意”完全来源于现实的推激，是必欲一吐为快的东西。

正因为“意”与现实有如此密切的关系，所以文章的风貌与时代的状况是一致的：“其为人也惇博而愈夷，其文从容而清明”，则必属于“盛世之盛”的时代；反之，“其人多深沉恻悱，其文叫啸自恣，芳逸以为宗，则凌迟之征已”。⑤ 就是说，如果人变得忧思沉沉，情意悲苦，文章叫跳纵恣，以芳洁自高，以狂逸不羁为主，那一定是世道凌夷、社会衰败的时代了。“平原旷野，无诗也；沮洳，无诗也；硗确狭隘，无诗也。适市者，其声嚣；适鼠壤者，其声嘶；适女闾者，其声不诚。”⑥所以，他的以浪漫主义为主导倾向的文学思想，是具有朴素唯物论倾向的。

龚自珍在重意中，尤其强调作者一己之意，即作者自家的独有之见。他

---

① 《述思古子议》，《龚自珍全集》第 123 页。
② 《识某大令集尾》，《龚自珍全集》第 241 页。
③ 《与江居士笺》，《龚自珍全集》第 345 页。
④ 《上大学士书》，《龚自珍全集》第 319 页。
⑤ 《四先生功令文序》，《龚自珍全集》第 208 页。
⑥ 《送徐铁孙序》，《龚自珍全集》第 165 页。

称赞胡培翚的文章是“粹然胡子之言”，并勉励他在胸中“涤除余事之甘苦与其名，而专一以言”，“以毕所欲言”。[①] 也就是希望胡不要屈从于文坛风尚，斤斤于文章技巧以谋所谓文章之名，而专心于讲自家话，尽自家所欲言。他激赏汤鹏的诗，也是在于汤“不肯挦扯他人之言以为己言，任举一篇，无论识与不识，曰：此汤益阳（汤为益阳人）之诗”[②]。

龚自珍的重意，是对当时庸腐的形式主义文风的有力冲击。这个时期虽然已经危机四伏，但一般士大夫沿袭乾隆六十年间优游安泰生活的惯性，还沉酣在所谓“乾嘉盛世”的迷梦中，不知警醒。龚自珍曾一针见血地指出：“承乾隆六十年太平之盛，人心惯于泰侈，风俗习于游荡，京师其尤甚者。”[③]这种生活情态，酿成了文坛平庸陈腐的气息。散文则桐城派古文笼罩文坛。桐城派文拘守“义法”，单纯追求“雅洁”，大多数篇章内容贫乏，思想陈旧，形式僵化。诗则仍不外是士大夫手中歌功颂德、交游酬酢、自命风雅的工具。正如潘德舆所揭露的：“分曹咏物之作，酬和叠韵之体，谀颂悦人之篇，饾饤考古之制，穷工极巧，弥漫浩汗。”[④]当时活动在北京诗坛上的“宣南诗社”的倾向，就是最好的说明。社中人虽大都是比较正派的士子，但他们于四季佳日，“相与命俦啸侣，陶咏终夕”[⑤]，无非是消闲游乐，歌咏升平，所谓“褒衣博带，雅歌投壶，相与扬翊休明，发皇藻翰”[⑥]。总之，无论散文还是诗歌，都与时局形势、时代潮流了不相关。龚自珍强调重意，无疑是对此种沉闷空气的有力一击。

龚自珍重意的意义还不限于一般地强调文章的内容，拉紧文学与现实的关系，他的特重作家一己之意，又显然具有鼓吹独立不羁的精神，要求作家坚持“理性”、开展社会批判的鲜明意向。龚自珍自己就是这一方面的榜样。作为启蒙思想家和社会批判家，他在实际生活中努力摆脱封建愚昧的

---

① 《绩溪胡户部文集序》，《龚自珍全集》第 207—208 页。

② 《书汤海秋诗集后》，《龚自珍全集》第 241 页。

③ 《西域置行省议》，《龚自珍全集》第 106 页。

④ 潘德舆《养一斋诗话》卷一，郭绍虞编选《清诗话续编》下册第 2006—2007 页，上海：上海古籍出版社 1983 年版。

⑤ 胡承珙：《消寒诗社图序》，《求是堂文集》卷四第 23 页，清道光十七年（1837）刻本。

⑥ 朱绶《宣南诗会图记》，见潘曾沂《功甫小集》卷八第 16 页《宣南诗会图自题》附录，清同治八年（1869）刻本。

束缚,追求理性并维护理性的尊严。他以"尊史"来提倡理性,同封建统治者"尊天"、"尊经"的愚昧相对立。尊天,即所谓天道,鼓吹宿命论的天命思想;尊经,即所谓圣道,宣扬先验的圣人教条(按龚并不否定经,但他化经为史,与统治者的尊经有本质的不同);尊史,则有从历史发展的实际过程中寻求治乱兴衰规律的内蕴,所谓"智者受三千年史氏之书,则能以良史之忧忧天下"①,所谓"出乎史,入乎道"②,即从历史的规律中获取理性。龚自珍又通过尊尚史官,尊史官之心,维护理性的尊严。要求史官不"仆妾色以求容,而俳优狗马行以求禄",要"不自卑其所闻,不自易其所守,不自反所学"③,忠实于从历史和社会实际中取得的理性的认识。龚自珍遵循这样的原则,在当时的社会中"心史纵横自一家"④,卓然自立,持有自己的是非爱憎。他曾在《上大学士书》中详细地描绘了他在内阁为中书时"所见所闻,胸弗谓是"⑤的状况。在《文体箴》中也说:"虽天地之久定位,亦心审而后许其然。苟心察而弗许,我安能颔彼久定之云?"⑥龚自珍强调作家一己之意,显然是他尊崇理性、维护理性尊严的思想在文学主张上的反映,是为历史转折时期的社会政治批判文字鸣锣开道的。

晚明以来,在资本主义萌芽基础上产生的具有个性解放色彩的进步思潮,即有重意、尊崇理性的倾向。李贽提出"童心说",用"童心"来与"从外入者闻见道理"实即封建教条相对抗,认为如果言不是由童心自出,而以外入的闻见道理之言为言,则"言虽工,于我何与",只能是"以假人言假言而事假事,文假文"⑦。袁宏道提出"求自得",作"自有之诗",主张"信心而出",又称颂老子、庄子、荀子"见从己出,不曾依傍半个古人,所以他顶天立地"⑧。重意、尊崇个性与理性,要求摆脱封建教条的束缚与倾向是明显的。

---

① 《乙丙之际箸议第九》,《龚自珍全集》第 106 页。

② 《尊史》,《龚自珍全集》第 81 页。

③ 《古史钩沉论四》,《龚自珍全集》第 28—29 页。

④ 《逆旅题壁,次周伯恬原韵》,《龚自珍全集》第 449 页。

⑤ 《上大学士书》,《龚自珍全集》第 319 页。

⑥ 《定庵八箴 · 文体箴》,《龚自珍全集》第 418 页。

⑦ 李贽《童心说》,李贽《焚书 · 续焚书》第 99 页,长沙:岳麓书社 1998 年版。

⑧ 袁宏道《张幼于》,钱伯城《袁宏道集笺校》上册第 501—502 页,上海:上海古籍出版社 2008 年版。

不过，限于历史的发展阶段，他们的"意"的内容还较朦胧，不论是"童心自出"，还是"信心而出"，都还比较抽象笼统，而龚自珍的重"意"则包含了对封建统治的是非观念的内涵，与对封建专制制度的具体政治批判结合起来了，这使他比前人大大跨进了一步，显示了时代的精神。

二

尊情，是龚自珍文学思想又一重要内容。他的尊情思想比较集中地表现在《长短言自序》一文中。其文曰："情之为物也，亦尝有意乎锄之矣；锄之不能，而反宥之；宥之不已，而反尊之。"对于情，作者是经历过激烈的感情斗争的，终于不能不由锄而宥，由宥而尊。正因为如此，他的尊情显得更为突出和坚定。

怎样才算是尊情呢？龚自珍说："无住为尊，无寄为尊，无境而有境为尊，无指而有旨为尊，无哀乐而有哀乐为尊。"[①]所谓"无住"，即不抑情。龚自珍在《宥情》篇中引佛、儒两家对情的看法，佛家言"纯想即飞，纯情既坠"，儒家言"情，人之阴气有欲者也"[②]，两家都对情持否定态度。"住"即借用佛家语"住地"之意，指升处于佛家、儒家之道的地位以抑情，故曰"无住为尊"。所谓"无寄"，即不遣情。龚自珍《驿鼓》诗中说他借"钗满高楼灯满城"的生活，以"销英气"[③]，又在《己亥杂诗》中说他从事搜辑瓦韵、官印等琐细汉学学术活动"借琐耗奇"[④]。"寄"即指寄托于这类声色、学术等活动以遣情，故曰"无寄为尊"。所谓"无境而有境"，"无旨而有旨"，"无哀乐而有哀乐"，即情不假外借，不受外来之境、旨、哀乐之影响，而一本自我真情自创其境，自造其旨，自生其哀乐。总之，他的尊情是摆落一切戕情的观念和弭情的消遣，一任自我真情的自由发展与宣泄，这是非常彻底的尊情思想。

从尊情出发，龚自珍提出畅情。"情孰为畅？畅于声音。声音如何？

---

① 均见《长短言自序》，《龚自珍全集》第 232 页。

② 《宥情》，《龚自珍全集》第 89 页。

③ 《驿鼓三首》其二，《龚自珍全集》第 443 页。

④ 《己亥杂诗》第 73 首，《龚自珍全集》第 516 页。

消瞀以终之。”以声音畅情，至消瞀为终点。声音怎样消瞀呢？“曰：先小咽之，乃小飞之；又大挫之，乃大飞之；始孤盘之，闷闷以柔之，空阔以纵之，而极于哀；哀而极于瞀，则散矣，毕矣。”声音达到哀的顶点，由哀而又至于狂乱的地步，这样将感情无保留、无拘忌地尽情倾泻出来了，也就散矣，毕矣，达到了畅情的极致。声音在这里可以视为诗词等文学作品的同义语，文学作品就是畅情的产物。龚自珍自言他的词是尊情所生：“龚子之为《长短言》何为者耶？其殆尊情者耶？”[①]他的诗呢？“幽绪不可食，新诗如乱云”[②]，同样是畅情的果实。

这种畅达真情的声音是自然的，又是具有极大感染力的：“人之闲居也，泊然以和，颓然以无恩仇；闻是声也，忽然而起，非乐非怨，上九天，下九渊，将使巫求之，而卒不能喻其所以然。”[③]宋以来的理学将天理与人欲对立起来，以“理”制“情”，将“情”约束在封建纲常礼教范围之内。这一点反映到性情领域中，则往往表现为以“性”制“情”。所以，带有保守倾向的文论中，大都将“性”置于“情”之上。宣南诗社成员之一顾莼说：“情为诗之所缘以出，实为千古不易之论。特情有戾、有荡、有僻，必兼言性，而后归于正。”[④]桐城派大师姚鼐也强调“理得而情当”[⑤]。道光年间，随着内外危机的加深，以黄爵滋、潘德舆为中心的一些诗人呼吁变革形式主义诗风，要求诗歌为政教服务。由于思想不能突破封建主义体系，仍然跳不出这一窠臼，论诗纠缠于“理”与“性”。黄提出诗必“不悖于理”[⑥]，“性灵之说，有正无邪”[⑦]；潘提出“诗不可以出理外”[⑧]，评论

---

① 《长短言自序》，《龚自珍全集》第 232 页。

② 《观心》，《龚自珍全集》第 445 页。

③ 《长短言自序》，《龚自珍全集》第 232 页。

④ 顾莼《壶园诗钞选序》，徐宝善《壶园全集 · 壶园诗钞选》卷首，清刻本。

⑤ 姚鼐《答鲁宾之书》，《惜抱轩全集》文集第 6 卷第 79 页，北京：中国书店 1991 年版。

⑥ 黄爵滋《仙屏书屋初集诗录自序》，《仙屏书屋初集 · 诗录》卷首第 8 页，清道光二十六年(1846)刻本。

⑦ 黄爵滋《与李海初笺》，《仙屏书屋初集 · 文录》第 1 册卷十一第 12 页，清道光二十八年(1848)刻本。

⑧ 潘德舆《养一斋诗话》卷一，郭绍虞编选《清诗话续编》下册第 2007 页，上海：上海古籍出版社 1983 年版。

古今诗以“性天”①为高格，强调“诗为性情之教”②。龚自珍的尊情，则甩掉这一切束缚。《长短言自序》进一步阐明声音之性说：“是声音之所引如何？则曰：悲哉！予岂不自知？凡声音之性，引而上者为道，引而下者非道；引而之于旦者为道，引而之于暮夜者非道。道则有出离之乐，非道则有沉沦陷溺之患。”而作者则自甘于“非道”和“沉沦陷溺”，住于情，寄于声音，并自豪地说：“虽曰无住，予之住也大矣；虽曰无寄，予之寄也将不出矣。”③他的这种打破一切拘絷的尊情态度，具有强烈的个性解放精神。

重情倾向也是晚明以来进步文学思潮的重要内容之一。汤显祖提出“生者可以死，死者可以生”的至情，并批评不能理解这种生生死死之情的人不是“通人”，他们“恒以理相格”，只讲“理之所必无”，而不知“情之所必有”④。在龚自珍之前的袁枚也说：“诗者，由情生者也。有必不可解之情，而后有必不可朽之诗。”并为情诗张目：“情所最先，莫如男女。”⑤重情的思想都是鲜明的，也都具有同“理”对抗，反封建礼教的意义。但受历史局限，他们所言之情，其具体内容还基本上囿于男女之情和较狭窄的个人生活情怀的范围，政治的社会的色彩还不鲜明。

龚自珍则大大向前推进了一步。他以童真之情同整个封建制度所孵育的种种矫伪之情相对待。他在《宥情》篇中描写真情来袭时所见到的情景是：“见童年侍母侧，见母，见一灯荧然，见一砚，一儿，见一仆妪，见一猫。”⑥这是童真时期幼子慈母感情淳真的境界。但是一踏入封建社会关系中，这个世界就毫无立足之地了。《己亥杂诗》说：“少年哀乐过于人，歌泣无端字字真。既壮周旋杂痴黠，童心来复梦中身。”⑦少年未入社会，歌泣都出自真

---

① 潘德舆《与汤海秋书》曾云：“仆尝评次古今诗，其上性天，其次格韵，其次气魄，其下纤媚。奉此进退百代，不敢少惶惑。”见《养一斋集》卷二十二第1页，清道光二十九(1849)年刻本。

② 潘德舆《诵芬堂诗序》，《养一斋集》卷十八第13页，清道光二十九年刻本。

③ 均见《长短言自序》，《龚自珍全集》第232页。

④ 汤显祖《牡丹亭·题词》，徐朔方、杨笑梅校注《牡丹亭》卷首，北京：人民文学出版社1978年版。

⑤ 袁枚《答蕺园论诗书》，周本淳标校《小仓山房诗文集》第4册第1802页，上海：上海古籍出版社1988年版。

⑥ 《宥情》，《龚自珍全集》第89页。

⑦ 《己亥杂诗》第170首，《龚自珍全集》第526页。

情。壮年跨入社会和官场,周旋于充满欺诈、庸俗、腐朽的社会关系中,不能不有时装呆卖傻(所谓“痴”),有时弄一下聪明狡狯(所谓“黠”),纯真的童心只有在梦中再回到身上了。这一点,与李贽的“童心说”相通,但更强调了“情”的方面。

尤其值得注意的,是龚自珍的“情”的内容扩及现实政治领域。《上大学士书》说:“有是非则必有感慨激愤”①,他的“情”产生于对社会现实的是非观念中,是以“意”为基础的。他在给江沅的信中说自己“榜其居曰积思之门,颜其寝曰寡欢之府,铭其凭曰多愤之木”②。积思、寡欢、多愤,概括了他处于现实社会中的基本思想感情状态。《又忏心一首》更为明晰地说出了他的情感的根源:“佛言劫火遇皆销,何物千年怒若潮。经济文章磨白昼,幽光狂慧复中宵。来何汹涌须挥剑,去尚缠绵可付箫。”③他如此激越奔腾的感情,来自对现实实行改革的强烈要求(所谓“经济文章”),来自对腐朽统治的深刻识察与敏锐预见(所谓“幽光狂慧”),也就是说它产生于走向新时期的“劲改革者”④同旧秩序不可调和的矛盾冲突的基础上。他所尊之“情”远远超越了前人,具有了深刻的社会政治内容。“情”的内涵的扩大表明,龚自珍在近代历史转折时期将“尊情”提到了新的历史高度,大大推进了晚明以来的进步思潮,具有更强烈、更鲜明的反封建意义。

三

重意、尊情的主张,集中体现了龚自珍紧跟近代的历史变化的趋向,在文学领域中追求历史的新内容和个性解放的精神。它的实质意义不仅要求文学从形式主义的泥淖中拔脱出来,而且要求打破封建传统加给文学的种种束缚,表现顺应历史前进潮流、合于理性的新内容。这些内容无疑是同腐朽的封建秩序、封建伦理道德处于对立的地位的。在庸腐的文坛上,它不能不体现为一种高格。所以龚自珍要崇“格”,讲究“文格”,把文学内容保持

① 《上大学士书》,《龚自珍全集》第319页。

② 《与江居士笺》,《龚自珍全集》第345页。

③ 《又忏心一首》,《龚自珍全集》第445页。

④ 《乙丙之际箸议第七》,《龚自珍全集》第6页。

在一定的历史高度上。

龚自珍在《杂诗,已卯自春徂夏在京师作……》说:“文格渐卑庸福近,不知庸福究如何?常州庄四能怜我,劝我狂删乙丙书。”①“庸福”指科第功名、高官厚禄,文格高是与这种庸福绝缘的。要尝庸福一脔,必须降低“文格”以就范。庄四,庄绶甲,行四,常州人。“乙丙书”,指作者在乙亥、丙子(嘉庆二十、二十一年)两年中所写的《乙丙之际箸议》一组政论文字,其中尖锐地揭露了清王朝统治及封建专制制度的腐朽,并发出不变则亡的警告,正属于高格之文。不过它只能招来统治者的怒目与打击,所以他的好友庄四劝他删除这种文字。然而作者对庸福的鄙夷之心、对文格渐卑的感慨之情,在诗中是明显的。《己亥杂诗》说:“文侯端冕听高歌,少作精严固不磨。诗渐凡庸人可想,侧身天地我蹉跎。”②对“诗渐凡庸”也是感慨万分的。

嘉庆二十二年(1817),王芑孙读到龚氏诗文,称其“见地卓绝,扫空凡猥,笔复超迈”,但认为“诗中伤时之语,骂坐之言,涉目皆是,此大不可也”,劝龚说:“足下病一世人乐为乡愿,夫乡愿不可为,怪魁亦不可为也。乡愿犹足以自存,怪魁将何所自处?”③龚自珍所指高格之文,恰是怪魁之文,即敢于伤时骂坐,表达深察现实所得的“理性”的认识和由现实所激发的真情实感。乡愿是一种“同乎流俗,合乎污世”的人物,其文恰是卑格之文,为龚自珍所不齿。龚自珍称自己为“狂生”,说自己爱说“狂言”,发“狂生议”,就是因其言论文章伤时骂坐,有斗争性。《纸冢铭》写他埋掉所弃之言三千七百余纸,铭云:“一言一魂气上纵,大光下泣万星动。”④为什么会有如此大的力量?即因其中饱含批判的锋芒。龚自珍是不肯自钝其刃的,《己亥杂诗》说:“廉锷非关上帝才,百年淬厉电光开。先生宦后雄谈减,悄向龙泉祝一回。”⑤“雄谈”是不可减的,要使龙泉宝剑的廉锷重新闪出电光。

为了保持文章的高格,龚自珍强调“诚”与“达”的原则。《识某大令集

① 《杂诗,已卯自春徂夏在京师作,得十有四首》其二,《龚自珍全集》第 441 页。

② 《己亥杂诗》第 65 首,《龚自珍全集》第 515 页。

③ 《王芑孙覆龚自珍书》,载张祖廉《定庵先生年谱外纪》,见《龚自珍全集》附录第 648 页。

④ 《纸冢铭》,《龚自珍全集》第 415 页。

⑤ 《己亥杂诗》第 7 首,《龚自珍全集》第 509 页。

尾》说:“文章虽小道,达可矣,立其诚可矣。”[①]“诚”即无伪,要言从衷出,而且敢于言其衷心所欲言。“达”则从艺术表现上说,以达意明情为最高标准。一方面,不能去追求脱离内容表达的所谓形式技巧,陷入形式主义歧途,所以他“独不论文得失,未尝为书一通,高扃箭中”[②];另一方面对如何能尽意尽情,必须予以充分注意。故他赞扬江南生某“于属辞轻重繁简,往往因一言争轧反复,必欲达其意而后已”[③]的态度。涉及达意,虽一字之微,也在所必争,必须使心中之思、怀抱之情能完足地表达出来。龚自珍在《题王子梅盗诗图》中说:“菁英贵酝酿,芜蔓宜抉剔,叶剪孤花明,云净宝月出。清词勿须多,好句亦须割,剥蕉层层空,结穗字字实。”[④]也正是从“达”的角度提出来的艺术标准,即必须旨意明晰。

做到“诚”与“达”,就可以达到文与人为一,攀跻面目“完”之高境,也即是文的高格。龚自珍的《书汤海秋文集后》说:“诗与人为一,人外无诗,诗外无人,其面目也完。”作者肯定汤鹏的诗达到了“完”的境地。“何以谓之完也?海秋心迹尽在是,所欲言者在是,所不欲言而卒不能不言在是,所不欲言而竟不言,于所不言求其言亦在是。”[⑤]总之,汤鹏胸中的一切都体现于诗,包括弦外之音、言外之意,也就是说他的“意”与“情”都充分地表现出来了。龚自珍自己的创作,又何尝不是达到了“完”的境界呢?道光二十年陈金凤女士跋《己亥杂诗》说:“抑人抱不世之奇材与不世之奇情,及其为诗,情赴乎词,而声自异。”并赞叹说:“尝闻神全者,哀不能感,乐不能眩,风雨不能蚀,晦朔不能移,乃至火不能烧,水不能溺。此道家言,似不足以测学佛者之涘,抑古今语言所可到之境止于此,定公其殆全于神者哉!”[⑥]“及其为诗,情赴乎词”,就是“诚”与“达”;“全于神”,就是“诗与人为一”;哀乐、风雨、晦朔、水火都不能摇动毁蚀,就是社会“智者”的“理性”的坚定性及其畅于文字的勇敢无畏的精神。这些也就是达到高格所必须具备的条件。

---

① 《识某大令集尾》,《龚自珍全集》第241页。
② 《绩溪胡户部文集序》,《龚自珍全集》第207页。
③ 《江南生橐笔集序》,《龚自珍全集》第205页。
④ 《题王子梅盗诗图》,《龚自珍全集》第505页。
⑤ 《书汤海秋文集后》,《龚自珍全集》第241页。
⑥ 陈金凤女士《己亥杂诗》跋语,《龚自珍全集》第538—539页。

四

重意、尊情、崇格，从文学的内容到艺术的表现形式，都贯串着弃旧追新的创造精神，因此必然主“创”。

龚自珍反对将文学僵化、模式化，把前人的文章立为标的，以事模拟。桐城派立韩、柳、欧、苏的文统，以唐宋文为死标格，龚自珍便斥责“效韩嫓柳”的文章是“以笔代口”①，即不致力于讲自家的心里话，表现自家的真情实感，徒效古人的腔调、空洞的形式（所谓“笔”），以代替心中所欲言者（所谓“口”）。

龚自珍认为古人的文章都是因为心有所蕴，为“毕所欲言”而发，并非想做文章家，为后人立格。“后有文章家，强尊为文章祖，彼民也生之年，意计岂有是哉！”②把古人派定为“文章祖”，立为模拟对象，是后来文章家闹的把戏。文如此，诗也不例外。在《张南山〈国朝诗征〉序》中，作者说：“周公何人哉？尹吉甫、谭大夫何人哉？逐臣放子，弃妾怨妇，举何人哉？周虽文，其殆无有诗人之名也。”③一部《诗经》，都是当时形形色色人物抒情写怀的产物，他们何尝想做诗人，为后世立诗格！

龚自珍羡慕古人那种创造精神，憎厌今人那种因袭摹拟的恶习。《文体箴》曰：“予欲慕古人之能创兮，予命弗丁其时；予欲因今人之所因兮，予荍然而耻之。”他感慨生非其时，在现实的实践中不断碰壁，无可奈何：“呜呼颠矣，既有年矣。一创一蹶，众人怜矣。”虽然如此，他仍然有强烈的愿望：“大变忽开，请俟天矣。”④期望有一天能“大变忽开”，新曙光降临，一扫陈陈相因的陈腐气，而使人们得以充分发挥创造才能，自由创造。

龚自珍有一首《削成箴》，是含义颇广的一篇文字。不限于文学方面，但无疑也体现着文学上反束缚与主创的精神。文曰：“呜呼，天地之间，几案之侧，方何必皆中圭，圆何必皆中璧，斜何必皆中弦，直何必皆中墨。有无

① 《绩溪胡户部文集序》，《龚自珍全集》第207页。

② 同上。

③ 《张南山〈国朝诗征〉序》，《龚自珍全集》第206页。

④ 以上均见《定庵八箴·文体箴》，《龚自珍全集》第418页。

形之形受形敝，有无名之名受名阙。”作者这里借用道家思想阐发其主张创造的精神。道家认为，有形自无形生，有名自无名起，无形之形、无名之名生众形、众名。如果只承认已成之形、已有之名，必然要扼杀活泼泼的生机。固定的模式，僵化的形制，死板的教条，都是一种框框，会窒息发展创造：“皆名其名，皆形其形，是为好削成，大命以倾。”①文学如果陷入僵死的体制格调中，也必然趋于衰亡。

龚自珍这种主创精神，也在论书法上体现出来。他曾说：“书家有三等：一为通人之书。文章学问之光，书卷之味，郁郁于胸中，发于纸上。一生不作书则已，某日始作书，某日即当贤于古今书家者也，其上也；一为书家之书，以书家名，法度源流，备于古今。一切言书法者，吾不具论，其次也；一为当世馆阁之书，惟整齐是议，则临帖最妙。”最上者为能够表现个性的富有创造性的通人之书；其次为知书法源流、得其法度的书家之书；惟整齐是议、有类临帖的馆阁体最下。龚自珍说他每逢如后者作书时，“甫三四行，自觉胸中有不忍负此一日之意，遂辍弗为”②，他是要为“通人之书”的。在《题鹭津上人书册》中，作者描写自己学书的情况说：“嗟予学书苦浊恶，百廿种病无参苓。腕僵爪怒习气重，抑左申右欹不宁。”③一下笔，怒爪硬腕便飞舞起来，是无法抑以就格的。

龚自珍对作家、学者的评论，都是着眼于创的。如他赞扬汤鹏：“觥觥益阳风骨奇，壮年自定千首诗。勇于自信故英绝，胜彼优孟俯仰为。”④肯定他勇于自信，走自家的路，不俯仰随人，为优孟衣冠。他的《常州高材篇》也是歌颂常州人在学术、文章上的创造精神：“易家人人本虞氏，毖纬户户知何休”（此赞当时兴起的常州今文经学派），“学徒不屑谈贾孔，文体不甚宗韩欧”，“近今算学乃大盛，泰西客到攻如雠”。⑤ 他自己的创作更是走创造路线。他的文章较近于周秦诸子，着重发扬了周秦诸子自言其言、自创其体的生龙活虎般的创造精神，体式极为自由。他的诗“自周迄近代之体，皆用

① 以上均见《定庵八箴·削成箴》，《龚自珍全集》第417页。

② 以上均见《语录》，《龚自珍全集》第436—437页。

③ 《题鹭津上人书册》，《龚自珍全集》第501页。

④ 《己亥杂诗》第29首，《龚自珍全集》第511页。

⑤ 《常州高材篇，送丁若士（履恒）》，《龚自珍全集》第494页。

之；自杂三四言，至杂八九言，皆用之"[①]，不拘一体，也不死守旧格律。

总之，龚自珍以重意、尊情要求文学跟上时代的步伐，反映历史新潮流，以崇格保证重意、尊情的主张转化为文学创作的现实，以主创为文学的新潮流开拓广阔的道路，他的文学思想反映了近代历史开端时文艺思潮的精华。

（原载《中国文艺思想史论丛》[三]，北京：北京大学出版社 1988 年版。）

① 《跋破戒草》，《龚自珍全集》第 243 页。

龚自珍文集著述编辑刊刻源流

龚自珍是近代著名思想家、文学家，一生著述颇富。龚氏生前即不断编辑整理自己的著作，并将一部分付刊。龚氏卒后，其遗著又经历了曲折复杂的编辑、传抄及刊刻过程。有必要对这一过程进行系统的梳理。五十多年前，张公量先生发表《龚定庵文集之刊本》一文（以下简称“张文”），曾对龚氏文集主要刊本作了切要的论述绍介。但张文着重已刊之本，较少涉及文稿之编辑与抄传情况，有些资料又为张先生当时所未见。80 年代后期，王贵忱、王大有先生发表《龚自珍诗文集早期刊本述闻》（以下简称“王文”），是继张文之后介绍龚集版本最系统全面的力作，所论版本多于张文，于版本款式叙致綦详，评论按断亦精审得当，但为文题所限，亦基本限于刊本及诗文集。本文拟就龚氏全部著述，从编辑与刊刻两方面，作尽可能全面系统的勾稽考索，并对诸本间的分合增损作较具体的说明，以见其衍化之迹。

【1】嘉庆十五年开始自编编年诗

龚氏《己亥杂诗》第 65 首自注云：“诗编年，始嘉庆丙寅。”①丙寅为嘉庆十一年（1806），作者年 15，此为作者始存诗之年。道光七年（1827）自跋其《破戒草》云：“余以年编诗，阅岁名十有八。”②从道光七年上推十八年，为嘉庆十五年（1810），作者年 19，本年起开始自编编年诗。段玉裁《怀人馆词序》云：“嘉庆壬申……自珍见余吴中，年才弱冠，余索观所业诗文，甚伙。”③壬申为嘉庆十七年，段氏当时所见之诗，当即从嘉庆十五年开始编辑的自嘉

---

① 龚自珍《己亥杂诗》第 65 首，《龚自珍全集》第 515 页，上海：上海人民出版社 1975 年版。以下龚集引文均出此本，仅简注篇名、书名、页码。

② 《跋破戒草》，《龚自珍全集》第 243 页。

③ 段玉裁《怀人馆词序》，钟敬华校点《经韵楼集》第 222 页，上海：上海古籍出版社 2008 年版。

庆十一年以来之作。其时虽未成集,未命集名,但为数已伙。

【2】嘉庆十七年自编词集

段玉裁《怀人馆词序》于前引一段文字后云:"(自珍)尤喜为长短句,其曰《怀人馆词》者三卷,其曰《红禅词》者又二卷。"①知嘉庆十七年(1812)时,作者已自编成两个词集,共五卷。

【3】嘉庆二十年自编诗集

道光七年龚氏自跋《破戒草》云:"又依乙亥、庚辰两例,存余集。"②乙亥为嘉庆二十年(1815),作者年24,知本年曾自编诗集,并从此次编诗起,开始分正集与余集。所谓正集乃认为最有传世价值的作品,余集则是于正集之外删余稿中再加筛选者。正、余集之分反映了作者对作品问世所持的矜持审慎态度。

【4】嘉庆二十二年自编文集

张祖廉《定庵先生年谱外纪》云:"王孝廉芑孙,为吴中尊宿。嘉庆丁丑,先生(指龚氏)随侍闇斋先生备兵上海,投以诗、文各一册。其文集命为《竚泣亭文》。"③丁丑为嘉庆二十二年(1817),作者年26,此时有诗、文各一册。

诗一册未命名,或即乙亥年所编之正集。王芑孙给作者的覆信中,评此册云:"诗中伤时之语,骂坐之言,涉目皆是,此大不可也。"④可见青年诗人之锐气。龚氏今存诗最早为己卯即嘉庆二十四年,则此一册有价值诗作全部散佚无存。

文一册名《竚泣亭文》,从名目上也可以感受到多为伤时感事文字。所以王芑孙覆信中批评文集命名不当,"'泣'字碍目","天下之字多矣,又奚取于至不祥者而以名之哉"!龚氏写成于本年之前的富有战斗锋芒的《明良论》、《乙丙之际箸议》等政论文字,当即其中的篇章。

【5】嘉庆二十五年自编诗集

前引龚氏《跋破戒草》云:"又依乙亥、庚辰两例,存余集。"知除乙亥年

---

① 段玉裁《怀人馆词序》,钟敬华校点《经韵楼集》第222页,上海:上海古籍出版社2008年版。

② 《跋破戒草》,《龚自珍全集》第243页。

③ 张祖廉《定庵先生年谱外纪》,见《龚自珍全集》附录第648页。

④ 《王芑孙覆龚自珍书》,见张祖廉《定庵先生年谱外纪》,《龚自珍全集》附录第648页。

外，庚辰年又一度编辑诗集。庚辰为嘉庆二十五年（1820），作者年 29。《跋》又云："余自庚辰之秋，戒为诗，于弢言语、简思虑之指言之详。"①则此次编辑诗集，实因决心戒诗，将此前之诗作一总结，董理成集。观其亦分正、余集，与乙亥之编同一体例，当是在该集基础上续编而成。

【6】道光初年自编词集、词选

龚氏《己亥杂诗》第 75 首自注云："年十九，始倚声填词。壬午岁勒为六卷。"②壬午为道光二年（1822），作者年 31。本年将词作总编为 6 卷。陈元禄《羽琌逸事》云："（龚氏）年十九，学为词，道光壬午岁勒成六卷：曰《红禅词》，曰《无著词》，曰《怀人馆词》，曰《影事词》，曰《小奢摩词》。"③虽补出词集名目，亦有可议。《红禅词》即《无著词》，刻本作者自跋明言"《无著词》一卷，始名《红禅词》"④可证，不当将二者并列。《小奢摩词》作者识语称"近作"⑤，似亦不能包括在壬午年所编词中。故此六卷词实只含三个词集，即《无著词》（原名《红禅词》）、《怀人馆词》、《影事词》。前两种作者于嘉庆十七年已编有 5 卷（参前第【2】条），后此虽续有增益，或许卷数未改，《影事词》独编 1 卷，恰 6 卷。

道光元、二年间，作者又着手词选的编辑，将三种词各编词选 1 卷。刻本词选自跋云："右《怀人馆词》一卷，原集凡九十首，辛巳春日选录三十二首。"⑥辛巳为道光元年。则《怀人馆词》3 卷共 90 首，道光元年春选其三分之一左右为词选 1 卷。又跋云："右《影事词》一卷，原集十九首，辛巳春选

① 《跋破戒草》，《龚自珍全集》第 243 页。

② 《己亥杂诗》第 75 首，《龚自珍全集》第 516 页。

③ 陈元禄《羽琌逸事》，孙文光、王世芸《龚自珍研究资料集》第 62 页，合肥：黄山书社 1984 年版。下引此书资料均出此本，仅简注书名、页码。

④ 《无著词跋》，见清同治八年（1869）吴煦刻《定庵文集》中之《定庵文集补·定庵别集·词选》，此《词选》即清道光三年（1823）龚氏自刻本词集的覆刻本，龚氏原刻今未见。

⑤ 见清同治八年（1869）吴煦刻《定庵文集》中之《定庵文集补·定庵别集·词选》。又见《小奢摩词选·浣溪纱》词后龚氏自识，云："以上五阕，皆从已删稿复录出，本在《怀人馆》卷中，今亦不复补入，遂录于近词之端。瑟人自识。"见《龚自珍全集》第 574 页。

⑥ 《怀人馆词选》后跋语，见清同治八年（1869）吴煦刻《定庵文集》中之《定庵文集补·定庵别集·词选》。

录六首。”①则道光元年春又选《影事词》的三分之一左右为词选1卷。又跋云:“右《无著词》一卷,始名《红禅词》,凡九十二阕。壬午春选录四十五首。”②据此知《红禅词》2卷为92首,道光二年春选其半数左右为词选1卷。《红禅词》选存比例最高,见出作者对此集之偏爱。龚氏于词集别为选本,犹如诗分正、余集,见其对作品留存之矜慎。

【7】刘大白所得《红禅室词》抄本

刘大白在《旧诗新话》中说,他在民国初年曾从绍兴一王姓书贾手上得到“一本抄本的清人仁和龚自珍底《红禅室词》,计两卷:第一卷计词四十五阕,第二卷计词三十阕,共计七十五阕。抄的人笔致秀媚,似乎是一个女子”③。刘大白将此本与词选刻本对核,“计见于《无著词选》的三十六首,见于《小奢摩词选》的三首,见于《怀人馆词选》的四首,为《定庵全集》各种词选中所无的三十二首”。此本有“各种词选所无的”词作,可见抄本出自龚氏词集而非词选。刘氏又言此本与刻本“各词文句,颇有不同”,似当成于道光三年六月4种词选付刻之前。盖词选中词的文句又有改动,为抄者所未见。刘氏又据抄本卷首有定庵自题《红禅室词》三绝句,后署“龚自珍瑟人自志”,又每卷首页第2行均署“碧天怨史龚自珍倚声”,推断“此本当是定庵使人代录的初稿”,断按尚值得斟酌。据刻本自跋,《无著》、《怀人馆》、《小奢摩》三种词,原集共250首,此本仅75首,不过三分之一左右,显非初稿。又龚氏词从早年起即各有集名,此本则不分别而混抄成册,据此很可能是与龚氏关系密切的一个女子,从龚氏各词原集中选抄部分作品而成。此本总称《红禅室词》,说明龚氏曾称自己词作总集为《红禅室词》,抄本乃沿袭其名。此中也透露了早年的《红禅词》何以更名为《无著词》,盖“红禅”上升为词作室名,集名自当改易。

【8】道光二年顷,陈沆所见古文上下卷

陆献《简学斋诗稿跋》言陈沆“归自粤东”后,陆屡过而不得见,乃排闼

---

① 《影事词选》后跋语,见清同治八年(1869)吴煦刻《定庵文集》中之《定庵文集补·定庵别集·词选》。

② 《无著词选》后跋语,见清同治八年(1869)吴煦刻《定庵文集》中之《定庵文集补·定庵别集·词选》。

③ 刘大白《旧诗新话》第67—70页,香港:百灵出版社1960年版。

入,陈沆“大笑,语之曰:‘吾近获奇宝,杜门谢客数日,今手抄毕矣。天下之宝,当与天下共之,不妨携吾抄本去,手录一过也。’奇宝非他,乃仪部龚定庵所为上下卷也”①。陈沆于道光二年典试粤东,“归自粤东”即指典试后归京。陈沆为龚氏好友,陈于嘉庆二十四年中状元,授翰林院修撰,龚氏亦于次年为内阁中书。道光初,二人颇多往还。龚氏题陈沆《白石山馆诗》云:“道光二年中秋,秋舫(按陈沆之号)殿撰见示诗卷,盥读已,辄取朱墨各加一通。”②龚氏曾批点陈氏之诗,则陈氏得读龚氏之文,不足为奇。道光三年六月龚氏即自刻《定庵初集》,此本必在刻集之前,否则陈氏不必惊为“奇宝”而亟抄之矣。据此可知道光二年顷,龚氏编有古文上、下卷,陈沆抄有副本。

【9】道光三年龚氏自刻《定庵初集》

道光三年(1823)六月龚氏自刻《定庵初集》,此为作者生前首次付梓的文集。此本今存。李慈铭《越缦堂日记》、平步青《霞外攟屑》亦均有关于此本之记载与评论。此本扉页篆书《定庵初集》,卷末刻有龚氏自记之《定庵初集总目》。此集中相当部分没有付刻,总目颇可显示全编之规模与总貌,故扼要转列如下:

> 文集上卷开雕二十六篇,中卷开雕十二篇,下卷开雕八篇。
>
> 文集之余集亦列上中下卷,均注明“未刻”,余集附少作一卷,云“开雕五篇”。
>
> 诗列上、中、下三卷,《梦草》一卷。
>
> 诗《余集》亦列上、中、下三卷,附少作诗一卷,全注明“未刻”。
>
> 续列《别集》(按即词集)第一、二、三、四卷,均注“开雕”。

末言“以上大凡十有九卷,道光癸未(即道光三年)定庵记之”③。可见《初集》编纂规模之宏伟,包括文、诗、词总 19 卷,可惜付刻部分有限,下面分别予以说明。

---

① 《简学斋手书诗稿》(《白石山馆诗》)后,见《简学斋清夜斋手书诗稿合印》,清宣统三年(1911)石印本。

② 《题白石山馆诗》,《龚自珍全集》第 242 页。

③ 《定庵初集总目》,见清道光三年(1823)龚氏自刻本《定庵初集》卷末。

一、关于文集部分：

（1）录文范围。此本“附少作”后自跋云：“龚自珍自编次甲戌以还文章曰文集者三卷，曰余集者又三卷。”[①]则正集、余集6卷所收为甲戌即嘉庆十九年（1814）起至道光三年（1823）止十年中的文章。所附少作，从已刻5篇看，约为甲戌以前之作。《水仙花赋》自题“甲子”，为嘉庆九年（1804）；《明良论》四篇，虽有段玉裁“甲戌秋日”批语，然自记言“弱岁后”作[②]，或亦略前一二年。

（2）录文篇数。此集正集末自记云：“癸未夏，余编《初集》二百二十篇竟，其正集九十又八篇。”[③]可知正集3卷为98篇，余集3卷为122篇。又附少作后自跋言编正集、余集“既峻，于败簏中见所弃者倍所存者”，则删弃者尚有四百余篇。跋又言：“因又淘拣其稍稍可者……以少作之居大半于是也，统题曰少作，合十八篇，别为卷。”[④]则《初集》编文合共238篇，而删者尚倍，当时约有文六百余篇。

（3）已刻文与未刻文数。此集入编之文，实际付刻者只居少数。正集仅刻46篇，余52篇只存其目；余集全部未刻，亦未存目；附少作刻5篇，余13篇未刻，亦未列目。总计编文238篇，刻51篇，尚不及四分之一。

（4）未刻文之情况。正集三卷所刻46篇，为后来同治七年吴煦刻本全部采入，名《定庵文集》。未刻而存目者卷上3篇，卷中11篇，卷下38篇，共52篇，后有14篇见吴刻《定庵续集》，4篇见吴刻《文集补·续录文》，4篇见朱之榛刻《定庵文集补编》。个别篇题文字小有异同，《祀典四议》吴刻《续集》题《祀典杂议五首》，当系后增一议。另有4篇疑莫能定，即《刘申受所著书序》或疑即朱刻《补编》之《刘礼部庚辰大礼记注长编序》，《与人笺》或疑即朱刻《补编》之《与人笺》，《文冢铭》或疑即朱刻《补编》之《纸冢铭》，《网摩氏之疾》或疑即吴刻《续集》之《宥情》。以上共计26篇，恰为存目之半数，余半数均佚不见。其中25篇篇目见王佩诤校刊之《龚自珍全集》所附《龚自珍佚著待访目》，均注明“自刻本存目”，但失载一目，即《恭撰圆明

---

① 《跋少作》，《龚自珍全集》第242—243页。

② 以上均见《定庵初集》“附少作”各篇题下或篇后，道光三年（1823）龚氏自刻本。

③ 见道光三年龚氏自刻本《定庵初集》正集末。

④ 《跋少作》，《龚自珍全集》第242—243页。

园木作经》。

(5)《初集》中之文集与陈沆所见古文之关系。陈沆所见之龚氏古文无疑当包括在《初集》之文集内。但《初集》分正集与余集,而各有上中下卷,陈沆所见则只统分上下二卷。道光七年龚氏自编《破戒草》,统标"古今体诗",而分《破戒草》与《破戒草余集》两部分。吴刻即标为上、下卷。观此,陈沆所见古文,或许上卷即正集,下卷即余集。

此集中诸文末有龚氏自记7条,江沅等15人评语三十余条,少作5篇后有李锐等评语3条、跋1条。同治七年吴煦刻本将自记、评、跋全部删去,嗣后诸本大体沿袭吴刻,唯宝墨斋刻本复录少作5篇,并作者自记及诸家评语,是为仅见。

二、关于诗集部分:

此编中诗集上中下三卷、梦草一卷、余集上中下三卷、附少作一卷,共八卷,全部未刻,亦未存目。龚氏《跋破戒草》说他自庚辰(嘉庆二十五年,1820)秋戒诗,辛巳(道光元年,1821)夏破戒,至丁亥(道光七年,1827)十月将所为诗编成《破戒草》,只言"又依乙亥、庚辰两例,存余集",从庚辰至丁亥间似未再有其他编诗活动,而此编中分正集、余集,与庚辰同例,疑即本文【5】条所言之庚辰编本。《梦草》1卷,显为特定主题之专集,当含有一定的身世及现实背景。另外龚氏今存诗无少作,则少作一卷已全佚。

三、关于词集部分:

此编中之《定庵别集》1至4卷,即龚氏之4种词选,《无著词》、《怀人馆词》、《影事词》、《小奢摩词》,各为1卷。四种词选均有作者自跋可证。原刻未见,今所见为同治八年(1869)吴煦《定庵文集补·定庵别集·词选》,此《词选》乃依龚氏原刻本重刊。吴氏识语记其缘起甚明:"同治己巳(即同治八年,1869),补刊龚定庵先生遗文及《破戒草》、《己亥杂诗》。承何青士观察惠假定公词抄本,正在付梓,适赵益甫孝廉过杭,携有定公词四卷,乃先生手定刻于道光癸未,取校何本,增多不少……遂改依原刻本重刊。"[①]故吴刻词选即龚氏《初集》中《别集》本之覆刻。从吴氏识语中,知何氏手中尚有一定公词抄本,但录词少于4种词选。关于4种词选的具体情况,龚氏自跋

① 见清同治八年(1869)吴煦刊本之《定庵文集补·定庵别集·词选》。

均有交代。《无著词》、《怀人馆词》、《影事词》的自跋已见本文第【6】条所引,余1种《小奢摩词》自跋云:"右近作《小奢摩词》一卷,本三十三阕,删存十五首,补入旧作,合为二十首,癸未六月付刊。"此中所言补入的旧作5首,作者识语交代说:"皆从已删稿复录出,本在《怀人馆》卷中,今亦不复补入,遂录于近词之端。"①盖此5首乃《怀人馆词选》之删余稿,再度选出,而该词选已于道光元年春编定,不欲再行更动,遂就便录于当时正在编选的近词《小奢摩词选》之首。综计龚氏自跋所言,4种词选共234首,选刻103首,131首未刻。后来扶轮社本所载《孝珙手抄词》、邓实所刻《定庵词定本》、《定庵集外未刻词》以及杭州丁氏所藏《龚定庵集外文稿本》等共录集外词13首,然多为道光三年以后之作,知此百余首未刻词基本佚失无存。

【10】道光七年自编《破戒草》

龚氏《跋破戒草》云:"余自庚辰(嘉庆二十五年,1820)之秋戒为诗……然不能坚也。辛巳(道光元年,1821)夏,决藩杝为之,至丁亥(道光七年,1827)十月,又得诗二百九十篇……不自割弃,而又诠次之,录百二十八篇,为《破戒草》一卷。又依乙亥、庚辰两例,存余集,凡五十七篇,亦一卷。大凡录诗百八十四篇,删勿录者,尚百五篇。"②从道光元年至七年,七年中(其中自道光三年七月至五年十月,作者居母忧无诗)作者共有诗290篇,选185篇(《跋》言"百八十四篇","四"当系"五"字之讹)编为《破戒草》及其《余集》。此编未见刻本,同治八年吴煦所刻《定庵文集补》中采入此本,标"古今体诗",分二卷,上卷题《破戒草》,下卷题《破戒草之余》。吴氏未言所据。今存吴昌绶藏《破戒草》抄本,虽亦题《古今体诗》,但不标卷次,前半为《定公破戒草》,后半为《定公破戒草余集》,龚氏今存诗,《已亥杂诗》外,《破戒草》为其最基本部分。

【11】道光十二年刊《大誓答问》

曹家驹《大誓答问》刻本跋语云:"予与定庵交十稔矣……辛卯(道光十一年,1831)夏……出所著《大誓答问》一卷见示,凡二十六事,与近世治《尚书》诸家说,不屑为雷同之语……遂持归,属汪君小米付之梓人,予实助其

① 见《小奢摩词选》第5首《浣溪纱》词末,《龚自珍全集》第574页。

② 《跋破戒草》,《龚自珍全集》第243页。按今尚存龚氏手稿本。

雠校焉。时道光壬辰正月愚弟曹家驹谨跋。"[1]壬辰为道光十二年,作者年41。《大誓答问》一书有刘逢禄戊子(道光八年,1928)仲春序,龚氏《己亥杂诗》第56首自注亦云:"戊子岁,成《尚书序大义》一卷,《大誓答问》一卷。"[2]均可证其成书于道光八年,汪刻则为此书之初刻。曹家驹跋语甚长,过于自我标榜与攀附,曾引起龚氏反感。缪荃孙《羽琌山民逸事》云:"《大誓答问》初刻于曹家驹,并作后跋。每送人(指龚氏赠刻本与人)撕去之。问,曰:'我请其刻,不请其跋,他如何能跋?乃为书之累。'"[3]汪氏原刻未见,今有同治六年丁卯(1867)滂喜斋重雕本、光绪十四年(1888)南菁书院《皇清经解续编》本、光绪十六年常熟鲍氏《后知不足斋丛书》本。

【12】道光十八年自编诗集

龚氏《己亥杂诗》第65首自注云:"诗编年始嘉庆丙寅,终道光戊戌,勒成二十七卷。"[4]戊戌为道光十八年(1938),作者年47。本年他将自丙寅即嘉庆十一年(1806)以来的三十三年中的诗,依编年体编为27卷。龚氏《与吴虹生书》云:"弟去年(指道光十九年己亥)出都日,忽破诗戒。"[5]说明道光十九年前,作者又曾一度戒诗,则道光十八年之汇编诗集,当是决心再度戒诗时对自己诗作进行一次总结性的编纂。此编无疑是在道光三年《定庵初集》中的8卷诗基础上改订与续编而成,不过体例上有变化,只编年,不再分正、余集。观此集包括15岁起之诗,则《初集》里附少作中诗当尚含其中。陈元禄《羽琌逸事》云:"诗编年,始嘉庆丙寅,终道光戊戌,勒成三十卷。《破戒草》二卷,《己亥杂诗》一卷,皆别行。"[6]足证《破戒草》不在此27卷之中,《己亥杂诗》则为后此一年之作。陈言编年诗"三十卷"当系误记,或又将《破戒草》2卷、《己亥杂诗》1卷重复计入。可惜此编之诗作亦大半佚失。

【13】道光十九年顷自编全集

龚氏《己亥杂诗》第4首自注言其道光十九年离京情况说:"予不携眷

---

① 曹氏原刻本未见,此见清同治六年(1867)滂喜斋《太誓答问》重雕本。
② 《己亥杂诗》第56首诗末,《龚自珍全集》第514页。
③ 见孙文光、王世芸《龚自珍研究资料集》第100页。
④ 《己亥杂诗》第65首,《龚自珍全集》第515页。
⑤ 《与吴虹生书》,《龚自珍全集》第353页。
⑥ 陈元禄《羽琌逸事》,见孙文光、王世芸《龚自珍研究资料集》第62页。

属傔从，雇两车，以一车自载，一车载文集百卷出都。”①又《己亥杂诗》第1首云：“百卷书成南渡岁。”②可知道光十九年（1839）顷作者手自编成文集百卷。上两条材料中“百卷”二字均有异文，前者一本无“百卷”二字，后者“百卷书成”作“全集写成”。据《定庵诗集定本》知所谓一本之异文均为龚氏之子龚橙所改。陈元禄《羽琌逸事》云：“撰《定庵文集》百卷，子宣编校之，省为三十卷。”③宣即龚橙，其所以改掉“百卷”字样，即因其将百卷省编为30卷。龚氏此编为全集性质，故龚橙改易“百卷”字样时即直以“全集”二字顶代。又龚氏《己亥杂诗》第211首自注云“欲写全集清本数十分，分贮友朋家”，169首自注云“欲以全集一分寄虹生，未写竟”④，均可证。大约作者于道光十八年汇编诗为27卷的同时或稍后，即着手文、词及其他方面著述的编辑，总共成百卷。可惜不久，即为其子省为30卷，百卷之原貌及其编排思想遂不可见。

【14】道光二十年自刻《己亥杂诗》

龚氏《与吴虹生书》云：“弟去年（指道光十九年己亥）出都日，忽破诗戒……往返九千里，至腊月二十六日抵海西别墅，……作诗三百十五首也。”⑤这就是龚氏著名的大型组诗《己亥杂诗》。这组诗于次年即刊刻问世。孔宪彝《对岳楼诗录》卷一有诗题云《龚定庵自吴中寄示〈己亥杂诗〉刻本，读竟题此，即效其体》，诗末跋云：“定庵礼部自吴中寄书，见示此集……道光庚子十月十五日寿张道中绣山手记。”⑥庚子即道光二十年（1840）。又龚氏《与吴虹生书》云：“今日为辛丑（道光二十一年）第二日……前此寄《己亥杂诗》一本，想收到。”⑦均可证。此本为作者自刻，世称羽琌别墅本。原刻未见，同治八年吴煦将其刻入《定庵文集补》中，题为《定庵续集》，当即据原本翻刻。潘景郑《著砚楼读书记》云：“此定庵先生《己亥杂诗》三百十

---

① 《己亥杂诗》第4首，《龚自珍全集》第509页。

② 《己亥杂诗》第1首，《龚自珍全集》第509页。

③ 陈元禄《羽琌逸事》，见孙文光、王世芸《龚自珍研究资料集》62页。

④ 《己亥杂诗》第211、169首，分见《龚自珍全集》第529、526页。

⑤ 《与吴虹生书》，《龚自珍全集》第353页。

⑥ 孔宪彝《对岳楼诗录续录》卷一，清咸丰七年（1857）曲阜孔氏刻本。

⑦ 《与吴虹生书》（11），《龚自珍全集》第352页。

五首,自加圈识,刊为续集。初刻于道光庚子。光绪丁酉(光绪二十三年,1897),吾吴江江建霞先生以初本罕传,重付影刊,逮今日又四十年矣。江本亦几如星凤。余无意中得其板片,刷印百本以传之……丁丑(1937)四月六日。"①则此本尚有光绪二十三年江标之影刊本、1937年潘氏之刷印本,后者之一今藏王贵忱氏(见王文)。龚氏《己亥杂诗》第1首云:"著书何似观心贤?不奈卮言夜涌泉。百卷书成南渡岁,先生续集再编年。"②因此前已编定文集百卷,故自称《己亥杂诗》为"续集"。

【15】道光二十年顷自编《庚子雅词》

沈鎣《留讴吟馆诗存·一斛珠》词题云《定庵礼部以近制〈庚子雅词〉见示,索题其后》③,可见龚氏曾自编《庚子雅词》。庚子为道光二十年,词集以"庚子"为名,显系庚子年词作之结集。转年八月,龚氏即卒于丹阳,故当编成于道光二十年末或二十一年前期。此集未见刻本与刊刻记载(沈氏受赠之本,约系写本),首见于同治八年吴刻《定庵文集补》。吴煦跋称系"何青士观察假定公词抄本"。抄本中含4种词选,但录词均少于道光三年自刻本,故未取,"惟《庚子雅词》一卷则未刻本",遂取以附刻于4种词选后。何青士即何兆瀛,自云"此玉淦潘丈所录定庵词"④,知乃潘曾玮抄本。

【16】道光二十二年魏源所编《定庵文录》、《外录》

龚氏卒后,第一个全面整理编辑其文稿的,是其挚友魏源。魏氏《定庵文录叙》言龚氏卒之次年夏,其子龚橙抱龚氏遗书来扬州就正于己,于是他"论定其中程者,校正其章句违合者,凡得文若干篇,为十有二卷,题曰《定庵文录》;又辑其考证、杂著、诗词十有二卷,题曰《定庵外录》"⑤。时为道光二十二年(1842)。龚橙持来之稿,很可能就是他将百卷省编为30卷的文本。不料魏氏既是有学识主见的学者,又系龚氏生前挚友,遂一无拘忌地依己意重予编排。龚橙颇不满意魏氏此编,后又重加编定(详下文第【20】条)。魏氏此编都经其眼光的审择,并更定某些字句,所谓"论定其中程

---

① 潘景郑《著砚楼读书记》第547页"定庵续集"条,沈阳:辽宁教育出版社2002年版。
② 《己亥杂诗》第1首,《龚自珍全集》第509页。
③ 见孙文光、王世芸《龚自珍研究资料集》第45页。
④ 以上均见清同治八年(1869)吴煦刻本《定庵文集补》词录后跋语。
⑤ 魏源《定庵文录叙》,见《龚自珍全集》附录第650—651页。

者”,“校正其章句违合者”。龚、魏虽并称当世,均属进步潮流中人物,然龚多无情揭露清王朝之腐败,直言其濒临崩溃之前景,多有为时所难容的狂言极论;魏则多就具体政事弊端陈说利害,建议兴革,语较平妥。魏氏之删除龚文之“违合者”,不利于显示龚文之战斗锋芒。魏氏此编虽未付刊,不知其所校正之违合章句,在嗣后之刊本中又复原否?

【17】道光三十年刘庄年选编定庵词19首

王鹄云:“道光庚子夏,同定庵丈客沧浪亭……鹄归东急,未及见所著词。庚戌秋,庄年刘先生选丈词十九首属刻入《同声集》中。”庚戌为道光三十年(1850)。《同声集》始创于张曜孙,据张氏《同声集序》言,其旨趣乃引张惠言《词选》余绪,盖因“《词选》之书,旧有附录七家,所以明源流之故,通古今之变。后之为者,阙而未录”,所以张氏“尝欲取嘉、道词人之合者,汇为一编,名曰《同声集》,以著一家之言,备后来采摘”。① 首于道光二十四年刊王季旭《鹿门词》、王伟卿《塔影楼词》两种,而云“他日搜集诸家,以次编葺,继《词选》以传”。刘选之龚词,即为《同声集》续刻之一。味王氏跋文语意,虽受刘氏嘱托,似当时并未付刻,至甲午年始刊,并补录和词五阕。故跋文末云:“鹄今附和词五阕,藉志忠臣名宿倾倒至矣。孔、汤(指所附和词的作者孔庆鉒、汤贻汾)均殉节,丈归真已二十四年,九原可作,同此怆然!”尾署“同治甲子元日王鹄跋”,刻本扉页亦署“同治甲子春”,甲子为同治三年(1864)。此本题名《无著词》,王氏跋文亦明题《无著词跋》,实际19首非尽出《无著词》,其中《无著词》9首,《怀人馆词》5首,《小奢摩词》4首,《庚子雅词》1首。王跋言“庄年刘先生选丈词十九首”,似刘氏亦未言选自《无著词》,刻本贸然所题,当为王氏诸人疏略失察之故。此本所录各词与吴刻本文字小有异同,于研究龚氏词作有参考价值。

【18】林昌彝所见《定庵诗集》4卷

林昌彝《射鹰楼诗话》卷十云:“《定庵诗集》四卷,仁和龚瑟人仪部著。”②《诗话》刻于咸丰元年辛亥(1851),其所见龚氏诗集当成于道光年间。这段诗话共录龚诗7题,依《诗话》原次为《纪游》、《秋夜花游》、《过菩

---

① 张曜孙《同声集序》,见清道光二十四年(1844)刻本卷首。

② 林昌彝《射鹰楼诗话》卷十第1页,清咸丰元年(1851)福州林氏刻本。

萨坟》、《世上光阴好》、《秋心》、《小游仙词》、《梦中述愿作》。7 题虽全出《破戒草》及其《余集》,然与吴刻之编次却极参差,不仅《破戒草》与《余集》间错,即同出《余集》,亦前后次序颠倒。一般说来,同一条诗话录诗,除因分类评论需要而移动原次外,大致是按原集次序摘录。此 7 题看不出分类意向,而与原次不合。又龚氏《跋破戒草》只言编《破戒草》及《余集》,未标卷数,陈元禄《羽琌逸事》始言《破戒草》2 卷,吴刻标为上、下卷,而此集则为 4 卷,卷数亦不相合。凡此皆证明此集非今传之《破戒草》及其《余集》。林昌彝是鸦片战争前后著名诗评家。他广泛搜罗时人诗作,以为评论之资。此段诗话表明当时有一部 4 卷本诗集,但内容、来历已不得详考。

【19】潘玉淦所录定庵词

同治八年吴刻本《庚子雅词》后载何兆瀛同治七年志语曰:"此玉淦潘丈所录定庵词,余借读将十年。"①从同治七年(1868)上推十年,为咸丰八年(1858),潘本当抄成于此年前。此本含《庚子雅词》,则又不能早于道光二十一年(1841)。此抄本包括道光三年龚氏自刻本 4 种词选及未刻词《庚子雅词》,但据吴煦跋语言,此本 4 种词选中词均少于道光三年之刻本,足证潘本乃 4 种词选的选抄本,据此,其中之《庚子雅词》,当亦属选抄。吴刻《庚子雅词》既出此本,当非全本。所以后来邓实刻龚橙所编《定庵词定本》,其中之《庚子雅词》即有 5 首为吴刻所无。潘玉淦即潘曾玮,字季玉,善为词,有《玉淦词》,张曜孙曾选 30 首刻入《同声集》。他以词人之特殊爱好,选抄部分定庵词是很自然的。可惜其中除《庚子雅词》为吴氏采刻外,余 4 种均因少于原刻被舍弃,遂致湮没,今已无从知其选目与文字异同。

【20】咸丰十年龚橙编定庵文集定本

邓实《龚定庵别集诗词定本序》云:"《龚定庵集》世间所有,惟武林吴氏本(指吴煦所刻《定庵文集》、《续集》、《文集补》)、平湖朱氏本(指朱之榛所刻《定庵文集补编》)而已……然皆未见魏默深(即魏源)定本及孝拱(即龚橙)手编定本也。……朱本既得定庵家藏原本八卷,惜傅氏(指勘定朱本之傅灌园)仅录其吴本所无者为《补编》,而不将原稿付刊。……庚戌(1910)夏日,傅氏令嗣叔和访予于沪渎,出其先人所遗定庵诗文原本卷九至十二四

① 见清同治八年(1869)吴煦续刻《定庵文集补》之《庚子雅词》后。

卷以示予。予得之为之狂喜,询以其前八卷,则云《补编》刊成时,已寄还龚氏后人,今不知流落何所。予既得后四卷,为之反复审视,及细寻孝拱手编原迹,而知此本盖孝拱先曾令写人录成清本,以就正于邵阳魏默深先生。默深为之删定,都二十四卷。故孝拱注云:'此经魏公删过。'予观卷中,时见默深评语手笔及其圈识涂抹,分卷次第,手迹灿然。……然孝拱既得默深所定本归,而复不满意于默深,乃自为之重定。卷端自注曰:'庚申六月,重定一过,存者注"录"字',云云。今观孝拱所编定者,文九卷,诗词三卷,共十二卷。"①庚申为咸丰十年(1860)。本年龚橙废弃魏氏旧编,重加编定。魏氏编文为《文录》12 卷,橙则缩为 9 卷;魏氏编考证、杂著、诗词为《外录》12 卷,橙则置考证、杂著于不顾,独取其诗词编为 3 卷,与文合为 12 卷,二者变化不小。龚橙此编前 8 卷即朱氏据以对照吴刻取其所无刻为《定庵文集补编》者,后 4 卷邓实序亦言之甚明:"所存之第九卷,皆为定庵读《大藏经》时所撰者,多为刻本所无","其第十卷,则孝拱编定《定庵诗定本》六十首。其第十一卷,则《己亥杂诗》百首。其第十二卷,则《定庵词定本》也"。此 4 卷后来都由邓实编排付刻。

【21】道光三十年林昌彝定庵文点录本与同治二年谭献编《定庵外集》

谭献《复堂日记》同治九年(1870)一则云:"阅《定庵文集》七卷(指吴刻《定庵文集》三卷、《续集》四卷)毕。定公文旧见于孝拱及魏默深案次者,稿本盈尺。游闽,识林芗溪教授。教授客杭,曾假读全集,刺取若干篇,孝拱令写人录赠,即此本也。予借教授本,传写一通。时江浙陷贼,孝拱踪迹不相闻,恐全集遂散失,既存其略。德清戴子高来福州,又录一本云。会稽赵益甫避乱至,亦录一本。因各有搜讨之约。"②林芗溪即林昌彝,曾为福建建宁教授。他于道光三十年(1850)赴北京会试,归途过杭,曾拜访龚橙(即孝拱)。《日记》中"教授客杭",当即指此。林昌彝此写本既是由林氏点定篇目,可称为林氏点录本。

据此条日记,林氏此本后来又有三个转抄本,即谭献抄本、戴子高抄本、

① 邓实《龚定庵别集诗词定本序》,见孙文光、王世芸《龚自珍研究资料集》186—187 页。

② 谭献《复堂日记》同治九年条,《复堂类集 · 日记》,清光绪十三年(1887)刻本。下引谭氏《复堂日记》均出此本,仅简记日记年月条目。

赵益甫抄本。谭氏言游闽识林,"时江浙陷贼",当即咸丰十年(1860)太平军进入浙江时。福州为林氏家乡,查林氏行踪,这一年恰由五谿归里,避暑于道山亭,故谭得见林而借抄,此已在林氏点录本十年之后。谭献此则日记叙事稍嫌笼统。吴刻 7 卷包括《文集》与《续集》,日记言林点录本"即此本",实指《续集》4 卷。因《文集》3 卷乃覆刻道光三年龚氏自刻本。谭氏于此前七年即同治二年(1863)所记一则日记,于得林本时间较近,谈得更为清楚:"付写人抄定庵文。《初集》(即道光三年自刻本)予得之子高(即戴子高)。写本数十篇,予得之林芗溪及《经世文编》,将合成一集。"[①]此中言"得之林芗溪"者即指林氏点录本。按《经世文编》共录龚文 14 篇,11 篇已见《初集》刻本,则集外文只有 3 篇,占谭氏写本数量极小。谭氏此则日记言欲将《初集》与所得写本"合成一集",言其编辑原则云:"《初集》中有目无文者(指列目而未刻者,参本文第【9】条),补之。此外,子高欲名之'余集',予以原目(指《初集总目》)别有'余集'名,不知为何篇,不若定为'外集',著吾辈所搜集者耳。"可知同治二年谭献编有《定庵外集》,其中包括《初集》、林氏点录本及《经世文编》所载集外文。此中谭氏按《初集》存目补入《初集》的数量不详,但不会太多。因谭氏同治七年日记曾云:"林钞本无目录。予以《定庵初集》刻本目录补其未刻诸篇,佚者尚多。"[②]《初集》共存目 52,言"佚者尚多",则补入有限。李慈铭《越缦堂日记》同治二年五月十六日条云:"阅《龚定庵集外文》一卷,杭人谭献所传录者……此卷共五十六篇,雄诡杂出,亦多有关掌故。"[③]此 56 篇当即谭氏自言得自林氏及《经世文编》之"写本数十篇",别以集外文抄本形式流传。《初集》刻文 46 篇,附少作 5 篇,共 51 篇,加此 56 篇,则谭氏《定庵外集》共收文 107 篇。

【22】同治七年与八年吴煦刻《定庵文集》、《文集补》

同治七年(1868)吴煦刻《定庵文集》,此为龚氏卒后较大规模刊刻龚氏遗著之始。此本扉页由曹籀书签,题"同治七年夏五雕"。此本包括《定庵文集》上中下 3 卷、《定庵续集》4 卷。

---

① 谭献《复堂日记》同治二年条。
② 谭献《复堂日记》同治七年条。
③ 李慈铭《越缦堂日记》同治二年(1863)五月十六日条,台北:文海出版社 1963 年版。

吴煦《刻定庵文集缘起》云："《定庵文集》上中下三卷，又《续集》四卷者，仁和龚礼部之所作也。系礼部手写定本。乱后是书流闽中，其友曹竹书（即曹籀）从他人转辗假录得之……属余出资付剞劂氏，校雠之役皆竹书独任……删去少作四篇，亦礼部志也。又《与江子屏笺》、《书杭大宗逸事》二篇，系后续得者，此外无一字焉。"①吴煦乃出资助刻人，文稿来自曹籀，校雠亦其独任。下面对此编情况分别予以说明。

一、《定庵文集》上中下卷。即龚氏自刻本《初集》中之文集上中下卷，唯删去原刻中诸篇作者自记 7 条、附刻各篇末之江沅等 15 人评语三十余条、目录中未刻文目、3 卷外之附少作 5 篇（吴氏《缘起》言"四篇"，"四"或为"五"之讹）及李锐等 3 人评语 4 条、跋语 1 篇。原刻目录标题有与卷内篇题不一者，如卷中《上镇守吐鲁番领队大臣宝公书》，目录则为《上镇守吐鲁番大臣觉罗师书》，吴刻则依卷内文题划一。也订正个别误刻，如原刻《燕昭王求贤台赋》"玉德之君"，吴刻改为"至德之君"。以文献价值论，吴刻不及原刻，但原刻至此已历四十五年，颇为罕见，因吴刻方得扩大流传。

二、《定庵续集》4 卷。此为吴刻此编之主要价值所在，4 卷共录文 105 篇，均为未刊之作，其中 14 篇见于《初集》刻本存目。

关于这一部分文稿来源，前条引谭献《日记》言即林昌彝点录本，该则日记又言"盖曹老人（即曹籀）前自益甫得此本，懵不知流传端绪"，更指实为林氏点录本之赵益甫抄本。此说多为后人沿袭，而实可疑。本文前条已据谭氏日记说明，谭氏曾将林氏点录本与得自《经世文编》之文合编为《定庵外集》，自言"写本数十篇"，李慈铭日记则确言"共五十六篇"，除去《经世文编》之 3 篇，林系抄本实仅 53 篇，不过《续集》录文 105 篇的半数，何可言《续集》文稿即出此本？吴煦刻印《缘起》言此编文稿来历，当是转述曹氏语，其言亦确如谭氏《日记》所批评的，"谲觚荧眩"，虚夸不实。如言"系礼部手写定本"，太平军入浙后，"是书流闽中"，曹籀从他人假录得之等等。按龚氏文稿一直存于龚橙手中，虽经太平天国之事，未尝散失。谭献同治九

① 清同治七年（1868）吴煦刻《定庵文集》卷首，又见《龚自珍全集》附录第 652 页，题《原刻吴序》。所据为公级过录章式之校本，有公级光绪二十一年（1895）题记，录有未署名批语 1 条，言《吴序》所言续得 2 篇，并未刊入。

年日记云“乱定，知孝拱流寓海上，楹书无恙”，亦可证。实际上，文稿大约即出自曹籀本人之手。吴刻曹籀《题辞》言其与龚氏相经过云：“曩者道光甲申之岁，余入市阅书，邂逅于僻巷……执手谈文字甚欢，始与订交。尽弃余向所学者，而好读定庵文不少衰。朝取一编焉，通其意，暮取一编焉，玩其辞。”①甲申为道光四年，此前一年即龚氏编刻《初集》之年，正、余集共编文二百余篇。曹氏此时与龚氏相识，自可朝暮取诵，抄录积存，其后亦可不断搜集增益。李慈铭《越缦堂日记》本年6月17日条云：“阅《定庵续集》。是集予于都中曾见抄本，云是仁和人曹籀所传者，今苏松太道钱唐吴煦即从曹本付刻。”②可见此稿于吴刻前，已以抄本形式流传。曹氏秘其本原，借吴氏口说成是龚氏“手自定本”，实欲提高此本身价，取信世人，并博得吴氏之重视与助刊（详参拙文《吴煦刻〈定庵续集〉文稿来源小议》，载《文学遗产》1989年第1期）。扶轮社本《龚定庵全集》曹籀《题辞》后，有佚名批语云：“按曹籀一商贾而附庸风雅者也。此书吴煦序中所谓‘礼部手写定本’，盖伪托之辞。曾有人在西湖尼庵见孝拱手抄先集稿本，与今本互有异同……曹籀不过据彼所得本刊之而已。”③也已看出此中消息。吴氏《缘起》又云：“《与江子屏笺》、《书杭大宗逸事》二篇，系后续得者，此外无一字焉。”“此外无一字”自是虚言，龚氏遗文未刊者尚伙，所云续得之2篇，亦未刻入，次年吴煦补刊《续录文》仍未收采，实不可解，何粗心一至此极！直至十八年后，朱氏方将此二文刻入《补编》。

三、《定庵文集补》。吴刻7卷之次年，即同治八年己巳（1869），又续刻《定庵文集补》。吴氏跋语云：“同治己巳，补刊龚定庵先生遗文及《破戒草》、《已亥杂诗》。承何青士观察惠假定公词抄本，正在付梓，适赵益甫孝廉过杭，携有定公词四卷，乃先生手定刻于道光癸未。取校何本，增多不少。惟《庚子雅词》一卷，则未刻本也。遂改依原刻本重刊，而以《庚子雅词》附

① 曹籀《题辞》，清同治七年（1868）吴煦刻本卷首。又见《龚自珍全集》附录第653—656页，题为《曹序》。

② 李慈铭《越缦堂日记》同治七年（1868）六月十七日条，台北：文海出版社1963年版。

③ 清宣统元年（1909）国学扶轮社铅印本《龚定庵全集》卷首曹籀《题辞》后。该本为公绂过录章式之据祝心渊、孙秋实及阳湖赵惠甫读本3家合校之本，时为光绪二十一年（1895）。按《龚自珍全集》附录《曹序》后亦有此批语，见《龚自珍全集》第656页。

后，共为别集五种，得窥全豹，亦一快事也。”[①]可见此编共包括4个部分：

(1)龚氏遗文。题为“续录文”，共8篇，其中3篇见于《经世文编》，余5篇则不知所自。

(2)《破戒草》，即龚氏自编于道光七年者（详见本文第【10】条），吴氏未言文稿来源。

(3)《己亥杂诗》，编者虽未言所自，当即据道光庚子初刻本覆刻（详见本文【14】条）。

(4)别集5种，即龚氏5种词。其中《无著词》、《怀人馆词》、《影事词》、《小奢摩词》4种总题为“词选”。吴跋已明言据赵益甫所藏道光三年龚氏自刻本重刊，故此4种词末有“同治甲子七月十六日悲庵校毕记”之署款，甲子为同治三年(1864)，悲庵即赵氏别号。外1种《庚子雅词》，吴氏言得自何青士，何氏则明言为潘玉淦录本。吴氏别题此1种为“词录”，以与上4种“词选”区别，似以此本为全本，实际何氏所持潘氏录本包括前4种，该4种既为选抄，亦难言此种必非选抄（详见本文【15】与【19】条）。此本共录词35首。

【23】光绪十二年朱之榛刻《定庵文集补编》

此为继吴刻之后，龚氏遗文又一重要刻本。朱之榛此编《题后》云：“龚氏文为魏氏源所定，武林吴氏槧本未完。今萧山汤伯述从其了姓搜获原书，核对吴刻，阙三之一，乃属山阴傅君灌园勘订，刻成《补编》四卷行世。遂志如右。光绪十二年正月平湖后学朱之榛谨题后。”[②]光绪十二年为公元1886年。据前引邓实《龚定庵别集诗词定本序》言，知此本实为龚橙所编12卷之前8卷（详参本文第【20】条）。由傅氏检取为吴刻所无者编为此编，4卷录文74篇。但由于比勘不细，有8篇因同篇异名而与吴刻重出，即《治学》为吴刻之《乙丙之际箸议第六》，《劝豫》为《乙丙之际箸议第七》，《宾宾》为《古史钩沉论四》，《觇耻》为《古史钩沉论一》，《乙丙之际塾议一》为《乙丙之际箸议第一》，《乙丙之际塾议二》为《乙丙之际箸议第九》，《与人论青海书》为《与人笺》，《志写定群经》为《古史钩沉论三》。除此8篇，实录文66

---

① 见清同治八年(1869)吴煦刻本《定庵文集补》。

② 见《定庵文集补编》末，光绪十二年(1886)正月平湖朱氏槧本。

篇。十六年后，即光绪二十八年壬寅（1902），朱氏重订此编，跋语承认“傅君初校未审”，“中有七篇已见正、续集”，“今为删定，都凡文六十六篇，重第篇目”。[①] 此本删除重出篇章，各卷篇目亦按文章性质重新编次，变动甚大。有《四部丛刊》影印原刊本及《四部备要》本。唯跋语言重出7篇，检其目实为8篇，而所删之《乙丙之际塾议一》与吴刻重出之篇文字差异甚大，似以作为附录留存为宜。

【24】光绪十四年南菁书院刊《春秋决事比》

光绪十四年（1888）南菁书院刊行《皇清经解续编》，卷九三〇收入龚氏《大誓答问》，卷九三一即此《春秋决事比》，为此著首见刻本。刊者未言文稿所自，此本首列《春秋决事比》全书目录（后章钰辑《定庵文拾遗》即将此目附于《春秋决事比自序》后），共10篇，另有《自序篇》。目录中正文10篇均标有引经传事数目，合共120事，其中后5篇又均附有答问事，合共40事。《自序篇》下王先慎、邵顺颖校按云：“案引经传百二十事，原佚。”故此著仅存《自序》及后5篇之答问，后来刊本一般题为《春秋决事比答问》第1至第5。

【25】光绪二十三年粤东全经阁本《龚定庵全集》

此本题款为“光绪丁酉正月万本书堂精校刊”，“粤东全经阁藏版”，故或称“万本书堂本”，或称“全经阁本”。丁酉为光绪二十三年（1897），时在朱刻《补编》十一年后，重订《补编》五年前。此本昆山徐氏藏书上的朱批云：“粤书贾以吴、朱二本翻椠，亥豕鲁鱼，不可究诘，读者引以为憾。吴江薛凤昌在扫叶山房石印本首卷所附识语，或即指此书。”所谓薛氏识语指薛凤昌《邃汉斋校订本》序目后跋语，跋语言吴、朱二刻不经见，习见者为“粤书贾以吴、朱二本翻椠者”，批评其“亥豕鲁鱼，不可究诘”。王文曾指出此本之草率讹误，如《己亥杂诗》第181首原注中陈硕甫之“硕”误刻为“碩”，又《平均篇》之“莫高乎平之之尚也”一句，改“尚”为“象”，而不言改字之由及所本。[②] 此本为翻椠，全刻吴、朱二本，装订为八册（王文据其所见言“原

---

① 朱之榛刻《定庵文集补编·题后》，大本原式精印《四部丛刊》第91册，台湾：商务印书馆1979年版。

② 王贵忱、王大有《龚自珍诗文集早期刊本述闻》（二），《广州师院学报》1987年第1期第46页。

装六册"),前六册为吴刻之《文集》、《续集》、《文集补》,后二册为朱刻《补编》。吴刻全同,朱刻则删去卷一的首8篇。大约刊者听说《补编》有与吴刻重出者,有意调整,然勘核不细,所删8篇中的《尊命二》与《乙丙之际塾议三》非重出篇章,而本属重出的《与人论青海书》、《志写定群经》反以其编次在后而被保留,此亦见编纂者之粗疏。总体观之,此本较以前刊本未有拓展。

【26】光绪二十三年丰城余氏宝墨斋本《龚定庵集》

此本在《宝墨斋丛书》中,为该《丛书》第九种。扉页题"光绪二十三年丁酉冬十月丰城余氏宝墨斋校刊"。粤经阁本刊于本年正月,此本则在十月。全编共分14卷,仍以吴、朱二刻为基础,但改换部分名目,亦小有增补。吴刻《定庵文集补》中之《续录文》,本编称《定庵文集补编》;朱刻《补编》则称《又补编》,录文7篇,有5篇即道光三年自刻本之附少作,包括后所附诸家评语与作者自记,虽非龚氏未刻之文,但初刻本罕见,七十四年后再现于刊本,亦有价值。余2篇一为《春秋决事比序》,见光绪十四年南菁书院刊《皇清经解续编》,编入文集则自此本始;一为《跋北齐兰陵王碑》。碑拓原为龚氏所藏,见谭献同治五年《日记》,言当时已归宗湘文太守[①]。此2篇后亦见《定庵文拾遗》。

【27】光绪二十四年宝晋斋石印本《定庵全集》

此本题"光绪戊戌年春","浙省宝晋斋石印"。戊戌为光绪二十四年(1898),全编共18卷,王文于其未见本中列此编,但言"光绪二十三年"、"十四卷",均不确。惜今日只见此编首册,即《定庵文集》上中下3卷,不过此册卷端列有全编《总目》,大体可推定各卷内容,下面即依总目所列,略加说明。

(1)《文集》3卷。此同吴刻。

(2)《续集》4卷。当同吴刻。

(3)《补编》4卷。当同朱刻。

(4)《余集附少作》1卷。当取自道光三年自刻本之《余集附少作》5篇。说详后。

---

① 谭献《复堂日记》同治五年(1866)条,《复堂类集·日记》。

(5)《集补续录》1 卷。当即吴刻之《文集补》之《续录文》。

(6)《诗集》2 卷。当即吴刻之《破戒草》上下卷。

(7)《诗续集》1 卷。当即吴刻题为“续集”的《已亥杂诗》。

(8)《别集》2 卷。当即吴刻之定庵 5 种词,其中吴题为“词选”的 4 种合为 1 卷,题为“词录”的《庚子雅词》别为 1 卷。

薛凤昌《邃汉斋校订本》序目后跋语曾言及此编:“顷又得丰城余氏本(即本文前条所言宝墨斋本)及宝晋斋石印本,均为向所未见者……而石印本(即宝晋斋本)复改余刻之补编(按下言内容当为‘三补编’,疑‘之’为‘三’之讹)为余集,亦曰少作,删其首二首,而冠以定公自跋。其所据何本不可知,观其名与跋,殆亦定公所自定欤?”①薛氏既见过余氏宝墨斋本,又见过此本,只言此本对余本“三补编”1 卷有所更动,可证上所推论各卷内容当不误。不过薛氏言石印本之《余集附少作》1 卷,为改余刻“三补编”而成,则不确。如前所言,石印本此卷之题名编次全同道光三年自刻本,当直接取自该本。薛言“删其首二首,而冠以定公自跋”,不知自刻本自跋即在五篇之首,非编者“冠以”。

【28】光绪二十六年吴昌绶辑本《定庵文集》

吴昌绶《定庵先生年谱书后》云:“今岁校辑《定庵全集》。”末署“庚子仲秋昌绶谨书《定庵先生年谱》后。”②庚子为光绪二十六年(1900),知吴氏曾于本年校辑《定庵全集》。光绪三十四年戊申(1908)秋,吴氏于《定庵先生年谱》付刊时,于卷端志语云:“往岁在吴中辑补龚礼部集二十四卷,复撰《年谱》一卷。”③所谓“往岁”即“庚子”岁,知此编为 24 卷,吴氏似有意欲复魏源编本之旧(魏编龚集为《文录》、《外录》2 种共 24 卷,参本文第【16】条)。张祖廉《定庵遗著序》云:“曩者吴中翰昌绶重辑先生集为二十四卷,于吴刻、朱刻原集之外,所搜诸篇,间有存其目者。”④知此编除包括吴、朱二刻及二刻以外之文外,文已佚而仅存目者亦编排于内,又似采道光三年自刻

---

① 薛凤昌《邃汉斋校订本》跋语,见《校订定庵全集》卷首序目后,上海:时中书局清宣统元年(1909)石印本。

② 吴昌绶《定庵先生年谱书后》,《龚自珍全集》第 628 页。

③ 见清宣统元年(1909)上海国学扶轮社本《龚定庵全集》,《年谱》卷前。

④ 张祖廉《定庵遗著序》,孙文光、王世芸《龚自珍研究资料集》第 161—162 页。

本间列存目的作法。吴氏此编始终未见，不知尚存人间否？

【29】光绪二十八年浙省文汇书局刊《定庵全集》

此本扉页正面题《定庵全集》，背面署“光绪壬寅浙省文汇书局开印”。壬寅为光绪二十八年（1902）。此本亦只见一册，即《定庵文集》上中下卷，全同吴刻。王文述及此本，题“浙江活字本《定庵全集》”。言“内收《定庵文集》三卷、《定庵续集》四卷、朱氏初刻《定庵文集补编》四卷、《定庵文集补》一卷及《定庵余集》一卷，总十三卷，所收皆文章，未收诗词，实乃文集汇编本”。又言“此活字本所收少作五篇，与道光原刊本《定庵文集》之文无少异，知从善本所出者”①。按此本似与“浙省宝晋斋石印”本关系密切，或即抽出其前五部分即文章部分重行刊印。

【30】光绪二十八年观古堂刊《说文段注札记》

此本见《观古堂汇刻书》19 种中之《说文段注校三种》中之 1 种，计 1 卷，署“光绪壬寅仲冬长沙叶氏印行”。叶氏即叶德辉，壬寅为光绪二十八年（1902）。此本编校人刘肇隅的序言叙其缘起云：“丁酉冬……长孺世兄……出其《说文段注》，前有大兴徐氏图籍、星伯校读二朱印，为大兴徐氏故物。徐录龚说于上方，自识者以松按别之。徐识语略谓龚受外祖氏学而有所发明，故录之书中。龚校有记段口授与成书异者，有申明段所未详者，亦有正段失者。于是竭数日之力，条而抄之。”②序中所言大兴徐星伯即徐松，为龚氏生前好友。二人共同切磋学问，搜讨古籍。龚氏《说文段注札记》即由他记录于《说文段注》刻本上，光绪二十三年丁酉（1897）刘肇隅氏录出，二十八年（1902）叶氏刊行。十九年后，即 1921 年，张祖廉又将其采入《定庵遗著》③中。

【31】光绪三十年成都官书局刊本《定庵文集》

此本扉页正面题《定庵文集》，背署“光绪三十年季夏四川官书局重刊”。卷端载《龚定庵全集总目》，包括吴刻《文集》、《续集》、《文集补》和朱

---

① 王贵忱、王大有《龚自珍诗文集早期刊本述闻》（二），《广州师院学报》1987 年第 1 期第 46—47 页。

② 刘肇隅序，见《观古堂汇刻书 · 说文段注校三种 · 说文段注札记》卷首，清光绪二十八年（1902）长沙叶氏（德辉）印行。

③ 《定庵遗著》为张祖廉《娟镜楼丛刻》7 种中之一，1921 年铅印本。

刻《补编》,末为《定庵文集佚文附》。总目后有孙锵光绪三十年甲辰(1904)立秋前二日识语[①]。此本中之吴刻、朱刻部分显然是据粤东全经阁本,故《补编》卷一被删去前8篇,仍沿袭其删去非重出文2篇之误。唯如孙氏识语所言改正了《与人论青海书》之重出问题。但已无多大意义,此前二年即1902年朱氏业已重订《补编》,删去全部重出之文。此本编者似未见该刻。此本之价值在所附《定庵文集佚文》。据孙氏识语言系高洗凡所辑,共3篇,即《尊史》、《与人笺》、《农宗答问》。实际前2篇亦为重出之异名文篇,《尊史》即吴刻《续集》中之《古史钩沉论二》,《与人笺》即吴刻正集中的《答人求墓铭书》,后者孙氏识语中已言重出,"故既刻而复删之",实际则未删。但《农宗答问》则首见此刻,有辑佚之功。后《定庵文拾遗》载此文题《农宗答问》第1至5,则成为5篇。据王文所载,此本尚有光绪三十四年戊申(1908)之重印本,题为《龚定庵先生集》,《佚文》卷"已将《答人求墓铭书》删去,尚存《尊史》、《农宗答问》二文。《尊史》一篇,并应铲去者"[②]。

又光绪二十九年(1903)又有上海文瑞廔石印本《校正定庵全集》出版,内封背面题:"癸卯年孟夏之月文瑞廔重校上石","锦章书局代印"。此本收《定庵文集》3卷、《定庵文集补》4卷、《定庵续集》4卷、《定庵文集补编》4卷,未有新于他本之内容。

【32】宣统元年邃汉斋校订本《定庵全集》

此本题签为《邃汉斋校订本定庵全集》,款署"宣统已酉上海时中书局印行"。己酉为宣统元年(1909)。编校者为薛凤昌、黄守恒。薛氏于此本序目后识语言其共得7个刊本与校本,即吴刻本、朱刻本、粤书贾翻椠本(即粤东全经阁本)、丰城余氏宝墨斋本、浙省宝晋斋石印本、吴中章氏校本、嘉定黄守恒校本,"盖统各本以校翻椠本,文之溢出者凡十一首。而复于他书搜得《农宗答问》、《大誓答问》、《春秋决事比答问》、《鸿雪因缘图记序》等为各本所无者,又三十七首。计定公之文,余所得读者二百七十有二首,爰校雠而排比之,厘为七卷。又合诗三卷为二卷,词五卷为一卷,都十卷……

① 孙锵识语,见清光绪三十年(1904)四川官书局刊《定庵文集》卷首总目后。

② 王贵忱、王大有《龚自珍诗文集早期刊本述闻》(二),《广州师院学报》1987年第1期第48页。

其始终与于是役，并出其年谱稿本俾缀集尾者，嘉定黄子顽公，即原校是集者也……宣统纪元己酉六月吴江薛凤昌识于邃汉斋”[①]。此编有如下特点：

（1）依据所见7种刊本校勘文字异同，注于文内。龚集刊本之有校本，自此本始。

（2）不再沿袭吴、朱诸本续得续编续刊之体例，而依文章性质归为7类，编成7卷，此外诗合为2卷，词合为1卷，共10卷。文章分类虽不尽科学，然首创分类编排新体例。

（3）尽量采集各种刊本与集外文，力求汇编完备。全编共收入龚文272篇目（实为271题，《乙丙之际塾议第一》1题2篇，文字互有增损）。依薛氏识语所言，文章来源大体有三类：

第一类，吴、朱二刻，共226篇；

第二类，吴、朱二刻之后诸本增刊之文，薛氏言“统各本以较翻椠本，文之溢出者凡十一首”。以编者所言各本计，当即：①余刻本中《三补编》之7篇（篇目见前【26】条）。②宝晋斋石印本之《跋少作》1篇。③翻椠本妄删朱刻《补编》之3篇，薛氏识语所云“而《尊命二》及《塾议》一、三，则又翻椠本所妄删者”（按《塾议一》与吴刻正集中之《箸议一》实为同一内容，但篇幅、文字差异均较大，故薛氏亦归入妄删篇中）。计共11篇。不过以其实计之，翻椠本妄删之3篇，本在朱刻本中，应复计入朱本中，不属增刊之数，故实增8篇。另外此编将《破戒草》跋语抽出，题为《跋破戒草》，编于《跋少作》之前，故增刊为9篇；

第三类，薛氏识语所言“于他书搜得”者37篇。薛氏未言采自何书，现依其识语所言篇目列下，并注明其篇数与所刊之书。①《农宗答问》。第1至第5，计5篇，见光绪三十年成都官书局刊本。薛氏识语未言及此本，似未曾见。②《大誓答问》。第1至第26，计26篇，前文已言有汪小米刊本、滂喜斋重雕本、南菁书院《续经解》本、《后知不足斋丛书》本。③《春秋决事比答问》。第1至第5，计5篇，见南菁书院《续经解》。④《鸿雪因缘图记序》。此前未见刊本。以上共计37篇，其中36篇，虽非未刊文，有汇集之功；后一篇则为增益之文，卷中附载之黄守恒《定庵年谱稿本》，亦简明切

① 薛凤昌识语，见《邃汉斋校订本定庵全集》卷首序目后，清宣统元年（1909）刊本。

实。此编后又有 1920 年上海扫叶山房石印本。

【33】宣统元年国学扶轮社本《龚定庵全集》

邃汉斋本刊于宣统元年(1909)6 月,此本则刊于同年 9 月,二本基本上是并时刊行。此本封面题签为“诸家评点精刊龚定庵全集”。皞皞子(即王文濡)《精刊龚定庵全集缘起》述此本本末甚详:“忆年十四,即酷嗜定公文。顾时以坊刻麻沙为恨。乙巳年(1905)始得绩溪程公勖、阳湖赵惠甫、元和江建霞评校本,暨孝拱手抄词一卷于友人祝君处。嗣又先后借得吴中章氏、张氏、陈氏、桐城刘氏、长沙邓氏、侯官林氏、番禺区氏诠注本,缮写过上,久且忘其所自。其集外之三十九篇,则录自浔溪朱氏、桐城云氏手抄本。所以不事排比者,鄙愿所在,思得魏氏原本(魏默深氏尝辑龚文为《文录》、《外录》都二十四卷)及孝拱手抄本以为依据耳(闻孝拱手抄本为江右李氏所藏)。扶轮社主人见之,以为善本也,怂恿付刊,以公同好,因述其缘起如此。宣统元年九月三日皞皞子书于上海之寄庐。”①此本与邃汉斋本不同,不事重新排比,仍沿旧编方式,采已刊本而续刊增益之文,其主要特点是:

(1)广收评校文字。邃汉斋本为龚集校本之始,此本除校记异文外,又汇集诸家评语,将编者所得程秉钊等 3 人评校本和章氏等 7 人诠注本的评语、校记过录刊刻于题下、眉上或文内。所载百余条诗文词评语虽大半佚其名,但可以肯定相当部分为程秉钊、江建霞评语,于研究龚氏极富参考价值。王文对《缘起》中涉及的程公勖、赵惠甫、江建霞、吴中章氏、侯官林氏有绍介和推断考索,可参。

(2)增刊部分文、词。于吴、朱二刻外,所增有 3 种:

①《定庵文拾遗》。其目为《明良论》第 1 至 4、《春秋决事比序》附目、《鸿雪因缘图记序》、《跋北齐兰陵王碑》、《水仙华赋》、《春秋决事比答问》第 1 至 5、《泰誓答问》第 1 至 26、《农宗答问》第 1 至 5,共 8 题 44 篇。此虽全部包括在邃汉斋本增益文章之内(邃本共增 46 篇,此本仅少《跋少作》、《跋破戒草》2 篇,而后者本刊于《破戒草》之尾,实只少 1 篇),然二本乃并时刊行,仍有其独自搜辑之功(然正如本文前条所指明的,除《鸿雪因缘图记序》外,均非未刊之文),唯王氏《缘起》言集外 39 篇,而实为 44 篇,或许

① 王文濡识语,见国学扶轮社本《龚定庵全集》卷首,清宣统元年(1909)刊本。

《明良论》第 1 至 4 与《水仙华赋》乃龚氏自刻本之"附少作"5 篇，不计在内，则恰合其数。

②《附录定庵时文两篇》。王氏识语云："从老友黄摩西处得来……因附录于《拾遗》文后。"黄摩西即黄人，又名振元，字慕韩。此 2 篇为首出此集之文。

③《龚孝拱手抄词》。此为龚橙抄本，与刻本相较，文字有异同，篇目亦有参差。此本共录词 121 首，其中《无著词》45 首，《怀人馆词》23 首，《小奢摩词》8 首，《影事词》3 首，《庚子雅词》42 首。出于吴刻本 5 种词之外的有 16 首。此手抄词龚橙识语曰："此先集定本，咸丰辛酉冬识。子山先生上海索观词稿，录副请正。龚橙校上。"辛酉为咸丰十一年（1861），此当即咸丰十年龚橙所编《定庵词定本》（参阅本文第【20】条）。唯定本《无著词》比此本少二首，即《无著词》最末之《丑奴儿令》与《凤栖梧》，不知何故。此 2 首亦见吴刻《无著词选》最末，或邓实刊刻《定本》时漏刻此耶？

（3）此本附刊吴昌绶《定庵先生年谱》及《年谱后记》，材料翔实，断案审慎，为研究龚氏生平之重要参考材料。

【34】宣统二年邓实刊《龚定庵别集诗词定本》

此本为邓实所刊《风雨楼丛书》35 种之一，宣统间铅印刊行。扉页题《龚定庵别集诗词定本》附《集外未刻诗》，实际也包括《集外未刻词》，款署"宣统庚戌顺德邓氏依魏默深、龚孝珙手定原本校镌"。此集又有宣统二年上海神州国光社铅印本，版心下印"风雨楼"。庚戌为宣统二年（1910）。此本文稿，据所载傅华识语所言即龚橙所编 12 卷本之后 4 卷即 9 至 12 卷（详见本文第【20】条），汤伯述得之龚氏后人，傅氏得自汤氏而移交邓氏付刊。唯关于此 4 卷文稿内容，傅氏所言与邓氏所言则略有参差。傅氏识语谓"九卷至十卷均系乾竺家言，为定庵读大藏经时所撰，拟另刊两卷，名曰《别集》"，邓氏在此本序言中则说："第九卷皆为定庵读大藏经时所撰著，多为刻本所无……其第十卷则孝珙编定定庵诗定本六十首，其第十一卷则《己亥杂诗》定本百首，其第十二卷则定庵词定本也。"细审二文，傅氏似只耳食其父灌园之语，未必细检文稿，邓氏则曾对此 4 卷"反复审视"，并加以编刊，自当以邓氏之言为准。邓氏于序文中言其具体编排曰："今不复以原卷为次第，而取第九卷读藏经之文，易名之曰《定庵别集》。其诗词则曰《定庵诗定本》、《定庵词定本》。其诗词在定本之外而又为吴本及朱本所无者,则汇刻之曰《集外未刻诗词》。于是而定庵全集始有定本,其文若诗若词所遗者寡矣。"①此刻共分6种名目,依次略予说明:

(1)《龚定庵别集》。此卷末署"咸丰十年(1860)夏五月子橙编校于上海县"。共录文45篇,其中3篇已见刊本,即《知归子赞序》(此本只有序而无赞)、《最录六妙门》(吴刻题为《重辑六妙门序》)、《最录圆觉略疏指意》(吴刻题《重刊圆觉经略疏后序》)。余均为未刻之文,是吴、朱二刻后增刊文最多者,为研究龚氏佛学思想提供了重要资料。

(2)《定庵诗集定本上》。此为诗作定本,原注"此经魏公删过,圈点其笔也,橙志",说明此中作品曾经魏源之眼,不过最后仍经龚橙敲定。共录诗60首,其中45首出《破戒草》,已见吴刻,余15首为未刻诗。《破戒草》存诗始辛巳(道光元年)讫丁亥(道光七年),此15首中14首为辛巳以前诗,1首为丁亥以后诗。自吴刻以来,龚集增刊诗作自此本始。

(3)《定庵诗集定本下》。龚橙从《己亥杂诗》中依次选定100首。唯最后3首不依原次,分别为原集之第72、第6、第3首,似选定以后所另补,遂列于最末。

(4)《定庵词定本》。除《无著词》少最末2首(《丑奴儿令》、《凤栖梧》)外,与扶轮社本《龚孝珙手抄词》全同,共录词119首,出吴刻外者14首,详见本文前条《龚孝珙手抄词》部分。

(5)《定庵集外未刻诗》。题下注"圈点照原本魏默深手笔"。邓氏跋语云:"此定庵集外未刻诗凡八十六首,盖皆辛巳三十岁以前、丁亥三十六岁以后之作也(中惟《城南席上谣》一首为壬午之作),不在定庵自编《破戒草》之内(《破戒草》起辛巳,讫丁亥,吴刻本仅《破戒草》中之诗)。兹从孝珙手抄原本补录,其为孝珙已选入定本六十首内者,则不重录。"交代十分清楚。但此本所录实为76首,言"八十六",或"八"为"七"字之讹。如前所言《诗集定本》中有集外诗15首,加此本之数,则此编共刊集外诗91首,极为可观。

---

① 傅华识语、邓实识语均见《龚定庵别集诗词定本》卷首,清宣统元年(1909)上海神州国光社铅印本。

(6)《定庵集外未刻词》。只 2 首,即《贺新凉》"梦断秋无际"与《凤凰台上忆吹箫》"白昼高眠"。邓氏跋云:"按上词二阕,为孝珙手自写录于抄本之眉间者,为未刻之稿。孝珙所写计共有十阕,皆未刻稿,诸刊本所无。其八阕已编录入《定庵词定本》内,故不重录。"如前所说,《定庵词定本》出刻本外者有 14 首,加此 2 首,此编共刻集外词 16 首。

总计邓氏此编共增刊文 42 篇,诗 91 首,词 16 阕,在龚集刊刻上无疑是一重大发展。此本文稿为龚橙所定,对其父文字颇有改易。邓氏《序》云:"世人每以孝珙为荒谬,好改其先集,又尝谓其祖不通,父半通,今其所删定,亦可谓过严矣。寻常人于朋友遗稿尚不敢稍下朱墨,而况于父子之尊乎?然孝珙则诚聪明绝特有识见人也,其所改有过于其父者。故此编均以龚橙更定者刊为正文。"[①]然改易不论优劣,终非著者原貌。不过邓氏颇具科学精神,凡改易之处均注明原作某,增减处亦一一标出,并兼注吴刻文字异同,颇便查考。

【35】1913—1915 年《中国学报》所刊定庵佚文

1913 年《中国学报》据吴昌绶藏本刊龚氏集外文 7 篇。4 月第 6 期刊 2 篇,即《最录尚书古文序写定本》、《最录段先生定本许氏说文》;7 月第 9 期刊 5 篇,即《最录汉旧仪》、《最录汉官仪》、《最录汉诗三种》、《秦汉石刻文录序》、《自晋迄隋石刻文录序》。这些无疑均属吴辑 24 卷本《定庵文集》中篇章。同年 6 月第 8 期又据《筠清馆金文》刊载《定庵藏器及释文辑》,除载龚氏藏器目外,并有金文跋文 14 篇。《筠清馆金文》为吴荣光所编纂。至 1916 年,《中国学报》又续刊一批龚氏佚文。1 月第 1 册[②]刊《定庵书札辑》,载《与吴虹生笺》12 通。2 月第 2 册刊《定庵题跋辑》,载题跋 11 篇,其中《镜拓题字》、《书张子絜大令荐粢所藏玲珑山馆本华山碑跋后》、《跋宋拓兰亭定武本》、《跋十三行白玉本》、《跋浯溪题名残刻》、《跋王百谷诗文稿》、《跋傅徵君书册》、《书汤海秋诗集后》、《助刊圆觉经略疏愿文》9 篇皆始见此刊,余 2 篇《跋北齐兰陵王碑》、《鸿雪因缘图记二集序》则已分见余氏宝

---

① 邓实《龚定庵别集诗词定本序》,见《龚定庵别集诗词定本》卷首,清宣统元年(1909)上海神州国光社铅印本。

② 《中国学报》于 1913 年 7 月出版第 9 期后,曾停刊,1916 年 1 月复刊,期数另起。

墨斋本和邃汉斋校订本。综计《中国学报》共刊未刊文42篇,虽非以龚集形式出现,却于龚集大有增益,是继邓刻之后龚集之又一发展。所刊这些篇章不少当属魏源编《定庵外集》中考证、杂著中文。

【36】1919年"四部丛刊"本《定庵全集》

1919年商务印书馆刊行《四部丛刊》,影印古籍,于集部收入《定庵全集》,包括吴、朱二刻。吴刻影印同治七年、八年原刊本,朱刻影印朱氏重订《补编》之原刊本。虽于龚集无所增益,却有拓广两原刊本流传之意义。

【37】1921年张祖廉刊《定庵遗著》、《定庵先生年谱外纪》

此2种均在《娟镜楼丛刻》中。《丛刻》共含7种,二者为第6、7种。张祖廉《定庵先生遗著》序云:"《定庵先生年谱外纪》既纂成,箧中尚有旧藏先生与吴侍读葆晋(按即吴虹生)手札十二通,道光己丑廷试对策文一首,《国朝春曹题名记》一首,益以《筠清馆金文跋尾》、《说文段注札记》,散见于诸家收藏金石拓本及梵书法帖字册诗集中各种题跋文字,汇而录之,成《定庵遗著》一卷。……辛酉二月张祖廉。"①辛酉为1921年。序文已将《遗著》内容讲清。其中《说文段注札记》已见光绪二十八年《观古堂汇刻书》中(参本文前【30】条);与吴侍读葆晋手札12通即《与吴虹生笺》12通,已以《定庵书札辑》名目全刊于《中国学报》;《筠清馆金文跋尾》也大都载于《中国学报》。综括张氏此刻除《说文段注札记》1种外,共有书札序跋以及文章43篇,其中33篇见《中国学报》,余10篇为首刊文,按此编原次为《两齐侯壶释文》、《跋宋拓本裴岑纪功碑》、《重摹宋刻洛神赋九行跋尾》、《跋某帖后》、《跋唐人临晋本黄庭经》、《跋赵文敏小真书赤壁赋》、《书文衡山小真书诸葛亮出师表后》、《对策》、《国朝春朝题名记序》(按与《定庵续集》所载《礼部题名记序》同篇异名,文字出入颇大)、《与何子贞书》。此本在龚文辑佚上有所拓展。《定庵先生年谱外纪》主要据陈元禄《羽琌逸事》编成,分上、下两卷,上卷记龚氏行实较多,偶及龚氏言论文字,下卷则主要为龚氏琐细论学之语。陈氏《羽琌逸事》始终没有刊行,世人赖此《外纪》得窥其略。

【38】1935年世界书局本《龚定庵全集》

此本题"评校足本龚定庵全集",1935年5月世界书局印行。它与宣统

① 张祖廉《定庵遗著序》,见《娟镜楼丛刻·定庵遗著》卷首,1921年铅印本。

元年国学扶轮社本同为王文濡编校,故其主要部分皆沿袭该本。但王氏不肯明言,乃以新编本样态出现。本编之王氏序云:“清至嘉、道,学凋文敝,索索无生气。定庵乃崛起于其间……遗集流传,经若干名家之评跋,绩溪程公勖、阳湖赵惠甫、元和江建霞,其尤著者也。予所见约数十家,皆能道其心得,汇而录之,积久忘其姓字。又于集外搜得诗文之遗佚者,辑而补之。从事于此,寒暑十周,重校一过,为付剞劂。民国二十四年四月浴佛日,吴兴王文濡书于海上蛰庐。”①此序远不如扶轮社本之序(题名皡皡子)所言清楚,盖不欲言明二本关系,又不便重复该序之语,不得不含糊笼统。此编总目共列14种,依其次略予说明,与扶轮社本全同者则只列其名目。

第1种,《定庵文集》3卷。

第2种,《定庵文续集》4卷。

第3种,《定庵文集补编》4卷。仍为朱刻《补编》之初刻,未去其与吴刻重出者,唯于题下注明为吴刻之某篇。

第4种,《定庵文集补续录》。即“续录文”8首;

第5种,《定庵文拾遗》及《附录定庵时文两篇》。《拾遗》中文新增3篇,其一为《与吴虹生书》,即《中国学报》及张祖廉《定庵遗著》中所载与吴虹生书札的第11通,不过此乃采自吴昌绶《定庵先生年谱》之节引文字,反不全。余2篇为《跋少作》(已见宝晋斋石印本)、《跋破戒草》(从吴刻起即刊于《破戒草》之后),邃汉斋本始将此2篇并列刊入文编,约即取自该本。

第6种,《定庵诗集》2卷,即《破戒草》上、下卷。

第7种,《定庵杂诗》。即《己亥杂诗》。

第8种,为新增之《定庵集外未刻诗》。采自邓实《风雨楼丛书》之龚氏集外未刻诗,因此编未收邓实所刻《定庵诗定本》,故将《定本》中为吴刻所无之15首亦补入。另增《书魏槃仲扇》1首,取自吴昌绶《定庵先生年谱后记》,此首之编入定庵文集自此编始。

第9种,《定庵词选》。即4种词选。

第10种,《定庵词录》。即《庚子雅词》。

第11种,《孝拱手抄词》。

---

① 王文濡《龚定庵全集序》,见此集卷首,上海:世界书局1935年版。

第12种，为新增之《定庵集外未刻词》。取自邓实《风雨楼丛书》之龚氏集外未刻词，只2阕。

第13种，《定庵先生年谱》。

第14种，为新增之《定庵先生年谱后记》。

此编基本采入了扶轮社本所载之评校，仅小有取舍，而新增一部分评语，这些评语虽然不少只是王氏据吴谱及龚氏诗文自注之记事所加，无所发明，但亦有小部分表示了诗文之见解，有一定参考价值。

【39】1935、1936年万有文库本及四部备要本《定庵文集》

1935年商务印书馆刊行王云五主编之《万有文库》，其第2集第479种为《定庵文集》，分4册，属《国学基本丛书》类。此本乃据成都官书局本排印（详参本文【31】条），唯删去目录后孙锵识语及《文集》3卷后高麟超跋语。此本又于1936年以"国学基本丛书"单行，合4册为1册。

1936年中华书局刊行《四部备要》本《定庵全集》，据通行本校刊，只收吴、朱二刻，朱刻为光绪壬寅重订本。但此本末附《定庵文集增补》，据杭县丁辅之所藏墨迹增刊龚作3篇，即《金坛方言小记》、《重订双非双亦门颂》（与邓实所刊《别集》中之《双非双亦门颂》文字有异同）、《南乡子·题王子若耳画室图》，于龚集有所增补。

【40】1937年世界书局本《定庵全集类编》

此本为夏蓝田编辑，1937年5月由世界书局印行，是将该局1935年本《龚定庵全集》（见本文第【38】条）依邃汉斋所创分类编纂体例重加编排，故称《类编》。此本《凡例》言："前本局刊行全集，风行一时。今更求完善计，就集中各文之性质体例，分类纂辑，重加整理考订，成此《定庵全集类编》。"此编共分文、诗、词3集，总18卷。

文集分9类，计14卷，即：1至3卷为序跋类上中下；4至6卷为论辨类上中下；7卷为奏议书疏类；8卷为赠序类；9卷为传状碑志类；10、11卷为杂记类上下；12卷为箴铭类；13卷为赞颂辞赋哀祭类；14卷为制艺类附杂议。

诗集计3卷，即：15卷为古今体诗《破戒草》；16卷为《己亥杂诗》；17卷为集外未刻诗，即1935年世界书局本之第8种《定庵集外未刻诗》，具体内容见本文【38】条。

词集1卷，即第18卷，合定庵5种词及《集外未刻词》、《孝拱手抄词》

而成。《孝拱手抄词》中"与词选同者七十四首概行删去,其一二字异者,则于词选中校记之"。

全编之末亦附录吴昌绶所撰《年谱》及《年谱后记》。

此编主要是编纂体例上的变化,于已刊龚氏作品无增益,文之分类较邃汉斋本为细。此外,"原集眉批补注,除无关大体者删削外,余悉插入文中"①,使人一目了然,颇便阅览。

本年陈乃乾辑《清名家词》,《定庵五种词》被采入其中,故龚词又有《清名家词》本。

【41】未见与不明之本

19 世纪末,20 世纪前期,刊行龚集成风,有些见于著录,而未见其书,虽于版本不一定有多大价值,但亦可见一时风气。现以时代为序列下:

(1)清刻本 1 册,《定庵文集》1 卷,《余集》2 卷。

(2)光绪二十年(1886)刻本《定庵文集》。

(3)光绪二十三年(1897)江建霞刊印本《定庵续集》。

(4)宣统三年(1911)上海秋星社石印本《龚定庵集外未刻诗词》。王文载此本,言"署名天笑钞录",所收诗词均出自邓实《风雨楼丛书》中之《定庵集外未刻诗》、《未刻词》和《定庵诗集定本》、《词定本》,故王文断案云:"可知秋星社本乃沪上书估钞录邓氏风雨楼本诗词而成,特将所录诗词前后倒置以惑视听而已。所谓'天笑钞录',可能是假托包天笑之名以射利者。"②

(5)1923 年中国图书公司 17 卷本《龚定庵全集》。

(6)1925 年上海文明书局版朱宝瑜编《龚定庵文》。

(7)1935 年上海新文化书社版《龚定庵全集》。

(8)1935 年上海襟霞阁本《龚定庵全集》。

(9)1935 年上海中央书店版吴瑞书编《龚定庵文选》。

(10)1936 年中华书局据江建霞本由该局音注之《音注龚定庵文》。

(11)1936 年上海北新书局版陶玄龄注《龚自珍文选》。

---

① 均见《定庵全集类编·凡例》,见刊本卷首,上海:世界书局 1937 年版。

② 王贵忱、王大有《龚自珍诗文集早期刊本述闻》(三),《广州师院学报》1987 年第 2 期第 34 页。

(12)予见一铅字排印本,已失封面与版权页,开篇目录题“新式标点《龚定庵续集》目次”,包括朱刻《补编》与吴刻《文集补》,从《补编》目次篇目上,可断定是据全经阁本排印。书主人识语云:“戊寅夏六月廿九日购于西单书肆,中华廿七年七月廿六日也。”则为1938年购得。

(13)1941年中华书局刊《龚定庵文》。

(14)南通州翰墨林书局版《定庵诗集》。

以上诸本中有选本及选注本。

【42】1959年中华书局本《龚自珍全集》

此本为王佩诤先生校编,1959年中华书局出版,是迄今龚集最完备之本。有以下特色:

(1)搜集龚文比较完备。采集所及,除诸家刊本外,还包括希见的《龚自珍集外文稿本》以及“诸书引载及海内公私诸家旧藏佚文”,汇集文稿多于以前各本。

(2)此本取邃汉斋体例,分类编纂,共分11辑。各辑篇目归类,较以前刊本为科学。第9辑编年诗,将未刻诗及佚诗亦尽量查出年代,按年编入。第11辑词作,亦将《孝拱手抄词》及佚词分别编入5种词集中。自邃汉斋创类编体例,虽有助对龚文性质之认识,但龚集刊刻衍变之迹遂不得见。此编虽亦为类编,但均注明各篇原出何本,细心检索,仍得见龚集陆续刊刻之轮廓,可谓兼备两体例之长。

(3)校勘丰富。除采录扶轮社本、邃汉斋本校记外,又搜得潘鸿、祝心渊、浦炳、孔嗜澹、吴昌绶、流碧精舍诸家校本。诸本识语有参考价值者,均酌量录存。唯此本为编校本,非评本,故不采诸家评语。

(4)此本细心编校,剔除同篇异名之作,但如文字繁简绝异,则以一篇为正文,一篇为附录,文、词皆然。此种体例甚善。又龚文每多异题,此本均以题注形式标明,亦便读者了知。

(5)龚文篇中引他书文句与原文异者,均予注明。篇中涉及之人物,也简注生平与著述。又凡状事有出入者,则引据资料辨析明白,凡此都便于读者与研究者。

(6)此编末附《龚自珍佚著待访目》,既有助对佚著的搜求,亦可略窥著述全貌。所附之吴谱及诸家序跋,其参考价值自不待言。

此编后有1975年上海人民出版社之重印本。改正初印之个别误排字，增附张祖廉《定庵年谱外纪》。不过受当时政治斗争影响，删去初印本前言及王佩诤先生所撰《后记》，而另撰前言，则无谓。王本亦有失录文篇，如《台城路·客秣陵》一词，已见《孝拱手抄词》及《定庵词定本》，而此本失录。另外删去龚氏时文，亦可酌。此本至今已历三十余年，又有部分佚文及校本被发现，龚氏全集尚有待进一步整理编排，余别撰有《中华书局本〈龚自珍全集〉补校》。

1988年8月完稿，1993年2月重订

（原载《中国典籍与文化论丛》第1辑，北京：中华书局1993年版。）

吴煦刻《定庵续集》文稿来源小议

清同治七年(1868)吴煦刻《定庵文集》,包括《定庵文集》上、中、下3卷与《定庵续集》1至4卷。其中《定庵文集》3卷录文46篇,乃翻刻龚自珍生前道光三年(1823)的自刻本《定庵初集》;《定庵续集》4卷录文105篇,则为龚氏未刻之文。关于这一部分文稿的来源,谭献曾经言及:

> 阅《定庵文集》七卷毕。定庵文旧见于孝珙所及魏默深案次者,稿本盈尺。游闽,识林芗溪教授。教授客杭,曾假读全集,刺取若干篇。孝珙令写人录赠,即此本也。予借教授本,传写一通。时江浙陷贼(按指江浙被太平天国革命军占领),孝珙踪迹不相闻,恐全集遂散失,既存其略。德清戴子高来福州,又录一本去。会稽赵益甫避乱至,亦录一本。因各有蒐讨之约。乱定,知孝拱流寓上海,楹书无恙。写本置行箧,循诵而已。林钞本无目录,予从《定庵初集》刻本目录补其未刻诸篇,佚者尚多。其他略仿《初集》义类次第之。戊辰(同治七年,1868)五月出都,重见孝珙,则杭州有刻龚文者曹老人云。孝珙言曹老人者,曾卖墨京师,为先君子食客,粗识字而已。谬托知交,所刻不知何本,贻谬可想。属予归访之。盖曹老人前自益甫得此本,懵不知流传端绪,写工又简略,怂吴晓帆方伯刻之,谬称龚先生手定。刻既成,触手讹夺。龚先生一世班、扬,传人有子,全书繁重,传世有待。刻百十篇以厌学子先睹之心,未始非盛举,而曹老人谲觚荧眩,出自意外,要当备述,以告读者。①

按谭氏所言,此本乃曹老人(即曹籀)得自赵益甫,赵益甫录自谭献,谭献录

---

① 谭献《复堂日记》同治九年(1870),石家庄:河北教育出版社2001年版。

自林芗溪(即林昌彝)。林氏所得则是由龚自珍之子龚橙令写人录赠,其篇目乃是林氏借读龚氏全集时所点定。此说一出,几成吴刻《续集》文稿来源的定论。

宣统二年庚戌(1910),邓实刻《龚定庵别集诗词定本》,序云:

> 《龚定庵集》世间所有惟武林吴氏本、平湖朱氏本(指光绪十二年朱之榛刻《定庵文集补编》4卷)而已。吴本出之曹老人,曹老人得自赵益甫,赵益甫得之谭复堂(即谭献),谭复堂得之林芗溪,《复堂日记》云:"芗溪客杭,从孝珙假读全集,刺取若干篇,孝珙令写人录赠"者是也。①

邓氏即全部承袭谭氏之说。但谭氏说法,实有可疑之点。

谭氏曾编辑龚氏遗文,即以录自林氏者为主。《复堂日记》云:

> 付写人抄龚定庵文。龚文《初集》刻本,予得之子高。写本数十篇得之林芗溪及《经世文编》,将合成一集。《初集》中有目无文者(按龚自刻之《定庵初集》目列98篇,有52篇未刻,只存其目)补之;此外,子高欲名之《余集》。予以原目别有《余集》名(按《定庵初集》刻本总目中,列有《余集》上、中、下三卷,均未刻,亦未列篇目),未知为何篇,不若定为《外集》,著吾辈所搜辑云尔。何时见孝珙,尽得先生之文,勒成全集,以贶后人。②

谭献这个《外集》编本,当年即曾为李慈铭所见。李氏《越缦堂日记》云:

> 阅《龚定庵集外文》一卷,杭人谭献所传录者。定庵通经制训诂之学,以奇士自许。其文学杜牧、孙樵而未成,然自崛强可喜。此卷共五十六篇,雄诡杂出,亦多有关掌故。③

此所谓《集外文》,即谭所言《外集》,因系龚氏自刻本《定庵初集》以外之文,故亦云《集外文》。李氏言此卷共56篇,与谭氏自言"写本数十篇得之

---

① 邓实《龚定庵别集诗词定本序》,《龚定庵别集诗词定本》卷首,清宣统二年(1910)上海神州国光社铅印本。

② 谭献《复堂日记》同治二年(1863),石家庄:河北教育出版社2001年版。

③ 李慈铭《越缦堂日记》同治二年(1863)五月十六日,台北:文海出版社1963年版。

林芗溪及《经世文编》”，语气相合。可是吴刻续集 4 卷却录文 105 篇，高出此卷将近一倍，而言吴本出自此本，便不能不使人生疑了。

当然，李氏所言 56 篇，并非谭写本之原数。其中，有采自《经世文编》者，应当除掉，而一部分已被谭氏依《初集》存目补入《初集》者，则应加上。《经世文编》共录龚文 14 篇，11 篇已见《初集》，谭氏只能采入 3 篇，减此 3 篇则为 53。谭补入《初集》者，今虽不能确知其数，当亦无多。前引谭之同治九年日记有云：“予从《定庵初集》刻本目录补其未刻诸篇，佚者尚多。”言“佚者尚多”，则补入者将不会超过半数。《初集》未刻存目共 52 篇，即以补入大半即 30 篇计，加 53 篇，亦不过 83 篇而已，仍少于吴刻二十余篇。

又不止此。吴刻之 105 篇，属《初集》存目之文，只有 13 篇，即：《王仲瞿墓志铭》、《江子屏所著书序》、《臣里》、《祀典四议》及《壬癸之际心书》第 1 至第 9。如依谭氏所言，吴本系谭、林写本，则只能补入《初集》13 篇。以此数加 53 篇，则仅为 67 篇，与吴刻之数相去更为悬远。可见，吴刻所据文本绝非谭、林写本。

再看李慈铭见到吴刻《续集》后的一段记载：

> 阅《定庵续集》，是集予于都中曾见抄本，云是仁和人曹籀所传者，今苏松太道钱唐吴煦即从曹本付刻。①

李氏曾见谭氏传录本（见前引李氏同治二年日记），这里却丝毫没有谈及该本与《续集》的关系，相反，李氏明确指出吴刻出于在都中曾见的一个抄本，乃曹籀所传者。此亦可为吴刻本非谭本之佐证。

那么，吴本文稿其来何自呢？第一个谈到其来源者为吴煦。吴氏《刻定庵文集缘起》云：

> 《定庵文集》上、中、下三卷，又《续集》四卷者，仁和龚礼部之所作也。系礼部手写定本。乱后（指太平天国起义），是书流闽中，其友曹竹书（即曹籀）从他人转辗假录得之。初甚秘，后踵门索观者众，日不暇给，属余出资付剞劂氏。校雠之役，皆竹书独任。余意在成人之美，

① 李慈铭《越缦堂日记》同治七年（1868）六月十七日，台北：文海出版社 1963 年版。

但有解囊相助，功过所不计也。①

吴煦只不过是以其官位、资财助刻之人，所言此本来源，无疑听自曹籀，所以可视为曹籀之说。其中颇有虚矫之处。首先，《定庵文集》上、中、下三卷，乃龚自珍自刻本，以曹籀与龚氏之关系，不当不知，此却绝口不谈。其次，言龚氏手写定本，太平天国“乱后”流失闽中，亦属凭空造说。龚氏文稿，一直保存于其子龚橙手中，虽经动乱，未有流散之事。前引谭献日记所云“乱定，知孝珙流寓上海，楹书无恙”可证。曹氏隐去《初集》刻本不言，又造手写定本流闽虚说，目的集中于一点，就是要把它们混而统之说成是“系礼部手写定本”，以提高此本之价值。不意此语反被谭氏接去，言其出自赵益甫（盖皆抄自福州，即闽中）。以“谲觚荧眩”对“谲觚荧眩”，遂使事情之真面目隐而不显，以致后人亦不免为其所惑，以讹传讹。

前引李慈铭同治七年日记云：“是集予于都中曾见抄本，云是仁和人曹籀所传者。”吴本于未付刊之前，早以抄本形式流传，而其积存人，很可能就是曹籀自己。曹籀崇拜定庵，又曾为其食客，手中积有定庵之文，不足为奇。我们看曹籀在吴刻本《定庵文集题辞》中是怎样讲述他与定庵的结识的：

曩者道光甲申之岁，余入市阅书，邂逅于僻巷，不及道姓名，瞪目视良久，若有心契者。执手谈文字甚欢，始与订交。尽弃余向所学者，而好读定庵文，不少衰。朝取一编焉，通其意，暮取一编焉，玩其辞。②

甲申即道光四年（1824），此前一年即龚自珍自刻《定庵初集》之年。龚氏于《初集》之自记与识语中云：“癸未（即道光三年）夏，余编初集二百二十篇竟，其正集九十又八篇。”又云：“龚自珍自编次甲戌以还文章曰文集者三卷，曰余集者又三卷。”③所谓“曰文集者三卷”即正集98篇，则余集为122篇。当时虽只付刻46篇，实际“正集”、“余集”共编定220篇。次年曹籀即与龚结识，自可将其已刻之文并其未刻之文，朝观一什，夕诵一编，研读之，抄录之，积存之，并于此后渐次搜集增益。

---

① 吴煦《刻定庵文集缘起》，见吴煦清同治七年（1868）刻本《定庵文集》卷首。

② 曹籀《定庵文集题辞》，见吴煦清同治七年刻本《定庵文集》卷首。

③ 见清道光三年（1823）《龚定庵别集诗词定本》卷首，龚氏自刻本《定庵初集》。

曹籀不肯自言出自己手,大约因其“卖墨”身份,不足自重,只有说成定庵“手写定本”,方能增高价值,也便于取得吴煦之首肯而资助付刊。这一点,虽属推测之言,不足为定论;然吴本非出谭本,则可断言,盖两本篇数实在相去太远。

(原载《文学遗产》1989 年第 1 期,1989 年 2 月 7 日。)

龚自珍文集与年谱序跋补辑

孙文光、王世芸《龚自珍研究资料集》①(以下简称《资料集》)是一部采集有关龚自珍的资料的编著。两位编者筚路蓝缕,钩沉索隐,从大量文献中摘了丰富的资料,为深入研究龚自珍提供了方便和线索。但此类辑录,尚有待不断发掘使之日臻完善。现将我所见的龚自珍文集著述及年谱的序跋未为《资料集》收录者补辑于下,以供研究者参考。

一、佚名吴刻《定庵文集》上中下3卷目录后跋

原刻本(按指道光三年龚氏自刻本)有未刊篇目(按自刻本目录中列未刊篇目52篇)及少作四首(按自刻本附少作5首,此言4首,小误),为定公手稿,具有深意。今去之,非也。并去文之评记(按自刻本已刊文后附录江沅等诸家评语三十余条),亦非也。②

二、佚名吴刻《定庵文集》卷上《乙丙之际箸议第六》识语

近人朱氏刊《补编》(按指光绪十二年朱之榛刊《定庵文集补编》4卷),题曰《治学》。此集乃定公自定,朱刊《补编》,所据者未定之稿,可从者希。聊录之以著异同耳。③

三、佚名吴刻《定庵文集补·词录》后识语

谭仲修谓定庵词如飞仙剑客,飞行绝迹。又谓食江瑶柱,多则发食动气,信然。④

四、盛昱吴刻《定庵文集》、《续集》、《文集补》后跋

龚礼部集,江建霞过从程蒲孙孝廉秉铦校本如录,定公自记等处皆是

---

① 孙文光、王世芸《龚自珍研究资料集》,合肥:黄山书社1984年版。

② 见盛昱校录本,下称盛校本。关于此本渊源见本文第四条。

③ 同上。

④ 同上。按谭仲修即谭献,其语见谭氏所编《箧中词》。

也。孙汉槎复从汤伯述录其子写定本(按朱刻《补编》即从汤处抄录)。沈子良两过之。甲午冬日余复假之录一过。盛记。①

五、光绪三十年成都官书局本《龚定庵全集》目录后孙锵跋(节录)

右定庵文集总目计文诗词十有五卷。是集初刻于仁和曹氏,续刻于武林吴氏,补刻于萧山汤氏(按朱刻《补编》其稿得自汤氏)。……四川向有锦江、尊经两书局,近年以振兴学务,故两局归并一处……锵以今春回省,承同年陆天池前辈招入书局,询有《龚定庵先生集》刊而未印,因调取其样本,与同年高洗凡明府互相商订。高君又搜得佚文数篇,以附诸其后。……龚先生讳巩祚,榜名自珍,后又名易简,号定庵,亦或自称定公,吾浙仁和人。盖其先世多宦内阁,故《补编》中《上大学士书》,尤见元元本本。嗟乎!内阁无堂官久之,衮衮诸公,甘心伴食。沿至晚近,仅有虚衔。读先生此书,益令人诵周任之言不置也。光绪甲辰立秋后二日,总目编竟,为志其缘起如此,阁后学奉化孙锵谨识。②

六、光绪三十年成都官书局本《龚定庵全集》高麟超跋语

唐樊宗师之文特奇涩,不肯作凡近语。后世论唐时文最奇者曰樵、蜕、结、牧,视宗师或勿若也。虽韩吏部犹极称道之。今观所为《绛守园池记》,佶倔虬缪,非甚详解,卒不可得读。宋元明以来,广陵散久绝于人间。本朝仁和龚定庵文縋幽凿险,不谋而与之合,用是为蹈常袭故者所诋诃。阳湖、桐城诸选家,至不登一字。嘻,何所见之不广也。今夫终日饱粱谷而却凤丸,不可为善味;终日听钟鼓而废嚣璈,不可为善乐。必知九肋之美,异牛铎之响,则公子方染指于鼎中,荀氏且旁皇于衢路矣。先生以经史为根柢,而又旁通昭代之典故,兼发阐贾、董、马、郑之学,濂、洛、关、闽之理,道藏、梵筴之书,毗婆尸佛之教,订讹批谬,机杼已见。其惊魂动魄处,往往与西书哲学家若合符节,讲时务者洵不可不家置一编也。诗词虽不经意,然亦足开通智慧,增长精神,讽而诵之,不无裨益。综括先生文字,聪颖过魏默深,温雅迈包慎伯,精深胜蒋子潇。著书凡十余种,均掷同虚牝,子目空存。先生感怀

① 见盛校本。按盛昱此本所过录各校本文字乃墨书于吴煦清同治七年(1868)刻本上,散见于篇题下、文旁或眉上。本条跋语则在全书之末。

② 见《龚定庵全集》目录后,清光绪三十年(1904)成都官书局刊本。

诗有云:"东云露一爪,西云露一爪;与其见鳞爪,何如鳞爪无。况凡所云云,又鳞爪之余",可以想见其梗概。原集一刻于曹氏,再补于吴氏,日久板片漫漶缺略,学者憾之。成都书局谋重付梓,麟超为校雠,并搜补佚文数篇,惜未尽也。光绪甲辰夏至日镇平高麟超跋。①

七、薛凤昌邃汉斋校订本《定庵全集》跋(节录)

定庵先生之殁,邵阳魏默深氏辑其文十二卷,为文录;考证、杂著、诗词又十二卷,为外录。其书存否,不可知。余所见刊行之本,始有武林吴氏本,继有平湖朱氏本。吴刻为文集三卷、续集四卷,又补刻文集补一卷、诗三卷、词五卷。朱刻为补编四卷。数十年来,吴刻本多漫漶,而朱刻本亦不常见。所习见者,粤书贾以吴、朱二本翻椠者也(按此指光绪二十三年万本书堂本——亦称粤东全经阁本《龚定庵全集》)。亥豕鲁鱼,不可究诘,读者颇引以为憾。癸卯岁,得吴中章氏校本斠之,始稍复其旧。今年春,又得嘉定黄氏校本,再斠之,厘正者又数十条。顷又得丰城余氏(按此指光绪二十三年丰城余氏宝墨斋本《龚定庵集》)及宝晋斋石印本(按此指光绪二十四年浙省宝晋斋石印本《定庵全集》),均为向所未见者。其中增损颇复不剫,则再斠之。综余前后所获见者,为刊若校凡七本矣。至其异同……盖统各本以校翻椠本,文之溢出者凡十一首。而复于他书搜得《农宗答问》、《大誓答问》、《春秋决事比答问》、《鸿雪因缘图记序》等为各本所无者,又三十七首。计定公之文,余所得读者二百七十有二首,爰校雠而排比之,厘为七卷,又合诗三卷为二卷,词五卷为一卷,都十卷。不敢自私,付诸活版,而特著其颠末如此。其始终与于是役并出其年谱稿本俾缀集尾者,嘉定黄子顽公,即原校是集者也。至定公之文学经济,先达诸公论之已详,兹无赘焉。宣统纪元己酉六月吴江薛凤昌识于邃汉斋。②

八、朱之榛重订《定庵文集补编》识语

曩刻《定庵文集补编》,为萧山汤君辑本,中有七篇(按实为 8 篇)已见正续集。傅君初校未审,今为删定,都凡文六十六篇,重第篇目,仍为四卷。定公集外文尚不尽于此,他日续有所得,当更校刻,以饷学子。光绪壬寅秋

---

① 见《龚定庵全集》卷末,清光绪三十年(1904)成都官书局刊本。

② 见邃汉斋校订本《定庵全集》,清宣统元年(1909)上海时中书局刊本。

八月之榛重识。[1]

九、夏蓝田编《龚定庵全集类编》凡例(节录)

(一)定庵之文,雄奇超绝,出入于九经七纬,诸子百家,足以继往开来,自成一家之言。前本局刊行全集(按指世界书局1935年版《龚定庵全集》)风行一时,今为更求完善计,就集中各文之性质体例,分类纂辑,重加整理考订,成此《定庵全集类编》,以便读者研究。

(二)本书包括文、诗、词三集。文集分序跋、论辩、奏议书疏、赠序、传状碑志、箴铭赞颂、辞赋、哀祭、制艺等九类。诗集分《破戒草》、《己亥杂诗》、《集外未刻诗》三卷。词选合为一卷,而附以《集外未刻词》及《孝拱手抄词》。三集共一十八卷。末附《定庵先生年谱》及《年谱后纪》。

(三)原集眉批补注,除无关大体者删削外,余悉插入文中,以便读者参阅。[2]

十、刘逢禄《大誓答问序》(节录)

曩者闻诸舅氏庄先生曰:世宝晚出,《大誓》犹之以《世俘》为《武成》,予心识之,而未有以引申也。既识仁和龚君,龚君言今文无《大誓》,古文亦无《大誓》,予谔焉。会君著《大誓答问》成,示予。予则求之《史记》而合,求之班史而合。二十九篇之言,马、班共七见,假使虚悬其一,以待后得之书,则马、班何为奋然属之伏生?此龚君驰康庄踞上游也。助其张目,则有马融。融疑书传所引,不在其中。近王氏、江氏、孙氏皆曰:是盖脱简耳。君则曰:如《大誓》有两本,抑何孔壁本脱简,与民间所脱正同?此龚君强守卫也。由是今文家与之为难者,则曰:《周本纪》有之。君曰:此欲以影定形也。吾所据者形,彼所执者影,是不足以惑吾志。予所蓄闻庄先生之言乃于是乎冰释。抑君之言与刘向以下不同,与伪《孔丛子》不同,与唐人不同,与近儒惠氏、江氏、王氏、孙氏不同,与君之外王父段先生亦微不同。说经尊严,何所引避!……国初自阎氏始破东晋古文,惠氏继之,王氏搜讨汉学,江氏、孙氏网罗古训,自成门户,段氏深明古今文家法,撰集《同异》,庄氏以大

---

① 见《定庵文集补编》卷末,大本原式精印《四部丛刊》第91册,台湾:商务印书馆1979年版。

② 《龚定庵全集类编》卷首,上海:世界书局1937年版。

义微言说百篇之序;作者七人。今君又有功于是甚巨。衰而论之,国朝《尚书》家略具是矣。道光戊子仲春上旬南陵友兄刘逢禄序。①

十一、曹家驹《大誓答问跋》(节录)

予与定庵交十稔矣,所为考据、词章,虽不得定庵之万一,然皆学定庵者。每有所疑,辄造其门而请益,日无虚位。定庵亦脱略形迹,尝披襟曳履枉顾敝庐,月必三、五至。二人者,遂相视为莫逆。未几,定庵宦游长安,予独居里巷……但闭户著书而已……复因段氏玉裁、江氏声、孙氏星衍之说,撰《尚书古文正义》,颇疑孙氏据《尚书大传》及《史记》中录出《大誓》一篇,文气大似《汲冢周书》,与周书二十篇辞事多不类。又《大誓》文,其为汉人称引,姑无论已,他如《孟子》、《春秋左氏传》、《国语》等书,昭然炳如日星,所引《大誓》文,并无一语在此篇中者,可知《大誓》真本,汉时诸大儒皆未曾见。其《尚书大传》及《史记·周本纪》、《齐世家》所采者,盖古《大誓》说或《书》序中语耳。……辛卯夏,予授徒漕艘,从天津入都,淹留定庵旅舍者一月……定庵旋出所著《大誓答问》一卷见示,凡二十六事,与近世治《尚书》诸家说不屑为雷同之语,而独与鄙见多所印合。定庵方喜孤学之无独有偶,而予亦窃喜向之怀疑不决者,今一读此书,涣然冰释。遂持归,属汪小米付之梓人,予实助其雠校焉。时道光壬辰年正月,愚弟曹家驹谨跋。②

十二、刘肇隅《说文段注札记序》(节录)

……龚先生之学之文,豪杰交誉之;誉之不已,从而师之。余读其《抱小》篇,知邃于小学,学出金坛段先生。……光绪丁酉冬,馆何氏二十日,长孺世兄,余棠荪夫子之子,课余读鄦书,出其《说文段注》,前有大兴徐氏藏图籍、星伯校读二朱印,为大兴徐氏故物。徐录龚说于上方,自识者以松按别之。徐识语略谓龚受外祖氏学而有所发明,故录之于书中。龚校有记段口授与成书异者,有申明段所未详者,亦有正段失者。于是竭数日之力,条而钞之。凡有松按,别为一纸。窃知是书出,海内震服龚先生者,将惟恐不

---

① 刘逢禄《大誓答问序》,见清同治六年(1867)《滂喜斋丛书》,吴县潘氏八囍斋重雕本《大誓答问》卷首。

② 清道光十二年(1832)汪小米刻《大誓答问》未见,今有同治六年丁卯(1867)滂喜斋重雕本、光绪十四年(1888)南菁书院《皇清经解续编》本、光绪十六年(1890)常熟鲍氏《后知不足斋丛书》本。

得一见,必不以其为残丛而忽之。……小子不敏,愿得此贽之龚庭,幸永为私淑弟子矣。湘潭刘肇隅叙于鲍氏祠东即何氏寄庐也[①]。

十三、吴昌绶《定庵先生年谱书后》

绩溪程庶常秉钊竺嗜定公文,榜所居曰龚学斋,于吴刻文集评校綦详。又欲撰年谱,创稿裁数十事,病未卒业,以授钱塘陈编修昌绅。编修为龚氏姻戚,就其子姓询访,又得如干事,复以畀昌绶,留敝箧殆十年,卒卒未暇治。今岁校辑定庵全集,因检旧稿,锐意为之。征之本集,又证之群书,依年件系,首尾粗具。凡庶常原辑十之三,昌绶补辑十之七。庶常久殁,编修今又逝。遗编断手,期慰地下故人。国步阽危,身世未可知,先哲丛残之绪,甚赖亟传之也。助之整齐者,长洲章君钰、元和张君一麐。庚子仲秋昌绶谨书《定庵先生年谱》后。[②]

十四、吴昌绶《定庵先生年谱后记自记》

年谱写定,凡屡易稿。越八年,丁未岁始畀墨版。携来京师,续有所得,未遑改补。阳湖吕幼舲前辈录示犹勤,条系于后,以俟来贤采订。甘遯村萌记。[③]

十五、黄守恒《定庵年谱稿本识语》

余于己亥春始得读定庵文集,校读三四回,爱好至不忍释。其秋,乃刺取集中事实,缀为年谱稿本以自娱。阳湖赵子君宏之尊人能静先生,龚孝拱挚友也。其所为日记,往往及定庵事。君宏出以示余,因复得稍稍补苴之。然外此考证,都无一得,盖阙者多矣。薛君公侠,近校补龚集,重为厘订,付之活版。见余此稿,以为定庵为学之次第,可稍赖以窥见,读定庵文者,不可无此导线也。欲攗而殿之卷尾,虽芜陋亦弗阏焉。虽然,此固犹稿本耳,补正而写定之,愿以异日。己酉四月顽公自识。[④]

(原载《文献》季刊 1989 年第 4 期,北京:书目文献出版社 1989 年版。)

---

① 刘肇隅《说文段注札记序》,见清光绪二十八年(1902)长沙叶氏刻本《说文段注校三种·说文段注札记(刘肇隅录)》卷首。

② 见清宣统元年(1909)上海国学扶轮社铅印本《龚定庵全集》附录吴昌绶《定庵先生年谱》后。

③ 见清宣统元年(1909)上海国学扶轮社铅印本《龚定庵全集》附录吴昌绶《定庵先生年谱后记》篇首。

④ 邃汉斋校订本《定庵全集》附录,清宣统元年(1909)上海时中书局刊本。

龚自珍诗文评语补辑

孙文光、王世芸《龚自珍研究资料集》(下称《资料集》)采录诸家评语，分有主名与无主名两类。前者归各主名下，后者统归佚名下。本补辑为省篇幅，不作如此分别，一律以文诗词篇目为纲，汇录于各篇之下。

一、写神思铭

江铁君曰:“熨而不舍”十六字绝妙，馀常语耳。

魏默深曰:定庵于古人之书，无所不读;于当世之务，无所不究。发为文章，周情孔思，昭昭乎揭日月而行也。顾其发端引绪如是，是不可测。①

陈东塾手批云:“程先生闻鬼诗，似指定庵。”又云:“似唐人小说。”②

二、平均篇

江铁君曰:五百年之中能读此文者，犹旦暮也。

陈东塾手批曰:“何苦为此！元遗山所谓鬼画符，归震川所谓文理不通。”又曰:“定庵之文，患在赝古。有此病根，故章法、句法、字法，无不受病。”又曰:“病在纤仄。”又曰:“总而言之，曰客气。”又曰:“张南山有答定庵论文书，深中其病，不知定庵悟否?”又曰:“泽、玉、谷，不合韵。”又曰:“太尖刻。”

三、乙丙之际箸议第六

歙江晋三曰:浑浑之气，沉沉之才，渊渊之光。

---

① 以上2条见清道光三年(1823)龚自珍自刻本《定庵初集》(以下简称《初刻本》)《写神思铭》篇后。按以下各条除陈澧手批、盛昱校录本、国学扶轮社本所载评语外，均见《初刻本》各篇之后，不再一一注明。

② 见张公量《记原刻本定庵初集》，文载天津《益世报》之《读书周刊》第19、20两期，以下简称《记原刻本》。按张氏所载陈氏批语原批于清道光三年(1823)《定庵初集》原刻本上，张氏据孟森之过录本采入文中。以下陈澧手批均出此文，不另注明。

四、乙丙之际箸议第七

蕲水陈氏沆曰:经之奥义,史之总论。

五、乙丙之际箸议第九

泾包氏曰:法华之舌,华严之心。

六、乙丙之际箸议第十八

江铁君曰:君父且有所不敢,防恣睢也。哭死,有私恩也。畏鬼,凛幽独也。士以文章闻,敦怨诽也。不祥之大,衰世囿于心术见闻,宜云尔也。龚子之言,大旨谓圣人不务吉祥之名,而求闻不吉祥之事,以求吉祥之实。

七、释风

江铁君曰:身亦生烦恼,烦恼亦生身。身与烦恼如称两头低昂时等。

又《资料集》录1935年上海世界书局本《龚定庵全集》(以下简称"世界书局本")佚名批语:"此牢愁之言。"下脱"下篇同"三字。[①] 又盛校本(以下简称"盛校本")本篇题下佚名批语作:"此牢愁之言,下三篇同。"[②]按此下3篇为《黄山铭》、《哀忍之华》、《别辛丈人文》。又按"世界书局本"与"宣统元年国学扶轮社本《龚礼部集》"(以下简称"扶轮社本")同出王文濡之手。据王氏两本序言中言,所采录评语主要是来自程秉钊、江剑霞、赵惠甫评校本。"盛校本"过录之批语,来源之一亦为程秉钊、江剑霞评校本,另一来源则为龚橙写定本。以"盛校本"与王氏二本对勘,除有王氏未录者外,文字亦时有异同,多数胜于王本所录,足资研究者参考。余别撰有《〈龚自珍研究资料集〉所载资料校记》。

八、黄山铭

江铁君曰:名山消得奇文。

陈东塾手批曰:"近人如洪稚存之四言铭,庶乎可矣。如此铭,则可必作乎?"

九、哀忍之华

东乡吴氏曰:其于屈原赋二十五篇,貌全不是,而神味乃与之相上下。凡貌之似者,神恒背而驰也。又曰:定庵之文,俯视百家。其论事者齐乎管,

---

① 孙文光、王世芸《龚自珍研究资料集》第175页,合肥:黄山书社1984年版。

② 盛昱校录本《定庵文集》卷上第7页本篇题下。

其言理者齐乎荀,其言情者齐乎屈、宋。然犹病其列于子,未进于经也。及读至《平均篇》、《农宗》、《五经大义终始论》各篇,则庶几七十子所述,二戴所录之流亚乎!

陈东塾手批曰:"何苦为此。"

十、别辛丈人文

陈东塾手批曰:"文奇"四句,稚极俗极。按此条原系于《哀忍之华》篇下,"文奇"四句乃《别辛丈人文》中语,当属此篇。

十一、皇朝硕辅颂二十一首(存序)

陈东塾手批曰:骈体如此,竟可不作。且如此大题,非胡稚威谁能作乎?其次则袁简斋、洪稚存耳。按此条原系于《哀忍之华》篇下,然该篇为骚体,非骈体,其内容亦与所称"如此大题"不称。本篇则为骈体,与"如此大题"亦切,当属此篇。又张公量文于以上两条后记云:陈澧"又于题目及文中'云猗霞猗','尊之曰辛丈人','日月下其列星'诸句旁作一直线,亦表藐视之意"。按所列三句依次为《哀忍之华》、《别辛丈人文》与本篇中句。

十二、太仓王中堂奏疏书后

陈东塾手批曰:此篇不应作。

佚名题下批语曰:此篇末原刻有定公自识年月,似有关系。[①]

十三、徐尚书代言集序

江铁君曰:其光烛天,其力镇地,孟坚之文也。

陈东塾手批曰:文章最忌浮艳,俗人不知则赏之耳。(张公量按云:文中"上帝""自大小牙门"诸段均加密圈,东塾或发于此。)又曰:"衙门"必作"牙门",不得谓之古,直谓(按此下似有脱漏)。又曰:又几个"自珍又曰",便以为古雅耶?

十四、与徽州府志局纂修诸子书

胡氏文水曰:或谓古书亡而近书存,非古事少而近事多,不知古书即不亡,古人之事本不如后人之多。后人既有古人未有之事,史家便当增一目矣。范史增《文苑传》,宋史增《道学传》,亦其说也,能避繁乎?是古今之大势一语,抵人千百。

---

① 盛昱校录本《定庵文集》卷上第9页本篇题下。

汪氏龙曰:或谓事繁而文简,似乎无害。不知即以文章之道论,有以简为贵者,亦有以繁为贵者,且有以极拉杂琐碎为贵者。必曰简乃高,唐以前无此言也。

陈东塾手批曰:此篇所论是也。

十五、资政大夫礼部侍郎武进庄公神道碑铭

陈东塾手批曰:观“为予”二字,则此篇竟是定庵之意。人人诋古文《尚书》,则偏于翻案,欲翻案而不能,则借口于上书房讲授以为说。定庵之意,如此而已。(按“初刻本”此篇有定庵自记。“为予”二字即自记中语。)又曰:作僭伪,亵帝王,诬周孔,乃可以济天下乎?又曰:观定庵自记,则此篇皆出于推测,所谓“自语曰”云云,实非庄公语也。又曰:既云“掇拾百一之罪”,则所谓作僭伪,亵帝王,诬周孔,科罪又太重矣。

十六、农宗

江铁君曰:商之衰,农不知宗,故公刘立之。周之衰,农不知宗,故管夷吾立之。周之盛也,周公、康叔以宗封;其衰也,周平王以宗徙,翼倾父、嘉父、戎蛮子皆以宗降。汉之实陵邑,以六国巨宗徙,国以农徙也。农之主伯徙,则亚旅尽徙。若无宗法,上安能族徙而族封?有司之令梗塞,国安恃此散无友纪之百姓哉?神尧亦弗能平章已。

陈硕甫曰:《礼运》曰:“天子有田以处其子孙”,不曰有天下国家。《周礼》“九两系邦国之民”,一曰“宗以族得民”。《左传》师服曰:“士有隶子弟庶人工商,各有分亲,皆有等衰。”是其注也,是龚氏之言之所酿积融会者也。近世回部、蒙古有旗分,有族分,或以族降,或以族徙,或以族开垦,其叛者亦以族。盖世酋无析产之俗,故世世富足,令群支仰赖以活,而苗裔能言其先派,有至数十世之多者,此文之旁证也。又柳子《封建论》,前半本《楼炭经》,亦先有下而渐有上之义,亦此文旁证。

佚名曰:一县之间,民万八千人而已乎?又曰:尽天下之田以食民,犹饥寒之声不绝于耳,一农而欲十亩之宫,侈于今之搢绅多矣,其势给乎?又曰:十亩之入而欲以食群子姓,何其言之悬也!又曰:术之不纯,言安得而纯?又曰:郡县之天下,能为此烦琐之政乎?①

① 精刻诸名家评点《龚定庵全集·定庵文集》卷上第18页,清宣统元年(1909)国学扶轮社刊本。

静曰:授田之法可行于三代,不可行于后世。元魏时露田法不详于史,大要约略行之,亦未必能久长。今日欲为民计恒产,不能均土,且先均民,均民之法,惟徙繁衍以实空虚而已。然劫之以兵威,驳之以刑法,是未见其利,先见其害,圣王不忍为也。三代以下,非无令辟,其德不逮于圣人,精诚不能以浃百姓之心,勉强行之,是肇观之道也。故皆隐忍苟且,姑与民安于无事,岂得已哉!①

十七、西域置行省议

陈东塾手批曰:凡府名有州字者,皆由州升府者也,定庵未之知耳。又曰:桓星垣告余,昔时问定庵:"大风扬沙,所设衙署皆掀翻,则如之何?"定庵笑曰:"不过作文章云尔。"

十八、拟进上蒙古图表

陈东塾手批:于文中"臣珍"上批曰:"当云'臣自珍'。"于"臣珍梼昧,乃非其伦"上批曰:"拟表岂可如此!"于"述曰"上批曰:"表文安得有此,谬极。"

十九、蒙古像教志序

魏源曰:圣人神道设教,因地制宜,此亦国家控驭抚绥之一大端也。故录之。②

二十、蒙古声类表序

程兵部曰:定庵治六书小学,与其为四裔之学,两不相涉也。乃因小学中有声一门,声之中有古韵、今韵、等韵三门,等韵中有西番一门,因忽触其所欲撰之图志,暇日聊以意推之,推之而毕通也,学恣哉! 又曰:如此则凡史籍中声音转变之地名、人名、官名未易以今读读者,亦既挈其枢纽矣。

二十一、上国史馆总裁提调总纂书

佚名曰:此稽本朝掌故、藩部沿革者必读之文。③

二十二、五经大义终始论

江铁君曰:此文如云霞在天,天女之衣,光采奇异,形而为金枝玉叶,散

---

① 精刻诸名家评点《龚定庵全集·定庵文集》卷上第18—19页。

② 贺长龄、魏源等编《皇朝经世文编》卷八十第35页,清光绪十二年(1886)刻本。

③ 精刻诸名家评点《龚定庵全集·定庵文集》卷中第21页。

而为五色鸾凤，无一寸一节可以逼视。

庄卿山曰：昔人云，高山深林，龙虎变化，一跃千里。山何以高？蓄积之而高也；林何以深，酝酿之而深也。何谓酿？何谓积？六经之文，周之情，孔之思也。有此等文，而龚子之文，信无敌于汉以来天下。

按：以上两条，《资料集》据《记原刻本》一文收入江沅（即江铁君）一人名下，为一条。实际《记原刻本》一文录此二条批语时，中间脱落“无一寸一节可以逼视。庄卿山曰：昔人云，高山深林，龙虎”一行，致将二条合而为一，并失落庄卿山名，而上下文气不连，不成读。又《记原刻本》所录此条中尚有误字，不备举。

佚名：西汉微言大义之学。定公所效周秦人之文，当以此为第一。①

二十三、拟上今方言表

陈东塾手批曰：惯作此语（按指“臣又言曰”），乃至表亦用之。

二十四、戒将归文

江铁君曰：空大宙之依傍，乃张皇其一尘。

二十五、说张家口

佚名曰：“大禁门”十字（按十字为：“大禁门即张家口北门也”），钞本作大字书，是正文，非注也。② 按此为“盛校本”文字。“扶轮社本”此批语下括号中署名曰“华”。

二十六、论私

佚名曰：笔力横绝，周秦之文。③

二十七、尊隐

佚名曰：“古先册书”上，疑有脱文。④

二十八、古史钩沉论二

龚橙眉批，于文中“任照之史，宜为道家祖”上批曰：逸民传、方外传之祖；于“任天之史，宜为农家祖”上批曰：沟洫，食货之祖；于“任约剂之史，宜为法家祖”和“任名之史，宜为名家祖”上批曰：名法为礼书、刑法志、兵志之

---

① 盛昱校录本《定庵文集》卷下第 1 页本篇题下。

② 盛昱校录本《定庵续集》卷一第 5 页本篇文末眉批。

③ 精刻诸名家评点《龚定庵全集·定庵续集》卷一第 11 页。

④ 盛昱校录本《定庵续集》卷一第 20 页眉批。

祖；于“任文之史，宜为杂家祖”上批曰：艺文志；于“史之任讳恶者，于材最为下也，宜为阴阳家祖”上批曰：天官书、五行传之祖；于“任喻之史，宜为纵横家祖”上批曰：文苑传之祖；于“任本之史，宜为墨家祖”上批曰：循吏传、独行传之祖，亦为兵家祖；于“任教之史，宜为小说家祖”上批曰：方伎传之祖。①

二十九、古史钩沉论四

佚名曰：俯仰古今，有慨言之。②

三十、壬癸之际胎观第一

佚名曰：《胎观》九篇应删。③

三十一、商周彝器文录序（上海李氏藏书志叙）

佚名曰：入昌黎之室。④

三十二、阮尚书年谱第一叙

佚名曰：黄河一泻千里流，文境似之。又似天马行空，不可拘束。⑤

三十三、朱殇女碣

佚名曰：文自应劭《封禅仪记》得来。⑥

三十四、书金伶

佚名曰：感喟不尽，如读天宝宫人诗。⑦

三十五、明良论一

元和李氏锐曰：四篇立言见本末，每篇各有本末，庶几夫古之不朽者。

王仲瞿曰：此论尚非通盘筹画之文。

三十六、明良论三

王氏昙（即仲瞿）曰：此亦欠补义。

---

① 盛昱校录本《定庵续集》卷二第3—4页本篇眉批。按此与今存龚自珍稿本抄本同，唯后者夹注于文中。

② 盛昱校录本《定庵续集》卷二第6页本篇题下。

③ 盛昱校录本《定庵续集》卷二第8页题上眉批。

④ 盛昱校录本《定庵续集》卷三第11页本篇批语。

⑤ 盛昱校录本《定庵续集》卷三第13页本篇题下。

⑥ 盛昱校录本《定庵续集》卷四第11页。按扶轮社本（精刻诸名家评点《龚定庵全集·定庵续集》卷四第9页）此批下有吴昌绶校正语曰：“《封禅仪》乃马第伯之文，非应劭也。”

⑦ 盛昱校录本《定庵续集》卷四第21页。

三十七、顾丈千里得唐睿宗书顺陵碑……书于帧尾

江剑霞曰:《文殊经藏》有拓本,似不如《郑文公》,定公何见重如此?①

三十八、己亥杂诗“八龄梦到瞿相圃”首

江剑霞曰:访瞿相圃,见阮文达所移鲁恭王墓石人,一立一卧。②

三十九、木兰花慢“问人天何事”首

佚名曰:此三句(按指“兰襟”以下三句)与旧谱不合。③

四十、高阳台“南国伤谗”首

佚名曰:颇似漱玉。④

四十一、金缕曲“老矣东阳沉”首

佚名曰:此两句(按指“太华秋高”二句)用拗体,则“忽地”两句不宜用顺。⑤

又佚名曰:宋人如此作颇多,不必泥。⑥

四十二、减兰“人天无据”首

佚名曰:凄然欲绝。⑦

四十三、绮寮怨“一榻茶烟午寂”首

佚名曰:据万氏《词律》,此调载宋周美成一阕,谓宋词止一首,无可据正。注中载元人王学文用韵与此同,则“阴、林、禁、深”韵,乃王,非史也。此云用史邦卿韵,未知何本。⑧

(原载《文献》1990 年第 1 期,北京:书目文献出版社 1990 年版。)

---

① 盛昱校录本《定庵文集补》下卷第 8 页。

② 盛昱校录本《定庵文集补 · 定庵续集 · 己亥杂诗三百十五首》第 26 页。按《龚自珍资料集》同上入佚名下,盛本下署“师鄦”,则为江剑霞。

③ 盛昱校录本《定庵文集补 · 定盦别集 · 无著词选》第 4 页。

④ 盛昱校录本《定庵文集补 · 定庵别集 · 怀人馆词选》第 12 页。

⑤ 盛昱校录本《定庵文集补 · 定庵别集 · 怀人馆词选》第 12 页,句旁批。

⑥ 盛昱校录本《定庵文集补 · 定庵别集 · 怀人馆词选》第 12 页,眉批。

⑦ 盛昱校录本《定庵文集补 · 定庵别集 · 怀人馆词选》第 14 页。

⑧ 盛昱校录本《定庵文集补 · 定庵别集 · 小奢摩词选》第 21 页。按此词题下自注:“用宋人史邦卿韵。”

悲剧时代与志士情怀

——论潘德舆的诗歌

"五十年来肮脏身，痴心独扫世间尘。一腔热血喷何处，惟把文章示后人。"①潘德舆在他临终那一年写下的这一曲悲歌，是诗人一生的小结。他有操守，有抱负，有热情，却不能有多大作为，只留下一部文集而含恨离世了。这是具有悲剧色彩的。那是一个沉闷的大量孵育悲剧人物的时代。不过，同为悲歌，性质却不尽同。如果说，龚自珍表现了那个时期先进人物的深刻的历史性悲剧，那么，潘德舆则是表现了一个正直士子的悲剧，传统思想的束缚，使他缺少龚自珍那样激愤抗争、春雷惊蛰的锋芒和力量，更多是失望的愤怨与失落的哀叹。然而，龚、潘的悲剧虽有差异，却都是那个时代的投影，都是志士救世的呼号，展示了那个时代的一个侧面，都有其历史价值。

一

潘德舆，字彦辅，一字四农，山阳（今江苏淮安）人。生于乾隆五十年（1785），卒于道光十九年（1839），终年 55 岁。他主要活动在鸦片战争爆发前的几十年间。这是比较集中地反映出封建末世矛盾的时代。作为封建制度最末一个王朝的清王朝，怀着民族疑忌心理进行统治，更增强了没落的封建制度的腐朽性和反动性。而进入本时期，它又已度过了所谓康乾盛世，走

---

① 《纵笔》，《养一斋集》卷十第 19 页，清道光二十九年（1849）刻本。下引潘氏诗文均出此本，仅简注篇名、卷数、页码。

向衰落,到处是一片“日之将夕”①的衰飒气象,内外危机深重。内则政事不修,吏治腐败,士风堕落,社会问题严重,阶级矛盾白热化,从嘉庆以来,数十年间,农民起义与少数民族起义此起彼伏,清帝国大厦已处于烈火干柴之上;外则以贩毒为先行的西方资本主义侵略,已把触角伸入中国本土,气焰日益嚣张。而不久它就将以大炮打开中国的大门,强行踏进中国大地。这不仅预示着中华民族的危机,也进一步暴露了清王朝统治的腐朽与虚弱。这就是潘德舆所经历和面对的现实。

潘德舆出身于一个世代读书人的家庭,祖、父两辈都没有取得科名、踏进仕途,但都有经学或诗文著述,对潘德舆有很好的文化传统影响。潘德舆一生,与其父、祖一样,科名、仕路坎坷。他“屡困州举”②,直到44岁才中乡试,会试又多次落榜。51岁那年,以会试落第举人的资格,参预“大挑”③,被拣选为一等,以知县分发安徽。但他认为候补得实官不知何年,没有赴省,四年后便撒手人寰。

潘德舆以布衣终其一生,“拓落今生惯,清贫累叶传”④。这种仕途遭际与清贫家境,使他与社会现实始终保持密切的联系。他长期居乡,对现实的农村有深切的了解,又因乡试、会试之故,来往于江宁、淮安、北京之间,“十年南北二万里,衣上尘如车辙深”⑤。奔波道路,交流士类,使他对官场、士风以及广大地域的民瘼也都有具体的感受。在北京时,与一时名士黄爵滋、徐宝善、张际亮、汤鹏、叶名沣等交往,常饮酒谈天下事,更加开阔了他的眼界。

钱穆先生《中国近三百年学术史》论及潘氏时说:“龚、沈同时,复有讯

---

① 《尊隐》,《龚自珍全集》第87页,上海:上海人民出版社1975年版。下引龚氏诗文皆出此本,仅简注篇名、书名、卷数、页码。

② 鲁一同《安徽候补知县乡贤潘先生行状》,《通甫类稿续编》卷下第34页,清咸丰九年(1859)刊本。

③ “大挑”,清代乾隆年间所定选官制度。“大挑六年一举行,三科以上举人与焉。钦派王大臣司其事,十取其五。一等二人用知县,二等三人用学正、教谕。”见《清史稿·选举志五》,《清史稿》第12册卷一一〇第3212页,北京:中华书局标点本1976年版。所谓“三科以上举人”即举人参加进士考试三次不中,则有资格参加“大挑”。

④ 《茅屋初成述怀》,《养一斋集》卷三第5页。

⑤ 《界河驿题壁》,《养一斋集》卷八第22页。

论时风可相参证者，曰山阳潘德舆。”[①]极为切当。龚指龚自珍，沈指沈垚，潘氏在立志救世、干预现实、挥斥时风方面，确可成为龚、沈盟友。潘氏继承了中国士子“天下兴亡，匹夫有责”的优良传统，具有强烈的担当意识：“疮痍韦布责”[②]，“燕市高歌酒百壶，洒涕苍生系忧乐”[③]。对政情国事社会现状的了解，更使他有一种焦灼的紧迫感。据潘氏门人吴昆田的记载，在北京时，他曾说：“天下不久当有事，我辈宜自勉。”[④]他感情激动，丁晏说他“每酒酣耳热，慷慨论天下事，辄拊膺流涕”[⑤]。他立志挽狂澜于既倒，“妄欲奋一臂，作柱回倾澜”[⑥]，“盱衡四海英，抑志求适时。风会水就下，砥柱今伊谁”[⑦]。他鄙视抑志以求适时的卑屈行径，以中流砥柱自期。

作为未入官场的在野士子，潘氏在其力所能及的范围，无不积极有所作为。学术上，他致力于端正脱离现实的学风，提倡汉代经今文学家“通经致用”[⑧]传统，赞扬“汉士”“其学不过通一经之义理，遂明政事，美文章，投之所向，无不如志”[⑨]。他崇尚程朱理学，更多是看重其修身制行的意义，用以纠正当时士子“一言一动，疾趋捷径，攫取势利”的“浮伪”士风[⑩]。而对于不利于达致切实修身目标的理学内涵，则视为歧途予以批评。他反对所谓“静存养”，反对程子所提出的“存养未发”——即静坐养心，修养未发念时境界——之说针锋相对地指出“圣贤功夫只在已发时”，“养与不养，全在旦昼之所为”[⑪]，竭力将理学修身引入行动实践范畴中，不在虚渺之处打转转。

---

① 钱穆《中国近三百年学术史》，《钱宾四先生全集》第17册第730页，台北：联经出版公司1998年版。

② 《观海书院晚坐示张生文瀚》，《养一斋集》卷十第15页。

③ 《送陈蕴山还江宁即之官山右》，《养一斋集》卷七第14页。

④ 吴昆田《养一斋集跋》，《养一斋集》卷二十六后附载：同治二年癸亥（1863）秋吴氏跋。

⑤ 丁晏《潘君传》，《颐志斋文钞》第36页，见罗振玉辑《雪堂丛刻》，1915年上虞罗氏铅印本。

⑥ 《赠徐廉峰太史即题其壶园诗册》，《养一斋集》卷五第2页。

⑦ 《春日适阜宁观海书院舟次述怀》，《养一斋集》卷九第3页。

⑧ 皮锡瑞《经学历史》言汉经学“其学极精而有用。以《禹贡》治河，以《洪范》察变，以《春秋》决狱，以《三百五篇》当谏书，治一经得一经之益也。……乃知汉学所以有用者，在精而不在博，将欲通经致用”。增注《经学历史》第72页，台北：艺文印书馆1966年版。

⑨ 《论学示儿子》，《养一斋集》卷十三第22页。

⑩ 《陆丞相集序》，《养一斋集》卷十八第5页。

⑪ 《戒慎恐惧即慎独说》，《养一斋集》卷十六第8、6页。

故钱穆先生说他"极推程朱,而亦言程朱之失,与拘固称'正学'者复不同"①。在古文方面,他呼号改革脱离现实的浮靡文风,主张学"古人之文有用而后作,明理道,述政体,陈生民利弊,表古今嘉言懿行"②。当时士子只计一己私利,加之统治者钳制思想的高压政策,士风委靡,不敢正言,文气罢懦,故他特别以"气"论文,强调"文乃气之所为",反对那种"婞婴纤仄,悉无直气"之文,提倡尊崇"廉耻,培养其直气以自振,且以振天下"③,故钱穆先生亦称许他"又善论文"④。在诗歌方面,他著作《养一斋诗话》,提出系统的理论与主张⑤,核心是改革浮靡诗风,使诗歌为政教服务,以白居易《读张籍古乐府》所言为旗帜,不著"空文",要"上可裨教化,舒之济万民;下可理性情,卷之善一身"⑥。政治领域,在科举取士制度方面,他提出改革科举三场校士的内容,"初场校以经义","二场以史论","三场以时务策",以引导"学术始于经为本,中于史为辅,终于时务为验"⑦,使士子成为有用的人才。龚自珍《对策》说:"不研乎经,不知经术之为本源也;不讨乎史,不知史事之为鉴也;不通乎当世之务,不知经、史施于今日之孰缓、孰亟、孰可行、孰不可行也。"⑧二者的精神是相通的。在学术、政治或诗文主张各个方面,潘氏都体现出其干预现实、热心济世的基本精神。与此同时,他也进行诗歌创作,以诗歌体现他的文学主张,批判政治腐败,同情民生疾苦,鼓吹气节,张扬士气,具有相当丰富的现实内容。"乾坤容侧陋,旋转藉文章"⑨,这大约就是他热衷文事的心期罢!

---

① 钱穆《中国近三百年思想史》,《钱宾四先生全集》第17册第732页。

② 《与吴生大田书》,《养一斋集》卷二十二第13页。

③ 《答鲁通甫书》,《养一斋集》卷二十二第8页。

④ 钱穆《中国近三百年思想史》,《钱宾四先生全集》第17册第734页。

⑤ 潘氏《养一斋诗话》是本时期系统的诗话著作,高举改革浮靡诗风的旗帜。关于此诗话及潘氏诗论内涵,详参拙撰《从潘德舆的〈说诗牙慧〉到〈养一斋诗话〉》(载中华书局《文史》第13期)和《潘德舆诗论体系的意义》(载《中国文艺思想史论丛》二)。

⑥ 《养一斋诗话》卷十,郭绍虞编选《清诗话续编》下册第2166—2167页,上海:上海古籍出版社1983年版。

⑦ 《与鲁通甫书》,分见《养一斋集》卷二十二第18—19、20页。

⑧ 《对策》,《龚自珍全集》第114页。

⑨ 《除夕题壁》5首其五,《养一斋集》卷六第12页。

二

潘德舆讲究君臣大节，以为“君臣之义无所逃于天地之间”[①]，这是他作为封建士子思想局限的一面。他对帝王从来没有微词，有时还要说上几句歌功颂德的话：“方今圣求治，迫若农莳禾。尔我非甘霖，如此昌时何！”[②]大约他自己也知道，这不过是“春秋为贤者讳”的把戏。他一则说“恤纬徒歔欷”[③]，再则说“恤纬余哀涕”[④]，连连用“恤纬”的典故，这哪里是“昌时”所能有的感情呢！《左传》言：“嫠不恤其纬，而忧宗周之陨，为将及焉。”[⑤]其中反透露出一些时局的真消息了。除了皇帝老儿，潘德舆的笔锋就较少顾忌了。

潘德舆写有一首《东林书院》诗，前四句说：

> 万古贤奸冰炭肠，翻因矫激责忠良。岂知北阙人非旧，即不东林国亦亡。[⑥]

这是不能看做一般的咏史诗的。从来贤与奸是水火不相容的，却来责怪东林党人“矫激”，须知“北阙”里既然奸佞代替了忠良，即使没有东林党人出现，国家也是要亡掉的。这样深沉的感慨，能没有现实的触发吗？再看其《过匡衡故里作》：

> 大儒盛时栋，伪儒衰世珍。子政忠被谤，衡也坐秉钧。小心事权要，大言论妃嫔。可以溺天子，不敢忤幸臣。千古此秘要，沽直登要津。儒者学何事，大节宜轮囷。哀哉匡、张辈，所学岂不醇。经术与文章，无补瓦裂身。乃知患失念，六籍之荆榛。小雅好正直，垂诫何谆谆。说诗

---

① 潘德舆《养一斋李杜诗话》卷三，郭绍虞编选《清诗话续编》下册第2210页。

② 《京邸喜孔生至即题其辛卯诗册后》，《养一斋集》卷六第5页。

③ 《寄孔生》，《养一斋集》卷九第10页。

④ 《观海书院晚坐示张生文瀚》，《养一斋集》卷十第15页。

⑤ 《春秋左传正义》昭公二十四年，《十三经注疏》本下册2106页，北京：中华书局1980年版。

⑥ 《东林书院》，《养一斋集》卷四第4页。

求解颐，知非鲠亮人。[①]

匡衡，西汉人，汉元帝、成帝时为丞相，通经，尤善说诗，诸儒为之语曰："无说《诗》，匡鼎来；匡说《诗》，解人颐。"元帝时，中书令石显用事，他畏石显，只奏论妃嫔之事，对石不敢置一词。成帝时司隶校尉王尊劾奏他"阿谀曲从，附下罔上，无大臣辅政之义"[②]，诗言"小心事权要，大言论妃嫔。可以弼天子，不敢忤幸臣"，深刻揭露了匡衡的本质。这也不会是泛泛的咏史。潘氏《除夕题壁》一诗曰：

浮云聚为族，白日有蔽亏。众木愈颓靡，临霜无贞姿。[③]

这就把话说得很清楚了，用浮云蔽日的传统比兴意义，把当时的政局面貌形象地表现出来，至少说明那时的政治不怎么清明了，宵小得势，蒙蔽圣聪，而朝廷并无敢于直言辅治的栋梁，众臣的气象只是"愈颓靡"与"无贞姿"。龚自珍《咏史》诗说"避席畏闻文字狱，著书都为稻粱谋"[④]，可相印证。吴昆田说潘德舆一干人在北京常饮酒谈天下事，"时寰瀛清晏，中朝大官方相与歌咏升平，目谈时事者为名士，阳与而阴实拒之，于是士人动色相戒"[⑤]，也透露了一些消息，再联系到龚自珍于道光七年（1827）作《伪鼎行》，辛辣地讽刺颟顸浑沌的大官僚，既可见当时清廷政治的现状，亦可见无人敢论专权者的朝臣风气。诗的现实基础是分明的。潘诗中所言"哀哉匡、张辈"的"张"，指张禹，亦通经，特明《论语》，诸儒为之语曰："欲为《论》，念张文。"汉成帝时为相，外戚王凤、王根先后用事，他只知退避，不敢面对，甚至曲说庇护。匡衡、张禹皆通经，所行如此。故诗人深沉慨叹："哀哉匡、张辈，所学岂不醇。经术与文章，无补瓦裂身。乃知患失念，六籍之荆榛。"士大夫心中只有"利"，无有"义"，患得患失，求其勇直有节操，无异缘木求鱼。诗中提出"正直"、"鲠亮"，寄望于能振士气，张臣节，扭转这种庸腐的政治

---

① 《过匡衡故里作》，《养一斋集》卷六第 17 页。

② 此及下张禹事，均见《汉书·匡张孔马传》，分见《汉书》第 10 册第 3331、3344、3352 页，北京：中华书局标点本 1962 年版。

③ 《除夕题壁》，《养一斋集》卷九第 11 页。

④ 《咏史》，《龚自珍全集》第 471 页。

⑤ 吴昆田《养一斋集跋》，《养一斋集》卷二十六后附载：同治二年癸亥（1863）秋吴氏跋。

局面。

潘德舆《述兴与俭卿》诗说：

> 慨彼夸毗徒，要津树旌纛。勇进不知退，乡国鄙贪冒。①

这些占据要津的人物，只知向上爬，求其有济世拯民胸怀的人，自然难上加难了。唐代伟大现实主义诗人杜甫《自京赴奉先咏怀五百字》说："许身一何愚，窃比稷与契。"拿来比照现实，哪里还见得到以"稷、契"自期的士子呢？诗人不禁沉痛地感叹说："逢人莫说杜陵叟，稷契襟怀何处求！"②朝廷官风如此，一般士风更其卑下，《感兴》诗曰：

> 笼禽水一勺，栈马豆一斗。禽感为娇啼，马谢为怒走。岂无高旷姿，抑抑日低首。哀哉蔡中郎，惊叹恋恩厚。杀身罥吏议，千秋供击掊。随处受人恩，有身何以守？③

对当时卖身权贵无所自守的士子的刻画，真是入木三分。前拈出"水一勺"、"豆一斗"之微，后配以"为娇啼"、"为怒走"之状，达到了很好的艺术效果，深刻地揭示出为微利而屈身奔走的士子的丑态。

在潘德舆诗中，我们可以看到那个时代一个正直的士子的形象，他那不遇的遭际是令人同情的，他那不同流合污的精神也是使人钦佩的。"少读莘渭书，野老可元弼"④，他怀抱着济世之志踏进社会，可是由于清操自守，不肯"顺时""悦人"，在社会上找不到一个地位："十年踏京尘，朱门绝走趋。颇有傲物名，青紫奚由纡！"⑤壮志难伸，这是使诗人最感痛苦的了："山出豺虎，水横蛟鼍。欲往歼之，手无太阿。寄愁天上，薶忧地下，古有斯人，今谁见者！"⑥他的忧思是这样深广，简直无法排解："胸中尺寸地，奈何百块垒。浊酒日沃之，石上投以水。"⑦"蒿目营四海，身家翻百忧。"⑧他虽然落到这

---

① 《述兴与俭卿》，《养一斋集》卷十第 8 页。
② 《独坐和亨甫月夜见访次日雨中口号二首》其二，《养一斋集》卷六第 2 页。
③ 《感兴》，《养一斋集》卷二第 1 页。
④ 《次夜复与亨甫、通甫、孔生联句》，《养一斋集》卷十第 6 页。
⑤ 《春日适阜宁观海书院舟次述怀》，《养一斋集》卷九第 11 页。
⑥ 《今我行》，《养一斋集》卷八第 1 页。
⑦ 《寓感五十首》其十一，《养一斋集》卷八第 4 页。
⑧ 《初春饮云生寓斋》，《养一斋集》卷六第 12 页。

样结局,却决不改变初衷:"委巷黄槁,岂无美士!"①在《寄羽可》诗中说:"何怪淮洲一老叟,残冬对月心悁悁。愿留淮月江云在,共此清寒万古天。"②他在清寒天幕下的淮月江云中找到了与自己心心相印的高洁世界。

三

清政府政事不修,河、淮不治,潘德舆的家乡山阳经常遭受洪水灾害。他想搬迁,困于贫寒,无力办到:"发愤思移家,贫者难自由。"他对淮河水患、朝廷弊政、生民苦难有切身的感受,诗歌中反映得十分充分:

> 淮水潴为湖,堤下居人愁。何况长湖底,灌以黄河流。决溢近足患,淤垫远可忧。……吾徒无尺柄,但为身家谋。淮东万赤子,人事谁绸缪?仰天发长叹,泪下纷难收。③

诗人手无寸柄,只能自谋身家,那么谁来管淮东万民的死活呢?面对"近患"、"远忧"的形势,只能泪下长叹而已。在《寄到渠》一诗中他写道:"危堤恃楗石,守吏缺金钱。"④清王朝早已财源枯竭,没有经济能力修治河淮,那情景正如龚自珍文中所言"大吏告民穷,至尊忧帑匮"⑤;而即使勉力拨支些许经费,也被腐朽的官僚阶层吞蚀净尽:

> 沿河百有司,官崇利优渥。珍膳到舆台,厨有臭粱肉。大农发泉布,支取非廪禄。挥霍何从容,醉饱忘约束。君看白田南,运堤近圮覆。北风浪头声,吹入万家哭。……何时六府修,普天丰菽粟!⑥

一面是堤决民灾,万户哭声,一面是百官众吏,挥霍醉饱,多么鲜明的对比!何时能够政事修治,天下普庆丰收呢?"何时六府修,普天丰菽粟!"诗人这期望不过是幻想罢了。《湖东悲》一诗比较典型地反映了洪泽湖东居民的

---

① 《今我行》,《养一斋集》卷八第2页。
② 《寄羽可》,《养一斋集》卷九第9页。
③ 均见《秋初寄怀勤子》,《养一斋集》卷六第8页。
④ 《寄到渠》,《养一斋集》卷九第9页。
⑤ 《乙丙之际箸议第一》,《龚自珍全集》第1页。
⑥ 《次皁河饮孔生斋中感赋》,《养一斋集》卷五第22页。

悲惨遭遇：

> 劝君莫住江淮间，秋来白浪高于天，西望洪泽如雪山。东注甓社湖天宽，甓社不受银天翻，大吏巡视空长叹。防护城郭轻园田，上流五坝封积年。新秋陆续开水门，北放车罗南昭关，万家号哭来江干。以头枕坝泣且言，小吏未应川已奔，百道并下迷来源，平畴一色天镜圆，昔时渔米阛市廛，今日钓徒来刺船。……夕阳忽开堤上烟。水木明秀残霞鲜，孤邨夜泊霜满滩，湖风倒卷星斗寒。荒芦新苇多空筌，墓田月黑谁家棺，妇子聚哭心烦冤。吁嗟湖东民可怜，忍死待吏施糜饘，一日二百青铜钱。前天水涸家安然，劝君还住江淮间。①

清政府不治水道，洪水期淹野保城，老百姓自然只能生活在水深火热之中了。《渡河作》曰：

> 独向流沙外，直趋沧海边。有谁才命世，如此气无前。顺轨不争地，为灾岂自天？古来神禹出，人事剧操权。②

诗人歌颂起大禹来了，决非偶然。每一句对禹的歌颂，都是对现实的尖锐批判。“为灾岂自天”？灾害哪里是老天爷降下来的，只是没有像禹那样命世之才，导河入海，使之“顺轨不争地”罢了。“人事剧操权”，关键全在人事方面。值得注意的是，潘德舆在现实的教育面前竟能突破其唯心主义天道观③，接受人可以胜天的思想，是个可喜的收获。他的《除夕题壁》诗作于道光十二年(1832)，前四句写清王朝以武力平定了湖南瑶民起义和海南黎民起义，将士隶卒都取得了功名富贵：“湖湘搜贼穴，闽海定天戈。将士骈章绶，舆台耀绮罗。”诗人只把这个现象客观地摆出来，然后陡然一转，接到“旱云三辅出，哀雁九门多”二句，摆出京畿大旱、流民遍野的惨景，让二者形成鲜明的对照。末二句说：“饱饭酸儒愧，虚斋敢放歌！”④不敢放歌正表明有满肚子感慨要倾吐出来。统治者只将心思用在耀武以对付人民方面，

① 《湖东悲》，《养一斋集》卷三第4页。

② 《渡河作》，《养一斋集》卷五第22页。

③ 潘德舆的唯心主义天道观，见其《天论》一文，《养一斋集》卷十二第1—2页。

④ 《除夕题壁》，《养一斋集》卷六第3页。

何尝系心于民生疾苦,系心于政事!此外,他的《悯旱》、《秋日感事》诗写农夫之苦,《粮艘行》写民船受官船之害,都是那个时代一些生活侧面的反映。

诗人继承了古代优秀诗人关心民生疾苦的传统,也思考其中的问题。他虽无力解决,但以正直士子的良心、熟读儒书所接受的儒道教导,尽自己可能减轻民众的苦难。《西�武收稻》其一曰:

> 古人劳田事,真极不恨俗。但须力耕刈,丰凶自求福。浮户之代耕,兼并纳富屋。此事吾谓偏,井田苦难复。西郊数亩田,聊供岁暮蓄。敢以催科能,簸扬核斗斛。秕秀十三四,草草算收获。三时彼力尽,我但一寓目。彼苦言有余,我怒言不足。锱铢竞田夫,恐悖吾所读。一笑步荒郊,云树悠然绿。①

古时井田制,耕者皆有自家一份田,只须力耕,丰歉皆由自己。如今不同了,出现了佃户制度,所谓"浮户",所得要缴给地主。作者以为这是偏而不正之事,但可惜井田难以再复了。诗人能做的,就是他的西郊数亩田,决不与佃户"簸扬核斗斛",斤斤计较,而是"草草算收获"。因为"三时彼力尽,我但一寓目"。如此再"锱铢竞田夫,恐悖吾所读",那就有悖于所读的圣贤书了。此诗既真实反映了农村的现实,也透露出诗人对"浮户"的深切同情,和以儒道自守、持身谨严的自律精神。"彼苦言有余,我怒言不足",虽然是说自己决不那样做,却是农村地主与佃户的一般关系的写真。

四

潘氏著有《养一斋诗话》,内中高举诗风改革的旗帜,强调诗的社会作用。但亦不能不看到诗人确有较高的艺术鉴赏力。特别是《诗话》的前身《说诗牙慧》以艺术鉴赏为重。所以在诗歌艺术上,作者是下过一番功夫的。这些,也往往能够体现在他的诗歌创作中。

潘氏在审美趣味上倾向"质实"。他在《养一斋诗话》里说:"吾学诗数十年,近始悟诗境全贵'质实'二字。盖诗本是文采上事,若不以质实为贵,

① 《西郊收稻》,《养一斋集》卷二第4页。

则文济以文,文胜则靡矣。吾取虞道园之诗者,以其质也;取顾亭林之诗者,以其实也。亭林作诗,不如道园之富,然字字皆实,此'修辞立诚'之旨也。竹垞、归愚选明诗,皆及亭林,皆未尝尊为诗家高境,盖二公学诗见地,犹为文采所囿耳。"[①]他推崇虞集、顾亭林的诗质实,批评朱彝尊、沈德潜选明诗,虽然选入顾氏之诗,而未能尊崇为"高境",还是"为文采所囿"。故其诗歌艺术表现上走质实一路,以朴实真切感人,不雕琢文采。且看其《野宿》一诗:

> 三日雨后雪一尺,车下水昏黑,车轮陷泥里。左轮力拔右轮坠,轮起老骡坚不起,疲极甘心受鞭死。"骡兮骡兮尔努力,十里前邨界河驿,尔早得刍人得息。"群骡不应舆夫呼,仓皇决计舍我车,牵骡入邨往就刍。客守空车夜将半,困不得眠饥不饭。东风又号雨吹面,四无鸡声几时旦。[②]

极其朴实的笔墨,将雪后冬行的狼狈窘境真切地表现出来,画面鲜明,情实动人。质实,不等于没有诗的韵味和境界。有人说"诗贵质实,近于腐木湿鼓之音",潘氏反驳说:"不知此乃南宋之质实,而非汉魏之质实也。南宋以语录议论为诗,故质实而多俚词;汉魏以性情时事为诗,故质实而有余味。分辨不精,概以质实为病,则浅者尚词采,高者讲风神,皆诗道之外心,有识者之所笑也。"[③]诗人正是以"性情时事"为诗,所以质实而有味道。

质实不追逐文采,只求"辞达",能够"辞达"乃是文章之高境。潘氏说:"'辞达而已矣',千古文章之大法也。东坡尝拈此示人,然以东坡诗文观之,其所谓达,第取气之滔滔流行,能畅其意而已。孔子之所谓达,不止如是也。盖达者,理义心术,人事物状,深微难见,而辞能阐之,斯谓之达,达则天地万物之性情可见矣。此岂易易事,而徒以滔滔流行之气当之乎?以其细者论之,'杨柳依依',能达杨柳之性情者也;'蒹葭苍苍',能达蒹葭之性情者也。任举一境一物,皆能曲肖神理,托出毫素,百世之下,如在目前,此达

① 《养一斋诗话》卷三,郭绍虞编选《清诗话续编》下册第2044页。
② 《野宿》,《养一斋集》卷五第19页。
③ 《养一斋诗话》卷三,郭绍虞编选《清诗话续编》下册第2044页。

之妙也。《三百篇》以后之诗,至此境者,陶乎?杜乎?坡未尽逮也。"[1]"任举一境一物,皆能曲肖神理,托出毫素,百世之下,如在目前,此达之妙也",这正是潘氏所追求的诗歌高境。看他一首送别诗,《岁杪与勤子别,涂中却寄》:

> 半生我一友,恨不同室住。小别颜不开,何况今远去。畏别忽已别,双泪伴一路。君文置我膝,欲读不能句。合眼忽见君,飞身那可度。赠君以自爱,百年各调护。[2]

可谓能达别离之情境者。相思之情实,汩汩叙来,无一句不真,无一句不实,其情景,其思怀,无不跃然纸上。李慈铭说,陈克家"其古诗颇刻挚,亦与四农近"[3],潘氏之诗,确有"刻挚"风神,于朴实却深刻之笔墨中出真情。李氏又说:"自道光以来,五十余年,惟潘四农之五古,差有真意。"[4]潘诗具有"真意",亦为的评。

潘德舆崇尚程朱理学,持身甚谨,似是一位道学先生。林昌彝便说他是"才人而有道气者也"[5]。实际潘氏很有艺术气质,具有艺术的敏感性。这不仅表现在论诗上,多有艺术会心,其诗作也往往体现出此种艺术特质。如前举之《西郭收稻》,诗人在描写了自己不与佃户锱铢计较,草草收获后,于诗末说:"一笑步荒郭,云树悠然绿。"我们不难从那"悠然绿"中体会到诗人行事之后那平和欣然的自得心境。这样的诗句,是诗人艺术敏感所致,是情境交合感受的自然表现,非仅艺术匠心使然。又如前举的《寄羽可》中的诗句:"何怪淮洲一老叟,残冬对月心悁悁。愿留淮月江云在,共此清寒万里天。"对高洁境界的追求,寄寓在淮月江云、清寒天幕中,情境交融,同样是以艺术气质为基础的。这一特色为他的诗增添了艺术的韵味。

潘德舆曾自述其学诗经过说,早年"读汉魏李杜诗最洽熟,杜诗尤多",后来受王士祯《渔洋山人精华录》影响,"遂专趋中、晚唐人",又后"谓韩、苏

---

① 《养一斋诗话》卷二,郭绍虞编选《清诗话续编》下册第 2035—2036 页。
② 《岁杪与勤子别途中却寄》,《养一斋集》卷三第 19 页。
③ 李慈铭《越缦堂日记》同治六年(1867)十一月十六日,台北:文海出版社 1963 年版。
④ 李慈铭《越缦堂日记》同治十一年(1867)四月五日。
⑤ 林昌彝《射鹰楼诗话》卷五第 3 页,清咸丰元年(1851)福州林氏刻本。

为巨观”,“至二十六七岁乃知以陶公为法”,“近四十岁,稍就确实,以杜为宗”。最终自作结论说:“余诗逃不得一杂字。盖命意甚妄,欲作无不有之大家,而今则并名家而不能也。”[①]这些话都说得很实在,也很谦虚。我们读他的诗确实感到,古人多种风格的影响还没能熔铸成自家的独特风格,但他以质实为追逐目标,也还是有其自己一定的特色。他的各体诗中,无不贯串此一特质。如他接受六朝乐府影响的诗,于六朝乐府风味中,渗透着“质实”、“达”之境界,亦别具风味。试看《寄朗陵兄》:

> 春风吹我庭,桃李扬清妍。芳华随地落,行客犹未还。前年织女中,登舟下新安;去年苇花白,打桨过长干。江淮虽自通,客意阻风烟。秋残春复归,江水自年年。可怪饮江水,不上江头船。徒令淮干客,梦落江南天。[②]

以回荡流美的音节,写缠绵低回的感情,在轻飘流利的字句中,寓深挚的情意,出于六朝乐府而不失质实。他的《芦花曲》、《舟晓》等,都具有这样的风神。

潘德舆在《雨夜与孔生联句六十四韵》中说:“牢骚杂诙笑,羸困激飞扬。雄剑天堪倚,高歌夜未央。穷途何足泣,斡转看时旸。”[③]他始终没有丧失斗志,也没有丧失信心,穷途不就是终点,现在夜雨连绵,但总会天亮天晴的。这自然只是一种幻想。潘德舆没有看到“时旸”,他的天没有亮,清王朝一天天腐烂下去,经过百年的斗争,到来的是新世界,换了新天,这是龚自珍曾朦胧呼唤过的,却是潘德舆不曾梦想过的。但他的“高歌”却留在了世间,留下了他的历史足迹,留下了那个时代的面影。

---

① 均见潘德舆《杂记》,载《养一斋集》卷首。

② 《寄朗陵兄》,《养一斋集》卷一第20页。

③ 《雨夜与孔生联句六十四韵》,《养一斋集》卷五第21页。

潘德舆诗论体系的意义

潘德舆的诗论集中体现于所著《养一斋诗话》，亦散见于作者的文集《养一斋诗文集》中某些诗作与书序文字。前者固当重视，后者亦不可轻忽，对《诗话》往往具有彰阐、印证的作用。他的《诗话》曾受到当时人和后人的重视。钟昌说它"知本教而戒巧言"，"于天下之风俗非无益也"。[①] 徐宝善说它"以三百篇为根本，以孔门之言诗为准则"，"必求合于温柔敦厚、兴观群怨之旨，是古今运会之所系，人人之心所迫欲言者"。[②] 黄爵滋说它"品人以性，律己以学，论断贵通，取裁尚恕"[③]。张际亮说它"区别去取，识论之正，类足以开拓末流之心志耳目，庶几贤者之用心已"[④]。林昌彝赞其"精确"[⑤]。陆以湉称"其论悉禀圣人诗教之旨，以心术行谊为本，以气骨韵味为主。近时诗话，当以此为首"[⑥]。谭献评为"敦实知本，可范后来"[⑦]。严伟说它"持论甚正，盖矫正随园之作"[⑧]。徐世昌说他的论诗宗尚"足挽江左诗派之失"[⑨]。这些评论之当否姑且不论，但充分表明潘之诗论在近代是

---

① 钟昌《〈养一斋诗话〉序》，见《养一斋诗话》卷首，郭绍虞编选《清诗话续编》下册第2003页，上海：上海古籍出版社1983年版。下引《养一斋诗话》均出此本，仅简注书名、卷数、页码。

② 徐宝善《〈养一斋诗话〉序》，见《养一斋诗话》卷首，郭绍虞编选《清诗话续编》下册第2004页。

③ 黄爵滋《抑隅诗钞序》，《仙屏书屋初集·文录》卷七第4页，清道光二十八年（1848）仙屏书屋刻本。

④ 张际亮《养一斋诗话序》，《张亨甫全集》卷二，清同治六年（1867）刻本。

⑤ 林昌彝《射鹰楼诗话》卷五，清咸丰元年（1851）福州林氏刻本。

⑥ 陆以湉《冷庐杂识》卷七第32页，清咸丰六年（1856）刻本。

⑦ 谭献《复堂日记》卷四第19页，清光绪十三年（1887）刻本。

⑧ 严伟《〈清诗话〉序》，《清诗话》卷首，上海：上海古籍出版社1978年版。

⑨ 徐世昌编《晚晴簃诗汇》卷一三二第3册第524页，北京：中国书店1988年版。

具有一定影响的。

潘德舆是鸦片战争前夕的诗文评家,后于袁枚、翁方纲,早于林昌彝,恰逢近代历史即将发生转折的时期。他的诗论表现了处于危机时代的统治阶级实行自救的强烈意向。当然,所谓自救,不过是徒劳的挣扎;其意义是显示了旧诗坛必然为不可抗拒的新的诗歌潮流所冲破,宣告了变风变雅时代的到来。因此潘德舆的诗论是一个含有矛盾的体系,既表现了浓厚的保守倾向,也带有由旧时期向新时期转移的某些反响。本文不拟论述潘德舆诗论的全部内容,只就其与时代相关的部分,略抒己见,以就教于专家与读者。

一、济时的志向与变革诗风的要求

潘德舆生于乾隆五十年(1785),卒于道光十九年(1839),死后一年,鸦片战争爆发,主要活动年代在嘉庆中后期和道光前期。这正是清王朝由盛转衰的年代。乾隆时期酝酿起来的矛盾急遽表面化,促使一些有识之士从"盛世"的迷梦中警醒过来。从嘉庆初元起,尖锐的阶级矛盾就不断地爆发为公开的武装起义。短短几十年中,仅举其大者就有川楚白莲教起义、东南沿海蔡牵起事、河南滑县天理教起义,以及新疆回民、湖南瑶民、广东黎民起义等。在严重的社会危机面前,统治阶级的腐朽性也明显地暴露出来。由于统治者长期专制淫威的震慑,士气衰靡,政治上一片"万马齐喑"[①]的死气沉沉的局面。中外官僚束缚于"一祖之法"[②]和"不可破之例"[③],因循苟且,无所作为。整个官场则贪贿公行,吏治败坏,政事不修,水旱连年。当时号为清朝四大政的盐、漕、河、兵,无不积弊已深,成为官僚吏胥蠹蚀的利薮。国家财政拮据,人民负担有增无已。而帝国主义以鸦片走私掠走大量白银,使财政危机更为加剧。"大吏告民穷,而至尊忧帑匮"[④],清王朝已到了民穷

① 龚自珍《己亥杂诗》第 125 首,《龚自珍全集》第 521 页,上海:上海人民出版社 1975 年版。下引龚氏文章均出此本,仅简注篇名、书名、页码。

② 《乙丙之际箸议第七》,《龚自珍全集》第 5 页。

③ 《明良论四》,《龚自珍全集》第 35 页。

④ 《乙丙之际箸议第一》,《龚自珍全集》第 1 页。

财尽、濒临崩溃的边缘。龚自珍曾用“日之将夕”①的形象比喻,深刻地揭示了这个时代的本质。

潘德舆出身于贫寒的士子家庭,早孤,11 岁丧母,18 岁丧父,“孤露艰陒,无以自存”②。后来他奔走在外,也常常是“儿女支荒岁,饥寒到客心”③。这使他较能体察下层民众的苦况,感受社会矛盾的尖锐,并培养了关心民生疾苦的感情,“疮痍韦布责,歌啸鬼神谋”④。他的家乡山阳(今江苏淮安)是当时的南河重镇、漕运要津,这又使他容易直接感受河、漕、盐等要政的弊端和官吏的腐朽。他的诗作中关于治河、漕运、盐法的批评和官吏贪黩的揭露,便是明证。这一方面又激发他济时之心,“淮海灾谁澹,疮痍众望痊”⑤。

无论从社会还是从政治方面,都使潘德舆感受到时局的危机。他羁留北京时已经敏感到“天下不久当有事”⑥,他以“扶掖世运”、“报国救民”⑦为己任,“乾坤容侧陋,旋转藉文章”⑧,想以文学作为拯溺济时的工具。可是这一时期诗坛的状况是不能令人满意的。嘉庆以来的诗坛基本上仍在承袭乾隆盛世的余绪,一般士大夫还受惯性的支配沉迷在承平气氛中。诗歌大抵是士大夫手中歌功颂德、消闲遣兴和点缀风雅的工具,连篇累牍,不外是题图咏画、酬酢赠答、清赏游宴、斗博逞奇之作,继续在所谓“神韵”、“格调”、“性灵”、“肌理”等标格中,以及宗唐宗宋、性情学问等诗风宗尚中兜圈子。兴起于嘉庆中叶、延续至道光初年、活动于京师诗坛上的宣南诗社,尽管其中并非都是醉生梦死的士子,甚至不乏植身正直的学者、士大夫,但就其基本创作倾向来说,仍不外是雅歌投壶的消闲组织。这种脱离现实,对本

① 《尊隐》,《龚自珍全集》第 87 页。

② 潘德舆《马生哀辞》,《养一斋集》卷二十四第 11 页,清道光二十九年(1849)刻本。下引潘氏诗文均出此本,只简注篇名、书名、卷数、页码。

③ 《除夕题壁》5 首其四,《养一斋集》卷六第 12 页。

④ 《观海书院晚坐示张生文瀚》,《养一斋集》卷十第 15 页。

⑤ 《寄到渠》,《养一斋集》卷九第 9 页。

⑥ 吴昆田《养一斋集跋》,清道光二十九年刻本《养一斋集》附载:同治二年(1863)癸亥秋吴氏跋。

⑦ 《与孔生继鑅书》,《养一斋集》卷二十二第 7 页。

⑧ 《除夕题壁》5 首其五,《养一斋集》卷六第 12 页。

阶级命运和民生疾苦无所关注的诗风，不能不引起潘德舆的极大不满。他在嘉道之际毅然举起改革诗风的旗帜，对这种雍容尔雅、平庸萎靡的诗风展开猛烈的抨击。这一点成为他的诗论的鲜明倾向之一。

潘德舆在《诵芬堂诗序》中揭露当时的诗坛“标纲宗，立坛坫。争妍、斗博、使气三者而已”①。在《诗话》卷一中指斥说：“分曹咏物之作，酬和叠韵之体，谀颂悦人之篇，饾饤考古之制。穷工极巧，弥漫浩汗，何益于身心，何裨于政教！”②在这里，他从文学的社会功用角度提出两条纲，即诗歌必须有益于身心，有裨于政教。这显然是针对当时士风堕落和政治腐败而发。他在《仙屏书屋诗序》中也批评当时的“作者”，“雕锼驰骋之力至苦，然于政于行绝无与”。所谓“政”，即政教；所谓“行”，即身心。他还用先儒关于“诗”的训诂以为论证：“先儒诗有三训：承也，志也，持也。承君政，述己志，持人之行也。”即诗要辅君之政，述己之志，励人之行。他在这篇序文中更为明确地提出“非有益于国之敷政、人之植行者，则不以命笔”③。

要求诗歌关系于身心与政教，并不是潘德舆的发明，而是他从白居易那里继承来的。《诗话》卷十说：“香山《读张籍古乐府》云‘为诗意如何。六义互铺陈；雅颂比兴外，未尝著空文。上可裨教化，舒之济万民；下可理性情，卷之善一身。言者志之苗，行者文之根；所以读君诗，亦知君为人’，数语可作诗学圭臬。予欲取之以为历代诗人总序，合乎此则为诗，不合乎此，则虽思致精刻，词语隽妙，采色陆离，声调和美，均不足以为诗也。学者可以知所从事矣。”④这实际是在新的历史条件下，即危机日深的年代里，重新举起白居易现实主义诗歌主张的旗帜。尽管维护封建统治的立场很坚定，挽救清王朝统治危机的意向很鲜明，受程朱理学的束缚很深，不可能达到白居易现实主义的高度和深度，但这种诗歌主张中，要求诗歌干预政治和为端正士风、澄清吏治、活济万民尽力的倾向，也是十分显然的。这正是一个背着沉重的传统包袱而又受到现实的剧烈冲击震荡的人物必然表现出来的矛盾性和复杂性。

---

① 《诵芬堂诗序》，《养一斋集》卷十八第 13 页。

② 《养一斋诗话》卷一，郭绍虞编选《清诗话续编》下册第 2006 页。

③ 均见《仙屏书屋诗序》，《养一斋集》卷十八第 12 页。

④ 《养一斋诗话》卷十，郭绍虞编选《清诗话续编》下册第 2166—2167 页。

二、理学的治世路线和理学的诗论核心

政治腐败，士风堕落，还只是一些现象，根源在于早已腐朽没落的封建专制主义制度。这是潘德舆不能认识也不敢认识的。比他晚生七年的龚自珍，在嘉庆后期，以犀利的诗文集中揭露了封建专制主义制度的弊恶，昌言必须"更法"[①]，实行"自改革"，否则即将"赠来者以劲改革"[②]，为"山中之民"[③]所代替。他为官僚大夫争自由议政权、自主行政权，是朝着削弱封建专制主义的方向发展的。比潘德舆小九岁的魏源，虽然在鸦片战争前没有达到龚自珍的思想高度，但他在道光前期，无情地揭露各项政事的弊端，猛烈抨击统治阶级因循守旧的顽症，要求适应客观发展的情况，变更成法，另创新规。他的有些主张实际是为商业资本的发展开路。他们都能随着历史脚步的推移向前进，成为进步潮流的代表。潘德舆不同，他没有深入到历史内容中去，没有触及现实制度的变革问题，而是囿于传统思想，只从道德的升降上看社会的盛衰，想用"起人心之痼疾"的办法推挽世风，以恢复"百年休养之治"[④]。所以，虽然同样感受到了时局的危机、现实的弊端，龚自珍、魏源是向前看的，其作用在开创历史的新局面；潘德舆却是向后看的，其目标在恢复往昔的盛世。这一严重局限来源于他受理学的深重影响。

潘德舆的父亲潘宗睿为候选训导，即"笃于内行"[⑤]，"以品望为一邑宗师"[⑥]。潘德舆早年和同邑邱广业、黄以炳等人"相命以惩忿窒欲之学"[⑦]。"及长，尤好五子书，皆窥其堂奥"，"其学以诚敬为本，于义利之界，崭崭自

---

① 《明良论四》，《龚自珍全集》第35页。

② 《乙丙之际箸议第七》，《龚自珍全集》第6页。

③ 《尊隐》，《龚自珍全集》第87页。

④ 鲁一同《崇祀乡贤安徽候补知县潘先生行状》，《养一斋集》卷二十六后附载。

⑤ 丁晏《潘君传》，《颐志斋文钞》第34页，见罗振玉辑《雪堂丛刻》，1915年上虞罗氏铅印本。

⑥ 鲁一同《安徽候补知县乡贤潘先生行状》，《通甫类稿》续编下第33页，清道光八年(1828)刻本。

⑦ 鲁一同《崇祀乡贤安徽候补知县潘先生行状》，《养一斋集》卷二十六后附载。

守”,“生平交游一以道义相切劘”。[①] 可见他与理学的关系是渊源深远的。他的斋名“养一”,即取义于“程子之一,所以行之者一也,择善而固执之也”[②]。他的《养一斋劄记》基本是以理学为根柢的修心养性经,自言“其中颇有通经史之大义,裨身心之切用者”[③]。关于潘德舆其人,鲁一同说:“先生学以克己为要,以有耻为归,进退取与,细大一节”,“中年所养益纯,和顺之气布于四体,而临义勃然”。[④] 丁晏说他“操行廉正”,“植品甚峻,耻为唯阿”[⑤]。张际亮说“其为人也,类有道君子”[⑥]。林昌彝说他是“诗家而有道气者也”[⑦]。都可以看出他立身植行方面的理学家的气质和风貌。

潘德舆是带着理学的眼镜观察社会问题的,他的治世路线充满理学家的幻想。鲁一同说:“其论治术以为天下之大病不外一吏字,尤不外一例字,而实不外一利字。近世一二魁儒负匡济大略,非杂纵横即陷功利,未有能破例字利字之局而成百年休养之治也。”[⑧]先说“吏”字与“例”字。清王朝为加强其集权的封建主义统治,科条律例繁多,处事治政一依于例。大臣束手,而吏胥操权,依恃条例上下其手,从中谋利。这是当时人们议论的中心问题之一。龚自珍《明良论四》说:“官司之命,且倒悬于吏胥之手。彼上下其手以处夫群臣之不合乎吏胥者,以为‘例’如是……夫聚大臣群臣而为吏(指不给大臣以自主行政权,只能奉行成命),又使吏得以操切大臣群臣(指吏持‘例’格阻大臣行事)……天下无巨细,一束之于不可破之例,则虽总督之尊,而实不能以行一谋,专一事。”[⑨]魏源也曾予以抨击:“吏兵(吏部、兵部)例,户工(户部、工部)例,茧丝牛毛工会计,全恃舞文刀笔吏。……翻手覆手敢予侮,能令公喜令公怒。……府史胥徒非世业,谁道尽握六官

---

① 《皇清例授文林郎大挑分发安徽知县潘公崇祀乡贤录》,《养一斋集》卷二十六后附载。
② 《养一斋记》,《养一斋集》卷二十第 2 页。
③ 潘德舆《养一斋劄记序》,《养一斋劄记》卷首。
④ 鲁一同《崇祀乡贤安徽候补知县潘先生行状》,《养一斋集》卷二十六后附载。
⑤ 丁晏《潘君传》,《颐志斋文钞》第 34、36 页。
⑥ 姚莹《养一斋集序》转述,见《养一斋集》卷首。
⑦ 林昌彝《射鹰楼诗话》卷五第 10 页,清咸丰元年(1851)福州林氏刻本。
⑧ 鲁一同《崇祀乡贤安徽候补知县潘先生行状》,《养一斋集》卷二十六后附载。
⑨ 《明良论四》,《龚自珍全集》第 35 页。

法！”①潘德舆也明确提出“破成例”，他说：“治世之权，毕归于胥吏，六官之长属拱手以听。稍稍见作为，则老吏毛举条例格其后。尤黠者视贿之有无重轻，为引例准式，出入变幻，莫可悬度。长官抑塞欲死，卒张目无如何。非吏胥尊，成例多也。”②表面看来与龚、魏所论相同，实质趋向并不一致。我国自先秦产生了儒家、法家的对立，秦汉以来即存在儒、法两条治世路线之争。儒家重经术，以守令行仁义之治，官为尊；法家重法度，以吏行条教之治，吏为师。法家以儒家为迂阔，儒家以法家为刻酷。潘德舆主张破“例”抑“吏”，是为了使官能根据儒家“义法”断事。所以，龚、魏争的是大臣的自主行政权，对象是封建专制主义；潘争的是守令的经术之治权，对象是胥吏。他的《杂诗》说：“汉代儒断狱，焉有周内刑。唐宋重式令，守律迂简青。经术与吏治，判别等渭泾。曲学习残刻，荼毒流郊坰。”③即是讲的汉代经术之治与唐宋以后吏法之治的分别与优劣。“吏”字“例”字既明，再说“利”字。“利”主要是指人心贪利忘义，以至官场腐化，吏治污浊，因而强调义利之辨。他在《中宪大夫吴君墓表》中说：“德舆不敏，窃惟古圣贤道法至博大，探其要惟辨义利为亟，使天下皆以义制利，唐虞三代之俗可复见。”④总起来说，他是想以明义利之辨，破“吏”字“例”字“利”字之局，行儒家经术清廉仁义之治，缓和矛盾，摆脱危机，重返盛世。这样他便形成一条带有浓厚理学色彩的治世路线。

潘德舆在《与鲁同甫书》中说：“欲救人事，恃人才；欲救人才，恃人心；欲救人心，则必恃学术。”“人事”即社会，“人才”即官僚士夫，“人心”即义利之界。他的公式很清楚，以学术端正人心，以治人心养育人才，以人才救治人事。那么，学术是什么呢？即儒家的圣人之道。他批评当时的学术大都脱离了圣人之道：“今天下之人所读者，虽圣人之书，而自少至老，圣人之微言大义，未尝一究心焉。上所校而取者，为八股之文，其文非圣人欲言者也。下之舍科第而杰然以文学自命者，为考据，为词章。今考据虽托名经学，实皆泛引细故陈说，用相夸爹，不问经之垂训何意也。其词章英隽，益泛

---

① 魏源《都中吟》13 首其二，《魏源集》下册 676 页，北京：中华书局 1976 年版。

② 《与鲁通甫书》，《养一斋集》卷二十二第 22 页。

③ 《杂诗》6 首其二，《养一斋集》卷一第 6 页。

④ 《诰封奉直大夫晋中宪大夫吴君墓表》，《养一斋集》卷二十四第 6 页。

益夸爹，去圣训弥远。……以如此之学术而求其心之必恶利，必嗜义，是犹射鱼而指天也。”[①]这里被指责的有功令八股、汉学考据及文采词章，唯独没有宋明理学。因为他认为理学最得圣人之道。不过这已是在乾嘉汉学大盛之后，理学被汉学家们指斥为空疏浅薄，潘德舆不能不有所折衷。他在《论道学》中谈“今之三儒”：“一曰郑、孔氏之儒，诂名物；二曰程、朱氏之儒，讲义理；三曰陆、王氏之儒，言心性。夫儒虽有三，圣一而已。诚以孔子之言为准，则三儒者皆可以相通，可以相救。……夫郑、孔氏之诂名物，博雅详核而不免于碎而杂；陆、王之言心性，简易直捷而不免于虚而浮，各得孔子之道之二三而已。程、朱之讲义理也，持其大中，本诸心性，不废名物，其于人也，如日用之布帛菽粟焉。特其诠释群经，识大而略小，自信而好断，不能吻合乎经之本旨者亦有之矣。孔子之道，殆得其五六焉。”他明确提出：“学者诚能以程朱之义理为宗，而先导以郑、孔，通其训诂，辅导以陆、王，求其放心，庶有以救程朱之小失，而道学之真可见。”[②]显然，他所谓的圣人之道即兼采汉学、心学之长而以程朱义理为中心的理学。他认为人心之日趋于利就在于轻视了程朱之学：“七八十年来，学者崇汉唐之解经与百家之杂说，转视二子（指程、朱）为不足道，无怪其制行之日趋于功利邪僻而不自知也。”[③]

既然抱着以理学为本的治世路线，潘德舆要求文学为治世服务，不能不与这一路线相适应。因此，无论在文论还是诗论方面，都受到理学的深刻影响。

为了了解他的诗论的性质，先谈一下他的文论是必要的。他在评论清代的文章时说：“我朝之文，侯氏、魏氏似苏，汪氏、朱氏似欧、曾，犹未之尽也。方氏正矣，而迹未化。数十年来，有朱氏、恽氏，雄长一隅，不能为天下士。姚氏能不惑于主汉奴宋之论，其文有主持，亦未大也。”[④]在对各家的品评中，显然以方、姚为高，尽管对二人亦有不足之意。方苞、姚鼐都名列桐城

① 均见《与鲁通甫书》，《养一斋集》卷二十二第 17—18 页。
② 均见《论道学》，《养一斋集》卷十三第 21—22 页。
③ 《任东涧先生集序》，《养一斋集》卷十八第 7 页。
④ 《与吴生大田书》，《养一斋集》卷二十二第 15 页。

派三祖。方提出“义法”说，“义以为经而法纬之，然后为成体之文”①。其所谓“义”，主要指内容不悖于程朱之义理。戴钧衡说他“服习程朱，其得于道者备”②。方宗诚说他“以义法为宗，非阐道翼教、有关人伦风化者不苟作”③。故潘许其为“正”。姚鼐倡义理、考据、词章三者合一之说，不以汉学压宋学，而实以考据从属义理，故潘许其不为“主汉奴宋”之论所惑，文有“主持”。这些都显出他是从文与义理的关系上着眼来衡文的。他又论当世文说：“凡世之号为能文者，其文吾尝取而观之，詖淫之辞，佻巧之状，盈纸累牍，不自知其戾于义也，是谓不正。偶持正论，质而俚，详而冗，不可以行远也，是谓不法。惩是二者之失，翦翦然主于构佳文，丐美名，不足有益于天下后世，是谓不切于用。”④仍然是以“正”，即不戾于义理为文章的首要标准，有了“正”的基础才谈到“法”。所谓“质而俚”，是指理学家语录之文；所谓“详而冗”，是指考据家博引烦证之文。刘师培说：“至宋儒立义理之名。然后以语录为文，而词多鄙倍。至近儒立考据之名，然后以注疏为文，而文无性灵。……综此二派，咸不可目之为文。”⑤可作此二语之注脚。所谓“主于构佳文”，是指避前二者之失，只在文章形式上下功夫，虽美而无益于用的词章家之文，亦在摈斥之列。所以他是主张文、道合一，文、理合一的：“文与道，有本末，而无彼此。”⑥只要明于义理，辨于义利，则可成为文章大家：“天下之事万端，义利尽之矣，义利之辨明，大之为圣贤，次之成忠孝，次之为文章之雄。”⑦

道为本，文为末，有文在于有道；故守道立行为本，吐言成文为末，人决定文。他说：“窃尝观古昔之世，运际隆盛，上下相爱相救，而不相欺蔽，则

① 方苞《又书〈货殖传〉后》，《方望溪先生全集》第40页（文集卷二第20页），大本原式精印《四部丛刊》第83册，台北：台湾商务印书馆1979年版。

② 戴钧衡《重刻方望溪先生全集序》，《望溪先生全集》卷首，清咸丰元年（1851）桐城戴钧衡刻本。

③ 方宗诚《桐城文录序》，舒芜等编选《近代文论选》上册第94页，北京：人民文学出版社1959年版。

④ 《与孔生继鑅书》，《养一斋集》卷二十二第6页。

⑤ 刘师培《论近世文学之变迁》，舒芜等编选《近代文论选》下册第578页，北京：人民文学出版社1959年版。

⑥ 《送苏生序》，《养一斋集》卷十九第4页。

⑦ 《答问》，《养一斋集》卷十七第19页。

士大夫之文，必皆明白正大。其意望之而可知，其言循之而可施于用，其气奋发而不可遏，困厄而不可挫，此非勉强学文为之，而一时之士气为之也。”①古昔之文，理正气直而合于用，但不是勉强学文得来，而是时风士气所决定。今文之衰，也正在于人心不古：“人心日趋于利，骋私顺时为通方，希古济人为好事，心术如此，虽欲文之不受此病，不可得也，以立此心为此文之人，欲其报国救民不避陒嶇，亦不可得也。”②为此，他非常强调作家的修养，提出一个“诚”字。所谓“诚”，即内有实得，直抒胸臆，无忌无畏，无欺无伪；而致“诚”之方则在“积理”、“积气”：“夫诚非一朝夕所积也。其积之之方曰积理，曰积气。理不积，则所言浮诞不中节；气不积，则萎靡散乱不克宣扬礼义之极致。二者皆空薄，虽穷老尽气从事于文，无所得也。”③他论文虽也涉及“才”、“情”等范畴，但他说：“文生于情，情敷于才，才运于气，气含于理。理厚则气昌，气昌则才之开阖动静变犹鬼神，而情有隐显悉无遁匿。小夫为文，不审培植理气，伸纸构想，借助才情，譬之惰将骄兵，不溃者鲜，况望摧坚如拉朽邪？且万物皆气也，气不自知，理之厚薄为其本始。”④在理、气、才、情四者之中，仍以理、气为本，尤以理为根。

潘德舆的诗论是与文论相通的。他曾说：“诗即文也，以为有二事者，乃后人之诗，非古义也。”⑤他在文论上重“理”，在诗论上也提出“理语不必入诗中，诗境不可出理外”。又批评严羽说：“谓诗有别趣，非关理也，此禅宗之余唾，非风雅之正传。”⑥他在《与汤海秋书》中说：“仆居京师二年余，见近世士大夫文章无虑数十家，鲜有彰阐义理者。夫诗乃吾心物也，池馆簪组、声色玩好、仙释书画，皆心外物耳。近人每唱和，迭代言之不休。正色谈道，反骇且怒，谓类南宋语录，不可为诗。夫果邻诗于语录而后怒之可也，今无问诗体何似，但摇首闭目，群以言理为大禁，争为无用之语，以弋名誉，顾

---

① 《答鲁通甫书》，《养一斋集》卷二十二第8页。
② 《与孔生继鑅书》，《养一斋集》卷二十二第7页。
③ 《与吴生大田书》，《养一斋集》卷二十二第14页。
④ 《与陆郎怀生书》，《养一斋集》卷二十一第8页。
⑤ 《养一斋诗话》卷十，郭绍虞编选《清诗话续编》下册第2158页。
⑥ 均见《养一斋诗话》卷一，郭绍虞编选《清诗话续编》下册第2007页。

何忍如此!”又说:“禔身涉世,一日不尊其道,则纤媚之心动,而诗且不可问。”[①]都见出他对于诗与理的关系的强调与重视。

“理”体现在作家身上即性情,所谓“诗乃吾心物”。性情,潘有时也称作“性天”或“性灵”。潘德舆批评当世诗人“千百岁前蕴含道理之作,觌面则走,如避尘块。性天既驳,格韵无本”[②]。避蕴理之作,则性天必杂,可见理与性情的关系。他在文论方面,提出“性情”“通明”[③]的问题;在诗论上,也明确提出“诗为性情之教”[④]。他在《与陆郎怀生书》中说:“仆有论诗十余卷,尚未脱稿(按即指尚在著述修改过程中的《养一斋诗话》稿本《说诗牙慧》),开章即以三百篇为要义,极知其阔远。然今古隔世,性情共天。非剽《雅》窃《颂》以为中声,盖涵咏古人造意之始,乃赞我天事,导源忠厚,区别善恶,诗所以为性灵奥区也。”故他劝陆怀生学诗“全持充养之正”,而“宜习《风》、《骚》”。[⑤] 他又说:“仆尝评次古今诗,其上性天,其次格韵,其次气魄,其下纤媚。奉此进退百代,不敢少惶惑。”[⑥]可见以性情作为诗之最高格。所以,主性情,是潘德舆诗论之核心。

诗主性情,故必须内有实得,情在难已而后发,非迎合追逐时风为人而作。他说:“古人之诗,本之于性天,养之以经籍,内无怵迫苟且之心,外无夸张浅露之状。”即因“深造自得,居安资深,左右逢源”,“不为人”[⑦]之故。

诗主性情,故重诗人品格,他提出诗教不能出圣教外,说:“人与诗有宜分别观者。人品小小谬戾,诗固不妨节取;若其人犯天下之大恶,则并其诗不得而恕之。”“不明辨,则诗教在圣教之外,而才士一门,遂为小人之逋逃薮。”[⑧]他称颂曹植、陶渊明、杜甫为“诗圣”,也主要着眼于人伦品格:强调子建的“爱君恋阙,报国奋身”,陶渊明的“洁身植行,安命乐天”,子美的“于五

---

① 均见《与汤海秋书》,《养一斋集》卷二十二第2页。
② 同上。
③ 《与郭景逵书》,《养一斋集》卷二十一第6页。
④ 《诵芬堂诗序》,《养一斋集》卷十八第13页。
⑤ 均见《与陆郎怀生书》,《养一斋集》卷二十一第8页。
⑥ 《与汤海秋书》,《养一斋集》卷二十二第1页。
⑦ 均见《养一斋诗话》卷一,郭绍虞编选《清诗话续编》下册第2006页。
⑧ 均见《养一斋诗话》卷一,郭绍虞编选《清诗话续编》下册第2008—2010页。

伦，皆极肫挚”。[①]

诗主性情，故学诗功夫不在诗本身，而在诗外。他引陆游《示子》诗：“汝果欲学诗，功夫在诗外。”[②]又说：“学者诚知诗无可学，而日治其性情学问，则诗不学而亦能之。”[③]因而诗有是非而无工拙：“诗非佗，吾之言语云尔，有是非，无工拙也。”[④]“诗有工拙，诗之衰也。三代两汉之世，人惟无作，作则未有不工者，性情学问，陶冶深矣。……自有工拙，而作者愈盛，诗亦愈衰。”[⑤]因为追工逐巧，便离开了吟咏性情的根本。

诗主性情，故贵品性怀抱之真，强调诗传真不传伪：“言者，心声也，不可以伪为也。”[⑥]在卷二中又说：“陶公曰：‘黄唐莫逮，慨独在予。’杜公曰：‘许身一何愚，自比稷与契。’有此等襟抱，诗乃为千古之冠。然又非好作褒衣大袑语者所能仿佛也。文章之道，传真不传伪，亦观其平日胸次行止为何如耳。”[⑦]

诗主性情，故在艺术形式上反对追琢，而重“达”，重“质实”。他说：“辞达而已矣，千古文章之大法也。”所谓“达”，即“理义心术，人事物状，深微难见，而辞能阐之”，“达则天地万物之性情可见矣”。[⑧] 诗既是“理性情者”，故“理尚清真，词须本色”[⑨]，而以质实为高境。他说“诗境全贵‘质实’二字”，取虞集诗，即因其“质”，取顾炎武诗，即因其“实”。他崇尚质实，是意在扫除当时脱离性情本真为悦人媚时而写欺人之作的虚伪诗风：“凡悦人者，未有不欺人者也。末世诗人，求悦人而不耻，每欺人而不顾。若事事以质实为的，则人事治矣。若人人之诗以质实为的，则人心治而人事亦渐可治矣。诗所以厚风俗者，此也。……质则不悦人，实则不欺人。”[⑩]

---

① 《养一斋诗话》卷二，郭绍虞编选《清诗话续编》下册第 2025—2026 页。

② 《养一斋诗话》卷一，郭绍虞编选《清诗话续编》下册第 2010 页。

③ 同上书，第 2018 页。

④ 《姚梅伯诗序》，《养一斋集》卷十八第 14 页。

⑤ 《养一斋诗话》卷一，郭绍虞编选《清诗话续编》下册第 2010 页。

⑥ 《养一斋诗话》卷三，郭绍虞编选《清诗话续编》下册第 2043 页。

⑦ 《养一斋诗话》卷二，郭绍虞编选《清诗话续编》下册第 2023 页。

⑧ 同上书，第 2035 页。

⑨ 同上书，第 2029 页。

⑩ 均见《养一斋诗话》卷三，郭绍虞编选《清诗话续编》下册第 2044 页。

所以潘德舆的诗论体系是以性情论为核心。说得全面一点，它是以理学为哲学基础、以性情为本、以教化为用的诗论体系。

三、潘德舆的性情论

如果说清代诗坛王士祯拈出“神韵”，沈德潜拈出“格调”，袁枚拈出“性灵”，翁方纲拈出“肌理”，那么潘德舆虽然反对“标纲宗，立坛坫”，他实际还是拈出了“性情”，尽管他的目的是变革当时庸肤浮华、无益世用的诗风，并自以为他的主张是合于诗之本教的。

潘德舆的性情论，由于是以理学为根基，不能不给他的诗论体系带来极大的局限性、保守性。

第一，它给诗歌捆上一条儒家的封建伦理道德的绳索。他所谓的“理”，也就是“道”，主要是指封建纲常，在《论道学》中，他解释“道”说：“道者天下之达道，即五伦也。故圣人不过人伦之至。三代之立学皆所以明人伦，盖无学不在其中。”[①]所以他论诗，将诗死死框在“圣教”的范围内，尤其重视君臣大节。他在《诗话》卷四中说：“曩一友持《续范增论》见示，力驳长公（苏轼）说，词气衮衮可爱，予请之曰：‘君作欲跨苏文上，诚属有志。愚意羽大罪在弑君，增甘心为贼党，以此十二字作主，增案乃定，苏文亦不攻自破，此似得其要害处也。’夫要害处，乃经史大义。大义与好议论自别，作论史佳诗，非深于经法不可矣。”[②]论项羽、范增事，以杀义帝为纲，其所谓“大义”、“经法”，无非一个“忠”字。在论阮籍与陈子昂时，也表现了这种鲜明的倾向。他指责阮籍“党司马昭而作劝晋王牋”，陈子昂“谄武曌而上书请立武氏九庙”，都是“小人”，所以虽阮之《咏怀》“未离于古”，陈之《感遇》“居然能复古”，亦应“斥之为不足道”。[③] 这一点，在统治危机日益加深的年代里，特显出维护封建统治的反动性。由此出发，他也常强调“温柔敦厚”的诗教：“凡作讥刺诗，尤要蕴藉，发露尖颖，皆非诗人敦厚之教。”[④]这又

---

① 《论道学》，《养一斋集》卷十三第18页。

② 《养一斋诗话》卷四，郭绍虞编选《清诗话续编》下册第2059页。

③ 《养一斋诗话》卷一，郭绍虞编选《清诗话续编》下册第2008页。

④ 《养一斋诗话》卷三，郭绍虞编选《清诗话续编》下册第2051页。

不能不削弱了诗歌的斗争锋芒。

第二,陈腐的伦理观念,使他不能认识更不能接受新思想。袁枚倡“性灵”说,重“情”,甚至为“艳诗”张目,袁说:“艳诗宫体,自是诗家一格,孔子不删郑卫之诗。”①又说自己的“缘情之作,纵有非是,亦不过三百篇中‘有女同车’、‘伊其相谑’之类,仆心已安矣。圣人复生,必不取其已安之心而掉罄之也”②。潘德舆在《诗话》卷十显系针对此种意见说:“其尤悖理,则荒淫狎媟之语,皆以入诗,非独不引为耻,且曰此吾言情之什,古之所不禁也。”③情诗自然与社会政治诗有别,但我国古典诗文从明中叶以来,表现出一种自觉摆脱儒家道德教条束缚而直抒性灵的倾向。从李贽的“童心说”到三袁主张“任性而发”的“真声”,到袁枚的“性灵”,包括他的缘情之作,都是这种倾向的表现,这是与近代在新经济因素基础上产生的争取个性解放的思想潮流相适应的,却是潘德舆所不能理解和正视的。

第三,由于过分看重诗人性天的表现,相对地削弱了反映现实的要求,限制了诗歌向现实主义的深度与广度发展。尽管潘德舆要求诗歌有益于身心,又要有裨于政教,但在人之“行”与国之“政”二者之间是更看重人之“行”的,“盖‘行’不古而‘政’因之矣”④,他认为“政”为“行”所决定。

第四,从性情为本的观点出发,将内容决定形式的问题不适当地夸大,几乎推衍为内容包括形式、内容好必然形式好的公式,发展了轻视艺术的倾向。这是不符合艺术的实际和艺术发展的规律的。如果我们看一下他的《诗话》稿本《说诗牙慧》,不难发现,他对艺术的重视,后期比前期有所削弱。⑤ 当然,他始终没有否定艺术,有些议论还是专就艺术而发的,但不可否认,有些说法过于偏颇和偏激,近于抹杀艺术形式的相对独立性。这种倾向往往增加了论诗的迂腐道学气。

---

① 袁枚《再与沈大宗伯书》,周本淳标校《小仓山房诗文集》第3册(《文集》卷十七)第1505页,上海:上海古籍出版社1988年版。

② 袁枚《答蕺园论诗书》,周本淳标校《小仓山房诗文集》第4册第1802页,上海:上海古籍出版社1988年版。

③ 《养一斋诗话》卷十,郭绍虞编选《清诗话续编》下册第2155页。

④ 《仙屏书屋诗序》,《养一斋集》卷十八第12页。

⑤ 潘德舆的诗论有一个发展变化过程,详参拙文《从潘德舆的〈说诗牙慧〉稿本到〈养一斋诗话〉》,载《文史》第13辑,亦收入本书,此不赘。

潘德舆“性情论”的局限性是明显的，但这只是问题的一个方面。他毕竟是一个关心时局和时事的人物，每“慷慨论天下事，辄拊膺流涕”①，受到过现实的强烈震荡和冲击，不能不使他的理学观和性情论涂上某些独特的色彩，反映一些时代的气息。

我国理学肇端于唐，形成于宋，大用于明清。元明以来，宗尚理学的人，指不胜屈。在不同的人身上，由于出身阶层、生活经历、思想状况以及所处时代现实情势的不同，其理学思想的具体内容与具体倾向是不可一概而论的。

理学从它形成时起，就带有一个先天的弱点，即高谈性命之学，而轻视事功，脱离实际。所以南宋的陈亮就曾抨击：“今世之儒士，自以为得正心诚意之学者，皆风痺不知痛痒之人也。举一世安于君父之仇，而方低头拱手以谈性命，不知何者谓之性命乎？”②清代嘉、道之间，理学末流的这种倾向更为严重。魏源曾深刻地揭露当时专门从事“心性迂谈”的理学家的面目：“口心性，躬礼义，动言万物一体，而民瘼之不求，吏治之不习，国计边防之不问；一旦与人家国，上不足制国用，外不足靖边圉，下不足苏民困，举平日胞与民物之空谈，至此无一事可效诸民物，天下亦安用此无用之王道哉！”③

潘德舆不同，他虽尊德性，却不薄事功，并且是讲性命与事功的统一的。他在《养一斋劄记》中说：“吾于唐得巨儒二人焉，曰陆宣公，曰刘司户。此二公于理人御世拨乱反正之方，反复详尽；独不讲明性命之旨，而无一语非性命之旨也。”④陆贽是唐德宗时的著名政治家，其《陆宣公奏议》即讨论实际政事的结集。刘蕡为唐文宗时直言敢谏之士，他在贤良对策中直斥宦官专权、藩镇割据，以致考官震惧，不敢录取，潘尊之为“巨儒”，以为“性命之旨”即存于“理人御世拨乱反正之方”中，把性命与事功结合起来了。这一点也与魏源的观点相近。魏源说：“王道至悉，井牧、徭役、兵赋，皆性命之

---

① 丁晏《潘君传》，《颐志斋文钞》第36页，见罗振玉辑《雪堂丛刻》，1915年上虞罗氏铅印本。

② 陈亮《上孝宗皇帝第一书》，《陈亮集》上册第8—9页，北京：中华书局1974年版。

③ 魏源《默觚下·治篇一》，《魏源集》上册第36页，北京：中华书局1976年版。

④ 潘德舆《养一斋劄记》卷五第20页，清同治十一年（1872）刻本。

精微流行其间。”[①]这一鲜明的倾向,使潘德舆能够发展经世致用思想。他在《论学示儿子》中赞誉董仲舒“下帷讲春秋,而三策有王佐才”、诸葛亮“读书观大略,而伊、吕伯仲”[②],都是着眼于学以致用的,将读书求经史大义与理政治世结合起来。他的《送高紫峰大令之四川》诗说:“稽古求善今,泽民乃为士。经生不三公,必当宰百里。”[③]《论学示儿子》也说:“今毋高言三代士,即以汉士论,其学不过通一经之义理,遂明政事,美文章,投之所向,无不如志。”[④]都明显地表现出继承了汉代今文经学家“通经致用”的思想,这是与当时逐渐兴起的经世之学的潮流相一致的。正因如此,他提出改革科举考试的内容,“诗赋之校,何益于身心民物,且非古人诗赋正体,必罢去”,主张“初场校以经义”,“其二场以史论”,“其三场以时务策”,时务策要“专问时事,审利弊”,“取其深切有经济足备当事采择者。虽极言时弊,无所忌斥”,以求达到“人必通世务,无迂阔泥古之失,且作其敢言之气”的目的。他还明确提出“学术始于经为本,中于史为辅,终于时务为验”[⑤]的学术路线。龚自珍《对策》说:“不研乎经,不知经术之为本源也;不讨乎史,不知史事之为鉴也;不通乎当世之务,不知经史施于今日之孰缓、孰亟、孰可行、孰不可行也。”[⑥]不难看出二者之间的某些相通之处。

除了将性命之学与事功之业统一起来,发展了经世致用思想之外,潘德舆在当时宗尚理学,还有两点值得注意。一是他讲求义利之辨,其斥“利”,主要是针对士风官场而发,目的在扭转士子官僚群趋逐利,以致士风、官场和吏治皆腐败不堪的风气。他揭露当时的官僚“善钓己禄位,不使民物康”[⑦],士子一旦踏进仕途,“诠曹初探筹,互叩地恶美。地饶民多藏,色动体夸奓。……公然赞囊橐,不恤语言鄙”[⑧]。这便与理学的一般谈论理欲之别不同,而具有现实政治针对性。另一点,是他讲求义理,与提倡气节紧密相

① 魏源《默觚下 · 治篇一》,《魏源集》上册第36页,北京:中华书局1976年版。
② 《论学示儿子》,《养一斋集》卷十三第23页。
③ 《送高紫峰大令之四川》2首其一,《养一斋集》卷六第7页。
④ 《论学示儿子》,《养一斋集》卷十三第22页。
⑤ 均见《与鲁通甫书》,《养一斋集》卷二十二第20页。
⑥ 《对策》,《龚自珍全集》第114页。
⑦ 《赠丁郎寿昌》,《养一斋集》卷六第20页。
⑧ 《送高紫峰大令之四川》2首其一,《养一斋集》卷六第7页。

关。他说:“义理之学,节烈之士,二而一者也。”他认为如果平居不讲义理之学,“及临患难,欲奋其气,以成节烈,此无异于却行而求及前人也”①。这一点也具有深刻的现实针对性。清王朝压制言论、摧抑士气是有名的,龚自珍揭露清朝统治者“仇天下之士,去人之廉,以快号令,去人之耻,以嵩高其身。一人为刚,万夫为柔”,“积百年之力以震荡摧锄天下之廉耻,既殄,既狝,既夷,顾乃席虎视之余荫,一旦责有气于臣,不亦莫乎”!② 所以当时士大夫“尽奄然而无有生气”③,“臣节之盛,扫地尽矣”④。潘德舆也说,当时“士顺时,则大者弋名位,不顺时,则衣食且不可谋而死亡至矣”⑤。所以当时士子“皆以悦人为当然,自立为无用,时命为人谋,丧气为恒事”⑥,如此而求其“报国救民,不避陀隔,亦不可得也”⑦。所以他认为“士气之信屈,天下之利病治忽系焉”⑧,而提出“作其敢言之气”⑨,提倡气节。

潘德舆理学观上这些具体倾向,不能不反映到他的“性情论”中。他的性情论是贯串着经世精神的。对于脱离现实政治、无关社会宏旨的种种性情,他都斥之为“非古之性情”而予以否定。他在《诵芬堂诗序》中说:“空灵以为性。而不知其为仙佛之邪说;流动以为情,而不知其为声色之丑行。诗主性情之说愈盛而诗教亦愈敝。”⑩《诗话》卷十中又说:“究其所谓性情者,最高不过嘲风雪、弄花草耳。其下则叹老嗟穷,志向龌龊。其尤悖理,则荒淫狎媟之语,皆以入诗。……於乎,此岂性情也哉!”⑪总之,言僧道禅寂之性,抒一己穷老之概,咏声色艳冶之情,写流连光景之感,种种所谓性情,皆在排斥之列,因为它们都无益于世用。他是主张诗文必须有用于时的,在

① 《陆丞相集序》,《养一斋集》卷十八第4页。
② 《古史钩沉论一》,《龚自珍全集》第20页。
③ 《明良论三》,《龚自珍全集》第34页。
④ 《明良论二》,《龚自珍全集》第31页。
⑤ 《答问》,《养一斋集》卷十七第19页。
⑥ 《答阮次玉书》,《养一斋集》卷二十一第7页。
⑦ 《与孔生继鑅书》,《养一斋集》卷二十二第7页。
⑧ 《答鲁通甫书》,《养一斋集》卷二十二第8页。
⑨ 《与鲁通甫书》,《养一斋集》卷二十二第19页。
⑩ 《诵芬堂诗序》,《养一斋集》卷十八第13页。
⑪ 《养一斋诗话》卷十,郭绍虞编选《清诗话续编》下册第2155页。

《题孔生继鑅诗后》中说："愿君养诗心，济世如桑麻。"[①]他认为"诗教系人纪"，是"用以厉一世"[②]的。他对文章也是"以曰正，曰法，曰切于用三者为衡"[③]。他颂扬"古人之文有用而后作。明理道，述政体，陈生民利弊，表古今嘉言懿行而已"，感叹今人文集"一卷之中不可无之文寥寥焉，一文之中不可无之言寥寥焉"。[④]

潘德舆正面阐述他的性情论之内容说："吾所谓性情者，于三百篇取一言，曰'柔惠且直'而已。此不畏强御、不侮鳏寡之本原也。老杜：'公若登台辅，临危莫爱身'，直也；'穷年忧黎元，叹息肠内热'，柔惠也。乐天云：'况多刚狷性，难与世同尘'，直也；'不辞为俗吏，且欲活疲民'，柔惠也。两公此类诗句，开卷即是，得古诗人之情性矣。舍此而言性情，诗之螟螣也。"[⑤]概括起来，包括三个基本内容。

第一是"公若登台辅，临危莫爱身"，即勇于直言干政之心。这包括"士气"与"讽喻"两方面内容。直言与士气相关，所以他强调文章"其用在有刚直之气"[⑥]，对士，强调"作其敢言之气"[⑦]。他在《仙屏书屋诗序》中讲到"真士大夫"的标准之一，即"叙政事侃直"[⑧]。他认为"假使一世之文至于婉娈纤仄，悉无直气，则其士大夫可知，而其世亦可知也"[⑨]。他批评"二百年来之诗文，亦何其男子之气少而妇人之众也"，认为如果"天下男子廉耻之气"起，"则文章者即风节之纲维，家国之柱石也"。[⑩] 嘉道以来，随着危机的加深，议政之风渐起，统治者迫于形势，控制之力有所松弛，至鸦片战争前后涌现出朱琦、苏廷魁、陈庆镛"谏垣三直"，潘的这种主张是与这一潮流相呼应的。干政与讽喻相关，所以他强调古代诗歌的讽喻传统，论诗举三百篇为旗

① 《题孔生继鑅诗后》，《养一斋集》卷五第7页。
② 《廉峰为刊〈养一斋诗话〉赋此志谢兼以留别》2首其一，《养一斋集》卷八第18—19页。
③ 《与孔生继鑅书》，《养一斋集》卷二十二第7页。
④ 《与吴生大田书》，《养一斋集》卷二十二第13—14页。
⑤ 《养一斋诗话》卷十，郭绍虞编选《清诗话续编》下册第2155—2156页。
⑥ 见鲁一同《崇祀乡贤安徽候补知县潘先生行状》，《养一斋集》卷二十六后附载。
⑦ 《与鲁通甫书》，《养一斋集》卷二十二第20页。
⑧ 《仙屏书屋诗序》，《养一斋集》卷十八第12页。
⑨ 《答鲁通甫书》，《养一斋集》卷二十二第8页。
⑩ 《答问》，《养一斋集》卷十七第19页。

帜，而肯定三百篇的第一条即“有关系寄托”[①]。所谓“关系”，即与时事现实相关；所谓“寄托”，即有寓意，而非无谓之作。他强调风骚之“畅叙己怀，铺陈乱始，直诋匪人”[②]，即其揭露与批判精神。他赞誉白居易新乐府诗“天弢自解，独往独来，讽喻痛切，可以动百世之人心”，“为宇宙间不可少文字”。[③] 又说：“若《重赋》诗：‘夺我身上暖，买尔眼前恩。’……《买花》诗：‘一丛深色花，十户中人赋。’劲直沉痛，诗到此境方不徒作。”[④]还推崇徐积《寄陈莹中》诗：“湘江之竹可为箭，吴江之水可淬剑。箭射谗夫心，剑斫谗夫面。……”“数语雄快痛切，与《小雅·巷伯》同风。”[⑤]在这里显露出他的诗论的现实主义成分。

第二是“穷年忧黎元”、“且欲活疲民”，即关心民生疾苦之情。他赞许庆伯苍“能为古人语，哀乐关疮痍”[⑥]，要求自己也是“洒涕苍生系忧乐”[⑦]。在《除夕题壁》诗中，他写到立志藉文章旋转乾坤：“对策董生直，悲歌杜甫狂”[⑧]，前一句即直言干政，后一句即关心民生疾苦。

第三是“况多狂狷性，难与世同尘”，即刚正不阿的品格。他在《诗话》中曾赞许白居易的《古剑》诗“可使寸寸折，不能绕指柔”和《送王处士》诗“宁归白云外，饮水卧空谷。不能随众人，敛手低眉目”，“心甚淡，节甚峻，识甚远”，“实有得于古人作诗之本旨，足以扶人识力，养人性天”。[⑨] 他颂扬陈师道“安贫守道，穷厄以死”，不肯“为顾影卖弄之词”；说陈之《小放歌行》“愤世嫉俗”，“品甚超，词甚激，正是好高志古不浪结纳者”[⑩]。他自己行事也是“徒恃本心直，未要时人称”[⑪]。在《感兴》诗中，他对不能守身自持者给以辛辣的讽刺：“笼禽水一勺，栈马豆一斗。禽感为娇啼，马谢为怒

① 《养一斋诗话》卷一，郭绍虞编选《清诗话续编》下册第 2007 页。
② 《养一斋诗话》卷十，郭绍虞编选《清诗话续编》下册第 2165 页。
③ 《养一斋诗话》卷四，郭绍虞编选《清诗话续编》下册第 2057 页。
④ 《养一斋诗话》卷十，郭绍虞编选《清诗话续编》下册第 2166 页。
⑤ 《养一斋诗话》卷六，郭绍虞编选《清诗话续编》下册第 2088 页。
⑥ 《久不见廉峰书此代柬》，《养一斋集》卷十第 8 页。
⑦ 《送陈蕴山还江宁即之官山右》，《养一斋集》卷七第 14 页。
⑧ 《除夕题壁》5 首其五，《养一斋集》卷六第 12 页。
⑨ 《养一斋诗话》卷十，郭绍虞编选《清诗话续编》下册第 2165—2166 页。
⑩ 《养一斋诗话》卷八，郭绍虞编选《清诗话续编》下册第 2126 页。
⑪ 《杂诗》4 首其二，《养一斋集》卷六第 11 页。

走。岂无高旷姿,抑抑日低首。……随处受人恩,有身何以守!"[①]

综上所述,潘德舆的性情论是提倡忧国忧民的胸怀和正直不阿的品格,这是与他拯时济世之志相关,而为当时拯时济世所必需的性情。

潘德舆在京城时,与徐宝善、黄爵滋、汤鹏、张际亮、叶名沣、郭羽可、孔继鑅等人"以气节相高,赋诗唱酬,一时京师坛坫称极盛焉"[②]。这些人都是关切时局的,为当局所忌。吴昆田说:"时寰瀛清晏,中朝大官方相与歌咏升平,目谈时事者为名士,阳与而阴实拒之,于是士人动色相戒。"[③]潘德舆受到这些人的重视与推崇,就在于他的诗论与这些人的救时之志有息息相通之处。尤其值得注意的,是鸦片战争前夕以上禁烟疏著名的黄爵滋,竟以改革诗风的重任相期许:"今之诗人,大率干贵显,侈燕会耳。至于民瘼,久置之不问。有言及之者,且以为无病呻吟也。……使如廉峰(徐宝善)诸君子提倡于上,亨甫(张际亮)、四农(潘德舆)诸子,相与奋发而周旋之,则斯道复兴之机也。"[④]也可以印证他的诗歌主张的倾向。

我国历史以鸦片战争为标志进入一个新时期。反映这一历史巨变的第一个诗评家是林昌彝,著有《射鹰楼诗话》。潘德舆是新时期到来之前的最后一个诗评家,他的诗论呈现过渡性质:一方面具有严重的陈旧的保守倾向;另一方面也打上新时期之前危机时代的明显烙印,是即将变化并已开始变化的诗歌趋向的反映。从中可以嗅到鸦片战争前夕诗坛及其动荡的气息,具有一定的时代意义。

(原载《中国文艺思想史论丛》二,北京:北京大学出版社 1985 年版。)

---

① 《感兴》,《养一斋集》卷二第 5 页。

② 吴昆田《孔宥函传》,缪荃孙《续碑传集》第 23 册卷七十九文学 4 第 4 页,清宣统二年(1910)刊本。

③ 吴昆田《养一斋集跋》,见清道光二十九年刻本《养一斋集》附载:同治二年(1863)癸亥秋吴氏跋。

④ 黄爵滋《仙屏书屋初集诗录自序》,《仙屏书屋初集·诗录》卷首第 3 页、第 8 页,清道光二十六年(1846)仙屏书屋刻本。

从潘德舆的《说诗牙慧》稿本到《养一斋诗话》

潘德舆《养一斋诗话》的稿本《说诗牙慧》，是一份有价值的材料。从这个稿本中，可以大体窥见《养一斋诗话》的一些基本情况。

本文只就稿本《说诗牙慧》提供的情况，论述《养一斋诗话》的成书过程及潘德舆诗论的发展历程，不涉及潘德舆论诗主张的是非评价。

一

潘德舆字彦辅，号四农，山阳（今江苏淮安）人。生于乾隆五十年（1785），卒于道光十九年（1839），清代诗人和诗论家。出身于衰落的书香世家，早年屡困州举，道光八年（1828）始中举人，年已44。此后6次参加会试，没能考取进士。道光十五年（1835）"大挑"一等，以知县分发安徽，自以为挑选得县令，尚俟二三载后，趋走省垣，候大府驱遣，做令未知何年，未赴。四年后便死去了。"拓落今生惯，清贫累叶传"[①]，是他一生遭际的真实自述。

潘德舆生活在清王朝由盛而衰的嘉庆、道光年间。当时统治阶级日趋腐朽，政事不修，吏治败坏，贪贿公行，士风堕落。阶级矛盾十分尖锐，几十年中，白莲教、天理教、捻军以及回、瑶、黎等少数民族人民起义，云兴波涌。帝国主义者也开始以贩毒为先行，将经济掠夺的魔爪伸入我国东南沿海。潘德舆系心国事，关切时局，"每酒酣耳热，慷慨论天下事，辄拊

---

① 《茅屋初成述怀》，《养一斋集》卷三第5页，道光二十九年（1849）刻本。下引《养一斋集》内容皆出此本，仅简注篇名、书名、卷数、页码。

膺流涕”①,思有以匡救。不过他以为“欲救人事,恃人才;欲救人才,持人心;欲救人心,则必恃学术”②,而其所谓学术则不外是程朱理学:“程朱之讲义理也,持其大中,本诸心性,不废名物,其于人也,如日用之布帛菽粟焉!”③他想以倡导程朱的“义理”,推动士人重德性修养,讲品行名节,严守义利之界,以达到澄清吏治、挽回世运的目的,思想是迂腐而保守的。这一点,对他治学、议政、论文都影响至深。

潘德舆一生没有踏入仕途。除读书授徒外,主要从事著述与创作,他的济世抱负只能通过这方面活动发挥出来。“五十年来肮脏身,痴心独扫世间尘。一腔热血喷何处?惟把文章示后人。”④这是他临终那年写下的一首绝句,话是说得很切实的。潘德舆把著述和创作当做拯溺兴国的武器,“老儒不量才,颇思文报国”⑤。《养一斋诗话》就是作者力图变革当时诗风、倡导诗歌为政教服务的一部诗论著作。

《养一斋诗话》由作者友人徐宝善于道光十六年(1836)刊行,书前有徐氏道光丙申(即1836)三月序言。潘德舆有《廉峰(即徐宝善)为刊〈养一斋诗话〉赋此志谢兼以留别》诗,载《养一斋集》卷八,亦编于丙申年。刻本代表了作者晚年的论诗见解。从稿本《说诗牙慧》提供的情况看,此书从初始到最终定稿以《诗话》之名付刊,实有二十余年的历史,其间经历过几个不同阶段的变化。

二

稿本《说诗牙慧》今藏北京大学图书馆善本室。全书十三卷,惟第十二、十三两卷,卷目标在一起,“十三”二字,墨色不同,显系后来所加。原装帧为两册,上册第一至六卷,下册第七至十三卷,今则已分装为6册。

---

① 丁晏《潘君传》,《颐志斋文钞》第36页,见罗振玉辑《雪堂丛刻》,1915年上虞罗氏铅印本。

② 《与鲁通甫书》,《养一斋集》卷二十二第18页。

③ 《论道学》,《养一斋集》卷十三第21页。

④ 《纵笔》,《养一斋集》卷十第19页。

⑤ 《寓感五十首》其五,《养一斋集》卷八第3页。

书中除第七卷外，每卷标目下，均有“四农”二字印章。每半页为9行，行约二十余字。一部分为作者手笔，一部分系倩人代抄，后者时有“此又一则，钞者误合为一”之类的批注可证。倩抄部分为楷书，手稿笔迹则为行书。

稿本前有作者自序，为刻本所删，今全录于下：

> 千古说诗之善者，孟子一人而已。以意逆志，不为余词，故善也；然亦读诗法也。至取作诗之道而说之，自萧梁之沈约《谢灵运传论》、钟嵘《诗品》始，至宋元而盛，其说诗无虑数十百种，皆牙慧耳。盖性情之故，恃口说以尽之，其中美恶不同，譬之人各含牙舌而敏钝巧拙分焉，要之小慧也。夫诗之为道，通天地而感鬼神，尽忠孝而美教化，今乃取其词之工拙而扬榷之，诗话愈多，而诗愈亡，岂不谅哉！虽然，不知其为牙慧而说之，则害诗，且害作诗者。苟知其为牙慧矣，则虽鼓唇掉舌，日日说诗，不过假此为笑谈之一助。譬如寒窗无事，酒清茶熟，谈客两三，聊展戏谑而已。吾以为戏谑，则喉齿开动，随其意之所往，而不惧其拘持而不通。人之知此为戏谑者，亦将曰此子抉摘牙縻，虽隽巧累道，顾愈于市井鄙夫努颈张口，大声叫呼，以盲词簧鼓乡愚，诧为千秋绝调也。其敏钝巧拙，则吾牙慧中偶然之得失，世虽有闻之而齿冷者，仆又何计焉！嘉庆辛未阳月德舆自序。①

阳月为夏历十月别称。辛未即嘉庆十六年(1811)，下距《养一斋诗话》刊刻的时间(1936)有二十五年之久。按照一般的通例，至少在写序时已有一个粗具规模的本子(下称辛未本)，其内容当写成于嘉庆辛未以前。

稿本《说诗牙慧》并非辛未本原型，而是后来经过增补改订的本子(说详下文)。其中辛未本的内容已难以一一辨识，但通观辛未序文和作者的经历，仍不难推断其诗论的基本趋向。

从辛未序看，作者那时对诗话是不甚看重的，以为它只是寒窗无事，聊展戏谑，以为笑谈之助的东西。这与他后来在刻本中一本正经地借诗话张旗帜，倡诗教，力图推挽一代诗风的态度，有着明显的不同。其中虽不免包

---

① 《说诗牙慧》稿本卷首。北京大学图书馆藏，下引《稿本》内容均出此本，不再重注。

含作者的谦虚，但最根本的还是由对诗话的看法决定的。作者认为诗话一类著作，不过是讲“作诗之道”，是取诗歌“词之工拙而扬榷之”，无关风雅宏旨，而且是“隽巧累道”的。“诗话愈多，而诗愈亡”，因此把千古说诗一律视为“牙慧”，并以“说诗牙慧”自名其书。由此可以推断，辛未本的内容，大抵是谈“作诗之道”，扬榷“词之工拙”的，这时他对于诗，尚未着眼于道，倡言于教。

辛未本的这种基本面貌，也可以从作者的学诗经历中得到印证。《养一斋集》卷首辑有作者几条“杂记”，其中一条说：

> 余幼奉庭训，读汉魏李杜诗最洽熟，杜诗尤多。未冠，先子见背。操笔学诗，苦无指授，漫然弃幼所读者。案头有一部《精华录》，亦知其非绝境，然熏染数月，遂专趋中、晚唐人，盖刘宾客、张司业、李昌谷、温飞卿、杜司勋、许丁卯，皆其所涉历者。已乃谓韩苏为巨观，年少气盛，爱为尽言，殊自豪也。至二十六七岁，乃知以陶公为法，于诗渐辨好丑。①

这条“杂记”写于40岁左右。《说诗牙慧》卷一载有1条写于三十三四岁时的材料，说得更为翔实：

> 予十二岁爱作杂体诗，颇能成句。题老树云：“咫尺盘空起，高风几岁年。秋深叶不坠，苍莽晚庭前。”为先君子所喜。十六、七时，亦自负题金山寺云：“谁携一幅画，挂在长江东。海潮欲卷去，半夜起鱼龙。”十八九岁时，忽有一帙《精华录》，朝暮不去手，所沿洄不过中晚唐而止矣。得句如“鱼虾半夜归烟艇，鸡犬中流住晚村”，“苇风催燕起，湖雨送龙归”，“潮随双桨落，霞上半帆来”，“放棹鹭初起，到家莺乱飞”，“学疏惭见友，身贱耻论文”，自以为唐音也；然圆熟小巧之病，因之沾染而不能化。二十以后，乃痛取韩、苏二集而读之，笔阵渐开，故步如失。又参以长吉，配以温、李。而琢炼则伤气，驰骋则伤情，二病又兼之矣。二十五六岁，案头偶庋陶集，时一展诵，神情顿移，寝食之间，必与为偶。自兹以来，乃知此道自有真际，而向所见唐、宋以逮国朝诸家，

---

① 《杂记》，见《养一斋集》卷首。

渐能知其黑白，非复旧见所能摇也。①

可见作者幼年秉承父训，主要读汉魏李杜诗。近20岁时，爱上了王士禛的作品。《渔洋山人精华录》是王士禛自选己作的一部结集，很能体现其"神韵"主张。潘德舆由此而趋中、晚唐。观其所录得句，也确实具有中、晚唐的风调。今《养一斋集》存诗虽自19岁起，但早年诗作删取甚严，存录极少，文中所录诗句为我们保存了一点资料，可以窥见作者早年诗作之一斑。20岁以后，作者知"圆熟小巧"之为病，转学韩愈、苏轼，参以温庭筠、李贺、李商隐，重气势，尚词采。既又病琢炼伤气，驰骋伤情，至二十五六岁，遂转为宗尚陶渊明。嘉庆辛未，作者年27。由此可知，辛未本的写作时间，正当作者学步渔洋，以中、晚唐为依归，又以韩、苏救其弊的时候。《说诗牙慧》大约就是这一时期学诗的心得和札记。不论是"圆熟小巧"，还是"驰骋""琢炼"，都偏重在诗的艺术表现方面，不出"词之工拙"范围，无关诗之本源。辛未本的内容自应与此相应。

再从作者的生活道路上看。鲁一同《潘先生行状》说：潘德舆"年二十六，乃尽弃科举进士之业，力求古人微言大义"②。那么，在26岁以前，当作者写辛未本时，还是一个醉心于举业的士子。在他一心作八股文、练试帖诗的时候，侧重写诗技巧的训练，也是很自然的。

总之，二十六七岁是潘德舆生活道路和学诗趋向以及对古代诗歌的认识发生重要转折的时期。写于这以前的辛未本，反映了作者前期的论诗倾向。因此，大致可以肯定，今稿本中偏重于从诗歌形式、表现技巧方面谈诗的，有一部分似已为辛未本所有。当然，即使是这些，后来也都被作者按照新的认识修改过了。

前引《养一斋集》卷首作者"杂记"语的末尾说："使从一、二十岁时，常取趋庭时所读者（指汉魏李杜诗）朝夕研习，何至费如许转折而不得达也？悲痛悔恨，莫甚于此。"③潘德舆把从十八九岁到二十五六岁这段学诗经历

① 见《说诗牙慧》稿本卷一。

② 鲁一同《崇祀乡贤安徽候补知县潘先生行状》，缪荃孙《续碑传集》第20册卷七十一儒学1第9页，清宣统二年（1910）刊本。

③ 《杂记》，见《养一斋集》卷首。

视为弯路，悔恨莫及，未免过于强调了它的消极面。实际这一段熏染，对作者一生论诗有着不可忽视的作用。它使作者开拓了艺术眼界，受到了广泛的艺术熏陶，对诗歌特性有了较深的体会。后来作者论诗虽主诗教，载道气味颇浓，却始终不废艺术，大体不离诗歌的形象要求，不能不说得力于此。如他主张“诗境不可出理外”，却同时说：“理语不必入诗中。”①《说诗牙慧》卷二也说：“诗原六经之一，然与理学语录迥异。谈忠孝，说仁义，诠太极，演先天，南宋以来，率多此体，止同腐木，岂谐雅声！”他虽然以为宋诗“不尽非”，却决不赞成“宋人率以议论为诗”。他于古代诗话中最推崇《沧浪诗话》，这同他曾经爱过渔洋诗分不开，渔洋之神韵说即接受严羽诗论影响加以创造而成。因此，他称许严羽《沧浪诗话》“能于苏、黄大名之后，破除宋诗局面”。而且就作者一生崇尚艺术境界看，所谓天机自运、自然浑成、绰有余境等等，也明显有渔洋、沧浪的影子。

三

稿本《说诗牙慧》是辛未后增补修订的本子，有书中可考的各条内容为证。如卷一载：

> 儿子辈初读唐人绝句，因取渔洋《唐人万首绝句选》与之读。嫌其不备，略为增补而汰其无深蕴者。既毕，率题二绝卷端：“古琴不为市人听，别有弦徽寄杳冥。试到云山最高处，霜鸿过尽海天青。”“不辨《离骚》与《国风》，短章脱手便求工；昆仑汶阜如天上，万事江河日夜东。”

两首绝句载《养一斋集》卷二，题为《选唐人万首绝句题卷端二首》，编入乙亥年。乙亥为嘉庆二十年(1815)，为辛未后四年。

又前引“二十五六岁，案头偶庋陶集，时一展诵”一条，下文又说：“至今凡八年，皆在陶、韦度中。”那么，此条当写于三十三四岁时，即嘉庆二十二、

---

① 《养一斋诗话》卷一，郭绍虞编选《清诗话续编》下册 2007 页，上海：上海古籍出版社 1983 年版。下引《养一斋诗话》内容均出此本，仅注书名、卷数、页码。

二十三年(1817、1818),后于辛未六年。

又卷二载:

> 蘧蘧甥陆生孟月,诗词颇清健,年二十四夭。予评辑其《浣云斋诗》、《醉花馆词》,不能盈一卷。

作者《怀里人作》其八云:"浣云斋里醉花香,词客溪东数陆郎。今日墓门谁唱和,黄昏风雨战垂杨。"诗下自注:"陆生年二十余夭死,有《浣云斋诗》三卷,《醉花馆词》一卷。"①此诗编入辛巳年。《山阳县志》卷十八《艺文》著录有陆怀生《浣云斋遗草》,可证陆孟月即陆怀生。作者又有《过陆生墓》,亦编于辛巳年②。又作者《祭陆生文》云:"年四六而拜衮兮,邓仲华之彪彪;何汝寿之止此兮,在蛇年之孟陬。"③是陆孟月年24,死于辛巳年。作者辑其遗作不能早于本年。辛巳为道光元年(1821),上距辛未已十年。卷二又载:

> 故友郭蘧蘧,与予交好二十余年……其诗随手散弃,不肯存稿。……近命其孤收拾抄撮,定为诗二卷,词一卷。

郭瑗,字景蘧,号蘧蘧。《山阳县志》卷十四《人物传四》有传,未言卒年,潘德舆《怀里人作》其五云:"蘧蘧风味淡于秋,学画论诗渐白头。收拾一春愁万斛,眼前大化入扁舟。"自注云:"景蘧别字蘧蘧,连丧妻子,有句云:'眼前无一物,大化入扁舟。'"④此诗编在辛巳年,是辛巳年蘧蘧尚在。又作者《夜登聊乐丘书感》诗序云:"嘉庆丙子(1816)郭景蘧馆于南村,刘氏村有丘焉,景蘧登眺自贻,锡名聊乐,寄言索和。春夜过此,感景蘧长逝数年,揽衣独登,歌以代哭。"此诗编于戊子年。诗中说"十二年前聊乐丘"⑤,从戊子逆数十二年恰为丙子。戊子为道光八年(1838),序言景蘧长逝数年,以四五年计,则当卒于道光三四年间。《山阳县志》卷十八《艺文》著录有郭瑗《寓庸室遗草》。潘德舆《寓庸室遗草序》说:"〔蘧蘧〕既卒,余搜遗稿裁十三四,镭之箧,三岁不忍视。既又恐其零乱澌灭,勉出点检,其孤斗(郭斗,即潘德

---

① 《怀里人作》其八,《养一斋集》卷二第17页。
② 《过陆生怀生墓》,《养一斋集》卷二第16页。
③ 《祭陆生文》,《养一斋集》卷二十四第15页。
④ 《怀里人作》其五,《养一斋集》卷二第17页。
⑤ 《夜登聊乐丘书感》,《养一斋集》卷三第22页。

舆之婿)渐能写文字,命之旁搜他人之所藏……付斗重写定,为诗二卷,词一卷。"[①]则潘氏整理郭瑗遗稿又在郭卒三年以后,那么此条不能早于道光六年(1826),上距辛未已十五六年。卷二又载:

> 陆生仲雪喜为诗,弱冠得四五卷,皆清光满纸。丙戌小除夕,予走笔为诗话十数则以遗之。

"丙戌小除夕"及下句之"数"字,虽于改订时用笔圈去,但字迹尚清晰可辨。丙戌为道光六年(1826),与上条时间相近。

又卷三载:

> 予辑《作诗本经》,专选李杜二家,其纲领数万言,于昔之论李杜者,颇有折衷,阅彼自明,兹不具录。

《作经本经纲领》稿本今存,无写作年月。作者文集有《作诗本经序》[②],亦未署时日。《养一斋诗话》刊刻时,《作诗本经纲领》附刻于后,更名《李杜诗话》,增首条以代序,其中有云:"十年前辑《作诗本经》一书,专取李、杜集择而录之,并为《总论》二卷附焉。既而思之,李、杜所作,诚不能篇篇与《风》、《雅》合,然非浅陋如予者所宜定去取也,故此书不敢示人。其《总论》则偶出管见,不忍割弃,缀诸拙著《诗话》后,质世之知言者。"[③]文中所谓《诗话》即《养一斋诗话》,所说"总论二卷"即《作诗本经纲领》2 卷,上卷为《李诗说》,下卷为《杜诗说》,刻本去其名目将《杜诗说》析而为二,故《李杜诗话》为 3 卷。《养一斋诗话》刻于道光十六年,十年前为道光六年(1826),此条当写于本年后。

以上各条说明,自嘉庆辛未后,至少至道光丙戌止,十五六年间,诗话不断有所增补。另外,稿本共 13 卷,而上列各条包括时间较晚的各条均在前 3 卷中,可证这个稿本并非在辛未本后依年续补而成,而是在较晚时候经过重新编订的。那么,编订发生在什么时候呢?稿本中时间可考各条,最迟者为丙戌年即道光六年(1826),编订时间不能早于此年。作者《与陆郎怀生

---

① 《寓庸室遗草序》,《养一斋集》卷十八第 10 页。

② 《作诗本经序》,《养一斋集》卷十八。

③ 《养一斋李杜诗话》卷一首条,郭绍虞编选《清诗话续编》下册 2168 页。

书》说："仆有论诗十余卷，尚未脱稿。"[①]陆怀生死于辛巳年(1821)，年仅24，潘此信不会距离陆卒年太远，可证其时尚未完稿。徐宝善《养一斋诗话序》说："道光己丑夏，余交山阳潘子彦辅于京师，读其所著《诗话》若干卷。"[②]是其时业已成书。己丑为道光九年(1829)，编订不能迟于本年。潘德舆道光八年中举，九年入都参加会试，并将《诗话》带至京师，编订可能就是在入都前完成的(说参下文)。

四

从嘉庆辛未到稿本编定的道光七八年间，也就是作者二十六七岁到四十三四岁之间，是潘德舆生活道路发生重要转折的时期，也是作者对我国古代诗歌的认识和学诗趋向发生重要变化的时期。这种变化决定了稿本的基本倾向和面貌。

鲁一同《潘先生行状》说："年二十六，乃尽弃科举进士之业，力求古人微言大义。其宗旨以为挽回世运，莫切于文章。文章之根本在忠孝，源在经术，其用在有刚直之气，以起人心之痼疾，而振作一时之顽懦鄙薄以复于古。"[③](作者26岁时曾仿东方朔《答客难》一类文字写《驳议》一文，是他生活道路转变的宣言。可与《行状》之说相参证。)可见在本时期开始时，作者已察觉到八股举业之无益于世，转而求古人微言大义，思以文章济世。写于这时的辛未序中说："诗之为道，通天地而感鬼神，尽忠孝而美教化。"与这种认识的转变是一致的。因此，与前一时期对待诗歌偏重于艺术形式、艺术表现方面不同，本时期日益重视诗歌的内容及其社会功用。作者在写于辛巳(1821)前不久的《与陆郎怀生书》中自言其论诗著作"开章即以三百篇为要义，极知其阔远，然今古隔世，性情共天，非剽雅窃颂以为中声，盖涵泳古人造意之始，乃赞我天事，导源忠厚，区分善恶，诗所以为性灵奥区也"。又

---

① 《与陆郎怀生书》，《养一斋集》卷二十一第8页。

② 徐宝善《养一斋诗话序》，见《养一斋诗话》卷首，郭绍虞编选《清诗话续编》下册第2004页。

③ 鲁一同《崇祀乡贤安徽候补知县潘先生行状》，缪荃孙《续碑传集》第20册卷七十一儒学1第9页，清宣统二年(1910)刊本。

说："盖文生于情，情敷于才，才运于气，气含于理。理厚则气昌，气昌则才之开阖动静变犹鬼神，而情有隐显悉无遁匿。"①重内容的倾向十分明显。又《与郭景蘧书》说："仆近于文辞，亦不敢多为之。以为文辞成而善者劝，恶者讽……若性情不通明，无所劝讽以施之用，皆废物耳。"强调文学的社会功用的意向亦极鲜明。这封信中还说："丁生晏昨以书来规，仆劝其养气而炼识，无惑于世俗之文。"②作者劝勉丁晏的《答丁俭卿书》中称丁晏为"十七八岁童子"③，丁晏生于乾隆五十九年（1784），据此推算，与郭书皆当作于辛未前后，与辛未序大体同时。

在对待古代诗歌的认识和态度上，本时期则离开了前一时期的道路，溯流穷源，由陶而杜，而三百篇。前引文已说明作者此时已经转向陶集。下文又云：

> 于是王、孟、韦、柳之诗迤逦而来，皆成道侣。至今凡八年，皆在陶、韦度中。论诗必取一唱三叹，绰有余境者。人弃我取，人取我弃，嗜好面目，与时顿殊，然亦未知其果能涉陶、韦苑囿否也。自揆二十年来所未尝究心者，三百篇、离骚、汉魏、少陵之诗，盖皆童而习之者，转以他歧忘之，此则识不坚定之故。所幸差爱陶集，略知古音，故李、杜二公及盛唐佳作，亦知其下手不苟之处。但以诗之源流本末论，终非顶颧上来。故近所作者，颇趋平淡，而浅率之失，又有不能掩者。噫，三百篇，诗之昆仑也；离骚、汉魏、子建、子美，诗之河海也；陶渊明，诗之彭蠡、具区也；其余六朝及有唐诸公下逮宋、元、明、国朝诸家，诗之支川别派也。沿洄于支川别派而得一彭蠡、具区，则叹观止矣；然而有河海在，河海又有昆仑在。吾将抱三百篇、离骚、汉魏、子建、子美以终乎！虽然，五柳一集，未之能遗也。使吾能有窥乎五柳先生，吾何撼焉，而何求焉，而果何日能之哉！④

又前引作者"杂记"语的下文又云："近四十岁，稍就确实，以杜为宗。而精

---

① 《与陆郎怀生书》，《养一斋集》卷二十一第8页。

② 均见《与郭景蘧书》，《养一斋集》卷二十一第6页。

③ 见《答丁俭卿书》，《养一斋集》卷二十一第4页。

④ 见《说诗牙慧》稿本卷一。

力不专，学问不广，子美之门墙至今不能入，况堂室乎哉！"①可见作者在三十三四岁以前宗陶，近40岁以后宗杜，并对自三百篇以降的诗歌形成了一个成系统的、含有高低等次的看法。由于有了这样的认识，于前一时所宗尚者反而有所批评与非议了。前引作于乙亥年(1815)的《选唐人万首绝句题卷端二首》云："不辨《离骚》与《国风》，短章脱手便求工；昆仑汶阜如天上，万事江河日夜东。"即是批评作诗不宗三百篇、《离骚》，追工逐巧，只能江河日下，离源头越来越远。作于甲申年(1824)的《读壮悔堂集》诗说："文章之统承圣神，贵穷经术醇乎醇。初师六朝后唐宋，导源何不穷昆仑。"②也是批评诗文宗尚不高的。又作于丁亥年(1827)的《仿遗山论诗绝句论遗山诗二首》云："评论正体齐梁上，慷慨歌谣字字遒。新态无端学坡、谷，未须沧海说横流。""气挟幽并格老苍，中原旗鼓孰相当。如何两曲芳华怨，涂抹嫣红学晚唐？"③对苏、黄之求新，晚唐之逐艳，不屑之意，溢于言表。

稿本《说诗牙慧》的基本倾向，突出地反映了作者这一时期对诗歌的认识和学诗的体会。

首先，从对古代诗歌的认识和学诗趋向方面看。

第一，稿本推尊三百篇为诗歌源头和极致。如前引作者视三百篇为"诗之昆仑"，看做是诗国的高峰。作者最推崇严羽《沧浪诗话》，但批评它"溯入门工夫不自三百篇始，而始于离骚，恐尚非顶𩕄上做来"，赞扬朱熹"朱子论诗便不似严沧浪诗〔话〕，只从《楚词》说来"。④

第二，逐渐形成三代以下四大诗圣的看法，即曹植、陶渊明、李白、杜甫。但最初不包括李白。稿本卷一说："尝谓古今诗人，三百篇下只得三人，曰子建，曰渊明，曰子美。"又卷二说："子建不知爱君恋阙，报国奋身，诗必不能出七子之上；渊明不知洁身植行，安命乐天，诗必不能出六代之上；子美之于五伦，皆极肫挚动鬼神，不独一饭不忘君也。三百篇以还，得此三家，人乃不敢以诗为小技。"后又补入李白。卷三说："两汉以后，必求诗圣，得四人焉：子建如文、武，文质适中；陶公如夷、惠，独开风教；太白如伊、吕，气举一

① 《杂记》，见《养一斋集》卷首。

② 《读壮悔堂集》，《养一斋集》卷三第9页。

③ 《仿遗山论诗绝句论遗山诗二首》，《养一斋集》卷三第16—17页。

④ 均见《说诗牙慧》稿本卷一。

世；子美如周、孔，统括千秋。数语已见予《作诗本经纲领》中，适与客谈，自赏此论近是，故复书之，以正后之君子。”大约是在选李杜二家诗以辑《作诗本经》时，对李白有了进一步认识，才将他补入的。前引写于三十三四岁那一条，仍只是说要抱“子建、子美以终”，也可证补入李白是较晚的事。论四圣语刻本《李杜诗话》已删，在稿本《作诗本经纲领》中此数语有反复删改的痕迹，较后的文字是：“子建如文、武，文质大中；陶公如夷、惠，门庭独辟；太白如伊、吕，担当万古；子美如周、孔，总括千秋。”①

第三，主张以盛唐为学诗的入手处。稿本卷二说：“风骚汉魏，高矣美矣；然滥觞之原，非济渡之处也。六代、初唐，都习骈俪。晚唐、元人，略近词曲。宋分南北，大率古文之诗，语录之诗，非诗之诗也。中唐、有明，于诗为近，而或则举止羞涩，似婢作夫人，或则神韵销亡，似唐摹晋帖。上下千古，佳构如林，而总不逮盛唐有美无憾，足以返古而迪后者。盖诗之运会至盛唐而始适其中，诗之造诣至盛唐而始臻其备。岂可以人人拾诵，视若惯常，避熟翻新，自趋歧路乎？”这一条为刻本所删，但其基本精神仍贯穿书中，诗话论盛唐诗人颇多，褒崇甚力，根源即在于此。

第四，于前一时期宗尚的诗人则颇有微词。稿本卷一评论渔洋《唐人万首绝句选》说：“《清平调》原非太白佳处，然神气飘逸自如，迥非中晚人所能摹袭。渔洋选中晚宫词，累累盈幅，而削此三章，舍天姿而取脂粉，又何也？”又上引文中，作者也批评中唐诗“举止羞涩，似婢做夫人”，晚唐诗“略近词曲”。稿本卷四作者还与吴揖堂对比评吴冠雅诗说：“派出晚唐，语多纤丽，不如揖堂导源之正。”卷一则批评韩愈、苏轼诗说：“昌黎诗有斗胜之意，东坡诗有游戏之意，皆非古音。”又卷十二、十三说：“唐之沈、宋以逮晚唐之温、李，宋之苏、黄以逮南宋之四灵，逞研斗博，尚气弄巧，皆不能不为诗累。”所有这些都表明，对渔洋、中晚唐、韩、苏颇有非议。

其次，从强调诗歌内容及其社会功用方面看。

第一，稿本推崇白居易的诗论，主张诗歌为政教服务。稿本卷十二、十三说：“香山《读张籍古乐府》云：‘为诗意如何？六义互铺陈。雅颂比兴外，未尝著空文。上可裨教化，舒之济万民；下可理性情，卷之善一身。言者志

① 见《作诗本经纲领》稿本，北京大学图书馆藏。

之苗，行者文之根。所以读君诗，亦知君为人。'数语可作诗学圭臬，予欲取之以为历代诗人总序。合乎此则为诗，不合乎此，则虽思致精刻，词语隽妙，采色陆离，声调和美，均不足以为诗也。学者可以知所从事矣。"

第二，明确提出诗为性情之教，规定性情的界说。作者批评一般所谓"性情"："最高不过嘲风雪，弄花草耳。其下则叹老嗟穷，志向龌龊。其尤悖理，则荒淫狎媟之语皆以入诗，非独不引为耻，且曰此吾言情之什。"在作者之前，正是随园大倡"性灵说"之时，并公开为艳诗张目："艳诗宫体，自是诗家一格，孔子不删郑卫之诗。"①作者此处云云，实有所为而发。他正面提出自己的性情论："吾所谓性情者，于三百篇取一言焉，曰'柔惠且直'而已。直则不畏强御，柔惠则不侮鳏寡，盖刚柔之准制，诗教之中声也。老杜云'公若登(原误写作吞)台辅，临危莫顾身'，直也；'穷年忧黎元，叹息肠内热'，柔惠也。乐天云'况多刚狷性，难与世同尘'，直也；'不辞为俗吏，且欲活疲民'，柔惠也。两公此类诗句，开卷即是，得古诗人之性情矣。舍此而言性情，诗之螟螣也。"

第三，从重内容出发，强调诗人本身的性情、学问等修养对诗歌的作用，提出学诗的工夫主要不在诗中，而在诗外。稿本开宗明义第 1 条即说："李、杜不选诗，至姚合、殷璠等乃为之。唐人不著诗话，至宋人乃盛为之。此可以悟诗之升降。放翁《示子》云：'汝果欲学诗，工夫在诗外。'至哉言乎，可以扫尽一切诗话矣。"第 2 条即说："诗无工拙，朱子言之矣。盖有工拙，乃诗之衰也。三代两汉之世，人唯无作，作则未有不工者，性情学问陶冶深矣。"同卷又说："学者诚知诗无可学，而日治其性情学问，则诗不学而亦能之。"又卷二说："诗有何法？胸襟大一分，诗进一分耳。于诗求之，岂有入门之理哉！"

第四，基于重内容，在艺术上主张由充实内容焕发出来的真实美和自然美，反对雕琢以求工。他批评陆机、谢灵运"真性为词气所没"②，赞美陶诗如"风水成文"③，推崇李白、王昌龄、王维等人的一些诗"全以先天神运，不

① 袁枚《再与沈大宗伯书》，周本淳标校《小仓山房诗文集》第 3 册第 1505 页，上海：上海古籍出版社 1988 年版。

② 《说诗牙慧》稿本卷一。

③ 《说诗牙慧》稿本卷十二、十三。

在后天迹象”①。在卷三里，作者说：“辞达而已矣，千古文章之大法也。”并阐发说：“盖达者，理义心术，人事物状，深微难见，而辞能阐之，斯谓之达。达则天地万物之性情可见矣……以其细者论之，‘杨柳依依’，能达杨柳之性情者也；‘蒹葭苍苍’，能达蒹葭之情性者也。任举一境一物，皆能曲肖神理，托出毫素，百世之下，如在目前，此达之妙也。三百篇以后之诗，到此境者，陶乎，杜乎！”

五

稿本《说诗牙慧》于卷十二、十三“徐仲车潋潋滟滟天尽头……人不爱读其集耶”一条下，注云：“以上皆钞过，此下补钞在‘其集耶’后，另提一行写。”可证这个稿本在改订后，曾有一誊清本（下文即称“誊清本”）。此其一。

其二，稿本全书之末，另有11页纸列补钞条文5组11条，分别注明钞入何卷何条之后，检其指明各条所在之卷数，均与稿本不合。兹列于下：

一、“危太仆初以文学征起”一条，注云：“此一则钞在第一卷尾‘诗耳过矣’后。”稿本“诗耳过矣”条在第三卷中。

二、“昔人恨曾子固不能诗”一条，注云：“此一条钞在第二卷尾‘无交涉也’后。”稿本“无交涉也”条在第五卷末。

三、“予读陈后山集而叹杜之未易学”一条，注云：“此一则钞在第三卷尾‘五律之楷’后。”稿本“五律之楷”条在第八卷中。

四、“王渔洋谓小杜‘至竟息亡缘底事’”和“汉魏人诗题雅于六朝人”两条，注云：“此二条钞在第四卷尾‘罪人耳’后。”稿本“罪人耳”条在第十一卷中。

五、“工部百世祖，涪翁一灯传”、“畅当《河中鹳雀楼》诗”、“太白诗‘我志在删述’”、“垠崖划奔豁，乾坤摆雷硍”、“昌黎《赠东野》云‘文字觑天巧’”、“王建《上昌黎诗》云‘重登太学领儒流’”6条，注云：“以

---

① 《说诗牙慧》稿本卷一。

下六则钞在第五卷尾‘率笔多耳’后。”稿本“率笔多耳”条在第十二、十三卷中。

这种情况说明,补钞所入之本,决非誊清本,因誊清本卷次当与稿本相同。此必为另一修改本(下称“改编本”),时间当在誊清本后。从誊清本到改编本,除卷次不同外,可能还有一些内容上的变化,现在已难悬揣了。

其三,上述补钞各条所入卷次不仅与稿本不合,与刻本亦不合。如第1组刻本在第三卷首;第2组在第四卷中,因“无交涉也”条已删,接在“方干爱押来字韵”条后;第3组在第六卷中;第4组在第七卷中;第5组在第九卷中。卷次全不相同。这说明补钞所入之改编本尚非刻本之底本,从改编本到刻本至少还经过一次变化。

总括上述情况,可以肯定,从稿本《说诗牙慧》到刻本《养一斋诗话》至少经历了如下的过程:

稿本→稿本的誊清本→与誊清本卷次不同的改编本→最后改定的刻本的底本→刻本。

以刻本与稿本对照,从稿本到刻本显然又有相当程度的变化。稿本13卷,刻本编定为10卷。其间除个别或小量的字句修改外,删去近70条,增加38条。删去的条文主要是对清人及作者友人或同邑人的诗歌评论。这些评论涉及宋琬、施闰章、陆次云、汪琬、朱彝尊、陈恭尹、王士禛、查慎行、赵执信、沈德潜、袁枚、洪亮吉、孙星衍等三十余人。新增的条文是:刻本卷一的第1、2、3、4、5、6、7、13、14、16、23条;卷二的第21条;卷三的第2、3、4、5、6、7、9、10、11、12、13、14、15、16、17、18、25条;卷五的第11、13、14、15、16、17条;卷六的第16条后半;卷九的第23条。这些变化发生在改编本和刻本的底本两稿中。徐宝善说道光九年(1829)夏,他在北京结识潘德舆,读到潘的诗话。徐宝善于嘉庆二十五年(1820)成进士,为庶吉士,入翰林在黄爵滋前,故黄称之为前辈,潘乃黄拔举之人,那么,潘送徐过目的诗话不可能是涂沫甚多的今存稿本,应当是誊清本。由此可以推断稿本到刻本的变化,是他在到京师以后的时间里修改完成的。如果说稿本主要反映了潘德舆中举前的中期诗论,那么,刻本的变化则反映了潘德舆中举后出入北京期间的晚期诗论。

六

潘德舆于道光八年(1828)中举,座主为钟昌、黄爵滋。次年即入都参加会试。道光十一、十二年(1831、1832)又为座主钟昌所聘,在京坐馆二年。此后因会试还曾数次入都。出入京师的这段时间,是作者生活中又一重要时期。在京师里,他交游结识了徐宝善、黄爵滋、汤鹏、张际亮、叶名沣、郭羽可、孔继鑅等人。这些人或为进士出身的文职官员,或为来京赶赴会试的举子,都长于写诗。他们大都留心世务,关切时局,为诗则不尚浮华。徐宝善自言"不喜为风月之词","每成一章,其意或显呈于篇中,其旨或微寓于言外,庶不使后人薄此为小技"。[①] 叶名沣诗"古雅可诵","大有益于风教"[②],"不事雕绘,旨趣天成"[③]。汤鹏诗"合于性天,出入于风骚而不苟作"[④]。张际亮诗"性情气格,两两俱胜"[⑤]。黄爵滋自称其诗"要亦不乖于体,不乱于气,不悖于理,不诡于法"[⑥]。潘德舆参预其间,同他们论诗并互相唱和。他曾自言:"道光辛卯、壬辰(1831、1832)间,余客都下,喜与四方之士论诗。"[⑦]这一些人继宣南诗社消歇之后,俨然形成一个新的诗歌集团。吴昆田《孔宥函传》说:"继鑅能文章,好为古歌诗,师事山阳潘德舆。与同郡鲁一同、宜黄黄爵滋、歙徐宝善、益阳汤鹏、建宁张际亮、汉阳叶名沣以气节相尚,赋诗酬唱,一时京师坛坫称极盛焉。"[⑧]他们有变革诗风,使诗歌适应现实需要的趋向,也以此互相期许。黄爵滋曾说:"近世诗人,不凛郑卫之戒,转蹈齐梁之丑,俾数千年之诗教,一坏于六朝之季,再坏于今日。流波

---

① 徐宝善《与杜尺庄书》,见《壶园全集·壶园杂著·壶园尺牍》第21页,清梅曾亮序刻本。

② 叶名沣《凤栖里人诗集》卷首潘德舆所识评语,见北京大学图书馆藏抄本。

③ 林昌彝《射鹰楼诗话》卷八第15页,清咸丰元年(1851)福州林氏刻本。

④ 汤鹏《山阳诗叟行序》,《海秋诗集》卷十二,清道光十八年(1838)刻本。

⑤ 林昌彝《射鹰楼诗话》卷二第1页,清咸丰元年(1851)福州林氏刻本。

⑥ 黄爵滋《仙屏书屋初集诗录自序》,《仙屏书屋初集·诗录》卷首第8页,清道光二十六年(1846)刊本。

⑦ 《江龙门诗序》,《养一斋集》卷十八第15页。

⑧ 吴昆田《孔宥函传》,缪荃孙《续碑传集》第23册卷七十九文学4第4页,清宣统二年(1910)刊本。

靡底，毒入膏肓，荡废名节，颓败心术。呜呼，可胜痛哉！仆自顾力弱，障挽无由，思得一二贤豪，共明此道。”①又说：“今之诗人，大率干贵显，侈燕会耳。至于民瘼，久置之不问。有言及之者，且以为无病呻吟也。……使如廉峰（徐宝善）诸君提倡于上，亨甫（张际亮）、四农（潘德舆）诸子，相与奋发而周旋之，则斯道复兴之机也。”②

京师是政治中心，也是人才荟萃之所。潘德舆在这一段交游里开阔了政治眼界，对时局危机感受更深，济世之心也更为迫切。吴昆田记述他在北京时的情况说：“先生素豪饮，以多病为禁爵。……然每谈天下事，则忘禁，辄醉。尝曰：‘天下有事，我辈其如何？’”③另一方面对文坛的状况也有了进一步的了解。潘氏说：“仆居京师二年余，见近世士大夫文章无虑数十家，鲜有彰阐义理者。夫诗乃吾心物也，池馆簪组，声色玩好，仙释书画，皆心外物耳。近人每唱和，迭代言之不休……争为无用之语以弋名誉。”④他还在给张际亮的信中说：“今之才人诸所造，至足以悦人而止，不能究古者沉郁顿挫之妙。”⑤在为郭羽可诗集作的序言里说：“标纲宗，立坛坫，争妍、斗博、使气三者而已。三者又迭为胜负，士日攘臂于其中，未有从事于性情者。”⑥又在为黄爵滋诗集所作的序文中说：“去古既远，作者雕锼驰骋之力至苦，然于政与行绝无与，徒淫巧走声利，自溺其志，以溺人之志。盖行不古而政因之矣。”⑦这些情况使作者变革诗风的意向日趋强烈，推动他的诗论继续沿着这一方向发展。

潘德舆在本时期把《诗话》带到京师，请人过目，与人商榷。除徐宝善看过他的《诗话》外，钟昌曾于道光十二年（1832）为《诗话》作序，黄爵滋也

---

① 黄爵滋《与李海初笺》，《仙屏书屋初集·文录》卷十一第11页，清道光二十八年（1848）仙屏书屋刻本。

② 黄爵滋《仙屏书屋初集诗录自序》，《仙屏书屋初集·诗录》卷首第3、8页，清道光二十六年（1846）刊本。

③ 吴昆田《养一斋集跋》，清道光二十九年刻本《养一斋集》附载：同治二年（1863）癸亥秋吴氏跋。

④ 《与汤海秋书》，《养一斋集》卷二十二第1页。

⑤ 《与张亨甫书》，《养一斋集》卷二十二第2—3页。

⑥ 《诵芬堂诗序》，《养一斋集》卷十八第13页。

⑦ 《仙屏书屋诗序》，《养一斋集》卷十八第12页。

曾说:“余读潘生诗说,品人以性,律己以学,论断贵通,取裁尚恕。”[①]说明钟、黄二人亦曾寓目。潘德舆结合自己的新认识,对诗话进一步作了修改。其最突出之点,就是明确张起诗教的旗帜,而于扭转浮华诗风三致意焉。刻本新增的条文,正是围绕着这一中心的。

刻本新增开篇第一条即标出“诗言志”、“思无邪”的旗帜,强调这是衡量一切诗歌的“权度”[②]。又新增第二条对这一原则详为阐发:“言志者,必自得;无邪者,不为人。”什么是“言志”“自得”呢? 即“本之于性天,养之以经籍”,“深造自得,居安资深”,也就是诗必须有作者的志趣、抱负、性情、识见,有以自树立的内容;什么是“思邪”“为人”呢? 即创作动机不正,投流俗所好,追逐工巧,以悦人弋誉为作诗目的:“搦管之先,只求胜人;多作之后,遂思存世。……分曹咏物之作,酬和叠韵之体,谀颂悦人之篇,饾饤考古之制,穷工极巧,弥漫浩汗,何益于身心,何裨于政教! 作者诩能手,诵者称国工。……皆孔子所谓为人者也。”作者提出必须去掉“趋势弋利之心”,不作“斗靡逞妍之诗”。号召向古人学习:“三百篇、汉人之诗,委巷妇孺亦厕其中……特其诗不为人而自得,故足传诵耳。”[③]

第二,提倡诗教,强调诗歌内容之正。在卷一新增的条文中提出“诗境不可出理外”,“阿谀诽谤戏谑淫荡夸诈邪诞之诗作而诗教熄”。[④] 又对袁枚的《随园诗话》深表不满,指斥它“佻纤”,“滋后学之惑”[⑤]。稿本中有一条于袁枚有所称扬:“《随园诗话》予取其《咏梅》一绝云:‘众木正如梦,一枝方自春。至今江水上,犹见独醒人。’吐弃凡近,咏梅之高唱也。《小仓山房诗》予取其《马嵬》一绝云:‘休唱当时长恨歌,人间亦自有银河,石壕村里夫妻别,泪比长生殿里多。’讽寄深切,近义山、用晦诸公矣。”[⑥]即使就作者后来的论诗观点看,取此二绝句亦不为过,但刻本却予以删除,表现了对袁枚诗风的憎厌。

---

① 黄爵滋《抑隅诗钞序》,《仙屏书屋初集·文录》卷七第 4 页。

② 《养一斋诗话》卷一,郭绍虞编选《清诗话续编》下册第 2006 页。

③ 同上书,第 2006—2007 页。

④ 同上书,第 2007 页。

⑤ 同上书,第 2011 页。

⑥ 《说诗牙慧》稿本卷一。

第三,在艺术表现上,进而宗尚质实的诗境。作者在卷三新增的条文中说:"吾学诗数十年,近始悟诗境全贵质实二字。"[①]同卷增加十余条专论诗风质直的元诗人虞集,对虞备极推崇:"道园以质直之气,行于争尚绮靡之时,故能娇然独出。"又说:"今人诗无一句不求伟丽峭隽,而怒张之气,侧媚之态,令人不可向迩,此中不足而饰其外之过也。道园诗未尝废气势词采,而了无致饰悦人之意,最为今人上药。"称许虞为"大家本色",并与黄庭坚对比说:"黄安排用人力,虞质直近天机。"[②]同卷还增加2条颂扬明人黄淳耀、刘基、顾炎武的诗,以为黄诗"结志刚凝,感时悱恻,风人正规,于是乎在","诚意之诗苍深,亭林之诗坚实,皆非以诗为诗者,而其诗境直黄河、太华之高阔"。又说:"吾取虞道园之诗者,以其质也。取顾亭林之诗者,以其实也。亭林作诗不如道园之富,然字字皆实。此修辞立诚之旨也。竹垞、归愚选明诗,皆及亭林,皆未尝尊为诗家高境,盖二公学诗见地犹为文采所囿耳。"作者还批驳对质实诗境的非议说:"或言诗贵质实,近于腐木湿鼓之音。不知此乃南宋之质实,而非汉魏之质实也。南宋以语录议论为诗,故质实而多俚词。汉魏以性情时事为诗,故质实而有余味。分辨不精,概以质实为病,则浅者尚词采,高者讲风神,皆诗道之外心。"作者为什么如此推崇质实的诗境呢?同卷新增的条文说:"凡悦人者未有不欺人者也。末世诗人,求悦人而不耻,每欺人而不顾。若事事以质实为的,则人事治矣。若人人之诗以质实为的,则人心治而人事亦渐可治矣。诗所以厚风俗者此也。……质则不悦人,实则不欺人。"[③]可见作者此举实是针对当时追逐工巧悦人的浮伪诗风而发,同时也是服从于作者提倡诗教的总原则的。

与提倡质实诗境相应,对于刻意为奇诡的种种倾向则予以批评。刻本卷五增加3条集中批评作者早年曾经学步过的李贺,以为李贺诗除少数外,"余非鬼语,则词曲语,皆不得以诗目之",批评李诗"有意作奇语",有的更"变险而媚"。作者认为这些都是"词场逞妍之惯技,即之可喜,久之生厌者",为后代开了坏风气:"钓名之士,欲人一见惊喜,刻意造句,必险必媚,

① 《养一斋诗话》卷三,郭绍虞编选《清诗话续编》下册第2044页。

② 同上书,第2040—2041页。

③ 同上书,第2043—2044页。

而后易于动目。呕出心肝者，竟为后世声气用矣，悲夫!”严羽曾认为“玉川之怪，长吉之诡，天地间自欠此体不得”，作者指责为立论“支离”①。翁方纲《石洲诗话》以为“五言诗自苏、黄后，放翁已不能脚踏实地”，因而说：“居此后者，欲以平正自然，上追古人，其谁信之?”作者于刻本卷一新增1条反驳说：“夫苏、黄之诗，标新领异，旁见侧出，原令人目眩心摇，然久于其中，竟谓举世之人，舍此断无出路，何其轻量人才之甚也！且必不以平正自然为诗，则诗之为物，累人心术亦甚矣。”②表现了同样的倾向。

第四，由重内容而重诗人修养，又由重诗人进而以人品论诗，提出诗教不能出圣教外。卷三新增的条文说：“颜、谢诗并称，谢诗更优于颜，然谢则叛臣也。颜生平不喜见要人，似有见地，然荀赤松讥其外示寡求，内怀奔竞，干禄祈进，不知极已。文人无行，何足恃哉!”③卷一新增的条文说：“以诗而论，则阮籍之《咏怀》，未离于古；陈子昂之《感遇》，且居然能复古也。以人而论，则籍之党司马昭而作《劝晋王牋》，子昂之谄武曌而上书请立武氏九庙，皆小人也。既为小人之诗，则皆宜斥之为不足道。”④卷三更提出：“如曹操、阮籍、陆机、潘岳、谢灵运、沈约、范云、陈子昂、宋之问、沈佺期诸乱臣逆党之诗，一概不选不读，以端初学之趋向，而立诗教之纲维。”⑤卷一还增一条论王安石的，派定王安石欺君、蠹国、病民、用小人、逐君子、侮圣经六大罪状，斥为“小人之杰魁”，以为“爱其文词而学之，则不恶不仁者矣”。⑥ 稿本卷七论宋人绝句一条本录有王安石几首绝句，刻本全部删除，大约为贯彻这一原则。以人论诗，且以封建纲常伦理论人，诚属迂腐不足取，但这无疑是作者持论演变的一个方面。

第五，稿本虽已标榜三百篇为诗之极致，却没有指明学三百篇的途径，相反以为源头并非津渡之处，提倡学诗从盛唐入手。刻本将提倡由盛唐入手一条删去，于卷一新增条文强调直接向三百篇学习，并指明具体学习途

---

① 均见《养一斋诗话》卷五，郭绍虞编选《清诗话续编》下册第2078—2079页。
② 同上书，第2012页。
③ 《养一斋诗话》卷三，郭绍虞编选《清诗话续编》下册第2045页。
④ 《养一斋诗话》卷一，郭绍虞编选《清诗话续编》下册第2008页。
⑤ 《养一斋诗话》卷三，郭绍虞编选《清诗话续编》下册第2045页。
⑥ 《养一斋诗话》卷一，郭绍虞编选《清诗话续编》下册第2008页。

径:“三百篇之体制音节,不必学,不能学;三百篇之神理意境,不可不学也。神理意境者何?有关系寄托,一也;直抒己见,二也;纯任天机,三也;言有尽而意无穷,四也。不学三百篇,则虽赫然成家,要之纤琐摹拟、饾饤浅近而已,今人之所喜,古人之所笑也。汉唐人不尽学三百篇,然其至高之作,必与三百篇之神理意境暗合……而何不可学之有哉!”①作者就三百篇拈出的4条神理意境,实际是他论诗原则的概括。观其谓汉唐至高之作能与之暗合,此种神理意境实不仅存于三百篇中。这是他多年来论诗主张的最高发展,也是他诗话中的几条主干。所谓“有关系寄托”,即强调诗歌的比兴讽喻传统,诗要有为而作,与政治教化相关,也就是《诗话》中推崇白居易诗论的意思。所谓“直抒己见”,即“诗言志”、“必自得”、“不为人”的意思,要求诗人“胸有实得,无意于诗,而触物肖形,都成绝境”。② 所谓“纯任天机”,也就是《诗话》中提倡的“天机自运”、“辞达”、“质实”,而批评“逞妍斗博,尚气弄巧,皆不能不为诗累”的意思。所谓“言有尽而意无穷”,即反对率意浅露,而要求诗歌含蓄隽永,饶有余味。4条原则体现了作者对诗歌的思想和艺术的全面要求。

像刻本这样一部《诗话》,已不同于古代札记式的只讲“作诗之道”、只就“词之工拙而扬榷之”的诗话。辛未本颇近于后者,但已被改订。它也不同于那种标纲宗,树坛坫,以神韵、性灵等目震眩天下,究其实不过提倡一种风格流派的诗话。它是一部关系“诗之本教”的著作了,在当时的诗坛上,树起一面旗帜,力图推挽一代诗风,使之沿着风雅方向发展。丁晏说他论诗“推原风雅,痛斥门户声气之习”③,是颇中肯綮的。这自然不能再以“牙慧”视之了。完成了从“牙慧”到“诗话”的转变,辛未序也就被删除了。钟昌壬辰《序》说:“古今作者,类喜言诗。顾言诗非知本不可;不知本则一口舌之巧尽之。”④似因看到了辛未序,故承其语加以发挥的议论。至徐宝善丙申序则不见此种痕迹了。《序》云:“凡诗之作,由心生也。是故人心正而

① 《养一斋诗话》卷一,郭绍虞编选《清诗话续编》下册第2007—2008页。

② 《养一斋诗话》卷十,郭绍虞编选《清诗话续编》下册第2153页。

③ 丁晏《潘君传》,《颐志斋文钞》第36页,见罗振玉辑《雪堂丛刻》,1915年上虞罗氏铅印本。

④ 《养一斋诗话》卷首,郭绍虞编选《清诗话续编》下册第2003页。

诗教昌，诗教昌而世运泰，浮嚣怪僻纤淫之诗作，而人心世运且受其蔽。"与刻本立论如出一辙了。

1980 年 11 月

（原载中华书局编辑部编《文史》第 13 辑，北京：中华书局 1982 年版。）

潘德舆《诗话》著述四种提要

(一)《养一斋诗话》10 卷 [清]潘德舆撰

潘德舆(1785—1839)字彦辅,一字四农。江苏山阳(今淮安)人。道光八年(1828)举人。十五年大挑一等,以知县分发安徽候选,未赴。一生未入仕途。著有《养一斋诗文集》26 卷、《养一斋词》3 卷、《养一斋札记》9 卷等。生平见《清史稿》卷四八六、鲁一同《通甫类稿·潘先生行状》。

本书撰写所历时间颇长,其前身《说诗牙慧》稿本有嘉庆辛未年(1811)自序,说明其时已基本成书,而开始写作当更早;同时,今存稿本又非辛未本原型,其中有作于道光六年(1826)者,说明辛未后续有增补。作者中举后,还曾将增补本带至京师,请座主钟昌、黄爵滋及徐宝善等友人过目,继续修订,最后于道光十六年(1836)付刊。从稿本辛未序看,本书从作者早年学诗析艺札记开始,历经三十余载,随着作者思想发展,渐由析艺转为倡导变革诗风,写作态度日趋严肃。至道光刻本,其论诗倾向已完全着眼于诗的本原问题,但书中仍留有各阶段痕迹。

全书三百余则,评论范围涉及自《诗经》以下历代著名诗人和重要诗论著作。作者处于清王朝由盛转衰时期,已有“天下不久当有事”(吴昆田《养一斋集跋》)之预感,平时以“扶掖世运”、“报国救民”(《与孔生继鑅书》)为己任,故其论诗宗旨强调社会政教功能,颇具时代烙印。书中称白居易诗“上可裨教化,舒之济万民;下可理性情,卷之善一身”,“可作诗学圭臬”,“合乎此则为诗”,否则“均不足以为诗”(卷一〇);批评当时流连光景、唱和酬答之诗“穷工极巧,弥漫浩汗,何益于身心,何裨于政教”(卷一)!又批评当时将“嘲风雪,弄花草”,“叹老嗟穷”,乃至“荒淫狎媟之语”皆视作“性情”之滥调,而正之曰:“吾所谓性情者,于三百篇取一言,曰‘柔惠且直’而已。此不畏强御、不侮鳏寡之本原也。”(卷一〇)他举例称杜甫诗“公若登台辅,临危莫顾身”为“直”,“穷年忧黎元,叹息肠内热”为“柔惠”。可见其性情论之实质仍是为政教服务。由于作者崇尚程朱理学,政治倾向偏于保守,其诗论亦不免有迂腐的一面,如称“诗教”不能出“圣教”外,“诗境不可出理外”(卷一);论诗首重诗人节操,不能于忠孝等封建伦理大节有亏,如认为阮籍“党司马昭而作劝晋王笺”,陈子昂“谄武曌而上书请立武氏九庙”,均为“小人”,其诗亦应“斥之为不足道”(卷五)。于讽喻诗则主张“蕴藉”,不违温柔敦厚之旨(卷五)等。然书中于艺术分析也多精到之见,如反对刻意雕琢、词藻华艳与创意奇诡,主张天机、质实,称“黄(庭坚)安排用人力,虞(集)质直任天机”,称李贺诗“非鬼语则词曲语,皆不得以诗目之”(卷五),称“诗境全贵质实二字”,“质则不悦人,实则不欺人”(卷三)等。书中反对标榜门户,而以三百篇为最高典范,主张三百篇体制音节不必学,而其神理意境则不可不学,即“有关系寄托,一也;直抒己见,二也;纯任天机,三也;言有尽而意无穷,四也”。可见其重思想而不偏废艺术。

由于本书注重诗之本原,颇具改革浮靡诗风的鲜明倾向,与当时经世思潮相合,故颇受时人及后人重视。钟昌谓其“知本教而戒巧言”(《养一斋诗话序》),黄爵滋谓其“品人以性,律已以学,论断贵通,取裁尚恕”(《仙屏书屋初集文录·抑隅诗钞序》),林昌彝赞其“精确”(《射鹰楼诗话》),陆以湉誉其“悉禀圣人诗教之旨,以心术行谊为本,以气骨韵味为主。近时诗话,当以此为首”(《冷庐杂识》),谭献评其“敦实知本,可范后来”(《复堂日记》)。

《诗话》有道光十六年(1836)刻本,上海古籍出版社《清诗话续编》本。

(二)《说诗牙慧》13 卷　[清]潘德舆撰

本书为《养一斋诗话》前身,总计三百三十余则,有作者嘉庆十六年辛未(1811)序,说明其时已基本成书,写作当在此前。然其中时间可考条目又有写于嘉庆二十年(1815)、二十二年、二十三年、道光元年(1821)乃至道光六年(1826)者,则嘉庆辛未后又陆续有所增订。

作者于辛未序中将历来“诗话”统称作“牙慧”,认为“诗之为道,通天地而感鬼神,尽忠孝而美教化,今乃取其词之工拙而扬榷之,诗话愈多,而诗愈亡”。然又称既知其为牙慧,亦不妨假此为笑谈之一助,由此可知本书辛未以前之内容大体偏于“词之工拙”,无关诗之本原。后作者之诗学观念发生重要变化,认为诗道应“尽忠孝而美教化”,故其后增订修改,不断增强改革诗风、提倡诗教之意识。本书最终定型约在道光九年(1829)至十二、十三年间,其基本宗旨已与后来所刻《养一斋诗话》大致相同。

但本书尚不能视作《养一斋诗话》刻本底稿,两相对照,其间仍有相当程度变化。本书13卷,《养一斋诗话》刻本为10卷。除少量字句修改外,删去70条,增加38条。所删条文主要涉及宋琬、施闰章、陆次云、汪琬、朱彝尊、陈恭尹、王士祯、查慎行、赵执信、沈德潜、袁枚、洪亮吉、孙星衍等三十余人,其中不乏有参考价值者。增加条目散见于《养一斋诗话》卷一(第1至7则、第13则至16则、第23则)、卷二(第21则)、卷三(第2至7则、第9至18则、第25则)、卷五(第11则、第13至17则)、卷六(第16则后半)、卷九(第23则),大都为强调诗歌之政教宗旨及端正写诗态度等内容。书中有作者自言学诗经历及诗歌变化之文字,于研究其思想发展与创作变化均有价值。

本书为稿本,藏北京大学图书馆善本室,除第七卷外,每卷标目下均有“四农”二字印章。字迹一部分为作者手笔,一部分系倩人代抄。

(三)《养一斋李杜诗话》3卷 [清]潘德舆撰

本书附刻于《养一斋诗话》之后。作者认为朱熹曾说“作诗先看李、杜,如士人治本经,本既定,方可看苏、黄以次诸家”,虽尚未“以李、杜之诗为经”,然“已以李、杜之诗为作诗之经”(《养一斋集》卷十八《〈作诗本经〉序》)。故辑李、杜诗千余篇为《作诗本经》,并写“纲领数万言,于昔之论李、杜者,颇有折衷”(《说诗牙慧》卷三)。本书即所谓“纲领数万言”,稿本题作《作诗本经纲领》,刊刻时改作《李杜诗话》。全书共50则,内容均为检讨前人关于李、杜之种种评论,先列前人说法,然后辨析,申以己见。于前人歧异之说,折衷是非,颇有见地。所论广泛涉及李、杜之思想、品格、事迹、各体诗作之艺术特色与成就等,足资研究李、杜之参考。

本书有道光十六年(1836)刻《养一斋诗话》本,通行为上海古籍出版社《清诗话续编》本。

(四)《作诗本经纲领》2卷 [清]潘德舆撰

本书为《养一斋李杜诗话》稿本,附于《养一斋诗话》的稿本《说诗牙慧》之后,写成于道光六年(1826)左右。作者有《〈作诗本经〉序》,略谓:孔子断三百篇为经，万世奉为定论。三代而下，诗足以绍续三百篇者，无如李、杜，却无人敢从而经之。朱熹说"作诗先看李、杜，如士人治本经，本既定，方可看苏、黄以次诸家"，"朱子虽未以李、杜之诗为经，而已以李、杜之诗为作诗之经矣"。故作者辑李、杜诗千余篇，为《作诗本经》。其《说诗牙慧》卷三又曰："予辑《作诗本经》，专选李、杜二家，其纲领数万言，于昔之论李、杜者，颇有折衷。"本书即作者所辑《作诗本经》之数万言"纲领"，刊刻时改题为《养一斋李杜诗话》。与刊本比较，稿本原为2卷，上卷为《李诗说》，下卷为《杜诗说》，并有"通论全诗"、"分论各体"、"附论行事"的分类，共49则。刊本增首条为序，说明此书乃《作诗本经》的"纲领"部分，故成50则。刊本将下卷《杜诗说》析为2卷，而成3卷。刊本之第1卷条目次序比稿本有较大调整，如第2则为稿本之第6则、第4则为稿本之第1则等。文字更动较少，略有润色。个别补写条目有漏收者，如"唐氏庚曰"一则补写于天头上，并注明置于黄庭坚一则之后，而刊本未收。另外稿本尚有数则删去者，可作研究作者思想观点变化之参考。

本稿本藏北京大学图书馆善本室。

（原载《中国古代诗文名著提要》，《清华古典文献研究丛书》之一，石家庄：河北教育出版社2009年版。）

何不借风雷，一壮天地颜

——论魏源的思想及其政治诗

梁启超说："龚、魏之时，清政府既陵夷衰微矣，举国方沉酣太平，而彼辈若不胜忧危，恒相与指天画地，规天下大计。"①文中所称之龚为龚自珍，魏即魏源。二人齐名于时，都是鸦片战争前夕，较早觉察到国家、民族危机，有志于拯危济时的先觉者。龚自珍曾呼喊"九州风气恃风雷"②，魏源也呼喊"何不借风雷，一壮天地颜"③，他们都期望天假风雷，一展宏图，再新天地。在清王朝的腐朽统治下，这种高怀远志虽然落空了，但他们各以得风气之先的先行思想，为近代思想史写下了光辉的开篇，也各以充满时代气息的诗文创作，为近代文学开创了新局面。腐朽的清王朝虽然压制他们乘风雷以驰骋，却无力阻止他们的思想和创作酝酿为风雷，在近代历史行程中，发生深远的影响。

"儒通天地人，四海民命寄"

魏源字默深，湖南邵阳金潭（今属隆回）人。生于乾隆五十九年（1794），卒于咸丰七年（1857）。自幼聪明好学，但一生仕途不得志。20岁

---

① 梁启超《清代学术概论》，《饮冰室合集》第8册《专集》34第55页，北京：中华书局1989年版（据上海中华书局1936年版影印）。下引出自此书资料均出此本，仅简注篇名、书名、册数、页码。

② 龚自珍《己亥杂诗》第125首，《龚自珍全集》第521页，上海：上海人民出版社1975年版。下引龚氏文字均出此本，仅简注篇名、书名、页码。

③ 《北上杂诗七首同邓湘皋孝廉》其三，《魏源集》下册第576页，北京：中华书局1976年版。下引魏氏诗文均出此本，仅简注篇名、书名、册数、页码。

（嘉庆十八年）拔贡，29 岁（道光二年）始中举，又七年方以举人入赀为内阁中书，不二年即因父丧去职。52 岁进士及第，此后在江苏任东台、兴化县令及高邮州知州，已是一生的晚期。平生较多的时间是做地方大吏的幕僚，职掌文书和参谋政事。

魏源生活的嘉庆、道光年间，正是清王朝由盛转衰时期。统治阶级已丧尽开国前的朝气，庸腐颟顸，贪贿成风，吏治败坏，政事不修。号为清朝四大政的盐、漕、河、兵，无不积弊已深；加上帝国主义的鸦片掠夺，白银外流，清政府陷入严重的财政危机之中。广大人民辗转在繁重的剥削和频繁的水旱灾害袭击下，走投无路，不断燃起反抗的烈火。嘉庆初年爆发的白莲教起义，历时八年之久；道光末、咸丰初崛起的太平天国革命，持续了十五年。社会长期动荡不安。道光二十年（1840），鸦片战争爆发。近代资本主义国家的入侵，进一步把空前的民族危机提到历史日程上来。中国从此进入了几千年来未有的变局。

魏源在《家塾示儿耆》中说："儒通天地人，四海民命寄。"[①]他有强烈的担当意识。通晓天地人之道，用以济世安民，是他一生奉行的准则和不懈的追求。他怀着这样的愿望踏入危机四伏的现实，在斗争中不断前进，终于成为时代的先行者。

魏源的思想，早年颇受传统的理学思想影响。他的家乡邵阳是一个理学空气很浓的地方。邵阳显族车氏一家即历世崇尚程朱理学；魏之从祖魏志正也"于宋五子书，最有心得"[②]。魏源景仰车氏，曾搜集其遗稿[③]，又与魏志正之孙魏显达一起学习，相互唱和。这种乡里文化氛围，对年轻的魏源不能不有所熏染。他 15 岁中秀才后，即"究心阳明之学"[④]，又曾与李希廉、陈起诗等"沉潜宋儒程朱诸书"[⑤]。不过学贵心得与独创，魏源好学深思，在

---

① 《家塾示儿耆》6 首其一，《魏源集》下册第 653 页。

② 黄宅中等修、邓显鹤等纂《宝庆府志》卷一三〇第 32 页《魏志正传》，清道光二十九年（1849）邵州濂溪书院刻本，民国二十三年（1934）重印本。

③ 见《絜园文钞后集》王元复《馀夫二十五亩》一文跋语。

④ 魏耆《邵阳魏府君事略》，《魏源集》下册附录第 847 页。

⑤ 刘华邦、郭岐勋纂《桂东县志》卷十五第 73 页《李克钿传》，清同治五年（1866）桂东县署刻本。

沉潜理学过程中，也显示出这种独特的倾向，不简单地跟着理学走。他不空谈心性而十分看重事功。他称颂心学领袖王阳明，即强调其“道学传孟、陆之统，事功如伊尹之任”①，赞其道统、事功兼于一身。顾云曾言魏之倾心于王阳明乃因其能“以儒者见诸实用”②。他也不为宋明理学思想体系所囿，常常表现出直探圣人本意的意图。他曾著《子思子章句》、《曾子注》等，从子思、曾子的思想中寻求孔圣真传。又治《大学古本》，纠正朱熹“未悟古本分章之条理，而误分经传”之误，补正王阳明“始复古本，而又未悟格物之本谊”之阙，以明“千圣之心传，六经之纲领”。③ 同时，他又“好读史”④，说明时时系心于社会的治乱兴衰。魏源这种学重经世、通经重在探求圣人本意的倾向，与他后来皈依的经今文学在精神上是相通的。

嘉庆末和道光前期，魏源通过在北京活动和在东南地区参加实际政事改革，学术视野扩大，对清王朝的政治也有了比较深刻的体会和认识，思想开始出现重大的变化和飞跃。学术上，急遽转向经今文学；时务上，表现出明显的商业资本倾向；哲学世界观上，开始树立唯物辩证法思想和历史进化论观点。

清代自乾隆以来盛行汉学。汉学唾弃宋明理学，直承东汉经古文学的路数治经，在音韵、训诂、文字等方面有重大的突破和贡献；然其流弊所极，陷于琐细的名物考订，使经学脱离了政事。嘉、道年间，随着社会政治危机加深，日益显出其不适应现实需要。作为它的对立物，经今文学开始兴起。经今文学远承西汉博士家法，以求圣人微言大义为宗旨，以“通经致用”为依归，这是符合魏源的思想倾向的。嘉庆末、道光初，魏源得以在北京从经今文学家刘逢禄受公羊《春秋》，遂即转向今文经学的研究。他先著《董子春秋发微》，以明《春秋》董氏学，又相继著《诗古微》、《书古微》，将经今文学的研究由《春秋》扩展到《诗经》、《尚书》领域，成为经今文学的“健者”⑤。

魏源学术上的这一转变，旨在提倡“通经致用”的学风。这一点在其道

① 《王文成公赞》，《魏源集》上册第 319 页。

② 顾云《邵阳魏先生传》，《盋山文录》卷五第 1 页，清光绪十五年（1889）刻本。

③ 《大学古本叙》，《魏源集》上册第 138 页。

④ 魏耆《邵阳魏府君事略》，《魏源集》下册附录第 847 页。

⑤ 《清代学术概论》，《饮冰室合集》第 8 册《专集》34 第 55 页。

光十年所撰的《刘礼部遗书序》中表现得很清楚。他在文中盛赞西京 14 博士今文之学"承七十子微言大义"，《易》"皆能以占变知来"，《书》"皆能以《洪范》匡世主"，《诗》"皆以三百五篇当谏书"，《春秋》以之"决狱"，《礼》以之"议制度"。① 总之，都是"以经术为治术"②。他明确提出经学应当"由诂训声音以进于东京典章制度"，"由典章制度以进于西汉微言大义，贯经术、政事、文章为一"。③ 把经术、政事、文章三者统一起来，通经致用，这就是魏源的经学纲领。从这种学术思想出发，魏源对当时脱离现实的汉学、宋学末流展开了猛烈批判。他抨击汉学"以训诂音声蔽'小学'，以名物器服蔽'三礼'，以象数蔽《易》，以鸟兽草木蔽《诗》，毕生治经，无一言益己，无一事可验诸治者"④，"锢天下聪明智慧，使尽出于无用之一途"⑤，指斥专门从事"心性迂谈"的宋学"口心性，躬礼义，动言万物一体，而民瘼之不求，吏治之不习，国计边防之不问；一旦与人家国，上不足制国用，外不足靖疆圉，下不足苏民困，举平日胞与民物之空谈，至此无一事可效诸民物"⑥。

魏源把这一进步学术思想运用到实践中去，成为开近代学术新风的重要人物。他的读书笔记《默觚》(即《古微堂内集》)基本写成于道光前期，其中引经义以论学、论治，实际也就是以经义开展学术批判和政治批判。加上同时期的龚自珍也"引公羊义讥切时政"⑦，遂开近代经术与政事相结合的潮流。所以梁启超说："后之治今文者，喜以经术作政论，则龚、魏遗风也。"⑧道光五年，魏源为江苏布政使贺长龄编辑《皇朝经世文编》，则是经世思想在文献学方面的体现。《文编》专门采辑有关学术、政事的文章，明确提出"时务莫切于当代"，"书各有旨归，道存乎实用"。⑨ 此书关系近代学风极大，到清末为止，承其后而编辑的续编、再编不下十余种。关心时政、重

---

① 《刘礼部遗书序》，《魏源集》上册第 241 页。
② 《默觚上 · 学篇九》，《魏源集》上册第 24 页。
③ 《刘礼部遗书序》，《魏源集》上册第 242 页。
④ 《默觚上 · 学篇九》，《魏源集》上册第 24 页。
⑤ 《武进李申耆先生传》，《魏源集》上册第 359 页。
⑥ 《默觚下 · 治篇一》，《魏源集》上册第 36 页。
⑦ 《清代学术概论》，《饮冰室合集》第 8 册《专集》34 第 54 页。
⑧ 同上书，第 56 页。
⑨ 《皇朝经世文编五例》，《魏源集》上册第 158 页。

视实际学问、以经世为务形成一种思想潮流。俞樾说："数十年来，风行海内，凡讲求经济者，无不奉此书为矩矱。"①

魏源在转向经今文学的同时，也更注重时务，他在江苏直接参加了漕、盐要政的改革。道光五年，他一力助成漕粮改成海运之事，使漕费节减一半。道光十二年，提出以票盐制代替纲盐法，使盐课由累年亏损一变而为溢额。这些改革都是以理财富国、裕商便民为纲。他在这些改革中，同顽固的保守势力和陈腐的传统观念较量，坚持顺应事物客观发展的"情势"，因时制宜，所谓"其道一出于因"②，保证了改革事业的胜利，思想也不断前进。他在漕运改革中，认为"官告竭，非商不为功"③，提出"因商舟为运舟，因商估为运丁"④；在盐政改革中，提出"只论盐课之有无，不问商贾之南北"⑤。这些都与封建阶级鄙视商业的传统观念相反，主张充分利用民间商业力量，在鸦片战争前较早地表现出发展商业资本、走富国裕民道路的倾向。

伴随更革弊政的斗争，魏源的哲学世界观也起了重大变化。尽管他没有完全摆脱唯心主义和形而上学的束缚，仍然把"道"视为不变的，"其不变者道"⑥，也还有天命思想残余，"天之未定则人胜天，天既定则天胜人"⑦，但是由于在改革中勇于正视现实，他的思想明显地反映出朴素唯物辩证法和历史进化论观点。他认为"气化无一息不变"，三代以上之天、地、人、物皆不同于今之天、地、人、物。道虽不变，"势则日变而不可复"。承认历史有演进，治法有不同，"五帝不袭礼，三王不沿乐"，反对泥古不化，指斥"执古以绳今，是为诬今"，"诬今不可以为治"⑧。从而树立起明确的坚实的变革思想：声言"天下无数百年不敝之法，亦无穷极不变之法"⑨，"变古愈尽，

---

① 俞樾《皇朝经世文续集序》，《春在堂全书》第2册《春在堂杂文七》第20页，总第2609页，台湾：中国文献出版社合装影印本1968年版。

② 《筹漕篇上》，《魏源集》上册第404页。

③ 《海运全案序》，《魏源集》上册第411页。

④ 《筹漕篇上》，《魏源集》上册第404页。

⑤ 《上陆制军请运北盐协南课状》，《魏源集》下册第446页。

⑥ 《默觚下·治篇五》，《魏源集》上册第48页。

⑦ 《默觚下·治篇十五》，《魏源集》上册第76页。

⑧ 以上均见《默觚下·治篇五》，《魏源集》上册第47—48页。

⑨ 《淮南盐法轻本敌私议自序》，《魏源集》下册第443页。

便民愈甚”①。这些成为近代变法思想的前驱，也为他奠定了不断前进的基础。

“四远所愿观，圣有乘桴想”

鸦片战争后，面对衰颓的国势和强暴的帝国主义，他以高度的爱国主义热情投入探求富国强兵道路的斗争。他著《圣武记》，历叙王朝武功，考究盛衰之由，希望鼓舞士气，推动时弊改革，增强抵御外侮的能力。又承林则徐《四洲志》编纂《海国图志》，系统介绍世界各国地理、历史、政治知识，以求了解外国情况，制定对付帝国主义的策略，“为以夷攻夷而作，为以夷款夷而作，为师夷长技以制夷而作”②。

在帝国主义打开中国大门的新的历史条件下，魏源肯于睁眼看世界，使思想进一步向纵深发展。他同封建顽固派截然不同，既反对帝国主义侵略，又承认西方在科学技术和政治制度方面的先进性，与闭关锁国的保守思想针锋相对，提出学习西方长处的主张。他斥责把外国先进技术看做“奇技淫巧”的守旧谬论，以为“有用之物即奇技而非淫巧”③；批判盲目尊大、视外域为夷狄的陈腐观念，声言“远客之中有明礼义，上通天象，下察地理，旁彻物情，贯串古今者”，即“瀛寰之奇士，域外之良友”④；提出“师夷长技”以发展近代工业，向当局呼吁“沿海商民，有自愿仿设厂局以造机械，或自用，或出售者，听之”⑤，已经明显地表现出容纳民族资本主义发展的倾向。同时，魏源对西方民主政体也表示欣羡。他赞誉“墨利加北洲之以部落代君长，其章程可垂奕世而无弊”⑥：其总统“不四载即受代”，是“公”；官由公举，“舍独徇同”，是“周”⑦。魏源认为，中国对于西方国家，只要“因其所长而

① 《默觚下·治篇五》，《魏源集》上册第48页。

② 《海国图志叙》，《魏源集》上册第207页。

③ 魏源《海国图志》卷二，清咸丰二年（1852）刊百卷本。

④ 魏源《海国图志》卷七十六《西洋人玛吉士地理备考叙》，清咸丰二年（1852）刊百卷本。

⑤ 魏源《海国图志》卷二第15页，清咸丰二年（1852）刊百卷本。

⑥ 魏源《海国图志后叙》，《海国图志》卷首第5页，清光绪二年（1876）魏光焘平庆泾固道署刻本。

⑦ 魏源《海国图志》卷五十九《墨利加洲沿革总说》，清咸丰二年（1852）刊百卷本。

用之,即因其所长而制之,风气日开,智慧日出,方见东海之民犹西海之民"①,就一定能赶上西方国家。在近代历史的开端,提出如此憧憬和展望,这是何等的眼光与气魄!

魏源21岁第一次北上入都时即写诗道:"足不九州莅,宁免井蛙愚。"②他决心周览中国大地,不做井中之蛙。随着客观形势的发展,他不仅目系九州,而且放眼全球:"四远所愿观,圣有乘桴想。所悲异语言,笔舌均恍惘。……若能决此藩,万国同一吭。朝发旸谷舟,暮宿大秦港。学问同献酬,风俗同抵掌。…… 直将周孔书,不囿禹州讲。"开阔的视野,先进的思想,随着时代而前进的步伐,使他严格区别于封建顽固派,成为地主阶级改革派、资产阶级启蒙思想的先驱者。

"不忧一家寒,所忧四海饥"

魏源一生的主要精力贡献于时务政事改革及经今文学的著述,只是余事为诗。但他的政治诗都是他成长和战斗历程的产物,深刻地反映了鸦片战争前后的社会状况、政治面貌和作者的思想与追求。这些诗以其深刻的现实性、先进的思想性、尖锐的斗争性为鸦片战争前后的诗坛开了新生面。所以他不仅是著名的思想家、时务政事专家,也是近代文学史上重要的诗人。

宋诗派重要作家何绍基说魏源的诗"包孕时感"③,概括了魏源诗的基本倾向和特点。从较早的年代起,魏源的诗笔便显露出面向现实的明显倾向。嘉庆十九年(1814),作者21岁,为参加拔贡的朝考,北上入都,途经中原滑县一带。这里前一年爆发了天理教起义,遭到统治阶级的镇压,又赶上时令不正,灾荒荐臻,触目都是民不聊生的景象。作者写下《道中杂言》、《北上杂诗》等作,真切地描绘了悲惨的现实,表现了诗人"不忧一家寒,所忧四海饥"④的关注现实、关切民隐的精神。

---

① 魏源《海国图志》卷二,清咸丰二年(1852)刊百卷本。
② 《北上杂诗七首同邓湘皋孝廉》其一,《魏源集》下册第576页。
③ 林昌彝《射鹰楼诗话》卷二引,清咸丰元年(1851)福州林氏刻本。
④ 《偶然吟十八首呈婺源董小槎先生为和师感兴诗而作》其九,《魏源集》下册第580页。

从这里向周围展视，正是古称“三河”的地方。自古以来三地之间每遇灾荒都是移粟相救的，“磐磐三河峙，民粟古互移”，然而如今却不行了，河东旱灾，河内兵灾，河南水灾，都陷入自顾不暇的境地：“宁蕲三大灾，三河顿兼之。各占水旱兵，萃为死溺饥。”①在怀古慨今之中，有力地揭示出灾难的深重。这组诗的第一首写弃里逃荒，第二首写鬻女救饥，都是“萃为死溺饥”的具体写照。《北上杂诗》写嗷嗷待毙的饥民，饥不择食，以有毒的荞麦花充腹，“食鸩止渴饥，僵者如乱麻”②，尤其惨不忍睹。这组诗的其五尤其值得注意：

> 滑台阻运河，距卫百里圻。去岁大兵后，大祲今苦饥。黄沙万殍骨，白月千战垒。至今禾麦地，极目森蒿藜。借问酿寇由，色哽不敢唏。野店象纬逼，三垣拱太微。孰称中执法，孰峙钩陈墀。孰扈羽林跸，孰专喉舌司？分野错三辅，煌煌燕豫齐。鼎峙岳牧伯，胡耀欃枪旗？彗贯紫微垣，水溃银潢堤。孰分真宰忧，号令丰隆驰？我欲叫阊阖，阊阖苍莽垂。匏瓜不可摘，高舌挂南箕。③

“去岁大兵”即指嘉庆十八年官军镇压天理教起义。“耀欃枪旗”指起义本身。因为起义地点包括直隶长垣、河南滑县、山东定陶与曹县，故诗称“燕、豫、齐”。“彗贯紫微垣”指这场起义中总教首林清潜入京城率徒众攻袭皇宫，“水溃银潢堤”指河南睢州黄河泛滥。“丰隆”指雷师，该句指解救河东一带旱灾。人民起义，云兴波涌，政事不修，水旱交臻，这就是19世纪20年代清王朝统治下的一幅真实社会图景。诗的前部形象地描绘出滑县一带灾劫之后的凄惨荒凉景象，后部以天象为喻对朝臣及封疆大吏提出尖锐的质问。虽然作者还站在封建王朝的立场上，并诬称起义人民为“寇”，但其关切时局之怀、憎厌政治腐败之意、急于用世之情，都跃然纸上。

作者这次北上入都著有《北道集》，集今不传。当时诗人好友陈沆曾题其集说：“把君《北道集》，怀抱生古春。流离浩满眼，凭车发哀吟。惜哉徒

---

① 《道中杂言》4首其三，《魏源集》下册第590页。

② 《北上杂诗七首同邓湘皋孝廉》其六，《魏源集》下册第577页。

③ 《北上杂诗七首同邓湘皋孝廉》其五，《魏源集》下册第577页。

为尔,不救民苦辛。”①可以窥见该集的基本倾向。上述诸诗当即其中的篇章。反映现实的真实状况,抒发忧时悯民的情怀,这无疑是一个良好的现实主义开端。

“衣垢必澣弦必彻,天运不旋道有捷”

魏源说:“无政事则财用不足,法无久不变,运无往不复。”②他认为只有改革政事,兴利除弊,才能挽救财政危机,苏解民困,达到王朝复振、国家富强的目的。因此作为一个关心时务、时时希冀革新政事的改革家,魏源不以一般的反映民生疾苦为满足。他以时务的眼光观察现实,着眼于统治者的政策举措,在反映现实状况时,着重揭露政事弊端,予以有力的抨击,表现他“衣垢必澣弦必彻,天运不旋道有捷”③的急切变革心情。他自题“效白香山体”的两组《新乐府》——《江南吟》和《都中吟》,是这方面的代表。

《江南吟》10 首集中反映东南地区各项病国病民的弊政,涉及治江、治河、盐政、漕政、催科、禁烟诸方面。《都中吟》13 首则集中在朝中及京师政事,涉及选士制度、捐纳制度、筹办海防政策、京畿治水方略以及部胥操权、仓胥勒榨等方面。像这样广泛地将时政弊端揭诸艺术形象,直接以诗干预时政,在当时诗人中是罕见的。

这些诗往往能通过形象并富于风趣的笔墨,揭示出政事积弊之深、吏治腐败之烈、人民受害之深。如《江南吟》第 3 首写治河。诗中揭露当时所谓“治河”,不过是“防河”,只知一味加高堤防。结果一年到头,从春历夏经秋,“防桃汛,防伏汛,防秋汛,与水争堤若争命”。不用说一旦溃堤,即成巨灾;即使堤防无恙,“两河岁修五百万,纵不溃堤度支病”,巨大的开支也是朝廷财力所不支的。那么,这样的巨额经费都到哪里去了呢?原来大半被河员贪污中饱了:“沙昏昏,波浩浩,河伯娶妇,河宗献宝。桃花浪里鲤鱼

---

① 陈沆《简学斋诗删》卷三《古风一首赠魏默深即题〈北道集〉后》,清咸丰二年(1852)鄘水陈氏刻本。

② 《军储篇一》,《魏源集》下册第 468 页。

③ 《君不见》16 章其十六,《魏源集》下册第 683 页。

好，酒地花天不知老。”①典故词语随事拈来，涉笔成趣，短短数语，将河员们贪黩荒淫的嘴脸暴露无遗。

有些篇章，讽刺尖刻。如《都中吟》第1首写选翰林的制度，辛辣有力。开篇云：“小楷书，八韵诗，青紫拾芥惊童儿；书小楷，诗八韵，将相文武此中进。”清代制度执政阁臣必须翰林出身，而点翰林全凭小楷书写得工整、排律诗做得漂亮，所以归根结蒂，将相文武都是从小楷书、八韵诗中发迹出来的。诗下文云：“八扇天门訣荡开，玉皇亲手策群材，胪唱喧传云五色，董、晁花样毛锥来。”前3句把抡才大典写得隆重煊赫，皇上亲自来选拔像董仲舒、晁错那样对策的人物来了，而第4句一转指出选拔的标准只在一杆毛锥上，使人忍俊不禁。于是“佐上运筹议国计”的枢密之职，“上规主缺下民隐”的谏臣之职，便全靠整秀的书法支撑：“从此考枢密，从此列谏官，尽凭针管绣鸳鸯。”②可谓极尽挖苦之能事。道光二十五年，诗人进士及第，没有被点翰林和入史馆。好友邓显鹤来书表示遗憾，魏报书云：“至以不入史馆为源歉，则非源志也。今日史官日以蝇头小楷、俳体八韵为报国华国之极事，源策其间，何以为情？”③可与此诗相发明。

魏源在更革弊政的斗争中，遭遇重重阻力，亲身接触到形形色色昏庸保守的人物。他将这些人物种种可鄙、可笑而又可怜的嘴脸熔铸为艺术形象，予以无情的鞭挞，构成他的政治诗又一富有特色的部分。这类诗在《古微堂诗稿》中属于《观物吟十九章》，所谓“观物”，也就是观察事物的感兴；至《古微堂诗集》中，大半编入《古乐府》的《行路难十三首》中，题下自注说：“鲍明远《行路难》，寄慨身世，非泛咏也。旷世同感，辄附盍各言志之义。”④其为揭露世路阻力之意显然。如第6首：

> 扁鹊见田侯，三见三叹唏。初见腠理可针灸，再见肠胃可汤液。针灸苦肤药苦口，攻泄恐伤元气厚。何如勿药得中医，国老衣钵为君授。三见始入门，望气先却走，药石攻补百不受，太乙雷公齐束手。娠童媚

---

① 均见《江南吟》10首其三，《魏源集》下册第671页。

② 均见《都中吟》13首其一，《魏源集》下册第675—676页。

③ 黄宅中等修、邓显鹤等纂《宝庆府志》卷一〇二《艺文略三》，清道光二十九年（1849）邵州濂溪书院刻本。

④ 《行路难》13首题下，《魏源集》下册第666页。

子环刍狗，堂上称觞万年寿。①

这首诗利用战国时扁鹊见齐桓侯的故事点窜而成。齐国后归田姓，故称田侯。这个讳疾忌医的形象，既是一切顽固派的化身，也是病入膏肓却不思改图的整个清王朝的化身。他们针怕疼，药怕苦，些微更革都怕动了“元气”。《汉书·艺文志》引谚曰：“有病不治，恒得中医。”“何如勿药得中医”，这就是国老相传的衣钵，也就是清王朝的基本国策。尤为可悲的是，虽然不治之症已形，人们却麻木不仁，视危如安，昵子媚孙还在团团祝寿，这真是当时清王朝的传神写照。作者曾在《默觚下》中揭露当时朝野上下“莫不玩细娱而苟近安，安其危而利其灾”，“举物力、人材、风俗尽销铄于泯泯之中，方以为泰之极也”②，对照一读，更可见此诗含义之深。这组诗的第 1 首写一种无高识远见、因循苟且的人物。他们把造长桥广厦看做是材费人劳的庸人自扰，自以为小桥陋屋足以济用，可是一旦风涛大至，全部席卷无存。第 2 首更刻画一种畏难去垢、自甘陈腐的形象。他汗垢淋漓，爬搔不已，而当有人劝他“胡不兰汤上巳滨，一番澡雪一番新”时，他却去同以污垢为命的虮虱商量，结果只能“甘听群污饱膏血。甘此七斤大布袍，百年不浣沧浪月”。③回顾一下近代史，可以说清王朝一直护着这件七斤大布袍。鸦片战争前后亟思改图的人没能使它脱下来，康、梁发动的戊戌变法运动也没能使它脱下来，直到辛亥革命爆发，它穿着这件大布袍躺到灵床上为止。作者在《淮北票盐志叙》中说：“弊之难去，其难在仰食于弊之人。”④虮虱就是这些“仰食于弊”的家伙，同他们谋商去弊，无异与虎谋皮。作者在《筹鹾篇》中说：“衣垢必瀚，身垢必浴，畴不知之！为千金之裘而必与狐谋其皮，为百金之馔而必与兔谋其羞，何待挠格而始疑之！”⑤可见诗中所写都是作者亲历其事的体会。所以这类诗虽大都采取寓言故事的形式，其形象却是从生活中提炼出来，包含深刻的社会内容。它为我们留下的保守人物群像，永远是一面镜子。

① 《行路难》13 首其六，《魏源集》下册第 667 页。
② 《默觚下·治篇十一》，《魏源集》上册第 66 页。
③ 均见《行路难》13 首其二，《魏源集》下册第 666 页。
④ 《淮北票盐志叙》，《魏源集》下册第 438 页。
⑤ 《筹鹾篇》，《魏源集》下册第 438 页。

“梦中疏草苍生泪，诗里莺花稗史情”

鸦片战争爆发后，热切关怀祖国命运和民族存亡的魏源，以高度的爱国主义激情，广泛深刻地反映了这一重大历史事件。正如他自己诗中所说的：“梦中疏草苍生泪，诗里莺花稗史情。”①

战争进行中，作者曾至宁波参加询俘工作，又一度入钦差大臣裕谦幕府。他还与鸦片战争中一些重要人物如林则徐等交往，互通声气。他的《海国图志》就是受林嘱托在林所辑《四洲志》基础上扩编而成。所有这些使魏有可能较具体地了解战争内情，为诗歌创作准备了充分的材料。

反映鸦片战争的诗歌，以《寰海》、《寰海后》、《秋兴》、《秋兴后》4 组诗最为集中。4 组诗共四十余首，全用七律写成，一诗一事，反映了丰富的历史内容，堪称诗史。《寰海》主要反映道光二十年至二十一年广东战事情况；《寰海后》主要反映道光二十二年浙江战事情况；《秋兴后》是在战事结束后，痛定思痛，追溯战争中种种令人痛心的腐败现象；《秋兴》则着重反映战后国家困弊的形势。作者在这些诗里抨击统治集团昏庸愚蠢的举措，揭露投降派贪鄙怯懦的嘴脸及其对抗战派的残酷摧残，歌颂爱国将士和人民群众的抗敌斗争，陈述自己的主张，发抒忧国的感慨，有事有情，动人心弦。

诗中对统治集团的昏庸误国作了广泛的揭露。可以从中看到，鸦片战争失败决不是偶然的。对于帝国主义蓄谋已久的侵略，朝廷竟无根本对策，“浪攻浪款”如同儿戏：“争战争和各党魁，忽盟忽叛若棋枚。”②所谓朝中大吏都是承平时代孵育出来的庸人，无事时大言不惭，事到临头便一个个露出叶公好龙的本相：“尽习都俞润色风，升平养豢百年中。临时但解驱轩鹤，无事还闻好叶龙。”③抗敌无能，毁坏战局却不遗余力。林则徐在广州武备森然，使敌人胆寒，可是竟遭打击罢官，敌人的气焰立即嚣张起来：“刚散六千君子卒，五羊风鹤已频惊。”④清政府所干的竟是为敌人驱除“障碍”的勾

---

① 《寰海后》10 首其九，《魏源集》下册第 808 页。

② 《寰海后》10 首其一，《魏源集》下册第 807 页。

③ 《寰海后》10 首其八，《魏源集》下册第 808 页。

④ 《寰海》11 首其三，《魏源集》下册第 805 页。

当。如此作为,自然只能是导致失败的结局。《寰海》其四云:

> 谁奏中宵秘密章,不成荣虢不汪黄。已闻狐鼠神丛托,那望鲸鲵澥渤攘。功罪三朝云变幻,战和两议镬冰汤。安邦只是诸刘事,绛灌何能赞塞防。①

城狐社鼠盘踞朝中,投降派把持朝柄,所以无望大海驱鲸,这一揭露是深刻的。

诗中对投降派的主要将领几乎没有遗漏地一一予以抨击。《寰海》第5首指斥钦差大臣琦善至广,一反林则徐所为,助长敌人侵略野心:"揖盗开门撤守军,力翻边案炽边氛。"②第6首揭露顶代琦善的靖逆将军奕山的腐败与轻敌:"纨袴例当骠骑贵,绣衣那信吕嘉轻。指挥犹执金如意,椠几湘帘海外行。"③第7首批评随奕山赴广的参赞大臣杨芳,英人开始都震慑于他的"宿将威名",不料他至广后倾向投降,举措失宜,使内河尽失:"贵后田单朝气竭,老来廉颇智囊收。先声枉使群夷慑,退舍曾麾众岛舟。"④《秋兴后》第2首说"攻伐须防元气衰,但将持重拥军麾"⑤,指责大将稽留不进,第5首说"诏许奇材佐使轺,瑟竽铗履尽宾僚"⑥,揭露幕府任用非人,都是针对主持浙江战事的扬威将军奕经而发。奕经受命赴浙,久驻苏州不进,"幕下侍卫容照、司员杨熙、联芳、阿彦达,皆纨袴少年"⑦。《寰海后》第4首抨击上海战事方面两江总督牛鉴的逃跑主义。提督陈化成坚守吴淞口,壮烈牺牲,牛鉴却一枪不发,逃至江宁。诗人愤慨地说"鏖军周处罴当道,倡走荀林马乱行",指斥他"重颓赤帜骄夷帜,更使江防亟海防"。⑧

诗中对投降派丧权辱国的投降行径更给予无情的讽刺。《寰海》第9首讽刺广州战事失利后,奕山允交赎城费六百万元向英军乞和:"鼓角岂真

① 《寰海》11首其四,《魏源集》下册第805页。

② 《寰海》11首其五,《魏源集》下册第805页。此用所附《射鹰楼诗话》载录之文字。

③ 《寰海》11首其六,《魏源集》下册第805页。

④ 《寰海》11首其七,《魏源集》下册第805—806页。

⑤ 《秋兴后》13首其二,《魏源集》下册第811页。

⑥ 《秋兴后》13首其五,《魏源集》下册第811页。

⑦ 《道光洋艘征抚记下》,《魏源集》上册第193页。

⑧ 《寰海后》10首其四,《魏源集》下册第807页。

天上降，琛珠合向海王倾。全凭宝气销兵气，此夕蛟宫万丈明。”“全凭宝气销兵气”，揭露出一切投降派的方略。《寰海后》第5首讽刺签订江宁条约的屈辱丑态：“城下华元檠婉转，坛前赞普发鬅鬙。百年白土山头月，曾照元戎退岛师。”①江宁和议成，耆英、伊里布等曾亲登英舰款敌，璞鼎查、马礼逊等亦回访于城中正觉寺。白土山即白土冈，在钟山南麓。顺治十六年清军曾在这里击败郑成功军队，迫使郑退回海中。“百年”二句语含双关，当年元戎退岛师如彼，今日元戎退岛师如此，既是对投降派的无情鞭挞，也包含无限昔盛今衰之感。

与讥刺鞭挞投降派相对，诗中对抗英斗争则予以热情的讴歌。《寰海》第10首颂扬广州三元里人民斗争：

> 同仇敌忾士心齐，呼市俄闻十万师。几获雄狐来庆郑，谁开柙兕祸周遗。前时但说民通寇，此日翻看吏纵夷。早用《秦风》修甲戟，条支海上哭鲸鲕。②

首2句写三元里附近一百零三乡义勇，义愤填膺，同心驱敌，如潮集云涌，锐不可当，为中国人民吐气。中4句深刻揭示出投降派官府与帝国主义侵略者沆瀣一气的本质。奕山等至广后曾“屡奏粤民皆汉奸，粤兵皆贼党”③，而英军被围于三元里，却是他们出面予以解围，诗人只将前后两种行径拈来加以鲜明对比，不着一语，官府的真正汉奸面目已暴露无遗，尖刻有力。末2句说，如果早用民力抗敌，侵略军早已被远逐出境。这种坚信人民中蕴藏抗敌致胜力量的思想，永远在历史上闪耀光辉。

《秋兴》一组诗着重反映了鸦片战争后国家极端困弊的形势。如第3首：

> 大漏卮兼小漏卮，宣防市帕两倾脂。每逢筹运筹边日，正是攘琛攘赆时。海若鲛宫奔贝族，河宗宝藏积冯夷。莫言象数精华匮，卦气爻辰属朵颐。④

---

① 《寰海后》10首其五，《魏源集》下册第807页。

② 《寰海》11首其十，《魏源集》下册第806页。此用所附《射鹰楼诗话》载录文字。

③ 《道光洋艘征抚记上》，《魏源集》上册第184页。

④ 《秋兴》11首其三，《魏源集》下册第809页。

清王朝两大财政无底洞，一是帝国主义的无穷掠夺，一是黄河岁修的巨额开支。而每逢河防筹运、海防筹边之时，又正是官吏大量贪污中饱之日。“朵颐”见《易经·颐卦》，为有食在口之象。诗人用此典揭示到处是一片吞噬景象，深刻暴露出清王朝官僚机构的腐朽本质，在“蜗庐外漏兼中蠹”①的严重形势下，诗人表现了“鼎新革故”②的改革图振的急迫心情和“春冰虎尾”③的履薄临深的深沉忧思。

这4组诗用典过多，诗意未免晦涩，但只要细按史事，不难看出其丰富的现实内容。它们显然是在新时期继承和发扬了杜甫的现实主义诗作精神，《秋兴》连题目也取自杜诗。作者用七律组诗的形式反映具体史事则是一个创造，至少也是一种尝试和探索。

《秦淮灯船引》、《钱塘观潮行》、《金焦行》、《普陀观潮行》是有关鸦片战争的歌行。作者在这些诗里抚今追昔，感慨国势衰颓，愤恨统治阶级丧权辱国，痛心于人们醉生梦死，感情激越奔放，爱国挚情感人至深。艺术上把政治内容和山水名胜结合起来，情景相生，形象鲜明，情思浓郁，往往能给人留下深刻的印象。如《秦淮灯船引》的开头：

> 万古不死秦淮月，千年不竭骊龙血。谁幻江城作蜃楼，谁化暑宵成贝阙？直把苍茫万斛愁，浣作江天五更雪。……

面对澄澈似水晶般的世界，万斛愁思消散在满天月色霜气之中，使人突出地感受到诗人愁怀的深广。诗末说：

> ……但看封豕离大江，依然画鹢出横塘。玉树重开花月夜，羯鼓宁惊《霓羽裳》。鲸波化作桃花浪，兵气销为明月光。阿芙蓉风十里香，销金锅里黄粱场。衣香鬓影天未霜，酒龙诗虎争传觞。今夕何夕银河苍，万岁千秋乐未央。惜哉不令英夷望，应叹江南佳丽胜西洋。④

敌人去踪未绝，国耻未雪，又是故态复萌，一片纸醉金迷景象，谁能不为之痛

---

① 《秋兴》11首其八，《魏源集》下册第810页。
② 《秋兴》11首其四，《魏源集》下册第809页。
③ 《秋兴》11首其十，《魏源集》下册第810页。
④ 《秦淮灯船引》，《魏源集》下册第726页。

心呢！可以感受到诗人愤慨微讽的笔墨中饱含泪花。

“苟尽纵其为，豪圣岂无才”

魏源于弱冠之年北上入都，途经朱仙镇岳王庙时，写下《朱仙镇岳鄂王庙作》。诗中说：“中原旷莽荡，一镇崔复嵬。岂必形崔嵬，突兀涌奇怀。隐立宇宙心，扶此人极颓。”①体宇宙之心，扶人极之颓，是诗人对凛然千古的民族英雄岳飞的赞誉，也是借以自抒怀抱，其拯时济世之志溢于言表。魏源诗中呈现出来的抒情主人公是一个热心济世的志士形象。

这个形象以其坚毅的雄心、高远的志怀给人以鼓舞。《北上杂诗》说：

> 何者送我行，终日太行山，宇宙苟无此，岂不旷且闲。我心有太行，嵯峨万古间。信陵函谷召，岳帅朱仙班，椎误博浪沙，星陨大散关。尔朱犯洛都，骑渡盟津湾，决河灌贼营，阖汴鱼龙淹。何不借风雷，一壮天地颜！……②

步履在太行山下，忽生奇想，天壤间如无此山，该有多么坦荡闲逸！这奇想并非凭空而生，人类历史上有多少英雄豪杰因遇阻力而未竟伟业！这阴影和遗憾投射到诗人的心灵上，形成心中的太行。心中的太行与莽原上的太行交合为一，酝酿成尽铲岩峣一快心志的奇情壮思。诗人在列举历史上功业夭折的事例之后，向造物者呼喊出最强音：“何不借风雷，一壮天地颜！”为什么不予以风雷之助，使一逞其志，为天地生色呢？在《杂诗》中，诗人惋惜古人生不逢时，也曾说：“苟尽纵其为，豪圣岂无才！”③在《观往吟》中，同样感慨“虎虬变化天晦冥，不遇风云终不成”④。呼唤风雷之助，渴望一奋所为，是诗人怀抱一生的期待与追求。

关于魏源的思想性情，同时人有过一些评论。吴嵩梁说他“好学而

---

① 《朱仙镇岳鄂王庙作》，《魏源集》下册第 597 页。

② 《北上杂诗七首同邓湘皋孝廉》其三，《魏源集》下册第 576 页。

③ 《杂诗》6 首其一，《魏源集》下册第 588 页。

④ 《观往吟》9 首其八，《魏源集》下册第 751 页。

狷”①。《论语·子路》云:“狷者有所不为也。”②可见魏源行有所主,非随俗浮沉之辈。有人曾劝陈沆不要与魏源结交,说他“鳞甲难近”③,透露出他为人处世颇有锋锷棱角。陈沆谈他与魏源初识时的感受说:“我初见君黄花秋,是何年少意气遒。长揖众中与我语,乾坤朗朗吞复吐。当时听之间然疑,君去累我三日思。”④可见一个意气凌云、健谈不羁、思想新颖的英少。张维屏说魏源“才气纵横,其性兀傲,几若目中无人”,又说“魏默深、龚定庵皆奇才,然使之得位持权,其刚愎自用,亦宋代之王安石也”。⑤ 如果剥去个性上的一些缺陷,那么这样的评语背后所呈露的,也正是一个卓然自立、刚毅不折的革新者的性情风貌。以魏源的追求和他的品格表现,自然都不会为腐朽的现实所容。所以他一生也没有假得风雷,只能怀抱才志沉沦幕僚。其《杂诗》“越嫫炫罗纨”一首中的淑女幽寂之叹⑥,《怨歌行》“少出苎罗村”一首中的明妃失遇之悲⑦,都深藏着一己身世之感。

追求与现实的矛盾,常常在诗人心海中掀起狂涛巨浪,幻化为人天相隔的奇苦。而其对现实的对抗与冲击力量,也往往激成必改天变地的狂想奇思。《偶然吟》其五说:“吾闻开辟初,天人去如咫。……谁绝天地通,苍生遂如蚁。乘风叫阊阖,莫达钧天耳。……我欲呼云龙,上诉穹苍启,尽答灵均问,不藉巫阳启。一翻重黎案,还复鸿钧始。”⑧其十八说:“观化百代后,独立万古前,置身昆仑顶,俯视齐州烟。……帝阍不可达,泪若天河翻。何时闯天门,亲奏太微言。掀翻凡圣界,跳出阴阳圜。俯闻下士笑,梦梦亿万

① 陈沆《简学斋诗存》卷二第16页《忆李毅》诗吴氏评语,清咸丰二年(1852)鄘水陈氏刻本。

② 《论语·子路》,阮元纂《十三经注疏》下册第2508页,北京:中华书局1980年版。以下凡引十三经文字均出此本,仅简注书名、册数、页码。

③ 周锡恩《陈修撰沆传》,闵尔昌纂《碑传集补》第4册卷八翰詹1第31—32页,扬州:扬州古籍书店1984年版。

④ 陈沆《将出都始识魏默深长歌别之》,《简学斋诗存》卷二第10页,清咸丰二年(1852)鄘水陈氏刻本。

⑤ 张维屏《艺谈录》卷上第105页,清刻本。

⑥ 《杂诗》6首其二,《魏源集》下册第588页。

⑦ 《怨歌行》5首其一,《魏源集》下册第664页。

⑧ 《偶然吟十八首呈婺源董小槎先生为和师感兴诗而作》其五,《魏源集》下册第579页。

年。"[1]无论是"一翻重黎案，还复鸿钧始"，还是"掀翻凡圣界，跳出阴阳圜"，都反映了诗人对现实束缚的猛烈挣扎、对理想天地的强烈渴望。这种带有浓厚浪漫主义色彩的激情与幻想，是站在新时代的门槛上憧憬新的未来的人们所常常共有的。

"起视万花开，一花一天地"

清代诗歌经历所谓康乾盛世，日益走上重拟古、重形式的道路。主"格调"也好，倡"神韵"也好，崇"性灵"也好，讲"肌理"也好，共同的弱点是脱离社会现实，使诗歌变成士大夫手中歌功颂德、点缀风雅、抒写闲情逸致的工具。题图咏画，酬酢赠答，消闲游宴，斗奇逞胜，不绝于篇。较为真切的感怀已属稀见，至于关怀民生疾苦、反映社会现实，更是凤毛麟角了。杭世骏说乾隆初年他到京师"遍交贤豪长者，得以纵览天下之士"，但"大抵绨章绘句，顺时以取宠者"。[2] 潘德舆谈嘉庆及道光初年的诗坛，仍是"分曹咏物之作，酬和叠韵之体，谀颂悦人之篇，饾饤考古之制，穷工极巧，弥漫浩汗"[3]。嘉庆至道光初年北京有所谓宣南诗社的活动，但也不过是"国家承平日久，士大夫褒衣博带，雅歌投壶，相与扬翊休明，发皇藻翰"[4]。随着社会矛盾的加深，道光年间，诗风开始转变，出现一些多少能够正视现实的诗人，写出一些反映现实的诗篇，如张维屏、张际亮、陆嵩、贝青乔等。在这股新潮流中，魏源像勇敢的弄潮儿一样，以其先进的思想和广泛触及时政与现实矛盾的诗篇，成为诗国的拓疆手。这使他在鸦片战争前后的诗坛上占有突出的地位，能与这个时代的号手龚自珍齐名。

与重拟古、重形式的倾向针锋相对，魏源反对模拟因袭，主张诗歌反映现实，直抒胸臆，具有独创性。他在给陈松心的信中说："近来楚粤兵事之琐尾，作歌志哀，以备采风，何患律诗不与杜陵媲美？"以杜甫为追逐的目

---

① 《偶然吟十八首呈婺源董小槎先生为和师感兴诗而作》其十八，《魏源集》下册第583页。

② 杭世骏《送江岷山知晋州序》，《道古堂全集·文集》卷十五第5页，清光绪十四年(1888)钱塘汪氏振绮堂刻本。

③ 潘德舆《养一斋诗话》卷一，郭绍虞编选《清诗话续编》下册第2006页。

④ 朱绶《宣南诗会图记》，见潘曾沂《功甫小集》卷八第16页《宣南诗会图自题》附录。

标。又说："诗以言志，取达性情为上。拟古太多，则蹈明七子习气。"斥明七子为"优孟学语"[①]。他在《家塾示儿耆》中又说："鹦鹉巧学舌，能言与人类，春虫食柳叶，偶一成文字。劳哉刻楮工，费力难逞艺；纵日万楮成，一一无生气。造物倘斯劳，何以形品汇？昨夜园中雷，莫测真宰意，起视万花开，一花一天地。"[②]"一花一天地"，追求自己独特的贡献、独特的风貌。魏源沿着这条道路前进，创作出了富有时代气息的政治诗，艺术上也不拘泥于旧格调。正如罗汝怀所说，他的诗"空诸所有，自行胸臆"，"达难显之情，状未道之景，古质如谣，明畅如策，栉比如赋"，"别为一格"。[③]

魏源政治诗的成就在于"实"，把脱离现实的诗风拉回到反映现实的道路上来。林昌彝说："默深所为诗文，皆有裨益经济，关系运会，视世之章绘句藻者，相去远矣。"[④]不过他的政治诗的弊病也出在"实"上，反映现实的方式太"实"。诗不宜过"实"，过于黏着事实，直书其事，便会缺乏诗歌所要求的形象性、典型性，缺乏兴象和感情，也就必然缺乏诗的韵味和感人的力量。如《江南吟》第6首："缉私盐，缉私盐，改捆先治场私源。七斤豫章八斤楚，不改恐致官私嫌。改捆愈多私愈众，即挖官包作私用。岸费愈增本愈稠，川粤潞私四面周。……"[⑤]虽然把盐政弊端揭露得清清楚楚，但是诗毕竟不是政治揭帖，像这样几乎是用韵语作策论，便缺少形象与韵味。他有些写时事的七律，也只是借用典故直陈其事，除了增加点晦涩奥衍的色彩外，同样不具有诗的动人处。从这些地方看，便无怪李慈铭要说他"诗非当行"[⑥]了。

但是当诗人对时事题材的表现不那么"实"，而注意熔铸形象时，便写出了成功的篇章。这些诗具有深刻的概括力、丰满的艺术形象、警策精卓的语言、辛辣风趣的讽刺，代表了诗人政治诗的成就。如《古乐府》中的《君马

---

① 陈起书《撼山草堂遗稿》卷首，清同治五年(1866)刻本。

② 《家塾示儿耆》6首其五，《魏源集》下册第654页。

③ 罗汝怀《古微堂诗集序》，《绿漪草堂文集》卷十五第36页，清光绪九年(1883)湘潭罗氏刻本。

④ 林昌彝《射鹰楼诗话》卷二第13页，清咸丰元年(1851)福州林氏刻本。

⑤ 《江南吟》10首其六，《魏源集》下册第673页。

⑥ 李慈铭《越缦堂日记·荀学斋日记》乙集下第85页光绪七年(1881)4月2日条，台北：文海出版社1963年版总6696页。又李慈铭《越缦堂诗话》卷下之上第1页，上海：商务印书馆民国十五年(1926)石印本。

黄》第1首通过立仗马的故事揭露朝廷选士之弊。诗人先对“相毛不相骨”选来的群马加以绘声绘色的描画：

> 臣马骊，君马黄，两骖相逐如雁行。南山牡，北山牝，水草寝讹矜顾影。牝牡骊黄各一群，选毛配色烂如云。……

班行井然，姿态优美，花色鲜丽，可谓济济一堂。下面一转指出这些不过是立仗马，只可点缀升平，不中实用：“立仗千年不一鸣，此物真堪瑞太平。”①写得形象鲜明，意趣盎然，而含意深刻，讽刺尖锐。又如《江南吟》第8首揭露烟政之弊，先铺排洋烟流毒之广、为害之烈：

> 阿芙蓉，阿芙蓉，产海西，来海东。不知何国香风过，醉我士女如醇醲。夜不见月与星兮，昼不见白日，自成长夜逍遥国。长夜国，莫愁湖，销金锅里乾坤无。溷六合，迷九有，上朱邸，下黔首，彼昏自痼何足言，藩决膏殚付谁守！……

情景如见。“长夜国”三句刻画瘾者迷醉之态，无日无夜，无忧无虑，金钱耗尽，天地无存，传神尽相。诗的后半揭露禁烟无效的根源在于整个官僚机构的腐朽，也不出以抽象的议论，而是列举四种主要官吏，以巧妙的比喻展示他们的腐朽本质，作者把这些称为“无形”之瘾：“有形无形瘾则同。边臣之瘾曰养痈，枢臣之瘾曰中庸，儒臣鹦鹉巧学舌，库臣阳虎能窃弓”，概括深刻而生动。诗末说：“中朝但断大官瘾，阿芙蓉烟可立尽。”②这结论便显得十分有力。又如《钱塘观潮行》：

> 世间瑰绝岂有此，江逆飞，海立起。天风刮海见海底，涌作银涛劈天驶。病者睹之气皆生，勇者睹之神皆死。……潮如行军有进止，进时强弩射不靡，退时怒鼍鼓不起。潮如阳乌有朝暮，朝气羲鞭拦不住，暮气鲁戈挥不复。潮如百物有壮老，少壮春雷草怒芽，老后秋风弩穿缟。越潮方怒吴潮逡，海王莫强天朝昏。子胥、枚乘裂肝胆，何如范蠡叱咤生风云。功成拂袖五湖去，怕见越江潮落痕。盪桂楫，鼓兰桡，越女唱，吴儿讴。倒驱江海回暮涛，海风萧屑江天高。传语万古观涛客，莫观老

① 《古乐府·君马黄》2首其一，《魏源集》下册第663页。

② 《新乐府·江南吟》10首其八，《魏源集》下册第673页。

潮观壮潮。[①]

国势的兴衰和一己的深沉感慨与壮怀，通过潮水的描写表现出来。江飞海立，瑰奇警动，形象鲜明，感情激越，语言流宕，气势奔放，一泻而下，有如悬崖瀑布。林昌彝说魏源歌行“得太白之高奇者”[②]，颇为近之。

（原载《北京大学学报》1983年第6期。）

① 《钱塘观潮行》，《魏源集》下册第725页。

② 林昌彝《海天琴思续录》卷一第18页，清同治三年（1864）福建林氏刻本。

宇宙灵秘　山水真面

——谈魏源的山水诗

魏源《戏自题诗集》说："太白十诗九言月，渊明十诗九言酒，和靖十诗九言梅，我今无一当何有！唯有耽山情最真，一丘一壑不让人。"在倾情山水、搜讨一丘一壑之奇上，魏源自负不让古人。同诗又说："渊明面庐无一咏，太白登华无一吟，永嘉虽遇谢公屐，台荡胜迹皆未寻。昔人所欠将余俟，应笑十诗九山水。"[①]他又是以山水补亡自任的。魏源的这些自述并非夸张，翻开他的诗集，山水诗数量之多、创作自觉性之高、描写范围之广，都是前人少见的。在我国山水诗的发展中，魏源无疑占有一席地位。

一

魏源（1794—1887），湖南邵阳人，近代经史学者、时务政事名家和诗人。他从早年起即喜爱山水，游历过家乡所在省份的衡山："少年好远游，曾踞祝融之峰最上头。"[②]此后在他一生里，借旅途之便和工作之暇，先后游览了我国北部的盘山，中部的太行、王屋、中条、嵩山，东部的泰山，西部的华山、秦岭，西南的剑阁、桂林，长江下游的潜山、黄山、庐山、金焦，东南的西湖、天目、天台、四明、雁宕、武夷，南部的南海等，确实是"轮蹄几遍域中"[③]，只是没有涉足塞外，诗人引为终身憾事："我生第一伤心事，未作天

---

① 魏源《戏自题诗集》，《魏源集》下册第755—756页，北京：中华书局1976年版。下引魏源诗文均出此本，只简注篇名、书名、册数、页码。

② 《游山吟》8首其一，《魏源集》下册第684页。

③ 魏耆《邵阳魏府君事略》，《魏源集》下册附录第859页。

山万里行。”①

魏源“好游览,遇胜辄题咏”②,他的山水诗,是广涉博历祖国名山巨川,游屐耕耘的收获,是最严格意义上的山水诗。它们既非一般的田园景色,也不是人工造作的庭苑风光,而是名副其实的大自然山水。他游山又具有挖掘山水奇奥的浓厚兴趣和将奇妙山水展示给世人的强烈愿望,自言“好奇好险信幽癖”③,“欲宣宇宙灵秘公同好”④。他慨叹世人游屐浅尝辄止,不能尽得山水佳胜:“世人游山不游谷,何异升堂遗奥曲。奥曲全在两山间,登高一览何由足!四岳妙在峡中溪,嵩、衡到已少,岱谷更罕窥。华山西谷水帘下,亘古屐齿谁知之?开先石梁三叠泉,庐瀑只涉其藩篱。始知桃源别天地,只在目前人不识。”⑤这些诗句的背后,都实有所指。如华山西谷水帘洞,一般游人皆至半途折登青柯坪,由坪上遥观。《三才图绘·华山图》说:“遥见泉挂山腰如练,此水帘洞也,直下三千尺。”⑥袁宏道《华山后记》说:“西峰之奇在水帘洞,远视见窦下有丹石瀑布幂之。”⑦都是遥望所见。魏源则历险深入,经“百十曲”,穿过绿天翠海般茂密的松林,直至其下,详览其景,见瀑水由万仞绝壁上飞下,洞在半壁,一石凹出受瀑,倒入洞腹,将至洞底,又穿石而出,汇成寒潭,再流出峡谷。所以他不只写山,也写下很多峡谷诗,诸如《华山西谷》、《岱麓诸谷》、《嵩麓诸谷》、《太行诸谷》、《黄山诸谷》等,抉发峡谷奇观。

魏源这种穷幽极深、探奇访胜的态度,使他的山水诗不仅展示了祖国河山的广阔画面,而且中多奇景胜境。如四明山的“二十里云”。峡南称云南,峡北称云北,居人相过从,必穿长岭,名曰过云。作者在《四明山中峡诗序》中说:“盖雪窦四明之奥,而过云又雪窦之奥,虽越人莫知游者。唐末谢

---

① 《吴门重晤黄南陂太守》5首其五,《魏源集》下册第834页。
② 魏耆《邵阳魏府君事略》,《魏源集》下册附录第859页。
③ 《游山吟》8首其五,《魏源集》下册第685页。
④ 《游山后吟》6首其二,《魏源集》下册第687页。
⑤ 《游山后吟》6首其三,《魏源集》下册第687页。
⑥ 《华山图》,王圻、王思义《三才图绘》上册第301页,上海:上海古籍出版社1988年版。
⑦ 袁宏道《华山后记》,钱伯城《袁宏道集笺校》下册卷五第1471页,上海:上海古籍出版社2008年版。

遗尘隐其中，赋诗传世，而游踪仍罕至。”[①]按唐末二句叙事简括，易使人误解，以为谢赋诗传世。据唐陆龟蒙《四明山诗序》，实为谢遗尘访陆谈四明佳胜，向陆索诗，陆为赋九题。后呈皮日休，皮又依题和之。[②] 赋诗者实为皮、陆。宋罗浚所修《四明志》、明沈明臣《四明山记》、明末黄宗羲《四明九题考》所言均与陆序合。皮、陆诗载《松陵集》[③]。黄宗羲纂《四明山志》时，曾亲历实境考察所称九题之地，知“陆、皮未尝身至，止凭遗尘之言凿空拟议”[④]，其诗未能得九题之实，有的甚至连方位也没弄清楚。魏源则身历其地，以酣畅的笔墨描绘出这一奇云幽境：

> 上山瀑在前，下山瀑随后，下山云掖足，上山云压首。山云平屋头，水云平屋下，沿溪数十家，家家住云罅。溪左田苗青，溪右田水白，朝朝望云起，夜夜见云黑。山深云液积，尽化流泉清。家家吸空翠，妇孺皆聪明。郎家住云南，访侬到云北，带来岭上云，映到松篁碧；郎家住云北，送侬到云南，同饮桃花水，影照桃花潭。人家闭门早，飞瀑檐前挂。住山五百年，阅尽云变化。君欲归人间，去去休回顾。俄顷白云生，下山不知路。[⑤]

诗末作者自注曰：“云南村曰桃花坑，有岩长数百丈，高数仞，石色红白相间，如桃花初发，故亦名小桃源。”诗中“桃花水”、“桃花潭”之称缘此。深山峻岭中的这片云中人家，实不啻一个雾中“桃源”。全诗采用民歌风调，分外增加了幽奇山水中的盎然生意。自然山水的迁移变化是缓慢的，但同一

① 《四明山中峡诗序》，《魏源集》下册第 632 页。

② 陆龟蒙《四明山诗并序》云：“谢遗尘者，有道之士也，尝隐于四明之南雷，一旦访余”，语其居处“山之奇者”，“谓之石窗，即四明之目也。山中有云，不绝者二十里，民皆家云之南北，每相从，谓之过云。有鹿亭，有樊榭，有潺溪洞，木实有青棂子，味极甘而坚不可卒破，有猿，山家谓之鞠侯……凡此佳处，各为我赋诗。余因作九题。……好事者，为余传之，因呈袭美（按即皮日休）”。其所赋九题为：石窗、过云、云南、云北、鹿亭、樊榭、潺溪洞、青棂子、鞠侯。见《甫里先生文集》卷六第 47—50 页，大本原式精印《四部丛刊》第 37 册，台湾：商务印书馆 1979 年版。

③ 陆龟蒙、皮日休撰《松陵集》卷五，明海虞毛氏汲古阁刻本。

④ 黄宗羲纂《四明山志》卷四《九题考》，《黄宗羲全集》第 2 册第 276 页，杭州：浙江古籍出版社 1986 年版。

⑤ 《四明山中峡诗》2 首其二，《魏源集》下册第 632 页。

山水在不同的自然条件下，可以呈现迥然不同的风貌。魏源善于捕捉大自然这种千姿百态的变境。如《天台石梁雨后观瀑歌》，先以奔放的笔墨描绘了雨瀑的壮观：

> 我来正值连朝雨，两崖逼束风逾怒。松涛一涌千万重，奔泉冲夺游人路。重冈四合如重城，震电万车争殷辚。山头草木思他徙，但有虎啸苍龙吟。

待到雨过云飞，皎月当空，诗人笔下又展现出月瀑的妙境：

> 须臾雨尽月华湿，月瀑更较雨瀑谧。千山万山惟一音，耳畔众响皆休息。静中疑是曲江涛，此则云垂彼海立。我曾观潮更观瀑，浩气胸中两仪塞。不以目视以耳听，斋心三日钧天瑟。

可以叹为观止了，然而且慢，诗人通过山僧的口又画出冰瀑的奇姿：

> 山僧掉头笑休道，雨瀑月瀑哪如冰瀑妙。破玉裂琼凝不流，黑光中线空明窈。层冰积压忽一摧，天崩地拆空晴昊。前冰已裂后冰乘，一日玉山百颓倒。①

愈出愈奇，写尽石梁瀑布在不同天象与季节中的变相。

魏源说："造物贶我良不悭，所至江山纵奇特。"②他以游屐搜奇抉异，以笔墨表奇出异，他的山水诗中，诸如龙门之冰、太行之石、黄山之云、王官之瀑、五台之雪、太湖之月、云台之松、香港海市等，奇景连翩，摇人心目。李东阳曰："诗贵不经人道。"③魏源至少写出一些未经人道或少经人道而未详、未切、未尽之景，成为名副其实的山水补亡者。他的这些富有奇境异采的山水诗，既是对宇宙灵秘的抉发、造物神奇的倾倒，也是对祖国壮丽河山的礼赞。

---

① 《天台石梁雨后观瀑歌》，《魏源集》下册第 709 页。

② 同上。

③ 李东阳《麓堂诗话》，丁福保辑《历代诗话续编》下册 1372 页，北京：中华书局 1983 年版。

二

到了魏源的时代，我国山水诗已经经历了久远的发展历史。山水诗大体形成于魏晋时期。在这以前，《诗经》中虽已有属于自然风物的句子，屈原的《山鬼》、《涉江》甚至出现山水的片断，但它们或者用作诗歌的起兴，或者表示时序的推移，或者作为人们经历和游处的环境，都不是以自然风物为描写主体、以自然美本身为欣赏对象。汉末魏晋以来，情形逐渐发生变化。曹操的《观沧海》写浩瀚的大海景象，曹植的《公宴》摹状优美的园林风物，陆机的《赴洛道中作》写旅途风光，左思的《招隐士》图绘山林胜境，明显地显示出对自然美的觉醒趋势。到了晋末宋初的陶渊明、谢灵运，更多地描写自然美，山水诗便在诗坛立足，此后一直成为我国古典诗歌中的一支。

在山水诗形成的初期，已经明显表现出两种不同的创作倾向：一种诗人主观色彩较浓，借景抒情，重在造境；一种偏于山水的客观形象，诗人的主观色彩较淡，重在写貌。前者为陶渊明，如《饮酒》其五中云："采菊东篱下，悠然见南山。山气日夕佳，飞鸟相与还。此中有真意，欲辨已忘言。"[①]诗人选择了暮色苍茫中飞鸟投林的景物，主要是在观照中抒发他那因归田而感到获得生存自由和人生归宿的怡然自得的心境。景取其足以表情为止，不在显示山水本身特有的风貌。后者为谢灵运。他的一些山水名句，诸如"白云抱幽石，绿筱媚清涟"[②]，写山幽水秀情景，"密林含余清，远山隐半规"[③]，写初霁的傍晚景色，"云日相辉映，空水共澄鲜"[④]，写水天一色的澄明境界，"野旷沙岸净，天高秋月明"[⑤]，写月夜的秋岸风光，都见出对客观景物的着意刻画和展示其独具的特点的努力。这两种倾向一直贯串在后来的山水诗

---

① 陶渊明《饮酒二十首》其五，逯钦立校注《陶渊明集》卷三第 89 页，北京：中华书局 1979 年版。

② 谢灵运《过始宁墅》，黄节注《谢康乐诗注》卷二第 10 页，台北：艺文印书馆 1971 年版。下引谢诗均出此本，仅简注作者、卷数、页码。

③ 谢灵运《游南亭》，黄节注《谢康乐诗注》卷二第 14 页。

④ 谢灵运《登江中孤屿》，黄节注《谢康乐诗注》卷二第 21 页。

⑤ 谢灵运《初去郡》，黄节注《谢康乐诗注》卷三第 1 页。

中。魏源显然是承袭了后者,并将此种倾向推至顶点。他曾说"从此芒鞋踏九州,到处山水呈真面"①,他的山水诗就是要写出各地山川的"真面"。

魏源貌真写实的创作主张,在对山水画的评论中表现得很充分。宋代写意派山水画家米芾自言其画山水"信笔作之,多以烟云掩映树石,意似便已"②,画史上称为"米家山"。魏源在《游山后吟》中说:"无黛无树墨模糊,人言此是米家图。"批评这类画"千嶂雷同千面混"③,即看不出某山某水的个性特点和诸山诸水的差异。从展现山水"真面"的追求出发,魏源也不满足于绘画的局限。因为山总是"中藏灵秀外嵯峨"的,含有方方面面,而绘画只能展示其一面:"常憾游山不善画,今知图画皆虚假,楮墨止能图一面,其中层层面面何由写。笑倒千嵓万壑图,尽写山背无山腴。峰峰皆立互遮掩,除非放倒峰峦纸上铺。"他称扬不受时间空间限制的文学描写功能:"何以文章工写照,虚实向背皆能到。"④这表明他的山水诗是要努力成为"放倒峰峦纸上铺"的立体图画。

魏源运用写实之笔,往往能鲜明地勾画出山水的真切形象,使人有亲临其境之感。如天台山华顶峰之云海,志乘所载都很简括。《天台县志》仅言"少晴多晦,夏犹积雪"⑤,《浙江通志》引《赤城志》所言略同。唐道士徐灵府《天台山记》言之稍详,亦不过数语:"华顶峰,北天台山极高处也。常为云雾霾翳,少有晴朗之时。"⑥至于古人题咏,如唐李绅《题华顶峰》、僧灵彻《华顶》、明洪若皋《自石梁东上华顶歌》等,多言其高,鲜及其云。洪诗仅一句及云,且为遥望之景。魏源的《天台纪游》则具体描状出华顶云海奇观:

> 山灵老爱云,不放云出岭。云从何岫出,晓必返其顶。我登华萼心,俯瞰万山尽。南云向北驱,北云向南引。蓬蓬勃勃势,整整斜斜影,

---

① 《游山吟》8首其一,《魏源集》下册第684页。

② 米芾《画史》,沈子丞编《历代论画名著汇编》第103页,北京:文物出版社1982年版。

③ 均见《游山后吟》6首其五,《魏源集》下册第688页。

④ 均见《游山后吟》6首其二,《魏源集》下册第687页。

⑤ 穆彰阿、潘锡恩等修《大清一统志》卷二九七第13页,四部丛刊续编史部,上海涵芬楼影印本。

⑥ 徐灵府《天台山记》,见陆心源辑《唐文拾遗》卷五十第21页,清光绪十四年(1888)刻本。

鳞鳞晶晶形，无一得自逞。涌如海朝宗，翕如军令禀。弥聚势弥厚，岂意涣俄顷。展成八极宽，铺出大银滓。翕疑会万灵，散似恢四境。银盘贮默苍，时露百千嶙。俄闻海水砉，透出金光炯。云山互开阖，乾坤骇驰骋。廓然还虚无，舒卷嗟玄牝。良久神始夷，眩外惭定静。[①]

诗末自注："华顶归云。"曲尽华顶归云之相，翕忽聚散之形、汹涌蒸腾之貌，尽现眼前。茫然云海上托出百千个苍碧峰头的妙景，遽然云涣日现，金光倒射而云开雾驰的壮观，更增加了归云的壮丽色彩。

天下名山奇景各具独特面目，魏源很强调洗去浮泛的笔墨，写出溪山独有的个性："造物随意呈山川，岂必尺寸寻规矩。涤尽浮文形似语，横绝丹青万万古。"[②]如上举之华顶云海与前举之四明山中峡的二十里云，同为云海奇观，却各具特色，不可互易。这固然有赖于具体描写，然而也不是单纯的描摹便可奏效的。如韩愈的《南山诗》以写文写赋的笔势描状陕西之终南山，长篇巨制，可谓极尽刻镂之能事。赵翼便一针见血地指出："此诗不过铺排山势及景物之繁富，而以险韵出之，层叠不穷，觉其气力雄厚耳。世间名山甚多，诗中所咏，何处不可移用，而必于南山耶！"[③]相反翁方纲评杜牧"南山与秋色，气势两相高"[④]两句诗说："此必是陕西之终南山。若以咏江西之庐山，广东之罗浮，便不是矣。"[⑤]可见，写出溪山真面，不仅在图其形貌，更重要的是传其神势。魏源广历博涉，又细心体察，"万壑千崖胸涌溢"[⑥]，往往能在对比中识辨千山万水的不同风神。《游山吟》说："海山微茫而隐约，江山巉立而秀卓，溪山窈窕而幽深，塞山苍茫而磊落。吴山葱蒨楚山横，蜀山剑戟秦山嵒。"这是他对天下"怪怪奇奇万万千"[⑦]的群山观察

---

① 《天台纪游》6首其五，《魏源集》下册第631页。

② 《桂林阳朔山水歌》3首其二，《魏源集》下册第712页。

③ 赵翼《瓯北诗话》卷三第33页，霍松林、胡主佑校点本，北京：人民文学出版社1981年版。

④ 杜牧《长安秋望》，冯集梧注《樊川诗集注》卷二第171页，上海：上海古籍出版社1982年版。

⑤ 翁方纲《石洲诗话》卷二，郭绍虞编选《清诗话续编》下册第1394页，上海：上海古籍出版社1983年版。

⑥ 《游山后吟》6首其五，《魏源集》下册第688页。

⑦ 均见《游山吟》8首其七，《魏源集》下册第686页。

品鉴所获。《天台石梁雨后观瀑歌》说:“雁湫之瀑烟苍苍,中条之瀑雷硠硠,匡庐之瀑浩浩如河江,惟有天台之瀑不奇在瀑奇石梁,如人侧卧一肱张,力能撑开八万四千丈,放出青天九道银河霜。”①这是他对所历诸瀑的不同感受。所以魏源往往能透过云木泉石的皮相,识得山水的独特风神。《衡岳吟》说:“恒山如行,岱山如坐,华山如立,嵩山如卧,惟有南岳独如飞,朱鸟展翅垂云大。”②对诸山虽只一字品题,却深得其神势。他的山水诗常常是带着这种识辨的敏感,捕捉住不同山川的特点以为主干而展开描写,传溪山各自的独特面目。如《雁荡吟》开篇说:“何山不奇泉与石,石不离土兮水不离石。何故雁山天破格,肤去发髡惟骨岌。水尽空际飞,石尽天外立”③,落笔便揭出雁荡山骨立乏肤而以飞瀑、石峰为主体的基本特色。全诗便以此为基调,着力刻画飞水之雄的龙湫瀑布和插天而起的灵岩、灵峰,勾勒出雁荡的“真面”,其形其景绝不可移易他山。

三

在魏源看来,人与自然同为造化之产物,二者是相通的。《游山吟》说:“我亦造化所铸之一物,本与山川同自出。骨血脉理毛发肤,草木土石形气质,平奇方正随赋畀,谁与五岳为六七。不知千秋万世视我古人时,比我何山何谷堪仿佛。”④人有骨血脉理毛发肤,山有草木土石形气质,各随自然的赋予为平奇方正。人、山一理,人、山有其内在的相类处,山有人的精神,人有山的气质。诗人驰骋想象提出一个问题,不知千秋万世后,人们评论他这个古人时,会比作何山何谷。“谁与五岳为六、七”?如果诗人不是以“六、七”自许,至少也是以“六、七”自期的。《北雁宕》说:“万一我百骸,竟同盘古散。怪肺化槎枒,空腹穹霄汉。后人游五内,岂不惊天半。出洞尚回首,万化谁炉锻!”⑤他如果化为山水,将是使人惊倒的奇峰。

---

① 《天台石梁雨后观瀑歌》,《魏源集》下册第 709 页。

② 《衡岳吟》,《魏源集》下册第 697 页。

③ 《雁荡吟》,《魏源集》下册第 708 页。

④ 《游山吟》8 首其七,《魏源集》下册第 686 页。

⑤ 《永嘉山水诗补谢》6 首之《北雁宕》3 章其三,《魏源集》下册第 637 页。

魏源生活在鸦片战争前后清王朝由盛而衰的年代，处于近代历史的转折点上。他具有先进的思想，实行变革的进步主张，志怀高远，欲挽狂澜于既倒："隐立宇宙心，扶此人极颓。"[①]他深信"苟尽纵其为，豪圣岂无才"[②]，并向造物者呼唤："何不借风雷，一壮天地颜！"[③]他正是踏在新时代的门槛上，眼望着未来，卓立于庸腐的现实之上的人间高山大岳，可与五岳比并的。但是他在黑暗的现实中，只能遭遇挫折与压抑，于是他向自然寻求知音，在与山水的精神交流中取得慰藉、支持和鼓舞。所以他"平生慕奇峭"[④]，笔下的山水，虽然也有一些清幽的境界，更多的则是壮伟雄奇的景象。在《游山吟》中，他将五岳、武夷雁宕、黄海桂林、王屋台庐分别比作"大圣"、"狂"、"狷"、"中行"，而斥那些"平远雷同"的山水为"乡愿"。结论是："始知山贵特立而耿介，正犹豪杰师文王。倚天拔地自雄放，岂必面目同员方！"[⑤]特立耿介，倚天拔地，不必都是合规之圆、合矩之方，这才是魏源倾倒的山水。每当他与雄伟奇崛的山水相对时，不禁笔横墨劲，"笔为怒，骨为崛，倒昌黎，哭昌谷"，连诗笔以怪奇著称的韩愈、李贺也不能不为之惊倒。所以，奇峭雄拔，构成了魏源山水诗风格的基调。

魏源是晚清时务政事名家，对当时号为清朝四大政的盐、漕、河、兵，都有研究和著述。为了治理江河，兴修水利，他十分注意考察山脉和河流的历史与现状，积累了丰富的古今地理知识。从其《禹贡说》、《释道山》、《释江源》等文中，不难见出对江河水道变迁和山岳脉原走向的深湛研究。他的有些山水诗，如《岱岳吟上》、《龙门吟》等，也是以诗的形式推索名山巨浸的始末原委。当然，这不是诗歌正途，甚至很难称为诗。不过对古今地理的研究，使宇内山川尽罗胸中，渗透到艺术构思里，却给他的山水诗带来一定特色。他在《华岳吟下》中讲中国山脉发脉于葱岭昆仑，西有天山，北有金山，东有长白，南有点苍，如此，"内四岳镇禹九疆，外四岳环天八荒。岂惟云雨

---

① 《朱仙镇岳鄂王庙作》，《魏源集》下册第 597 页。
② 《杂诗》6 首其一，《魏源集》下册第 588 页。
③ 《北上杂诗七首同邓湘皋孝廉》其三，《魏源集》下册第 576 页。
④ 《栈道杂诗》7 首其五，《魏源集》下册第 623 页。
⑤ 均见《游山吟》8 首其六，《魏源集》下册第 685 页。

遍四海，直与元气分后苍”①。所以，他是胸怀一幅《禹贡图》来瞻山阅水的。这恰如一个熟悉长江全程的人，再来看三峡的急流、九江的浩荡、三吴的漫衍，节节江流都呈现在一个广阔的背景上，笔下的山水画面，气象自是不同。雄浑博大的背景转化为山水诗内在的磅礴气势，常常带给人开阔、浩莽、奔放的感觉，开人眼界，扩人心胸，绝不逼仄、细琐、柔靡。如《华岳吟上》写华山：

> ……三峰岌岌欲上天，群峰簇簇相牵连。云立云垂状万千，金仙耸上莲台巅。绝顶一上太身尊，九州各自判阴曛。泾渭似毛河似线，岱霍豆点青螺痕。……②

虽笔在华山，而思囊四海。又如《衡岳吟》写衡山，与“灊霍元白”共成南条五岳，气敌北条五岳“岱华嵩岍恒”，而“回顾九疑如负扆，贺郴庾桂皆藩屏”③。如果不是九州山岳尽罗胸中，笔下很难有如此浑灏的气象。

《汉书·扬雄传》说扬雄“默好深湛之思”④。魏源取以为字，字默深。他的《寄董小槎编修》诗也说：“默好深思还自守。”⑤他喜爱静默深思以追索事物之原，不仅思索历史、政治、社会问题，也思索大自然的奥秘。在关于自然的哲学观上，他认为山川皆为元气鼓荡而成。《游山吟》说，千山万水，“骨肉虽殊性情同，一山参破万山见，浮气所耸为峦冈，浮液所涌为河江，浮垢所积为域封。一气鼓荡分流峙，全凭呼吸为伏起”⑥。从大自然的生成历史上来观山览水，常常使作者飞腾到所谓天地开辟的洪荒时代，站在自然历史的源头上，高视千古。如果说胸罗山川给他的山水诗带来横亘寰宇的磅礴气势，那么思连古今又使他的山水诗具有直贯莽古的缥缈韵味。《登太行绝顶》说：“今陟太行巅，几点齐州视。仰塞天宇空，初疑世界止。绝顶望苍茫，大地才复始。颇疑太素前，阴阳一炉瓯。洪钧有何心，喷薄万流峙。溪谷相牝牡，烟云孰驱使。如何太古来，声光从不徙。方知七窍穿，浑沌未

① 《华岳吟下》，《魏源集》下册第693页。

② 《华岳吟上》，《魏源集》下册第692页。

③ 均见《衡岳吟》，《魏源集》下册第698页。

④ 《汉书·扬雄传》，《汉书》第11册第3514页，北京：中华书局标点本1975年版。

⑤ 《寄董小槎编修》4首其二，《魏源集》下册第820页。

⑥ 《游山吟》8首其一，《魏源集》下册第684页。

曾死。”①登上太行绝顶，似乎走到了人世的至高点，也似乎走到了自然历史的开端，攒聚于眼底的太行群峰，便是原始凿破浑沌后的遗迹。这一描写使整个太行以其巉绝高古的面貌矗立在人们面前，气象非凡。

对山川走向的熟悉，对自然生成历史的体悟，都使诗人从动的角度观察山水，使其笔下的山水形象飞动，生气蓬勃。《盘山纪游》写盘山：“北龙到海尽，郁钟泉石秀。巀然大黑云，横枕蓟门右。矫首忽西上，欲与太行斗。”②《少室行》写少室峰：“诸山西自太华来，山山思学太华势。学山不成屡奋蹶，一怒芙蓉矗天地。”③岿然静踞的山峦无不变得具有龙腾虎跃之姿，给瑰奇的山水涂上更加动人的色彩。

总之，魏源独有的思想、性格、学识、际遇、艺术趣味，渗透在他的山水诗中，构成了个性鲜明的独特风格，奇峭雄拔，气势磅礴，形象飞动。所以他的山水佳篇多在五七言古体，豪健奔放，雄奇警动。正像作者评陈沆诗所说：“风神潇洒，天骨开张。”④

四

翁方纲说：“唐诗妙境在虚处，宋诗妙境在实处。”⑤魏源的山水诗走写实的一路，所以诗笔也近于宋诗的路数。近代诗评家陈衍就把魏源归为道光、咸丰以来“始喜言宋诗”⑥的人物之一。

宋诗笔路的优越处在篇幅广，便于容受丰实的内容，笔墨酣恣，刻画淋漓，弊端则易流于率易平直浅露。魏源似乎觉察到这种弱点，在跋陈沆《简学斋诗稿》时提出作诗有三要，即厚、真、重。所谓“厚”，指“厚积薄发，所谓

---

① 《登太行绝顶》5 首其四，《魏源集》下册第 614 页。

② 《盘山纪游》4 首其一，《魏源集》下册第 617 页。

③ 《少室行》，《魏源集》下册第 694 页。

④ 魏源：《简学斋诗题辞》，见陈曾则辑《（陈沆）简学斋（魏源）清夜斋手书诗稿合印》第 2 页，清宣统三年（1911）石印本。

⑤ 翁方纲《石洲诗话》卷四，郭绍虞编选《清诗话续编》下册第 1428 页，上海：上海古籍出版社 1983 年版。

⑥ 陈衍《石遗室诗话》言：“道咸以来，何子贞绍基、祁春圃寯藻、魏默深源……诸老，始喜言宋诗。”见《石遗室诗话》卷一第 1 页，台湾：商务印书馆 1961 年版。

万斛泉源”;所谓“真”,指“情迫于不得已,景触于无心”,天机自流而非矫揉造作;所谓“重”,即“重者难也。蓄之厚矣,而又不以轻泄之焉。感之真矣,而天机又极以人力”。这末一点的重、难,即讲求艺术表现上的锤炼,与率易平直浅露正相对。他批评陈沆的诗有“熟处,滑处,平处,尽处”,劝他要追求“古人沉郁深浑之境”①。可见他在艺术表现上的取向。不熟不滑,如果不走到生僻艰涩一路,便可取得新创劲峭之效;不平不尽,如果不走到奥曲晦涩一路,便可收到曲折含蓄之功。魏源的山水诗在用笔上确实做过一番努力。

他注意用字新颖,炼字深醲,造句硬折,运思委曲,尽量使诗语坚卓有力,蕴藉峭拔。如《武林纪游》写灵隐寺冷泉亭:“雨后水声粗,水涤山容醒。”②一“粗”字极见泉水暴涨后的咆哮;一“醒”字极见雨后山林的清新。都用字新颖,表意含蓄。《湘江舟行》云:“全身浸绿云,清峰慰吾渴。”一“渴”字生动地勾画出翠绿欲滴之貌。《太行诸谷》写林虑山双瀑:“更穷双水帘,飞白天半眩。烟气乍有无,疑信互闻见。”③瀑水飞洒弥空,如烟似雾,只见烟气,几疑其无,闻得水声,始信其有。又如《太室东溪卢岩涧》云:“白云不在天,明月不在水。落此乱石坳,钟声催不起。”④以视中云、月所在,侧映出崖高涧深之景,造语不庸熟,用笔曲折,耐人玩味咀嚼。

他的铺叙描绘笔墨,注意含境的浑深,虽语句平直,而无浅易之感。如《武林纪游》写湖气迷蒙中的景象:“峰耶曰是云,云耶曰是山,山为湖云混,雨后无真峦。”⑤云峰、山峰混然不辨的画面,直呈纸上。又第三首写韬光寺云:“篁深不见天,苔厚不见地。至今头白僧,不出黄叶寺。山门扣不开,幽禽时一至。林笋无人劚,迸箨篱间积。”⑥深幽清寂之气扑人。尤其是《三湘棹歌》,幽渺淳深,几入化境。如《蒸湘》:

溪山雨后湘烟起,杨柳愁杀鹭鸥喜。棹歌一声天地绿,回首浯溪已

---

① 以上均见魏源《简学斋诗题辞》,《简学斋清夜斋手书诗稿合印》第2—3页。
② 《武林纪游十首呈钱伊庵居士》其四,《魏源集》下册第645页。
③ 《太行诸谷》4首其三,《魏源集》下册第615页。
④ 《嵩麓诸谷诗》5首其一《太室东溪卢岩涧》,《魏源集》下册第610—611页。
⑤ 《武林纪游十首呈钱伊庵居士》其一,《魏源集》下册第644页。
⑥ 同上其三,《魏源集》下册第645页。

十里。雨前方恨湘水平，雨后又嫌湘水奔。浓于酒更碧于云，熨不能平翦不分。水复山重行未尽，压来七十二峰影。篙篙打碎碧玉屏，家家汲得桃花井。①

蒸湘雨后的引人奇境，鲜明浓郁地呈现在人们面前。

唐诗虚，宋诗实。虚宜于境，实宜于趣。自宋以来，诗即有重趣倾向。道光前后的宋诗派和光绪年间推衍宋诗派的同光体，无不重趣。魏源的诗笔也多以藏趣避平直。如《天台纪游》写石梁瀑布：

云势欲无水，水势欲无石。如何一虬偃，欲障千霆魄。水中畏石横，夺路出胯腋，勇赴无底壑，下汇百寻碧。有似万古愤，投入静者夕。喷成雪练千，雄压吕梁百。……②

没有一笔呆描，在云、水、石的角逐争斗中，展示出石梁瀑布的雄姿。它奔腾而来，遭石梁梗阻之后，化身千百，飞跃狂吼而下，充满活趣。他的不少诗的开篇，写得意趣盎然，引人入胜：

溪山喜游人，先遣流泉导。流泉畏出山，十里声先噪。……③

来寻云外僧，不辨云中路。晚钟声出云，引入云深处。……④

遇峰平峰树平树，云与青山作画幅。山云出山我入山，相逢狭路山前麓。……⑤

诗的结尾也往往注意收得余味悠然。如《中四明山诗》写身宿高山古寺，结云："身卧白云中，梦落白云外。"⑥《少室行》写置身于少室峰端，结云："帝遣白云生足底，耸身一涌归蓬莱。请乘白云去，莫乘白云回。"⑦《栈道杂诗》在描写栈道险危之后，结云："前途大阖辟，造物意未已。"⑧《桂林阳朔山水

① 《三湘棹歌》3 首其二《蒸湘》，《魏源集》下册第 720 页。
② 《天台纪游》6 首其一，《魏源集》下册第 630 页。
③ 《黄山诸谷》2 首其一《松谷五龙潭》，《魏源集》下册第 643 页。
④ 《中四明山诗》2 首其二，《魏源集》下册第 632 页。
⑤ 《天目山囊云歌》，《魏源集》下册第 711 页。
⑥ 《中四明山诗》2 首其一，《魏源集》下册第 632 页。
⑦ 《少室行》，《魏源集》下册第 695 页。
⑧ 《栈道杂诗》7 首其一，《魏源集》下册第 622 页。

歌》写“入峡愈深势愈诡”的险深峡谷之后，结云：“峡内方疑天地止，出峡又看天地起。”①诗语都意蕴浓深，余境无穷。

他的有些诗以议论的笔墨曲折展示山水的形象，在以议论为诗中也别开生面。如《黄山诗》写黄山老松：

> 老松生空山，一物无可恃。得天惟云液，得地惟石髓。母石而父云，化亿万龙子。有似石纽圣，剖腹能生启。禀兹坚劲性，怪怪奇奇起。势不欲上天，横行云海里，性石不性木，肯共云生死。但知极松变，那顾失松体。一峰踞一龙，万峰万龙倚。空山风雨来，精灵互神鬼。苍叟夜叩扃，闭门君勿理。②

很少从松的正面落墨，主要是通过析述老松成因及其独得之性的议论，使人想见老松怪特的风姿。由于其议论能启示人们丰富的想象，对老松形象的感受反而更强烈。他如《庐山和东坡诗》其一写庐山瀑布，吸取《易传》中刚柔动静的观念，以刚、静代表山石，以柔、动代表瀑水，通过刚柔动静相攻相激之理的议论，展示瀑布劲猛雄奇的形象，与上诗有异曲同工之妙。

在长篇大制中，魏源吸收文章波澜的神理，注意诗多变境，如《天台石梁雨后观瀑歌》由雨瀑而月瀑而冰瀑，《雁荡吟》由龙湫飞瀑到插天灵岩再到空明渌潭，一诗而“三变局”③，都使人有“山重水复疑无路，柳暗花明又一村”之感，层澜起伏，不平板呆滞。

总之，魏源对艺术表现的讲求，发扬了宋诗笔路的长处，在一定程度上克服了其短处，很适合表现他的山水诗雄奇峭拔的风格。林昌彝说魏源“诗笔雄浩奔轶，而复坚苍遒劲”④，比较准确地概括了魏源诗笔的特色。

不过宋人以文字为诗、以议论为诗、以才学为诗、以文为诗的一些弊端，对魏源山水诗的影响仍然不小。他的诗爱用《易经》字面和一些偏僻字眼，时有艰涩之处，有碍于表现山水的明朗形象。他的《游山吟》、《游山后吟》两组诗本是以诗的形式讲他的“游山学”，意不在描写山水，我们不必苛求，

---

① 均见《桂林阳朔山水歌》3 首其一，《魏源集》下册第 712 页。

② 《黄山诗》6 首其四，《魏源集》下册第 642 页。

③ 《雁荡吟》，《魏源集》下册第 708 页。

④ 林昌彝《射鹰楼诗话》卷二，清咸丰元年（1851）福州林氏刻本。

但《岱岳吟上》写以泰山为主体的齐鲁山川峡谷的形成,《龙门吟》根据黄河中上游山川形势推索黄河古道,《洞庭吟》从洞庭一带江湖变化之迹探究水害根源等,都是以才学、议论为诗,只能说是韵语的策论,不成为诗。有的诗单纯追求写实传真,近于呆板的地貌写生,缺乏诗情画意,如《九华化城寺》专描写“九华融结萃于化城一寺”的九华山“形势”的特点。此外,有时诗笔过于散文化,率露平直,缺乏诗的韵味,这些都是应该引以为鉴的。

（原载《文学评论》1985 年第 6 期。）

张维屏思想析论

张维屏[①]是鸦片战争前后诗坛著名作家之一。较早就有诗名，与同籍黄培芳、谭敬昭被目为“粤东三子”[②]。倡“肌理说”的翁方纲视之为“诗坛大敌”[③]。他的诗歌，当时就流传到海外，高丽、琉球、越南都有人索其诗作[④]，米利坚亦有人诵其诗[⑤]。其人其诗极得时人看重。近代文学开山龚自珍说：“自珍二十年所接学士大夫，心所敬恭者十数子”，张氏即其中之一。龚氏称誉他“才之健似顾千里，情之深似李申耆，气之淳古似姚敬堂，见闻之殚洽似程春庐”，“不愧骥子”。[⑥] 当时诗评家林昌彝谓其诗“清新婉丽，体物浏亮”[⑦]，《玉壶山房诗话》言其“出入汉魏唐宋诸大家，取材富而酝酿深，气体则伉爽高华，致意则沉郁顿挫”[⑧]。汪廷珍阁学以为“格律浑成，兴

---

① 张维屏(1780—1859)，字子树，一字南山，广东番禺人。又自号松心子、珠江老渔、唱霞渔者等，有《张南山全集》。

② 翁方纲有《粤东三子诗序》，见《张南山全集》(排印本)第1册第1页，广州：广东教育出版社1994年版。以下引文凡出排印本张氏全集者，仅简注书名、册数、页码。

③ 张维屏《哭覃溪先生》其四诗注：“诸词人集苏斋，先生闻屏至，顾座客曰：‘诗坛大敌至矣！’”《张南山全集》第2册第160页。

④ 张维屏《香山何虎臣茂才杰年言有琉球国人属其族兄购余诗集感赋》曰：“高丽昔年索诗去，琉球今又觅余诗。老夫衰病埋名姓，不解何由海外知。”(见《张南山全集》第2册第575页)。又《得高丽使臣李君有容书赋此代简》诗注亦云：“三十年前，高丽李怡云书来索诗。”(见《张南山全集》第2册第594页)。又有诗题曰《越南国人邓廷诚奉其国主之命来粤购书，并索余诗集，因书绝句示之》(见《张南山全集》第2册第656页)。

⑤ 李长荣《松心诗集序》曰：“二十年前高丽国人在都中觅先生诗集，近年如米利坚为海外极远之国，其国人亦闻先生之名，诵先生之诗。”见《张南山全集》第2册第2页。

⑥ 《与张南山书》，张维屏《花甲闲谈》卷五《乡园旧雨》录载，见《张南山全集》第3册第394页。

⑦ 见林昌彝《射鹰楼诗话》卷二第7页，清咸丰元年(1851)福州刊本。

⑧ 符葆森《国朝正雅集》卷七十一第1页引录，清咸丰七年(1857)刊本。

象高寄”，非“读书多而用力深”[①]，不能达此境界。曾国藩寄张氏诗也有“今日天涯余二老，江南梅叟岭南张”[②]之句。梅指梅曾亮，张即张维屏，梅以文称，张以诗著。

张维屏的诗歌，虽然艺术上的独创性不大，大体还笼罩在“乾嘉诗风”之下[③]，但其艺术造诣亦足称诗家。而其诗关心民生疾苦、揭露吏治腐败、表现反帝爱国思想、歌咏新事物等深刻内容，则得到近人普遍的称誉。特别是其反帝爱国名篇《三将军歌》、《三元里》等，被认为足以奠定其在当时诗坛的地位。[④]《张南山全集》的《代前言》称他是一位“在近代享有声誉的爱国诗人”[⑤]。谢飘云更将他与龚自珍比并析论，认为他与龚是“鸦片战争前后开拓诗坛新风的两位杰出诗人”，“冲破传统诗歌的禁锢，开拓了时代新诗风”。[⑥]

张维屏的成就与地位，颇引学界瞩目，广东教育出版社已据华南师范大学馆藏《张南山全集》出版排印本，计划共七册。关于张氏的诗歌创作，亦不乏论述，比较充分地阐发了张氏诗歌内涵与艺术特色。相比之下，关于张氏的思想，则缺乏深入的系统的探究。虽有所及，大都触绪而止，未能充分展开。实际上，张氏不只创作有成就，思想亦有独特之点。剖析其思想，不仅可以从中窥见中国文化转型时期士子思想发展变化的轨迹，也是深入了解其诗歌创作内涵不可或缺的。本文即拟对张氏思想作一全面系统的探

---

① 《复张南山书》，张维屏《花甲闲谈》卷十四《章江泛宅》录载，见《张南山全集》第3册第503页。

② 张维屏《曾涤生少宗伯自京师赋诗见赠……谨书二十八字奉报》附录湘乡曾国藩涤生《来诗》，见《张南山全集》第2册第587页。

③ 钱仲联言清代乾隆、嘉庆时期“形成一种清诗特有的风格”，但“内容空虚，庸靡者居多。艺术上更不免浮滑涂泽之病”，认为张氏之诗“仍落在乾嘉诗风的窠臼”。见钱氏《近代诗钞》第1册第1—2页，南京：江苏古籍出版社1993年版。

④ 如任访秋主编的《中国近代文学史》指出，张氏“传颂一时的《三将军歌》和《三元里》等诗，在中国近代诗坛上赢得了一席地位”（第81页，郑州：河南大学出版社1988年版）；郭延礼《中国近代文学发展史》也说他的“反殖爱国诗篇，奠定了张维屏在中国近代文学史上的地位……作为鸦片战争诗史是当之无愧的”（第1册第112页，北京：高等教育出版2001年版）。他不备举。

⑤ 《张维屏思想及诗文特色略论》（代前言），见《张南山全集》第1册第12页。

⑥ 谢飘云《鸦片战争前后开拓诗坛新风的两位杰出诗人——张维屏与龚自珍诗歌创作比较》，《华南师范大大学学报》（社会科学版）2008年第3期第37页。

讨,希望引起学界的关注和讨论。

张维屏思想的主要特点,是他充分吸收了中国文化传统中富有唯物倾向的思想精华,这不仅使他能够比较实际地实事求是观察与分析问题,表现得宏通客观,深切事理,而且随着西学东渐,也能与时并进,勇于接受新事物,与一般庸常守旧的士子异趋,远出该辈之上。

一、宇宙自然观

张维屏很有探索万物本原及其发展变化的兴趣与精神。对宇宙的由来,人类的产生,社会的发展,以及生死、神佛等这类大问题,无不有所追寻。《杂诗》其一曰:“地以外皆天,天外究何物?若云大气举,气又出何穴。何物能载气,操纵谁蓄泄?海深不可测,深极终有讫。不能出天外,仍以地为窟。何以众水归,万古长不溢?”思考到天以外是什么,如果说只是大气,气又从何而来?什么东西能够承载它,又是谁来施放、收敛它?海再深也终有底,又只能以地为穴,何以众流归之,而万古不溢?值得注意的是,这些质疑,已完全摆脱了上天创造一切的唯心的思想羁绊,走上穷究万物实际的科学的思维道路。诗的结语说:“元化既渺茫,真宰亦恍惚。问天天不言,气至自寒暑。”[1]把这一切推说为“元化”、“真宰”,都是渺茫恍惚的。虽然问“天”亦得不到答案,但事物的实际却是真切地摆在那里:“气至自寒暑。”冬则寒来,夏则暑至,一切都那么自然。张维屏没有把这些难以究竟的问题推之神秘与玄妙,而是正视事物实际,承认事物自然之必然。这是张维屏的一个重要思想。其《读论语》一文曰:“天法道,道法自然,渊乎妙哉!此自然者孰为之?孰使故之?莫知其所由然。……人未生而已食,吮胎之血。人始生而未谷,吮乳之汁。胎则血养,产则乳养,此人之自然也。北方水少而麦宜燥,南方水多而稻宜湿;病寒将倾,有附桂以生之,病热将死,有膏黄以起之……此物之自然也。天地人物之自然者,不可悉数也,举一两端,而其

① 《张南山全集》第2册第431页。

他可类推矣，吾于老氏独服膺其自然一言。”[①]他于老子思想独取其“自然”一语，因为此一语最切于万物实际。

在未明事物“其所由然”之际，不付之于玄妙，而正视事物实际，承认“物理之自然”[②]，这是一种唯物的认知的态度。相信一切都是自然的运转，故张氏对宇宙本原的思考接近于气本体论，以气为万物之本原，其《原气》曰：“太始有始乎？莫始于气。太初有初乎？莫初于气。气在天地之先者也。气之轻清积而为天，气之重浊凝而为地，气之细缊，化而为万物。”[③]古人论宇宙之由来，有所谓“太始”、“太初”，张氏鲜明地指出，“太始”也好，“太初”也好，究其“始”与“初”，均莫早于“气”，也就是说“气”才是宇宙万物的本原。天、地分别是轻清、重浊之气形成，万物亦是由气之细缊化生。张氏这里所谓的“气”明显是物质性的。易纬《乾凿度》曰：“夫有形生于无形，乾坤安从生？故有太易，有太初，有太始，有太素。太易者，未见气也。太初者，气之始也。太始者，形之始也。太素者，质之始也。”[④]认为“有形”生于“无形”，所谓“无形”即“未见气”之“太易”，是存在于“气”之前的玄妙的东西。张氏节去玄妙的“未见气”的“太易”，而从“太始”、“太初”开始，并论定二者又皆从“气”起，这就把宇宙和万物的产生奠基在物质之“气”的基础上。文章又说：“万物有形，气无形，有形生于无形。无形先于有形，吾故曰气在天地之先。”[⑤]上引《易纬・乾凿度》亦言有形生于无形，道家也讲“有生于无”[⑥]，但与张氏这里所讲的“有形生于无形，无形先于有形”有本质的差别。《易纬》所讲的有形生于无形，是有形生于玄妙无形的“太易”；道家所讲的“有生于无”，“无”指“道”，“道”和“太易”一样也是一种非物质的玄妙的存在。张氏所谓的“无形”，只是指“气”的无形体，是有物的无形，而《易纬》、道家所讲的乃是无物的无形。张氏的气本体论，表明他继承了

---

① 北京大学馆藏清刻本《松心文钞》卷三第1页。以下引文凡出此本者，只简注书名、卷数、页码。

② 《杂诗》其四，《张南山全集》第2册第432页。

③ 《松心文钞》卷一第1页。

④ 《易・乾凿度》卷上第8页，王云五主编《丛书集成初编》第688册，1937年版。

⑤ 《原气》，《松心文钞》卷一第1页。

⑥ 《老子》第40章云“天下万物生于有，有生于无”，高亨重订《老子正诂》第92页，北京：北京古籍出版社1956年版。

我国传统的具有唯物倾向的优秀思想。

张维屏有时也吸收阴阳五行思想来解释宇宙万物及其运动变化的根源，但总不脱离按事物实际思考问题的路线，不离唯物的倾向。所谓“阴阳”乃指阴阳二气，所谓“五行”乃指金木水火土五种质料，阴阳二气的作用与金木水火土五种质料的结合，就形成客观世界及其自然的运转。《闲居杂咏》咏《周易》说：“阴阳二气日周流，万岁都归两画收。龙虎鸟鱼多取象，《易》中精义象中求。”[①]所谓“精义”即二气周流。《易》以卦象体现万事万物，万物的本质即阴阳二气的周流。以此为基点，他批评佛家、道家都未免故谈玄妙，其咏佛、道二家诗曰：“二氏为书亦号经，故谈元妙使难明。卦爻、畴范何曾秘，不外阴阳与五行。”[②]“卦爻”指《易》，《易》以六十四卦、三百八十四爻组成；“畴范”指《尚书·洪范》，其中载九畴大法，最早提出“五行”。诗意谓宇宙万物本不神秘，无非是阴阳二气流转与五行质料结合的产物，而佛、道二氏则未免故谈玄妙了。至于宇宙万物运动的根源，亦在事物本身之中，乃刚柔相推的结果，刚为阳，柔为阴。其《易说》曰：“而尤有至简至明者，则《易大传》一言曰：‘刚柔相推而生变化。’刚柔者，阴阳也。推者，推迁也，推移也。日月相推，而明生焉。寒暑相推，而岁成焉。推则动，动则变。”[③]作者的《知形》篇也说：“天地之道，阴阳而已矣。阴阳五行，化生万物，有生则有形。”[④]万物都由阴阳五行化生，物生则自具其独特之禀性。《杂诗》其二曰：“千花不同瓣，千树不同叶。是谁雕镂之，而有此分别？百草各有心，百药各有性，是谁付与之，而有此一定？大造不言造，化工不言工，阴阳互陶冶，总在二气中。”[⑤]所谓“大造”，所谓“化工”，都不外阴阳二气之陶铸而已。而万物又总是不断生化流转。《杂诗》其十云：“天道如风轮，旋转不少息。今来新虽得，昨去故已失。明日岂无花，不是今日香；明宵岂无明，不是今宵光。积丝遂成布，积新遂成故。当境苟失之，欲补不能驻。花前与月下，顾影时独语。世缘皆过客，借问谁是主？惟不虚一息，是以有

---

① 《闲居杂咏》其一《周易》，《张南山全集》第2册第412页。

② 《二氏》，《张南山全集》第2册第414页。

③ 《松心文钞》卷三第3—4页。

④ 《松心文钞》卷一第3页。

⑤ 《张南山全集》第2册第432页。

千古。”①什么也逃不过新故的交替。人人、事事、物物，无非皆是“过客”。惟有“不虚一息”，有所创造，有所积累，才有了“千古”之积存，有了人类社会的发展。张氏的这些思想无不显现着既以客观世界为物质的，又依事物的实际观察与阐释问题。

二、社会历史观

讲到人类的起源、社会的发展，张维屏也是本着实际事理进行思考和探讨。《观生》篇曰：“混混沌沌，榛榛狉狉，细细缊缊，忽然生人。溯厥权舆，先生一人与？并生数人与？”②虽然张氏还不能科学地说明人类之产生，更说不清人类初生时是“先生一人”，还是“并生数人”，但他绝不认为是上天生人。对此问题，同样采取了自然观，委之于自然，所谓“忽然生人”。人生以后，不断繁衍，形成群体，组成社会，创建管制制度，凡此种种，张氏都给予了比较实际的阐释。“人生矣，形交精媾，愈生愈蕃，滋生滋茂。生则有欲，攘攘逐逐。强者凌弱，众者侮独。中有人焉，首出烝氓，惟智能创，庶事以兴，饥者哺之，寒者煦之，危者扶之，困者抚之，惰者督之，顽者梏之，放者束之，憝者戮之。众共推之，群焉归之，是名曰君，实总其群。”③生则各有欲求，于是产生争夺，强凌弱，众暴寡，需要抑制调节，乃有管理群体的君主产生。这虽然不是君主起源论的科学认识，至少扬弃了传统所谓的“天生民而立之君”④，即天命天子的说法，而是从社会本身，从社会发展的形势中寻找产生君主的答案。君主并非什么奉天承命，而是“有智能创”之人使万众归心的结果。“有智能创”之人，以其智慧应世，创制制度规条，制暴扶弱，督懒抑顽，息争安民，从而得到民众的拥戴，故“首出烝氓”。这与柳宗元《封建论》所言君主起源论完全一致。柳宗元《封建论》言人类之初“与万物

---

① 《张南山全集》第2册第433页。

② 《松心文钞》卷一第2页。

③ 同上。

④ 《左传》襄公十四年记师旷语，阮元校刊《十三经注疏》下册第1958页，北京：中华书局影印世界书局缩印本1980年版。以下凡出此本者仅简注书名、册数、页码。又《左传》文公十三年记邾子语云“天生民而树之君”，义同，《十三经注疏》下册第1852页。

皆生，草木蓁蓁，鹿豕狉狉……夫假物者必争，争而不已，必就其能断曲直者而听命焉。其智而明者，所伏必众，告之以直而不改，必痛之而后畏；由是君长刑政生焉"[1]，亦是以"智而明"者能以伏众解释君主之产生。至于社会的文化、礼仪等也都是后起之物，《观生篇》下文说：有了人群组织，才"教以人伦，焕以人文，尊卑以陈，贵贱以分"。

人类繁衍众多，然而"有智能创"之人则寥寥。作者充分肯定社会智者的不朽价值："日月往来，燠寒推迁，莘莘绳绳，绵绵延延。……唐尧至今，四千二百有余年。生其间者，若水之泡、若火之烟，形亡神存，曾不及万之一焉。而今而后，大生广生，生生不已，又不知其几亿几兆几万几千。"[2]一般人如水之泡、火之烟，泡散烟消，能够"形亡神存"者，则"不及万之一"。所谓"形亡神存"，并非说灵魂不死，乃是指有言有功即对社会有较大贡献者，他们为历史增加了积存而不朽。

基于此种社会历史认识，他的王道观也非常实际。《古歌谣·王道歌》说："饥思食，寒思帛。旷思色，倦思息。遂厥思，王道在兹。"[3]人生有欲，君主的作用就在协调满足人的正当欲求，能够"遂厥思"，就是王道社会。

张维屏关于君主起源、君主作用的看法，对他如何为官、如何对待官民关系有重要作用。官非榨民扰民之徒，而是解决民众疾苦之士。故他常能以平等之心对民，《催科》诗说："赤子最防疴痒隔，苍黎休作宰官看。"[4]要百姓不把他看做官，他是为民解决痛痒之人。故他为官最大的痛苦不安，就是既为官身而不得不做催征逼民之事。同诗说："腐儒怀抱易悲酸，才说催科恻肺肝。"他不愿扰民，自以心慈不宜为县令一类官职，曾言："火烈民畏，千古至言。屏四任知县……不轻用刑。然自觉心偏于慈，不宜此职。"[5]故他为官慈心爱民，志在济世拯溺，《赠刘孟涂秀才开即送归桐城》说："我生

---

① 柳宗元《封建论》，见吴文治等校点《柳宗元集》第1册第70页，北京：中华书局1979年版。

② 《松心文钞》卷一第2页。

③ 《张南山全集》第3册第250页。

④ 《张南山全集》第2册第204页。

⑤ 《花甲闲谈》卷十《县令》诗末识语，见《张南山全集》第3册第422—423页。"不宜此职"排印本作"不能惩恶"，此据清华大学图书馆藏刻本《张南山全集》。

疏戆无一能，读书颇亦忧苍生。穷藜菜色纨袴饱，临觞不御悲填膺。”[①]《望晴》诗说：“嗟哉彼穷黎，偃缩方凛栗，何进黄绵袄，负暄慰百室？百室同望晴，县官心更急。”[②]悯民之情，跃然纸上。故他为官，深得民众爱戴。署黄梅知县时，江水坏堤，他亲自乘舟勘灾，险被急流卷走，以致民歌有“官要救民神救官”之句，地方大吏亦有“尽心民事，深惬舆情”之评。[③] 他离开广济时，士民高举大书“德厚风清”四字的绫幅相送。[④] 他对贪暴的吏胥侮榨民众则憎恶至极，在《县言》一诗中无情地揭露衙吏、讼师、狱卒凌暴百姓的丑恶面目。如《衙虎谣》曰：“衙差何似似猛虎，乡民鱼肉供樽俎。……官虽廉，虎饱食。官而贪，虎生翼。”[⑤]《县斋夜坐》诗慨叹：“我信催科拙，胥惟舞弊能。”[⑥]他虽无力除此痼疾，也要尽己所能防范，做到无愧于心：“弊难尽去求无愧，身果能勤或少愆”[⑦]，“竟无法可防胥吏，只有心能对鬼神”[⑧]。

三、变化观与除旧迎新

张维屏认为一切无不处于变化流动之中，没有停滞不变的东西。关于历史之发展变化，他提出一个“时”的概念。《审时》篇说：“主万事而不可知，宰万物而不可窥，其惟时乎！”“时”主万事，宰万物。历史属于时间范畴，不同的发展阶段有其不同的形态，当其时则必有其事、有其制，此即谓之“时”：“时而唐虞揖让都俞，时而商周放废征诛，时而列国处士横议，时而炎汉外戚肆志。时当封建不得不封建，虽圣皇之制，亦天下之势也。时当郡县不可不郡县，虽始皇之意，亦后世之利也。”唐虞、商周、列国、炎汉，其制各不相同。当封建则不得不封建，当郡县则不得不郡县。何以如此，即因当其

① 《张南山全集》第2册第110页。
② 《张南山全集》第2册第325页。
③ 见张维屏《甲申八月履广济任》诗中夹注，《张南山全集》第2册第232页。
④ 《梅川行留别广济士民》诗中夹注，《张南山全集》第2册第239页。
⑤ 《张南山全集》第3册第499页。
⑥ 《张南山全集》第2册第204页。
⑦ 《甲申八月履广济任》，《张南山全集》第2册第232页。
⑧ 《徐铁孙荣、冯子良询……皆有书来，诗以答之》(五君皆门人，时为县令)，《张南山全集》第2册第441页。

"时",当其"时"则为其时之"势"所决定,顺其"势"则"利",逆其势则败。历史的发展变化推移,实"时"与"势"而已,"时"来则其"势"至,势不可遏,不得不然。作者虽不能全明其理,不禁又要去问天:"孰执其枢,孰握其几,吾将叩彼苍而问之。"①当然仍是"问天天不言",还是尊重实际,委之于事理之自然。张氏抛弃了天命论,走向历史发展自然论,从人事本身思考社会的发展变化,这仍与柳宗元《封建论》的思想一致。柳在该文中言封建之起及其被郡县制取代,皆历史发展之"势"所决定:"彼封建者,更古圣王尧舜禹汤文武而莫能去之。盖非不欲去之也,势不可也。……故封建非圣人意也,势也。"②

承认发展变化,重视客观发展必然之势,必然走向因时为备而不泥古的道路。古代法家人物高倡:"圣人不期修古,不法常可,论世之事,因为之备。"③"治世不一道,便国不法古。"④张维屏很具有这样的精神。他赞赏那些虽然"未之前闻",而适应现实、当机立断的利世行为。古人论事,分"经"与"权"。"经"不可违,可否行"权"? 张维屏盛赞为"公"而行"权",不妨违"经"。其《可权》篇曰:"以天下与匹夫,未之前闻也,尧行之。以天下与罪人之子,未之前闻也,舜行之。以臣放其君,未之前闻也,汤行之。以臣放君而复君之,未之前闻也,伊尹行之。以弟诛其兄,未之前闻也,周公行之。是何也,曰权也。惟圣人然后可权。夫权者,反乎经者也,圣人断然行之而不疑者,所以为天下也,公也,无一毫利己之私也。"⑤尧传天下予匹夫舜,舜传天下予被诛罪人鲧之子禹,汤放夏王桀于鸣条,伊尹放商王太甲于桐,改过之后又迎归而复君之,周公诛杀其兄管叔,都是前所未闻者,而有利当世,断然行之。不可死守旧条,有害于事;权而为公,不怕变经。这里透露出来的是宏通的变革思想。与此问题同类,是"道"与"术"的问题,张氏认为"道"

---

① 以上均见《松心文钞》卷一第9页。

② 柳宗元《封建论》,吴文治等校点《柳宗元集》第1册第70页,北京:中华书局1979年版。

③ 韩非《五蠹》,陈奇猷校注《韩非子集释》下册第1040页,上海:上海人民出版社1974年版。

④ 《史记·商君列传》载商鞅语,杨家骆主编《新校本史记三家注并附编二种》第3册第2229页,台北:鼎文书局1981年版。

⑤ 《松心文钞》卷一第10页。

穷时可以济之以“术”。《术济》篇曰：“《易》曰：知周乎万物，而道济天下。於戏！道济尚矣哉！然有时不能道济，则必以术济。以道济，正也，以术济，非正也。然果能有济于事而无大害于义，则术即道也。”他举三事为例，其中之一是楚汉之争问题，其言曰：“项羽与汉约，中分天下，洪沟西为汉，东为楚，于是归太公、吕后于汉。汉王欲西归，张良谏，乃复击楚。……夫项羽破强秦，分汉以土地，既约而汉背之，是谓不信；羽得太公、吕后不杀而归之，宜何如图报，而汉反击楚，是谓不义。……高祖事不济，则无西汉。……然则不能道济必以术济，术者所以济道之穷也。”[①]刘邦不信不义，终得天下，才有西汉社会的大发展，终究有利于天下。这些都突出表现出张氏思想明通尚变，与硁硁然死守规条的拘儒鄙儒不同。

张维屏的不保守、主变通，广泛表现在各种领域，大至历史、社会，小至著述、器具。如关于地方志，他说：“古今之事理不能执一，著述之体例不必从同。”他列举了从古之“夏书禹贡，周官职方”，直到近世的“《广东通志》有外番一门，《云南通志》有闸坝堰塘一门”，结论曰：“天下事不可执一，而地志其一端也。”[②]“古今之事理不能执一”，即认定事物必然要有发展变化。世事变化，万象趋新，今胜于古，实乃必然。故他于诸事颂今，而非是古非今。《论乐十四首》其一曰：“古乐虽亡声未亡，依然角徵羽宫商。世人莫妄轻今乐，果是知音味自长。”[③]今乐不只仍承古声，而且独有其味，不要妄加轻蔑。其十一曰：“古人席地今高椅，古器用铜今用瓷。凡事后来趋巧便，声音一道亦如斯。”[④]古今乐师座席不同，乐器质料亦有变化，实乃凡事皆趋“巧便”之自然发展。诗中自注曰：“房庶云：‘古用俎豆，后世易以杯盂；古用簟席，后世更以榻案。圣人复生，不能舍杯盂榻案而复俎豆簟席。’讲古乐而无实用者，请视此语。”其主张不可泥古，尊重应时变化之意，十分显然。他的《独轮车》诗说：“百物趋简便，形制异古淳。但能适于用，奚必问旧新。”他赞赏独轮车舍马用人，有其独特的方便：“异彼骡马嚣，共此道路

① 《松心文钞》卷一第11—12页。

② 《龙门县志序》，《松心文钞》卷四第5页。

③ 《张南山全集》第2册第633页。

④ 同上书，第634页。

遵”,“何必侈美观,适意斯足珍”。[①] 只要适意合用就好。

特别是鸦片战争之后,西方新事物传来,张维屏都以同样的思想观念对待。他赞扬火轮船“始然惟用火,既济不劳人。圆转机何捷,熏蒸气乃神”[②];赞赏照相机“三寸光中人宛在,七千里外客飞来”[③];亟推魏源介绍世界地理历史的《海国图志》“九洲缩地凭挥翰,四海披图当泛槎”[④];赞扬徐继畬所著堪称世界概览的《瀛寰志略》为“奇书”、“善本”[⑤]。当世界整体展现在中国人面前时,一些顽固守旧的人仍在妄自尊大,坚持中国乃天下中心的腐论,张维屏与之完全相反,面对现实,正视现实。他说:“古之四海,就近言之,实亚细亚一洲之地耳。今之四海,东则太平洋,西则大西洋,南则南冰海,北则北冰海。盖合亚细亚、欧罗巴、阿非利加、亚墨利加四大洲言之。”他还让人参考诸家图志在团扇上绘成一图,名之曰《四海团扇》,并热情地作诗歌咏说:“山可芥子纳,海曾衣袖收(苏诗‘袖中有东海’)。即今图以扇,自古地如毬。丝分忽千里,团圆合四洲。瀛环真善本(谓徐松龛中丞所著《瀛环志略》),万国入双眸。”[⑥]张氏对西学、新知识、新科技可谓开明之极,只有赞赏接受之心,毫无芥蒂之意。

尤其值得注意的是当东西交通已被打开,西方资本主义社会制度呈现在眼前,张维屏亦不拒绝吸纳。当时美国加里波那开采金矿,吸引“闽人粤人以万计”前往采金。作者想到中国何尝不可自行开采金矿:“我思金银产于土,地气岂必分中边?中华土德秀灵聚,发育岂逊东西偏?”并且提出采矿事业应由民办,不由官营:“委员开矿非善策,供应骚扰难免焉。生财有道生者众,此事要俾民操权。听民自为上勿预,什中取一当无愆。……因民

---

① 《张南山全集》第2册第158页。

② 《火轮船》,《张南山全集》第2册第534页。

③ 《留影镜诗并序》,《张南山全集》第2册第593页。

④ 《魏默深进士源书来,以所著〈海国图志〉见寄,赋此奉报,即题卷端》,《张南山全集》第2册第474页。此中“九洲”句“缩”字排印本作“宿”,当系误排,此据清华大学图书馆藏刻本。

⑤ 《随缘》诗曰:“世间百事随缘过,况有奇书佐酒杯。”自注:“阅《素灵微蕴》、《瀛环志略》。”见《张南山全集》第2册第646页。又《四海团扇》诗曰:“瀛环真善本(谓徐松龛中丞所著《瀛环志略》),万国入双眸。”见《张南山全集》第2册第654页。

⑥ 以上均见《四海团扇有序》,《张南山全集》第2册第654—655页。“丝分忽千里”句排印本作“丝忽分千里”,此据清华大学图书馆藏刻本。诗中括号内语,为张氏自注。以下凡引张氏诗文,括号中语均为作者自注,不再一一注明。

利民自不费，富民富国原相连。刍荛之言倘可用，请君视我《金山篇》。"[①]走兴举民办产业以"富民富国"的道路，这无疑是较早发出的发展私人资本企业的呼声。正如陈则光所言："主张走自由发展的资本主义道路，其见识在当时说来，可谓开明的了。"[②]

勇于吐故纳新，思想宏通，故赞赏包容广大的胸襟与态度。他作《无可无不可说》一文，歌颂孔子的广容博应："无不覆，天之大，无不载，地之大，无不容，海之大，无可无不可，圣之大也。老聃可师，原壤可友，师襄琴可学，苌宏乐可访，郯之官可问，康子药、阳虎豚可受，公山弗扰、佛肸召可往，卫南子、互乡童子可见……相事可摄，鄙事可能，圣之可，圣之大也。圣不自以为圣，故能成其大。无适无莫，无意无必，无固无我，所谓无可无不可也。"[③]这不啻是一篇广收博纳、宏通应世的宣言。

四、人生观与质性趋向

张氏对生命与生死的看法，也是比较科学的，不陷于迷信玄虚。《杂诗》其十一说："忽生而为人，聚若草间露；忽化为异物，散若空中雾。轮回固无稽，星陨亦鲜据。既生必有死，如旦必有暮。贪痴若齐景，欲恋不得住。旷达如刘伶，未埋已先虑。秦皇与汉武，均被方士误。请看陈人陈，孰保故我故？桑榆犹可收，心精亟陶铸。"[④]有生必有死，生若聚露，死若散雾，没有什么另外的存在。佛说轮回，是无稽之谈；神仙不死，也无非方士骗人之术。人不可能永生，但人的创造可以流传不朽。应该珍日惜时，陶铸心精，所谓"桑榆犹可收，心精亟陶铸"。此亦即前引《杂诗》其十所说"惟不虚一息，是以有千古"[⑤]之意。能在有生之年，有所作为，有所成就，为历史和社会留下一些东西，便可不朽。

---

① 《金山篇》，《张南山全集》第 2 册第 579—580 页。
② 陈则光《中国近代文学史》第 111 页，广州：中山大学出版社 1987 年版。
③ 《松心文钞》卷二第 5 页。
④ 《张南山全集》第 2 册第 433 页。
⑤ 《杂诗》其十，《张南山全集》第 2 册第 433 页。

中国自古有三不朽之说,即立德、立功、立言[①]。这成为历代士子追求的目标,张维屏自然也不例外。不过按唐人孔颖达的解释[②],立德谓"创制垂法",要像禹、汤、文、武、周公、孔子那样人方可相称,这不是一般士子所可做到的。"立功"是要"功济于时",舜时贤臣稷、契是典型的代表。要做到朝廷重臣,亦谈何容易,但不妨抱着这样的期望,杜甫自言"窃比稷与契"[③],就是一个例子。张维屏也不能说没有如此想法,他自己说过"便祝亨衢到开府,莫忘风味本清贫"[④],周凯读张氏赋赠诗说"许身稷契原非狂,寿世岂独关文章"[⑤],都透露了这样的消息。他从道光二年入仕到道光十六年辞官,首尾十五年做郡县两级地方官,也不能说不是在这条道路上走。不过这条道路毕竟受客观际遇的限制较大,非一心向往、不懈努力便可如愿以偿的。"立言"则是"言得其要,理足可传",对比前两者,此项个人主宰的成分更大。只要具有才华、学识,又肯勤力,便可以实现目标。所以张维屏更注重"立言",他常常歌咏著述和创作可以达致不朽。《天体》诗说:"天体本积气,地形如弹丸。匆匆已今古,浩浩此乾坤。万众各有我,百年谁复存?昔人能不死,文字见精魂。"[⑥]文字能把人的精神创造流传千古。他的《寄巢吟社歌》说:"古人多似恒河沙,至今不死传诗家。……尚留韵事在人口,始知富贵输清才。"[⑦]他用心于著述,反复整理、刊刻自己的诗文集,不能不说与此种认识相关。

张维屏虽与一般世子一样有功业追求,但在他的思想结构里,倾心闲逸自得的生活情趣似更为突出,更是其性之所好。即使在仕途,正为济世安民勤苦奔波时,也无法泯灭对此种生活境界的向往。《独坐》诗说:"独坐萧斋

---

① 《左传》襄公二十四年载叔孙豹语:"太上有立德,其次有立功,其次有立言。虽久不废,此之谓不朽。"《十三经注疏》下册第 1979 页。

② 孔颖达《春秋左传正义》,下引"立功"、"立言"解释均为孔氏语,见《十三经注疏》下册第 1979 页。

③ 杜甫《自京赴奉先咏怀五百字》,仇兆鳌《杜少陵集详注》第 3 册卷四第 7 页,香港:中华书局香港分局 1974 年版。

④ 《徐铁孙荣、冯子良询……皆有书来,诗以答之》,《张南山全集》第 2 册第 441 页。

⑤ 《读听松庐诗集有感,赋赠张南山大令》,见《奉酬芸皋观察四首》附录,《张南山全集》第 2 册第 260—261 页。

⑥ 《张南山全集》第 2 册第 434 页。

⑦ 《〈寄巢吟社歌〉为徐廉峰编修宝善作》,《张南山全集》第 2 册第 300 页。

手一编,静中得味自欣然。天生我辈书为命,身在人间骨欲仙。诸史是非难尽信,百年行止且随缘。近来踪迹闲云似,半视山边半水边。"①他最欢快的是"静中得味",萧斋吟读,虽身在人间,却如神仙一般潇洒。至于人生经历的"行止",则"随缘"好了。人们都追求青史留名,盖棺论定,可是史书的褒贬难道都那么可靠吗,黑白颠倒恐非寥寥。所以不必太执著。他由衷喜爱的,是"闲云"一般的生活情态,不是胶着于名利场,而是游向"山边""水边",足见其性情所趋。他答姚柬之所作的《仙才歌》说:"我生赋性本疏放,冷看富贵浮云忙。眼前何物适我愿?花晨月夕酒满觞。"最如愿的生活,莫过于美酒花晨。他认为所谓仙人也不过是善于解脱:"仙人不过善解脱,要如白鹤空中翔。"所以诗的结尾说:"我思仙凡判忧乐,一乐何地非仙乡?我思古今判醉醒,一醉何客非羲皇!"②只要手持美酒,面对花月,适心得意,"一乐何地非仙乡";只要跳出"众人尽醉我独醒"的困境,则"一醉何客非羲皇"!陶渊明《与子俨等疏》言:"少学琴书,偶爱闲静,开卷有得,便欣然忘食。见树木交荫,时鸟变声,亦复欢然有喜。常言:五六月中,北窗下卧,遇凉风暂至,自谓羲皇上人。"③张诗中的"羲皇"即做"羲皇上人"之意,与陶渊明的生活情趣是一脉相通的。他在江西为官时写诗说:"斗米折腰良自苦,不如还我葛天民。"④"斗米折腰"用陶渊明不为五斗米折腰的故事⑤,"葛天民"亦出于陶文。陶在《五柳先生传》中描写其自由自在自得的田园生活感受说:"酣觞赋诗,以乐其志,无怀氏之民欤,葛天氏之民欤?"⑥虽然实际生活在东晋,却像是生活在无怀氏、葛天氏时代的百姓。张氏的"还我葛天民",也与陶渊明同义。他为刘华东题《自在图》诗,将儒释道三教合一,归结为"大自在"。这"大自在",可以说就是张维屏一己的心声。其诗

---

① 见《听松庐诗钞》,《张南山全集》第1册第474页。

② 《仙才歌答姚伯山柬之兼寄吴兰雪、刘孟涂》,《张南山全集》第2册第150页。"仙人"句"脱"字作"说",当系误排,此据清华大学图书馆藏刻本。

③ 逯钦立校注《陶渊明集》第188页,北京:中华书局1979年版。

④ 《九江道中》,《张南山全集》第2册第202页。

⑤ 《宋书·隐逸传》载陶渊明在彭泽令任上:"郡遣督邮至县,吏白应束带见之。潜叹曰:吾不能为五斗米折腰向乡里小人!"《宋书》卷九十三《隐逸传》第15页,文渊阁《四库全书》电子版,济南开发区汇文科技开发中心研制,武汉:武汉大学出版社。

⑥ 逯钦立校注《陶渊明集》第175页,北京:中华书局1979年版。

曰:“三岛十洲,御风泠然,得大自在,是为真仙;四大三乘,本来无物,得大自在,是为真佛;贵曰良贵,居曰广居,得大自在,是为真儒。维儒释道,各有其奥,总归一心,别无元妙。”儒也好,释也好,道也好,真仙、真佛、真儒都在于“得大自在”。而得大自在的关键,“总归一心”,是“心”的超越,不在形迹。诗末说:“花柳三春,风月四邻,说梦中梦,现身外身。入世出世,无可不可,学仙学佛,其中有我。问我为谁,此翁不言,得大自在,非言可传。”[①]学仙也好,学佛也好,都在“其中有我”,那个“自我”是什么?就是“得大自在”。此诗虽然是颂扬刘华东,但从其由衷的赏叹中,不难看出也正是诗人的心期。当他欣赏景物,与自然融而为一,则有完全超越之感。其《有酒》诗序说:“三月一日,分霞樵客宿于稚川北庵。酥醪一杯,不觉竟醉。酒醒夜半,开户出视。云气离合,妙香徐来,偶尔会心,欣然操翰。岂谓性海情尘,顿归般若,亦欲青肝苍肾,同葆谷神。”[②]与大自然融合为一,便如入般若境界,并有期于健身长寿。他在为林则徐题其先公《饲鹤图》时,借题发挥说:“与以稻粱可疗饥,岂必远觅芝田芝。纵之翔舞惟所宜,岂必乘轩同縶维。人物贵贱类虽歧,俾性咸若均熙熙。”鹤不必皆乘轩,只要“翔舞惟所宜”,“俾性咸若”,亦即适性顺情,那就是和乐安宁的天地。他在《闲居杂咏》咏《论语》一首中赞扬曾点“风咏率天真”[③]的志趣,在咏《庄子》一首中声称“我爱庄生洒脱人”[④],都见出他人生理想追求的一面。人是很复杂的,有其性情所好,也有受世俗观念影响不得不强为之事,但质性是不易改变的。质性所喜,往往是心神自然投入的方面。一旦进入此种境界,精神好像融化其中,自然和谐,毫无牵强造作。陶渊明在《归去来兮辞序》中说,他出任彭泽令后:“及少日,眷然有归欤之情。何则?质性自然,非矫励所得。饥冻虽切,违己交病。”[⑤]“质性”如此,是不可以勉强的,勉强做违背质性之事,就落得“违己交病”。张维屏在这一点上颇有陶氏味道。故他于古人

① 《〈自在图〉为刘三山孝廉华东题》,《张南山全集》第 2 册第 266 页。

② 《张南山全集》第 2 册第 134—135 页。

③ 《闲居杂咏》其六《论语》,《张南山全集》第 2 册第 412 页。

④ 《闲居杂咏》其十二《庄子》,《张南山全集》第 2 册第 413 页。

⑤ 逯钦立校注《陶渊明集》第 159 页,北京:中华书局 1979 年版。

中，非常钦慕陶渊明和白居易，《闲居杂咏》第 18 首咏赞陶"柴桑高士是真儒"[①]，第 22 首赞白"天怀坦白天机乐"[②]。他在江西做官时，自命其书室为"陶白庵"，并悬二公画像于室中，焚香献酒。作诗曰："不愿学仙佛，不能希圣贤。为工乏一艺，为农无寸田。人皆目以士，自顾亦愧焉。居然学干禄，释褐为宰官。催科固所拙，抚字复多愆。区区爱民心，不忍加笞鞭。五载留西江，泛泛江中船。今秋权郡符，再结庐山缘。……闲来酒一樽，兴发诗一篇，敢云追往哲，庶自乐其天。"[③]"敢云追往哲"？正表明心期往哲，这往哲就是陶渊明与白居易，而所学的二人的真髓，则是"乐其天"，是潇洒派、乐天派的纯任天真的自然。

王阳明不只是著名的心学家，也是建立平叛巨功的英雄，但在张维屏看来，功成之日，还是萧然入山为好。《闲居杂咏》第 28 首《王文成公》诗说："平濠戡乱功成日，难得萧然便入山。试看浮云千万变，太虚本体自闲闲。"[④]"浮云"万变无常，但"太虚本体"则是"闲闲"。所谓"闲闲"，也就是自然。《杂诗》第 9 首说："文王嗜昌歜，曾晳嗜羊枣。二者之于味，讵得为至好？可知嗜好殊，譬各有其宝。人言为官乐，我乃觉苦恼。辞官已十年，当时未为老。旁人称曰高，自笑堪绝倒。其实畏拘束，亦颇厌胶扰。脱身离簿书，适意玩鱼鸟，但嗜一味闲，此病亦不小。"[⑤]做官一则"拘束"，一则"胶扰"，不能顺情适意，所嗜在"闲"，所向往的是"脱身离簿书，适意玩鱼鸟"。他辞官归乡以后，如鱼得水，可以尽情享有其质性自然的生活。《云水》诗说："见水心先活，看云意自闲。此间多妙境，何必入深山。"[⑥]这乡居的闲逸，就是神仙生活。其《达人诗》说："百年三万日，一日十二时。达人有活法，分算乃得之。譬如昨日忧，今日我弗思；譬如来日难，今日我弗知。君看今日花，前日犹空枝；君看昨宵月，今夕云四垂。宇宙大传舍，去住无定期；

---

① 《闲居杂咏》其十八《陶靖节》，《张南山全集》第 2 册第 413 页。

② 《闲居杂咏》其二十二《白香山》，《张南山全集》第 2 册第 414 页。

③ 《陶白庵有序》，《张南山全集》第 2 册第 370—371 页。"自顾"句"顾"字，排印本作"愿"，疑为误排，此据清华大学图书馆藏刻本。

④ 《张南山全集》第 2 册第 414 页。

⑤ 《张南山全集》第 2 册第 433 页。

⑥ 《张南山全集》第 2 册第 443 页。

人生贵适意，浮荣如电驰。曷为掷心肾，易彼毛与皮。"[①]在"宇宙大传舍"中，最可贵的是"适意"的生活，"浮荣"不过是过眼烟云，人生的"毛"与"皮"。《七十自述》诗说："忽忽浮生七十年，不求仙佛不能贤。耽书爱酒娱花木，不敢瞒天总听天。"[②]所谓"听天"，即顺其天性自然。诗歌感人处在全身心的投入、真感情的贯注，由衷所追求的，写出来往往真情动人，所以张的这类诗也都很有艺术感染力。

张南山无疑有功业追求，但由于有此"质性"趋向，他就不那么执著，常常有一点无可无不可的态度。进入宦途做官，他会尽心尽力济民兴国；不做官，也能潇散自得，生活自如。

五、实学经世

张维屏的思想也属于从明末清初以来兴起的实学经世思潮，他读书、讲学都强调实用。《简梦岩孝廉钧培〈看山读书图〉》诗说："青云致身须及早，读书有用方为宝。"[③]《偶成六言》其二说："求治首在知人，讲学务期实用。"[④]他反对驰骛浮名、专注帖括的为学态度与人生追求，《酬陈丹厓上舍鏁》诗说："劝君汲古须专精，勿但帖括干浮荣。人生读书贵有用，岂等痴蠹同乾萤。"[⑤]其《壬辰科（1832）江西乡试录后序》明确提出对诸生的期望："为有本之学"，"为有物之言"，"为有用之才"。[⑥]

当时有汉学、宋学之争，张维屏并不一般地笼统地轩轾汉、宋，混言何高何低，而是从经世致用出发，以是否为真儒，是否有益于世、有益于身为批评标准，采取分析态度，不持门户之见。《东园杂诗》其五说："何须分汉宋，要不愧儒林（汉学宋学均有得失，视其人何如耳）。"[⑦]汉学、宋学均有其价值，

---

① 林昌彝《射鹰楼诗话》卷十七第14页录载，清咸丰元年（1851）夏福州刊本。

② 《张南山全集》第2册第551页。

③ 《张南山全集》第2册第308页。

④ 《张南山全集》第2册第508页。

⑤ 《酬陈丹厓上舍鏁兼送顾蔼庭水部同年椿，时蔼庭由粤入都，丹厓返粤西乡试》，《张南山全集》第2册第274页。

⑥ 见《花甲闲谈》卷八《五番锁院》，《张南山全集》第3册第412页。

⑦ 《张南山全集》第2册第409页。

亦有其弊端，要视其人如何为汉学、宋学而定，要之不愧为儒士儒生才是真学。他看重宋学，在其淑身端行、维系士风的一面，《东园杂诗》其十五说："古道日荒芜，公然大德逾。欲维今士习，须法宋先儒（宋儒之书，今日士风，对病之药）。行己当知耻，观人莫笑迂，从来真血性，每带几分愚。"[①]肯定宋学的是它能培植行己有耻的血性男儿。而对宋学流于空谈心性、不及躬行则予以批评。《东园杂诗》其六说："道学所包广，躬行能几人？空谈心与性，孰辨假与真（自元人修《宋史》，别立《道学传》后，人遂以谈心性、撰语录者为道学）！"[②]以空谈心性、撰作语录为道学，则为宋学流弊，是假道学。《闲居杂咏》其二咏《尚书》也说："唐虞三代事多艰，先圣忧劳未敢安。不解后儒分道学，坐谈心性有何难。"[③]唐虞三代都是实学经世，后儒的空谈心性是误入歧途。他为南康郡守时，因与诸生谈及陶渊明"实圣人之徒"，而指斥元明以来高谈心性的玄虚之学："元明诸儒多涉元虚，高谈心性，但效前人为语录，遂谓道学得真传，以余观之，宋以后之讲学，无异唐以前之谈禅，风气所尚，群焉趋之。呜呼，安得论古有识者而与之知人论世哉！"[④]对空谈心性、不及躬行的菲薄之意十分显然。对于汉学考据，他肯定其辨真的价值，但批评那种标新立异、争胜求名反而灭没本真的风气。《东园杂诗》其十曰："今人言考据，古说已多歧。实事求其是，虚心善即师。博观须反己，约守莫趋时。不必操成见（考据家多求新好胜之见），惟期释我疑。"[⑤]汉学考据应以求是、释疑为鹄的；操成见，求新好胜，离开实际则是坏学风。

张维屏自身即身体力行其实学经世的主张，他为南康郡时，受差赴建昌捕蝗，乃"就所见之书撮其要为《治蝗述略》"[⑥]，致力于关系民瘼之著述。他也赞赏那些为学以致用、为官有作为的人物。丁君南出洋学习算学、火器，返国著《演炮图说》，这在鸦片战争时期乃时局亟需，张氏盛赞其"讲求

① 《张南山全集》第 2 册第 411 页。

② 《张南山全集》第 2 册第 409 页。

③ 《张南山全集》第 2 册第 412 页。

④ 《花甲闲谈》卷十三《鹿洞讲书 · 东林寺诗摘句》后缀语，《张南山全集》第 3 册第 479—480 页。

⑤ 《张南山全集》第 2 册第 410 页。

⑥ 《花甲闲谈》卷十一《建昌捕蝗》，《张南山全集》第 3 册第 446 页。

有用之学"①。王阳明不使心学流为空谈,身体力行,用以修身治国,功业显赫,他热情揄扬说:"三代圣王,教人实学,未有空谈,遽夸先觉。由汉至唐,谈禅是宗;由宋至明,讲学是崇。人学在口,公学在身。……公为大臣,公为大儒,其言克践,其学不虚。儒有实用,臣有经济,五百年来,惟公名世。"②作为儒来说,有"实用";作为臣来说,有"经济","言能践"而"学不虚"。此方为士人楷模。

六、情本思想

从明代中后期开始,倡情思想不断鼓荡膨胀,张维屏显然也受到此一思潮的影响。他不仅倡情、重情,而且在理论方面从本体论的高度释情,提出情本论。他的《情释》说:"天地,情之主也;宇宙,情之寓也;日月,情之柱也;君臣父子兄弟夫妇朋友,情之序也;诗书礼乐政事文学,情之著也;忠臣孝子义夫节妇,情之树也;风云雨雪,山川道路,鸟兽虫鱼,卉木花草,情之具也;春夏秋冬,寒暑昼夜,治乱兴衰,富贵贫贱,情之遇也;饮食醉饱,死生老少,离合悲欢,往来施报,情之绪也。"无处不有情在,无物不是由情来支撑,情贯注于宇宙之间、万物之中。所以他的结论是:"惟天地有情,故万古有常而不改其度,惟人物有情,故万类有生而各得其趣。性不可见,于情见之;心不可见,于情验之。无情则为死灰,为槁木,为顽石,为盗贼,为虎狼,为鬼蜮,而人理几乎熄,然则情之所系大矣哉。"③宋明理学,讲"心"讲"性","性"则"天理","情"则"人欲",要"存天理,灭人欲"。④ 张维屏则把"心"与"性"笼罩于"情"下,将"情""性"合而为一,"情"不即是"欲",而是"心"、"性"之外现,离开情,"心"不可见,"性"亦不可见。"情"与"性"、"心"不再是对立的东西,而情更具有现实品格,宇宙、万物、人类皆以情为

---

① 《演炮图说增补则克录合序》,《松心文钞》卷四第42—43页。

② 《南昌王文成公庙碑》。《花甲闲谈》卷十四《章江泛宅》,《张南山全集》第3册第504—506页。

③ 以上均见《情释》,《松心文钞》卷二第23页。

④ 如朱熹言:"圣贤千言万语,只是教人明天理,灭人欲。"见黎靖德编《朱子语类》第1册第207页,北京:中华书局1986年版。

本,这不能不为倡情、重情、尊情拓开了大路。许应骙在本篇后识语曰:“天下事有理不能喻而情足以动之者。先生此作……为世之用情者明示圭臬欤,即为世之矫情者痛下针砭欤。”①赞其为真情开路。他的《古歌谣·太平歌》说:“人皆有情,天下太平。”②情不仅是万物存在的根据,也是治世之本。张氏之情本思想也是他的文学思想的基础,关于张氏文学思想将另文专论,此不赘。

七、余论

作为封建士子,张维屏的思想不言而喻有其局限性。他接受孟子的人性善理论,宗信宋学,都是明显的表现。《亲亲余事序》一文说:“夫仁义礼智谓之四端,天皆赋之于人,人皆得之于天。惟人欲肆则自汩其天,而天不完;一巧胜则自凿其天而天不全。”③认为人之道德属性乃天赋。《大伦歌》亦说:“生人大伦,无过君亲。世间要道,莫过忠孝。处乎境者不必同,出乎性者不待教。”④性自天禀,受心性学说的影响十分明显。他在颂扬麻损谷“能自葆其天”时更说“顺其天性之自然,循乎天理之当然”⑤,认为天赋之善性“天性”亦即“天理”,完全是理学的观念,这些都是与其思想中的唯物倾向背道而驰的。

张氏对有些人力未能达成之事迷惑不解时,也陷于定命思想。《杂诗》其八说:“尧能变黎民,不能化丹朱。太康禹之孙,尸位丧厥都。孔子无斧柯,公室安能扶?孟子浩然归,王道伤榛芜。武侯屡出师,未捷身先殂。人事有得失,天行有盈虚。气数实有定,智力皆成虚。事到无如何,圣贤空叹吁。”⑥陷入气数有定的窠臼,否定了智力的价值。

对待西方国家的入侵,张维屏无疑站在坚决反对的立场上,他抨击投降

① 见《松心文钞》卷二第24页《情释》后。
② 《张南山全集》第3册第250页。
③ 《松心文钞》卷四第7页。
④ 《张南山全集》第3册第250页。
⑤ 《亲亲余事序》,《松心文钞》卷四第7页。
⑥ 《张南山全集》第2册第432页。

行径，赞扬抗战将领，歌颂民众自发的抗敌斗争，都是明证。但有时也对帝国主义的侵略本质认识不足，对鸦片战争的爆发也有不符合实际的认识。如《闻林少穆制府同年卒于潮州旅次，有感而作》诗说："忠忱奋发声名溢，边衅轻开祸患多（夷氛两年，死者数万）。"①无异说林则徐的举措"轻开"战端。其《偶阅〈东都事略〉有感》言："沈起贪功侮交趾，遂令边境启兵端。可怜死者十数万，起已谪官仍复官。"②似亦有弦外之音。《水》诗曰："水性由来就下行，一朝如沸复如羹。即今海不扬波日，始悟前番有激成。"③恐亦非泛泛之咏。

但这些都瑕不掩瑜。总体来看，张维屏继承了传统文化中具有唯物倾向的思想精华，这使他与当时的先进人物靠近。他的唯物倾向的宇宙观、社会历史观和富有辩证观点的变化观，都与当时改革派先锋人物龚自珍、魏源相通。如在自然宇宙观方面，龚自珍同样认为客观自然界是自然的存在、自然的运行，否定有意志的天。传统的"天人感应"说以孔子所修《春秋》记载日蚀为据，龚氏驳斥说《春秋》之记日蚀，乃"孔氏上承《尧典》，下因鲁史……储万世之历，不言凶灾"，即如实记载历法，非言上天示警之类。他指出古人步历，观察日月星辰的运行，计度其行次，制作历法，日蚀乃可推步者，这与上天示警之说是不可共存的："诚可步也，非凶灾；诚凶灾也，不可以步。"④

张维屏的社会历史观以人为本位，即从人类历史中探求人类社会的发展，龚自珍的思想亦如此。龚说人类社会的一切创造都是"人自所造，非圣造，非天所造"，人类自身是人类社会的唯一主宰："众人之宰，非道非极，自名曰我。"⑤这里的"我"，是人类抽象的代称。关于君主起源，龚亦从社会发展实际出发，持圣智为君论，其言曰："聪明之大者也，帝者之始也。聪明孰

① 《张南山全集》第2册第557页。

② 《张南山全集》第2册第534页。

③ 同上。

④ 龚自珍《乙丙之际塾议第十七》，见《龚自珍全集》第9页，上海：上海人民出版社1975年版。下引龚氏文字均出此本，只简注书名、篇名、页码。

⑤ 龚自珍《壬癸之际胎观第一》，《龚自珍全集》第12页。

为大？能始饮食民者也。”[1]有能力使民温饱，即聪明之大者，就被民众推仰为“帝”。至于人类兴立的各种制度，也都是适应社会发展需要而被创制出来的。“司空之始”是出于“与百姓虑安”，“司寇之始”是出于“与百姓虑不安者”[2]，龚自珍把这些称为“后政”，即有了人类社会以后才适应客观需要而被渐次创制出来。张维屏的变化思想亦是龚、魏的基本思想。龚氏认为社会处于不断变革之中：“一祖之法无不敝，千夫之议无不靡……《易》曰：‘穷则变，变则通，通则久。’”[3]魏源也提出宇宙一切包括人类历史都处于“气化”流转之中，所谓“气化无一息不变者也”，因变而形成客观形势，“势则日变而不可复者也”，故他说：“岂独封建之于郡县，井田之于阡陌哉？”[4]何止“封建”变为“郡县”，“井田”开为“阡陌”，诸般制度无不应时而变：“租庸调变而两税，两税变而条编。变古愈尽，便民愈甚。虽圣王复作，必不舍条编而复两税，舍两税而复租庸调也。……履不必同，期于适足；治不必同，期于利民。是以……五帝不袭礼，三王不沿乐，况郡县之世而谈封建，阡陌之世而谈井田，笞杖之世而谈肉刑哉！‘礼，时为大，顺次之，体次之，宜次之’……《诗》曰：‘物其有矣，维其时矣。’”[5]这与张维屏提出的“时”与“势”的观念，又何其相似乃尔！

魏源是近代肯于睁眼看世界，并公正客观地认知周围世界的突出人物之一。他著《海国图志》介绍世界状况，承认西方进步的科学技术与先进制度，声言“有用之物即奇技而非淫巧”[6]，“远客之中有明礼行义，上通天象，下察地理，旁彻物情，贯串今古者”，就是“瀛寰之奇士，域外之良友”[7]。同时也提出借鉴西方、建立民族工业的主张：“沿海商民，有自愿仿设厂局以造机械，或自用，或出售者听之。”[8]张维屏的思想与其完全一致，实是走在

① 龚自珍《五经大义终始论》，《龚自珍全集》第41页。

② 同上书，第43页。

③ 龚自珍《乙丙之际箸议第七》，《龚自珍全集》第6页。

④ 《默觚下·治篇五》，见《魏源集》上册第48页，北京：中华书局1976年版。

⑤ 同上书，第48—49页，北京：中华书局1976年版。

⑥ 魏源《海国图志》卷二第11页，清咸丰二年(1852)刊百卷本。

⑦ 魏源《海国图志·西洋人玛吉士地理备考叙》卷七十六第19页，清咸丰二年(1852)刊百卷本。

⑧ 魏源《海国图志》卷二第15页，清咸丰二年(1852)刊百卷本。

同一条路上。

平心而论，张维屏虽然对清王朝统治的腐朽没落缺乏本质的认识，未能表现出如龚自珍那样高屋建瓴的深刻的批判，但由于他接受了传统文化中具有唯物、辩证倾向的优秀思想，在许多方面已经超越保守士子的思想格局，虽尚不足与改革派龚、魏鼎立而三，但亦与之接近，思想相通之处甚多，至少属于变化转变的一群，处于同一潮流之中。这就是张维屏思想的可贵之处。

（原载岭南文化研究中心《岭南学》第 1 期，2009 年 12 月。）

陈沆曾受鲍桂星赏识吗？

《文学遗产》季刊1981年第3期所载《陈沆诗初探》一文，曾引用周锡恩撰《陈修撰沆传》一则材料，该材料原文是：

> 年十二，应童子试。鲍学使桂星才气雄骜，陵轹一世，得沆卷，惊叹曰："天才也！"首拔之。

周锡恩，字伯晋，生于咸丰二年（1852），距陈沆的时代不算很远，但此节记事却是不可靠的。陈为湖北蕲水人，童子试在湖北，其12岁时，距鲍桂星为湖北学政甚远。

陈沆编年诗《简学斋诗存》甲戌年（嘉庆十九年，1814）有《三十生日都门自述诗》①，则陈生于乾隆五十年（1785），12岁为嘉庆元年（1796）。据清《高宗实录》卷一四八五和《仁宗实录》卷二十四所载②，此时湖北学政为施朝幹。他是乾隆六十年（1795）八月简放，至嘉庆二年（1797）十一月为陈崇本所代（按中华书局出版之《清代职官年表·学政年表》嘉庆二年湖北学政栏，于陈崇本前列施幹廷，云其改府丞死，疑施幹廷为施朝幹之误）。

鲍桂星，字双五，一字觉生，安徽歙县人。据其自编之《觉生自订年谱》，嘉庆元年他正应方体祖水部之聘，入京到方家坐馆，直至嘉庆三年。③

---

① 陈沆《三十生日都门自述诗》，《简学斋诗存》卷二第5页，清咸丰二年（1852）陈廷经刻本《简学斋诗》。

② 《高宗实录》卷一四八五载乾隆六十年（1795）八月丙申上谕："湖北学政，著施朝幹去。"（《清实录》第27册第841页，北京：中华书局影印本1986年版）《仁宗实录》卷二十四嘉庆二年（1797）十一月载："命国子监祭酒陈崇本提督湖北学政。"（《清实录》第27册第302—303页，北京：中华书局1986年版）施朝幹于此时卸任。

③ 鲍桂星《觉生自订年谱》第7页，《觉生诗续钞》附自订年谱，清同治四年（1865）退壹步斋刻本。

他何时任湖北学政呢？据《仁宗实录》卷二三三及卷二七二所载[①]，是从嘉庆十五年八月至十八年八月，《觉生自订年谱》及《湖北通志·职官表》所载相合[②]。嘉庆十五年，陈沆已26岁，不仅早已取得秀才资格，且已出贡。据《蕲水县志》卷七《选举表》载，陈沆于嘉庆十三年膺优贡之选，其时学政为涂以辀。[③] 涂字瀹庄，嘉庆十二年简放湖北学政，十五年九月卸任返京职，次年外放。陈于十六年入都，有《恭送涂瀹庄师出守处州》诗[④]，写得颇有感情，大约即因有此一段知遇之故。鲍为涂之继任，自不会再有陈之"童子试"问题。

退一步讲，陈受鲍之赏识，不在"童子试"，而在别种考试场合。查考陈、鲍之经历，亦无此种可能。据鲍之自订年谱，他任湖北学政前，只于嘉庆五年到过湖北。此行乃是于庶吉士请假归里期间，从二月到四月，至汉皋、南昌向"两地诸桑梓业鹾者"[⑤]筹措一笔资用，与湖北试事没有关系。

《蕲水县志》卷七《选举表》载，陈于嘉庆十八年中癸酉科湖北乡试举人第6名。此正当鲍之湖北学政任期之尾，但学政不参预乡试选拔之事，而且依例正应回避。乡试由朝廷特遣之主考、副主考操持。不过清制贡生参加乡试须经录科。嘉庆修《大清会典》卷二十五载："各省贡、监生应本省乡试者……均由本省学政录科。"[⑥]则陈本年乡试之录科当经鲍之手。这是陈一生在科考事上唯一能与鲍发生关系之事。但录科只是取得参加乡试之资格，始叹为"天才"，又云"首拔之"，实与录科之事不类。

旧时士子重知遇之恩。不论何种考试场合，陈如蒙鲍氏誉为"天

---

① 《仁宗实录》卷二三三载嘉庆十五年(1810)八月命"翰林院侍讲学士鲍桂星提督湖北学政"(《清实录》第31册第139页，北京：中华书局影印本1986年版)。又卷二七二载嘉庆十八年(1813)八月命"翰林院侍讲朱士彦提督湖北学政"(《清实录》第31册第695页，北京：中华书局影印本1986年版)。鲍于此时离湖北学政任。

② 吕调元纂《湖北通志》卷一一五《职官志九·职官表九》第2778页，北平：商务印书馆民国十年(1921)刻本。

③ 多祺纂《蕲水县志》卷七《选举志》第45页，清光绪六年(1880)蕲水县署刻本。

④ 陈沆《恭送涂瀹庄师出守处州》，《简学斋诗存》卷一第6—7页，清咸丰二年(1852)蕲水陈氏刻本。

⑤ 鲍桂星《觉生自订年谱》第8页，《觉生诗续钞》附自订年谱。

⑥ 托津等纂《大清会典》卷二十五第1106页，《近代中国史料丛刻》3编第64辑第634册，台北：文海出版社1991年版。

才”，又“首拔之”，自当终身志之不忘。二人关系即使不十分密切，也不会是疏远的。可是遍检二人文集，涉及交往之人很多，独不见二人来往踪迹。当然，鲍于嘉庆十九年十二月，因事受革职处分，诏命“在京闭门思过”①，直至二十四年九月解除处分，有近五年之久的时间，会对交游产生一些影响。不过，且不论此五年中，鲍仍有与人唱和之作，即使将此五年除外，鲍、陈二人交游机会仍多。鲍于嘉庆十八年秋卸湖北学政返京任，十九年年底始受处分。而陈于十八年秋中举，十九年春即入都会试，至冬初始南返，有近一年时间同在京师。又鲍于二十四年九月赏复编修，陈于二十四年春中状元，授翰林院编修，至二十五年夏才一度南返探家，又有一年左右同处京师，且官职相近，交游极便。另外，从道光元年至二人逝世的五六年间，除鲍于元年四月至二年三月请假归里，陈于元年充广东乡试正考官夏行冬返外，皆同在京师供职。

鲍桂星有《陈侍御大云沄黄鹤楼图》诗②，是题陈沄《黄鹤楼远眺图》之作。陈沄，字大云，陈沆之弟，嘉庆二十一年中举，次年成进士，授编修，后为监察御史。他于二十一年中举，则十五年至十八年之岁、科试必经学政鲍桂星之手，二人结识当渊源于此。鲍于沄有题赠之篇，而于沆无交往之迹，所谓赏识之事尤属可疑。《蕲水县志》与《清史列传》之陈沆传都不言此事，不是偶然的。

（原载《文学遗产》1984 年第 1 期，1984 年 3 月 25 日。）

---

① 《仁宗实录》卷三〇〇载嘉庆十九年（1814）十二月（上）上谕：“鲍桂星任性乖张，妄言乱政，著交部严加议处……著即照部议革职，不准回籍，令其在京闭门思过。仍责成五城御史，不时稽查，如私著诗文，有怨望诽谤之词，即行严参，从重治罪不贷。”（《清实录》第 31 册第 1126 页，北京：中华书局 1986 年版）

② 鲍桂星《陈侍御大云沄黄鹤楼图》，《觉生诗续钞》卷三第 25 页。

附录　近代文学研究与古文基础

搞古代文学研究，需要较深厚的古文基础，是不言而喻的。近代文学冠上了“近代”二字，不免冲淡了一些“古”的色彩，很容易使人放松对古文基础的重视。实际上，近代文学固然出现某种通俗化现象，但大量作品仍然相当“古”。其中不少不仅“古”得不下于古人，甚至“古”过一般古人的，也不乏其例。不认清这一点，掉以轻心，就会出毛病。

近来翻阅上海书店出版的《中国近代文学大系·散文卷》①，其标点方面存在的问题，实足令人警觉。所以撰此小文，与同行们讨论。下面即列举其中一些实例，以供探讨。

该书所录第一篇文章——严可均的《荀子当从祀议》（以下简称“严文”）中，有如下一段文字，先按原标点录出：

> 盖自周末，历秦、汉以来，孟、荀并称久矣。小戴所传三年问，全出《礼论篇》。《乐记·乡饮酒义》所引，俱出《乐论篇》聘义，子贡问贵玉贱珉，亦与《德行篇》大同。大戴所传《礼》三本，篇亦出《礼论篇》。《劝学篇》即《荀子》首篇，而以《宥坐篇》末见，《大水》一则附之，哀公问五义，出《哀公篇》之首，则知荀子所著，载在二戴记者尚多，而本书或反缺佚。②

此段标点或漏标，或错断，有的地方使文义几不可解。“小戴”指“小戴礼”，通称《礼记》。《三年问》为《礼记》中篇名，应加书名号。它与《荀子·礼论

① 任访秋主编《中国近代文学大系》第3集第10卷，上海：上海书店1991年版。本文以下引录此书文字均出此本，仅注篇名、页码。

② 任访秋主编《中国近代文学大系》第3集第10卷《散文一》第2页。

篇》部分内容同，故严文云“全出《礼论篇》”①。《乡饮酒义》亦为《礼记》中篇名，知严文所说《乐记·乡饮酒义》中的“乐”字当为“礼”字之误。其言《乡饮酒义》所引，指该篇中引“（孔子曰）吾观于乡，而知王道之易易也”至“故曰吾观于乡，而知王道之易易也”②一段文字。此段文字亦见于《荀子·乐论篇》③，故严文说其“俱出《乐论篇》”。至此应点断。原标点以“俱出《乐论篇》聘义”为句，则使人不知所云，《荀子·乐论篇》并没有什么“聘义”之类的内容。《聘义》也是《礼记》中篇名，应加书名号，并另起句。子贡问贵玉贱珉事，即见于《聘义》篇。该篇载子贡曾问孔子“敢问君子贵玉而贱珉者，何也”④，此事亦见《荀子·法行篇》⑤。故严文说与之“大同”。由此亦可知严文言《德行篇》，“德”字实为“法”字之误。“大戴所传”指《大戴礼记》。严文先讲《小戴记》与《荀子》一书的关系，自此以下则讲《大戴记》与《荀子》的关系。《礼三本》为《大戴礼记》中的篇名，应统一在一个书名号内，不能将“三本”二字剔出在外，也不能与下之“篇”字逗开。完整的断句应是“大戴所传《礼三本》篇”。该篇内容亦见于《荀子·礼论篇》⑥，所以严文说“亦出《礼论篇》”。下文言《劝学篇》指《大戴礼记》之《劝学篇》，它与《荀子》首篇的《劝学篇》基本相同，故严文曰“即《荀子》首篇”。不过大戴礼的《劝学篇》比《荀子·劝学篇》多了一节文字，即子贡向孔子请教君子为什么见大水必观的事⑦，孔子用以水比德之义答之。此节内容基本取自《荀子·宥坐篇》的后部⑧，所以严文说“而以《宥坐篇》末‘见大水’一则附之”。因此“末见”与“大水”之间不能点断，“大水”二字也不能加书名号，因非篇名，只是篇中的一则，并且一定要与前面的“见”字相连加引号，成为

---

① 《礼记·三年问》包含在《荀子·礼论篇》中，参王先谦《荀子集解》下册第 372—374 页，北京：中华书局 1988 年版。下引《荀子》文字皆出此本，仅注书名、册数、页码。

② 该段文字见《礼记正义》卷六十一《乡饮酒义第四十五》，阮元校刻《十三经注疏》下册第 1683—1684 页。下引《十三经》内容皆出此本，仅简注书名、卷数、页码。

③ 可参比王先谦《荀子集解》下册第 384—385 页。

④ 该段文字见《礼记正义》卷六十三《聘义第四十八》，《十三经注疏》下册第 1694 页。

⑤ 见王先谦《荀子集解》下册第 535—536 页，可参比。

⑥ 见王先谦《荀子集解》下册第 349—355 页，可参比。

⑦ 此节文字见王聘珍《大戴礼记解诂》卷七第 135—136 页，北京：中华书局 1983 年版。

⑧ 见王先谦《荀子集解》下册第 524—526 页。

“见大水”,文意才完足明确。下文《哀公问五义》亦为《大戴礼记》篇名,应加书名号。它的内容与《荀子·哀公篇》前部大体雷同[①],故严文曰“出《哀公篇》之首”。总括上述,此段文字标点应调整如下:

> 盖自周末,历秦、汉以来,孟、荀并称久矣。小戴所传《三年问》,全出《礼论篇》。《礼记·乡饮酒义》所引,俱出《乐论篇》。《聘义》子贡问贵玉贱珉,亦与《法行篇》大同。大戴所传《礼三本》篇,亦出《礼论篇》。《劝学篇》即《荀子》首篇,而以《宥坐篇》末“见大水”一则附之。《哀公问五义》出《哀公篇》之首。则知荀子所著,载在二戴《记》者尚多,而本书或反缺佚。

该书所录严可均另一文《书〈左思别传〉后》有一段文字云:

> (左)思造张载,问岷蜀事,交接亦疏。皇甫谧西州高士,挚仲洽宿儒,知名非思伦匹,刘渊林、卫伯舆并早,终皆不为思赋序注也。凡诸注解,皆思自为……[②]

这是文学史上一段公案。此段文字是严可均录自《世说新语·文学》篇注引《左思别传》,关系到左思《三都赋》的序与注为何人所为问题。张载注《三都赋》中的《魏都赋》,皇甫谧作《三都赋序》,刘渊林即刘逵注《三都赋》中的《蜀都赋》、《吴都赋》,俱见臧荣绪《晋书》,皇甫之《序》载《文选》,张载及刘渊林注均在《文选》李善注中。卫伯舆即卫权作《吴都赋》序及注,见《三国志·魏志·卫臻传》注。唯挚仲洽(《世说》原文作“治”,《晋书》作“洽”)即挚虞为序为注之说,除《别传》此处言及外,别无文献记载可证。《左思别传》的文意是批驳以上诸说之不确。言张载与左思交接甚疏,皇甫谧为“西州高士”,挚虞为“宿儒知名”,声望年辈都比左思高,不是左思一等人,而刘渊林、卫伯舆都早死,所以他们都不会为左思《三都赋》作序或注。原标点关于挚仲洽一句从“宿儒”二字处断开,不当,应将“知名”二字联缀属上,以“挚仲洽宿儒知名”为句,与上句“皇甫谧西州高士”构成对衬句。“非思伦匹”自为句,此语乃总括皇甫谧和挚仲洽二人而言,说他俩都不是

---

① 见王先谦《荀子集解》下册第537—542页,可参比。

② 见《中国近代文学大系》第10卷第7页。

左思一辈人。下刘渊林、卫伯舆后应以“并早终”为断，指二人皆早死，不及见《三都赋》。“终”在这里是“死”的意思，不能将“终”字断置后句前，变为副词。

该书所录阮元《里堂学算记序》中又有如下一段文字：

> 夫中之与西，枝条虽分，而本干则一也。……月食入于地景，与张衡蔽于地之说不别。熊三拔简平仪说寓浑于平，而崔灵恩已立义以浑，盖为一矣。①

崔灵恩一句在“浑盖”之间逗开，“浑”属上，“立义以浑”颇不可解，“盖”属下，成为承接连词，与上句相承，语气亦不顺。实际“浑盖”二字之间应用顿号，使二者平列。浑、盖均为中国天文学上的名称，“浑”指浑天说，“盖”指盖天说。《晋书·天文志》言“古言天者，有三家：一曰盖天，二曰宣夜，三曰浑天”，其释盖天说云：“其言天似盖笠，地法覆盘，天地各中高而外下。”②此句言崔灵恩所立之义，已将浑天、盖天合而为一了。《梁书·崔灵恩传》曰：“先是儒者论天，互执浑、盖二义。论盖，不合于浑；论浑，不合于盖。崔灵恩立义，以浑、盖为一焉。”③尤为明证。

又此文中言康熙、乾隆御制或钦定《数理精蕴》、《仪象考成》诸书“研极理数，综贯天人，鸿文宝典，日月昭垂，固度越乎轩辕，隶首而上之”④，“轩辕”与“隶首”之间亦当用顿，不宜用逗。“轩辕”为黄帝之号，《史记·历书》：“盖黄帝考定星历。”⑤他被古人认为是星历的创始人。“隶首”相传为黄帝之臣，《世本》言“隶首作算数”⑥。他被古人认为是算数创始人。康熙、乾隆所为之书包括数理与仪象二者，故文章称颂二帝所为超过了黄帝和隶首。

该书录吴德旋《学校贡举论》，其中一段云：

---

① 见《中国近代文学大系》第10卷第17页。

② 《晋书·天文志》，《晋书》第2册第278页，北京：中华书局标点本1974年版。

③ 《梁书·崔灵恩传》，《梁书》第3册第677页，北京：中华书局标点本1973年版。

④ 见《中国近代文学大系》第10卷第16页。

⑤ 《史记·历书》，《史记》第4册第1256页，北京：中华书局标点本1964年版。

⑥ 秦嘉谟辑补本《世本》卷九《作篇》，《世本八种》第356页，北京：中华书局2008年版。

三年大比，乡大夫以宾兴之礼举之而升之，司徒曰选士，升之学曰俊士。①

“举之”之后，应逗开。“而升之”应属下，与“司徒”相连，以“而升之司徒”为句。《礼记·王制》曰：“命乡论秀士，升之司徒，曰选士。司徒论选士之秀者，而升之学，曰俊士。”《正义》曰：“谓乡人入学，德业有成，升名进于司徒。”②均可证。将“司徒”与“升之”断开，文义则不可解。《王制》中所言“乡论秀士”即相当于吴文中所言“乡大夫以宾兴之礼举之”之事。

该书录李兆洛《朱橘亭词稿序》开篇一段文字云：

词之源出于乐，于三代为诗，于汉为乐府。有乐府而诗，乃别出为类，畅于唐之乐部调曲。至元而曲自为曲词，又别出为类。诗别于乐府，而诗之变，乃不复合于三代之诗，词别于乐部调曲，而词之变，乃不复合于汉之乐府，此吾友张皋文先生《词选》之所为作也。③

此段文字意为词之源头出于乐，按古人语气，“词之源”后，以逗开为好。“词之源，出于乐”，如此标点，意思更显豁。正因为词的源头出于乐，所以说在三代就是诗，此“诗”字指《诗经》，其作品都是合乐的。在汉代则为乐府，乐府诗也是合乐的。但有了乐府之后，乐府以外的徒诗，则别成一类。所以“有乐府而诗，乃别出为类”一句，“而诗”之后，不当逗开，“乐府”之后，则不妨加一逗号，标点成“有乐府，而诗乃别出为类”，文义方明。下文非承诗说，而承乐府说，言乐府在唐之乐部调曲中得到大发展，但是到了元代，曲又独立为曲，本来合乐的词，这时遂又别为词类。所以“至元而曲自为曲词，又别出为类”一句，应于“至元而曲自为曲”处逗开，“词”字应下属，以“词乃别出为类”为句。下文言“诗别于乐府，而诗之变，乃不复合于三代之诗”，即“诗乃别出为类”之意；“词别于乐部调曲，而词之变，乃不复合于汉之乐府”，亦即“词又别出为类”之意。前后文意十分明白，标点者未加细思，遂不成句读，是很不应该的。

---

① 见《中国近代文学大系》第10卷第26页。

② 均见《礼记正义》卷十三《王制第五》，《十三经注疏》本上册第1342页。

③ 见《中国近代文学大系》第10卷第66—67页。

该书录黄承吉《寄家兄书》，中云：

> 至有指良为盗，既图啖官而又啮其私仇者，弟惟理之，是视民风之是饬。虽刑及事主尸属，遑恤被议？乃彼本非事主尸属，又何被议之有乎？①

“是视”二字应属前，以“弟惟理之是视”为句，与下“民风之是饬”，语气相连。此等处毫不涉及古代文献以及典章制度等方面知识，纯为一般行文，而“惟命是从”，“惟道是尊”，“天道无亲，惟德是辅”，实为古文中习见句式，且下句即为相同句式之“民风之是饬”，此等处误断，尤属不该。又此文中言及吴某殴死妻子，不自承认，反诬指某人所为，黄已深疑其说，筹谋如何使其坦白，文中说：

> 一夕讯至四更，坚持不语者良久。弟思夫妇相关之宜究，非路人可比，或可以情状动之。②

所谓“以情状动之”，指假装出似见其妻鬼魂的样子，以观察吴某的反应。这是黄想到夫妇之间的关系，不同于路人，因此产生“以情状动之”的想法。所以应于“相关之宜”处逗开，“究”字属下，以“究非路人可比”为句，“究”字在这里有强调的语气。“宜”字在这里是“理”的意思，“相关之宜”即相关之理意。如原断句，“宜究”二字相联，则这二句便变成夫妇相关之应当追究，非路人可比的意思了，有失作者本意，也使想“以情状动之”失去了道理上的依据。

该书所录黄承吉之另一文《与梅蕴生书》中有句云：

> 初番作客，又近年遭遇抵触，怀来情味，自可想见。惟山水娱人，正复得之意外，生平结念康乐，人不可见于诗，见之诗中多永嘉山水，见山水则虽未见人，而意境逾于见诗，夫然后益见诗而不啻见人。③

“康乐”指著名山水诗人谢灵运，袭封康乐公，人们习称康乐。曾为永嘉太守，诗中写永嘉山水之作颇为突出。这段文字中“生平结念康乐”之下，标

---

① 见《中国近代文学大系》第10卷第73页。

② 见《中国近代文学大系》第10卷第74页。

③ 见《中国近代文学大系》第10卷第76页。

点成“人不可见于诗,见之诗中多永嘉山水”,似谓人不能见于诗,只见诗中多永嘉山水,恐全非作者本意。实际作者是认为可以于诗见人的,本节文字应作如下句逗:

> 惟山水娱人,正复得之意外。生平结念康乐,人不可见,于诗见之。诗中多永嘉山水。见山水则虽未见人,而意境逾于见诗,夫然后益见诗而不啻见人。

作者言初次为客在外,近年又颇遇一些挫折,心绪不佳,所幸意外得到佳山水娱人。下乃言,平生颇欣赏谢灵运,但生非同代,不能见其人,于是于其诗见之。其诗多永嘉山水,现在见山水虽然没有见人,但直观之山水意境过于见诗,经山水之启示乃益见其诗,而亦不啻见其人矣。

本篇中标点可商处甚多,如:

> 夫诗至于唐其能裂犀兕之革,曳九牛之尾者,不乏人也。然而方举手向外之不暇内云乎哉!且外向岂为非勇,而内观实益径途,此仆少诗,所谓“世人瞠视鼎百钧,谓其轻于瓠五石”。及“世人但识嵯峨好,争识须弥纳芥时”者……①

“夫诗至于唐”后,以逗开为好,“其能”另起句。“裂犀兕之革”与“曳九牛之尾”间,用逗号不如用顿号明确,因二者同贯到“者”字上。“不暇”后必须逗开,“内云乎哉”另为句。因为作者意谓人们都在向外不暇,哪里顾及重内呢?“内云乎哉”,即不讲求内之意。《论语·阳货》:“礼云礼云,玉帛云乎哉?乐云乐云,钟鼓云乎哉?”②即此句式。一句贯下,则不易理解。“少诗”之后不当用逗,此处意思是说这就是我早年写的诗中所谓“世人瞠视………”及“世人但识……”者。所以“及”字之前尤其不应句断,盖此“少诗所谓”一直贯到“者”字。他不赘。

该书所录黄承吉《胡丙皋诗序》又有如下一段文字:

> 何则?识真而致力,力向真而趋也,识不真而致力,力随识而瞀也。

---

① 见《中国近代文学大系》第10卷第76页。

② 《论语·阳货》,《十三经注疏》下册第2525页。

> 譬之南行操指南者，或出乎后无者，未必不越乎先，然而前途不可恃矣。①

作者之意是讲识与力的关系，首先是要具真识，这样致力才不会错，没有真识，越努力越糟糕，因为可能陷入南辕北辙的境地。所以，拿南行打比方，手里有指南针的，也许会走在后面，而没有指南针的，未必不能超行在前面，但是他没有指南针，没有方向的依恃，前途是不可靠的。原标点以“或出乎后无者”为句，则全不可解矣。此句应该标点如下：

> 譬之南行，操指南者或出乎后，无者未必不越乎先，然而前途不可恃矣。

于“操指南者”和“无者”之后，各加一逗号，标点成“操指南者，或出乎后；无者，未必不越乎先”亦可。但绝不能将“无者”联缀在“或出乎后”的后面。

本篇中还有一段文字：

> 抑予最异夫世之言门户者，见此之作，则曰是某径途，见彼之作，则曰是某路数，其意以为诗之径路，至赜人皆分其绪余，而彼独揽其源流也。②

很显然，“至赜”二字当属上，下以“人皆分其绪余”为句。“至赜”即至深之意，“绪余”是承袭流波之意。这段话的意思是说，作者最奇怪好以门户评论人家诗歌的人，说这人是某路径、那人是某路径，其意以为诗的径路至深，人们都只得其余绪，唯独他才把握了其源流。

该书所录方东树《化民正俗对》中有一段文字云：

> 象刑者，本谓象天道而作刑，而《尚书·大传》曰：唐、虞象刑上刑，赭衣中刑，杂屦下刑。墨幪以居州里而民耻之，而反于礼。③

《尚书大传》旧题汉伏胜撰。并非依经文释义，而是有如董仲舒《春秋繁露》一类著作，为一单行之著述，所以“尚书”与“大传”之间不必加圆点。下文

---

① 见《中国近代文学大系》第10卷第80页。

② 同上。

③ 见《中国近代文学大系》第10卷第93页。

依原标点，似谓唐尧、虞舜的象刑为上刑，赭衣为中刑，杂屦为下刑。这就与原意完全走了样子。实际“赭衣”、“杂屦”、“墨幪”均为象刑之刑，标志象刑的不同等级的刑罚。这段文字应作如下断句：

《尚书大传》曰：唐、虞象刑，上刑赭衣，中刑杂屦，下刑墨幪，以居州里，而民耻之，而反于礼。

“以居州里”正是所谓象刑的一种处置，是说不把犯罪之人关到监狱里，只让他们穿着不同于常民的服饰，仍居住在民众之中，他们就感到羞愧而向好复礼了。《公羊传》襄公二十九年《疏》引《尚书大传》曰：“唐、虞之象刑，上刑，赭衣，不纯；中刑，杂屦；下刑，墨幪。”[①]可为证。又清陈寿祺辑校本原文与此同，所辑郑玄注曰：“纯，缘也。时人尚德义。犯刑者但易之衣服，自为大耻。屦，履也。幪，巾也。使不得冠饰。”[②]皆可帮助理解原文之义。本篇的标点中至少还有四、五处可议，不备举。

以上所举集中在一本书中，而且只限于该书一百页以前，并且亦非问题的全部。这样做是为了说明问题的严重性，并非对这本书有什么特别的看法。其实，这种问题在有些书中也存在。如中华书局出版的《王韬日记》咸丰八年八月二十四日条，有如下几句：

想时与章君、区君磨盾赋诗。下马草檄，蹴刘昆之舞；徒奋雄心，著祖逖之鞭，难抒壮志。[③]

这本是用骈体所写，仅按骈文规则去断句，也不会错。而标点者却将它点乱了。正确的标点应当是：

想时与章君、区君磨盾赋诗，下马草檄。蹴刘昆之舞，徒奋雄心；著祖逖之鞭，难抒壮志。

《晋书·祖逖传》载：“（祖逖）与司空刘琨俱为司州主簿，情好绸缪，共被同

---

① 见《春秋公羊传注疏》卷二十一襄公二十九年疏，《十三经注疏》本下册第2312页。

② 清陈寿祺辑校《尚书大传》，王云五主编《丛书集成》初编第3569种，上海：商务印书馆1937年版。

③ 方行、汤志钧整理《王韬日记》第16页，北京：中华书局1987年版。

寝。中夜,闻荒鸡鸣,蹴琨觉曰:‘此非恶声也。’因起舞。”①祖逖“蹴刘琨”起舞的典实与“下马草檄”毫无关系,而是与“雄心”相扣,所以才有“徒奋雄心”之句。又《世说新语·赏誉》注引《晋阳秋》载刘琨与亲旧书曰:“吾枕戈待旦,志枭逆虏,常恐祖生(即祖逖)先吾著鞭耳。”②此亦见《晋书·刘琨传》。这个典实也正与“壮志”相关,与“难抒壮志”切合。又该书咸丰八年九月十五日条云:

> 今月有三咎征长庚,昼现彗星,经天荧惑侵帝座。③

长庚、彗星、荧惑、帝座,皆星名。长庚即金星,彗星俗名扫帚星,荧惑即火星,帝座在天市垣内。长庚昼现,慧星经天,荧惑入帝座,古人认为预示灾害祸难将发生,诸史天文志内多有此类记载。因此这段文字应标点如下:

> 今月有三咎征:长庚昼现,彗星经天,荧惑侵帝座。

综观上述问题,有些是由于对古代文献与典章制度等知识不够了解,有些是对古文的词语行文不甚了然,无论哪一种,都说明加强古文的基础与修养的必要。这自然不是可以一蹴而就的,但只要注意,只要意识到了它的必要性,就会不断进步和提高。然而这还只是问题的一个方面。更重要的是不要掉以轻心,要以很谨慎的态度来对待它。往往不大觉得会出什么问题,就很容易出问题。一位著名的文字学家曾对我说过:我们也不敢说不出错,但我们知道事情不简单,知道警惕,不太有把握的地方,就去查书,也就避免了一些错误。这是说得很实在,也很中肯的。一位研究古代文论的学者也深知此道不易,曾对我说过:标点比注释还难,注释还有工具书可查,标点连查的地方也没有。这话也有一定的道理,的确没有一本工具书是指示标点的。但这话也不全对,不少问题恰恰出在没有查书上。标点虽不是注释,实际也包含一个注释过程,那就是只有弄明白了文意,才可以进行标点。如果遇到自己不太明白的地方,就去查书,弄明白之后,再标点,就可以避免不少错

---

① 《晋书·祖逖传》,《晋书》第6册第1694页,北京:中华书局标点本1974年版。

② 《世说新语·赏誉》注引《晋阳秋》,见余嘉锡《世说新语笺疏》第445页,北京:中华书局1983年版。

③ 方行、汤志钧整理《王韬日记》第22页,北京:中华书局1987年版。

误。在这过程中，也就积累了古文的知识，提高了古文的素养。如果连自己都没有理解，只是一味硬点下去，那怎么能不出错呢？又怎么能加深古文修养呢？上引例证之中，我相信，其中有一些，标点者错点之后，连自己也是不知所云的。

（原载《北大中文研究》第一辑，北京：北京大学出版社 1998 年版。）

后 记

大学末年，学生编书，参加《近代诗选》选注，与近代文学接触始于此。时来之师为选注小组顾问，因得与季师结缘。然毕业留校任教，在魏晋隋唐段，由林师静希指导，渐与近代疏离。80年代，国家编纂《中国大百科全书》，来之师受聘为《文学卷·近代文学》主编，邀我一起参预，遂得复拾旧业。与近代文学曾有前缘，然所入不深，故虽云复拾，亦不异起步，乃从近代开端即鸦片战争前后作家、诗评家着手研讨，陆续写下一些文章，幸得诸刊不弃，允玷篇幅。人们常言“敝帚自珍”，“敝帚”二字不过谦词，于余则非虚矣。然思为学向以求实为本，志在探求对象本真，不离实际，不为浮言，或有某种参考价值，故结集成书，以供翻检批评之便。

原所撰文章，引文出处大都为文中夹注，不免疏简。借此结集之机，一律改为页下脚注，以求详明。但适任教香港，所用故书均远不可及，只可就身侧可寻者用之，故有属重印本或刻本之新出排印本以及港台所刊书，反有出版日期晚于原撰文章时间者，敬希读者见谅。即使如此，亦难完全解决，不得不烦王君达敏在北京援手。王君做事严正不苟，细心补查，耗费精力至大，又蒙允为撰序，劳烦实多。王君治学勤奋，博览深识，著述连翩，前程正未可限量，分其大量宝贵时间，深感不安，谨致谢意。

注释之外，改正原刊一些错字和修订少数文句，他则仍旧。

北大出版社总编张黎明先生、副总编张凤珠女士，对此书出版热情关怀，大力支持，责任编辑艾英女士细心审校，纠误补漏。谨表衷心感谢之情。

孙静记于香港树仁大学寓斋

2011年7月8日